MARIE PELLISSIER | Der tödliche Tanz des Monsieur Bernard

MARIE PELLISSIER

Der tödliche Tanz des Monsieur Bernard

Kriminalroman

Diana Verlag

MIX
Papier aus verantwortungsvollen Quellen
FSC® C014496
FSC
www.fsc.org

Verlagsgruppe Random House FSC® N001967
Das für dieses Buch verwendete
FSC®-zertifizierte Papier *Holmen Book Cream*
liefert Holmen Paper, Hallstavik, Schweden.

Originalausgabe 11/2015

Dieses Werk wurde vermittelt durch
die Literarische Agentur Michael Gaeb
Redaktion | Carola Fischer
Umschlaggestaltung | t.mutzenbach design, München
Umschlagmotiv | © shutterstock
Innenklappen | shutterstock/Bocman 1973
Satz | Leingärtner, Nabburg
Druck und Bindung | GGP Media GmbH, Pößneck

Printed in Germany
ISBN 978-3-453-35768-6

www.diana-verlag.de

Für Armin

»Mensch, lerne tanzen, sonst wissen die Engel im Himmel mit dir nichts anzufangen.«

Aurelius Augustinus

Montag, 2. Oktober

Das Geräusch war ihm durch Mark und Bein gegangen und hatte ihn aus dem Tiefschlaf in die Gegenwart katapultiert. *Sanftes Rascheln,* dachte Monsieur Rosenberg, während er stocksteif in seinem Bett lag und lauschte. Leise Töne waren eindringlich, gefährlich, jagten einem einen Schauer des Grauens über den Rücken. Da! Das Tippeln. Er kämpfte gegen den Impuls zu schreien. Wer hätte ihn hören sollen, allein in seiner Wohnung an der Place des Vosges?

Monsieur Rosenberg zwang sich, die Augen zu öffnen. Durch das Fenster fiel schwaches Licht des Pariser Nachthimmels. Die Partitur, mit der er gestern ins Bett gegangen war, lag neben ihm auf der Decke. Vorsichtig tastete er nach seinem Handy. 2.45 Uhr.

Das Geräusch war verstummt.

Was sollte er tun, mitten in der Nacht? Ihn fröstelte. Dann hörte er ein leises Wimmern neben sich. Nicht zu gebrauchen, der Hund! *Fifi* hätte den Angreifer in die Flucht schlagen sollen. Doch – wer sagte, dass es nur einer war? Traten sie nicht immer in Horden auf? Stattdessen versuchte der Hund, sich unsichtbar zu machen, nicht heldenhafter als sein Herrchen.

Wenn er die Augen einfach nicht mehr schließen würde? Vielleicht bliebe es dann still. Doch da! Erst das Rascheln, dann kleine Schritte. Monsieur Rosenberg spürte, wie sich seine Nackenhaare aufstellten. Die Schritte klangen, als kämen sie näher. Die Schlafzimmertür stand offen!

Monsieur Rosenberg musste Hilfe rufen! Das Handy hatte lag glücklicherweise direkt neben dem Bett. Gott sei Dank. Aber wen? Und wer sollte aufmachen? Er selbst konnte unmöglich sein Bett verlassen, doch … Lucie! Wie eine Lichtgestalt erschien die kleine, unerschütterliche alte Dame vor seinem geistigen Auge, und augenblicklich wurde ihm warm ums Herz. Wozu hatte er diesen rettenden Engel als Gardienne? Während er ihre Nummer wählte, dachte er an die vielen Lachfalten um ihre strahlenden Augen. Es tutete in der Leitung. Wenige Minuten trennten ihn von seiner Erlösung. Die Hausmeisterin würde verstehen, dass es ein Notfall war. Es tutete vier Mal. Würde sie es verstehen? Weitere zwei Mal. Was würde ihr Mann Antonio sagen? Noch drei Mal. Doch die Biester ließen ihm keine andere Wahl!

»*Oui*«, meldete sich eine verschlafene Frauenstimme.

»Lucie, Gott sei Dank!«, stammelte Monsieur Rosenberg, vollkommen außer Fassung. »Lucie, bitte, Sie müssen sofort kommen! Ich habe Mäuse in meiner Wohnung.«

Im Schein der Nachttischlampe überlegte Lucie, ob sie sich vollständig anziehen sollte.

»Wer war denn das schon wieder?«, knurrte Antonio im Halbschlaf.

Lucie löschte das Licht. »Ich bin gleich wieder da«, flüsterte sie und griff nach dem Morgenrock. Antonio reagierte allergisch auf Störungen der Hausbewohner außerhalb ihrer Ansprechzeiten als Gardienne. Doch sie musste dem armen Monsieur Rosenberg helfen.

In der Kammer suchte Lucie nach Eimer und Besen. Wenn sie die Maus damit nicht erwischen sollte, so würde sie eine Lebendfalle brauchen. Lucie kletterte auf die Trittleiter und stöberte im obersten Fach hinter dem Düngemittel für die Topfpflanzen.

Dermaßen ausgestattet angelte sie nach dem Schlüssel für Rosenbergs Appartement im Kasten neben der Tür und machte sich auf den Weg in den vierten Stock. Das Treppenhaus war schwach beleuchtet, doch Lucie hätte den Weg auch blind gefunden. Schließlich putzte und umsorgte sie das alte Gebäude aus dem 18. Jahrhundert seit mehr als vierzig Jahren.

Oben knarrten die Dielen wie erwartet. Sie drehte den Schlüssel im Schloss, betrat die Wohnung, zog die Tür hinter sich zu und ging Richtung Schlafzimmer am Ende des Flurs.

»Ich bin da«, rief sie halblaut, um den Komponisten nicht zu erschrecken.

»Hier, Lucie, ich bin hier«, kam es zaghaft zurück. Dann sah sie ihn senkrecht im Bett sitzen, die Haare wirr, die Augen weit aufgerissen. Er starrte sie an.

Mit einem Mal wurde Lucie bewusst, dass ihre Erscheinung im geblümten Bademantel mit offenem Haar vielleicht nicht gerade dazu beitrug, sein Entsetzen zu mildern. Dafür kam Fifi schwanzwedelnd auf sie zugelaufen.

»Gott sei Dank sind Sie da, Lucie! Ich glaube, die sind in der Küche …«

Lucie ging in die kleine Küche und machte Licht. Ihr war klar, dass die Maus sich in den hintersten Winkel zurückgezogen haben würde und sicher noch mehr Angst hatte, als der Zweibeiner nebenan.

»Können Sie etwas sehen?«, rief Rosenberg.

Jetzt bestimmt nicht mehr, dachte Lucie. Der Boden unter dem Betontisch, in den Kochstelle und Spülbecken integriert waren, lag im Schatten, doch als Lucie sich hinkniete, konnte sie gut erkennen, dass hier zwar mal wieder gewischt werden sollte, dass sich aber außer Staubflusen nichts herumtrieb, was nicht hierher gehört hätte. Daneben stand über Eck der Kühlschrank. Ein hervorragendes Versteck. Ebenso der Geschirrschrank. Lucie versuchte den Besenstil unter dem Schrankboden entlangzuführen, aber er war zu dick.

»Tja, meine Kleine, da hast du wohl Glück gehabt.« Sie sah Fifis Fressnapf und daneben etwas von seinem Trockenfutter liegen. Kein Wunder, das zog Mäuse an. »Dann werden wir dich wohl mit einem Leckerbissen locken müssen.«

Lucie öffnete den Kühlschrank und betrachtete die verschiedenen Käsesorten. Ob Mäuse lieber Brie mochten, Comté, Munster, …? Lucie entschied sich für einen Gruyère, schnitt ein kleines Eck ab und legte es in die Falle. Beim Zurückräumen entdeckte sie eine geöffnete Schachtel Pralinen. Vielleicht stand die Maus mehr auf Süßes? Die Gardienne legte noch ein Stück Nougat neben den Käse. Wenn schon die Freiheit verloren ging, dann doch bitte in Saus und Braus. Lucie räumte Fifis Fress- und auch den Trinknapf in Rosenbergs Esszimmer und stellte die Falle in der Küche auf den Boden. Dann nahm sie Handtücher aus dem Schrank, schloss die Küchentür und dichtete mit dem Stoff den Türspalt ab.

Monsieur Rosenberg erwartete sie gespannt. »Konnten Sie die Maus fangen? Ich habe gar nichts gehört.«

Lucie schüttelte den Kopf. »Aber hier sind Sie sicher. Die Maus kann die Küche nicht verlassen, bis die Falle zuschnappt. Vielleicht möchten Sie morgen im *Café Français* frühstücken? Und ich komme dann im Laufe des Tages vorbei, um das Tierchen abzuholen.«

Monsieur Rosenberg sah noch nicht überzeugt aus.

»Ich habe den Türspalt verschlossen. Es gibt keinen anderen Weg hinaus.« Sie hoffte, dass das stimmte.

Rosenberg ließ sich zurück in die Kissen sinken. Lucie lächelte und widerstand dem Impuls, seine Bettdecke fest um ihn zu wickeln, wie sie das früher bei ihren Söhnen gemacht hatte.

»*Merci,* Lucie.« Er blickte sie dankbar an. »Ich wüsste nicht, was wir ohne Sie tun würden.«

Mit Eimer und Besen in der Hand stieg Lucie zufrieden die Treppe hinab. Sie liebte dieses alte Gemäuer. Die einzelnen Stufen, alles noch echte Handarbeit, individuell gefertigt, nicht perfekt und deshalb so vollkommen. So wie die Menschen, die hier lebten: Geschöpfe Gottes mit Ecken und Kanten, Stärken und Schwächen. Waren es nicht genau ihre Schwächen, die sie so liebenswert machten? Lucie freute sich schon darauf, wieder unter die warme Bettdecke kriechen zu können, als sie hörte, wie das Holzportal geöffnet wurde.

Für den Zeitungsausträger war es noch zu früh. Der kam erst um fünf. Jetzt musste es kurz nach drei Uhr sein. Vermutlich ein später Heimkehrer, dem sie nicht unfrisiert im Nachthemd begegnen wollte. Lucie hoffte daher, dass es sich um jemand aus dem Hinterhaus handelte und dass er sich leise verhielt, damit die anderen Bewohner nicht aus dem Schlaf gerissen wurden.

»*Chantons et buvons, les amis, buvons donc!*«, hörte sie es unten grölen. »*Quand je bois du vin clairet, ami, tout tourne, tourne, tourne, tourne …*«

Das gab es doch gar nicht! Betrunkene – Jugendliche? Clochards? Hatte sie vergessen, den Code zu aktivieren, der nachts das Gebäude vor unbekannten Eindringlingen schützte?

Lucie ging schnell zum nächsten Fenster und riss es auf. »*Schtt!*«, zischte sie, so laut sie konnte. »*Silence!*« Nur schemenhaft konnte sie im Hof zwei Gestalten durch das schwache Licht erkennen. Sie eilte die letzte Treppe hinab und hinaus in den Hof, bewaffnet mit Eimer und Besen.

Dort sah sie Guillaume Bernard, den Ballettdirektor der Pariser Oper, gestützt auf seinen besten Freund, den Ballettarzt Dr. Pierre Bourgeois. In der freien Hand trug jeder von ihnen eine Krücke. Während sie beide wie ein Schiff auf hohem Seegang dem Hinterhaus entgegenschwankten, stimmte Pierre ein neues Lied an: »*Joyeux anniversaire …*«

»*Messieurs!*«, Lucie stand nun direkt hinter ihnen und hob drohend den Besenstiel. »Es ist drei Uhr morgens!«

Die honorigen Herren schienen sie erst jetzt zu bemerken.

»Sie sieht gefährlich aus!« Dr. Bourgeois begann zu kichern.

»Sie führt ein strenges Regiment!« Guillaume Bernard strahlte sie an.

»Schluss jetzt!« Lucie bemühte sich um Autorität.

»Aber ich habe doch Geburtstag!«, strahlte Guillaume und eine Alkoholfahne strömte Lucie ins Gesicht.

»Sie sind ja betrunken!«, tadelte Lucie.

»Stimmt!« Guillaume blickte gewichtig. »Und Sie sind entzückend …« Er machte eine Pause, als suche er das passende Wort. »*… derangiert!*«

Lucie fiel es schwer, nicht zu lächeln. »Geben Sie mir Ihr Handy!« befahl sie Guillaume, der verdutzt gehorchte. Sie wählte die Nummer der *Taxis Bleus* und bestellte einen Wagen an die Place des Vosges, Nummer 3.

»Sie haben mir noch gar nicht gratuliert!«, maulte Guillaume. »Sechzig Jahre – das ist doch was … Ich habe oben eine Flasche *Dom Perignon* kalt liegen …«

»Genau«, erwiderte Lucie, »und deshalb müssen Sie morgen fit sein!«

»Ich bin immer fit …«, deklarierte Guillaume, mühevoll auf seinen Freund gestützt. »Fragen Sie die jungen Mädels! Nein, fragen Sie Pierre …« Er machte wieder eine Pause, und Lucie befürchtete schon, gleich würde er umfallen, doch er ließ nur die Krücke los, um Pierre auf die Brust zu klopfen. »Er ist schließlich mein Arzt …«

Das Handy brummte.

Lucie sah die Nachricht: »*Docteur*, Ihr Taxi ist nun da.«

Pierre Bourgeois blickte Guillaume fragend an.

Der nickte. »Man muss ihr gehorchen. Ich komme schon klar.«

»Bonne nuit!« Pierre gab Guillaume seine Krücke und ging nun deutlich weniger torkelnd in Richtung Ausgang. Lucie hob die zweite Gehhilfe auf und betrachtete Guillaumes Gips und das Kopfsteinpflaster. In diesem Zustand würde er das nicht allein schaffen. Sie seufzte: »Ich helfe Ihnen.« Und ärmelte ihn unter. Gott sei Dank war er nicht viel größer als sie. Für einen Mann sogar erstaunlich klein, aber attraktiv. Die sechzig Jahre sah man ihm nicht an. Lucie begleitete ihn zum Hinterhaus und öffnete die Tür. Guillaume hatte dunkle Haare, dunkle Augen, gebräunte, noch sehr glatte Haut, schöne weiße Zähne und einen durchtrainierten Körper. Doch seine Wirkung auf die Menschen, dachte Lucie, hatte er seiner starken Ausstrahlung zu verdanken, wie wohl so viele ehemalige Tänzer.

»Sie duften wunderbar, Lucie.« Guillaume blickte sie an, als sie auf den Fahrstuhl warteten. »Sie duften wie Frühling und Geborgenheit …«

Lucie wurde warm. »Wie ist das eigentlich mit Ihrem Fuß passiert?«

Sie betraten den Fahrstuhl, und Lucie stellte den Besen zwischen sich und den Ballettdirektor und hielt den Eimer vor ihren Bauch und Guillaume auf Abstand.

»Ich bin vor zwei Tagen in den Kulissen gestürzt.«

Die kleine Kabine setzte sich ruckelnd in Bewegung.

»Und jetzt brauche ich diese albernen Krücken. Eine Schmach für einen Tänzer!«

Plötzlich sah er sie eindringlich an. Ihr wurde mulmig.

»Lucie, ich bitte Sie doch nur um ein Glas Champagner mit mir. Wenn nicht auf meinen Geburtstag, dann auf meinen Abschied. Sie sind doch nun schon so lange meine Gardienne. Bitte.«

Der Fahrstuhl hielt, und Lucie half Guillaume hinaus. »Monsieur Bernard, vielen Dank für die Einladung, doch es ist halb vier am Montagmorgen, Sie sind betrunken, und Sie haben in wenigen Stunden Ihren großen Galaabend.«

Guillaume seufzte. »Anders ist es auch nicht zu ertragen.« Er versuchte, den Schlüssel in das Schloss zu stecken, doch er rutschte immer wieder ab.

»Das Älterwerden? Darf ich?« Lucie nahm den Schlüssel.

»Vielleicht auch das …« Er klang resigniert. Sie schloss auf.

»Gute Nacht, Monsieur Bernard. Und herzlichen Glückwunsch zum Geburtstag.«

»Gute Nacht, Lucie. Sie sind eine wunderbare Frau.« Guillaume strahlte wieder. »Ihr Mann ist zu beneiden …«

Auf ihrem Rückweg über den Hof dachte Lucie, dass es mit dem Alkohol schon eine komische Sache war. Noch nie hatte sie Guillaume so schwankend in seiner Stimmung erlebt. Sonst wirkte er immer wie ein Fels in der Brandung, ein Strahlemann, der alles im Leben erreicht hatte und es leichtfüßig zu genießen verstand. Er hatte von Abschied gesprochen, von Frühling und von Geborgenheit, während ihre Aufmachung im Morgenrock definitiv nicht angemessen gewesen war. *Tant pis*.

In ihrer kleinen Loge lag auf dem Esstisch noch der Brief des neuen Hausverwalters, den sie heute Mittag nur kurz überflogen hatte. Besser gesagt, gestern Mittag. Darin hatte Monsieur Platel sein Kommen angekündigt, er wollte mit ihr über die Installation von Briefkästen sprechen und bat sie, jetzt auch tagsüber den Zugangscode am Portal einzuschalten, sodass nur befugte Personen das Gebäude betreten konnten.

Lucie schüttelte den Kopf. Glaubte der Hausverwalter wirklich, ihre Aufgaben ließen sich dadurch reduzieren? Er hätte heute Nacht hier sein sollen …

Kurz vor vier Uhr. Sie freute sich, jetzt noch zwei Stunden ins Bett gehen zu können und kuschelte sich unter Antonios Decke. Er zog sie enger an sich. »Was war das denn für ein Radau?«

»Guillaume hat in seinen Geburtstag reingefeiert.«

»Ich bringe ihn um!«, sagte Antonio.

In der goldenen Oktobersonne entfaltete sich die Place des Vosges in ihrer ganzen Farbenpracht. Die Backsteinfassade über den ockerfarbenen Sandsteinbögen schimmerte in zartem Rot, das lichte Blätterdach der Platanen in Gelb und Grün, und die königlichen Kastanien in der Mitte des Platzes leuchteten in warmen Rotbrauntönen. Der Anblick war so schön, dass es fast schmerzte, denn dieser Höhepunkt der Pracht war ein letztes Aufbegehren vor dem Sterben, vor der Zeit der Kälte, der Dürre und des Stillstands.

Autumn Moves hieß die Choreografie, die Amandine zur Zeit mit den Tänzern des Pariser Balletts einstudierte. Sie hatte sich zum Ziel gesetzt, die Bewegungen des Herbstes einzufangen, die wilden Stürme, das sanfte Fallen der Blätter.

Amandine wandte den Blick ab vom Park mit seinen hübschen Springbrunnen und betrat den Bogengang unter den Arkaden. Vor zehn Jahren, das war ihr Eindruck, war Paris sauberer gewesen als heute. Ein grün gekleideter Straßenkehrer schleifte seinen Besen über das Trottoir, schob den Staub und Dreck in die Rinne am Straßenrand, um es dann in den unterirdischen Abwasserkanal zu befördern. Seine Bewegungen wirkten mehr müde als schwungvoll. Neben ihm die Bettstatt der Clochards.

Amandine öffnete das große Holzportal von Hausnummer 3. Es war eine der noblen Stadtvillen, *Hôtel* genannt, deren Erbauung Heinrich IV. in Auftrag gegeben hatte und die ursprünglich von Adelsfamilien bewohnt worden waren. Auch die heutigen Bewohner verfügten über Rang, Geld oder Namen.

Oder ein Herz aus Gold, dachte Amandine, als sie Lucie im Hof die roten Ahornblätter zusammenkehren sah, deutlich energischer als der Straßenkehrer draußen.

»*Bonjour!*«, rief Lucie und kam ihr entgegen. Ihre blauen Augen strahlten, die weißen Haare trug sie perfekt hochgesteckt. Das Gesicht hatte mehr Falten als früher, wirkte aber immer noch genauso lebendig und rosig. Freundliche Falten, dachte Amandine.

»*Salut, Nounou.*« Sie küsste Lucie auf beide Wangen. »Ich habe uns *croissants aux amandes* mitgebracht. Du magst doch Mandelcreme?«

Lucie legte ihre Arbeit beiseite und bat Amandine in ihre Loge hinter der kleinen Glastür im Eingang. »Sehr gern! Ich mache uns schnell frischen Kaffee!«

Amandine setzte sich auf einen unbequemen Holzstuhl an den runden Tisch, über dem eine weiße Tischdecke ausgebreitet lag. Lucie hatte das gute Porzellan gedeckt. Amandine hörte die Gardienne in der Küche hantieren:

»Immer noch schwarz?«

War der Raum früher auch so klein gewesen?

»Ja, bitte.«

Amandine betrachtete den lindgrün lackierten Wandschrank, die weiße Madonna aus Fatima, vor der eine brennende Kerze stand. Sie dachte daran, dass Lucie ihr als Kind Tischgebete beigebracht hatte und Gebete zur Nacht. Und auch das Vaterunser.

»Na, wie geht es dir jetzt in Paris?« Lucie erschien lächelnd mit zwei Tassen im Türrahmen und reichte Amandine eine davon. »Vorsicht, heiß.«

Dass es nicht leicht werden würde, sich der Vergangenheit zu stellen, hatte Amandine gewusst.

»Es ist sehr schön hier an der Place des Vosges.« Amandine nippte vorsichtig an der Tasse: »Vielen Dank, dass du mir die Wohnung von Florine vermittelt hast.«

»Leider muss ich jetzt immer diesen blöden Bluttest machen – Diabetes. David besteht darauf.« Lucie legte drei Schachteln auf den Tisch. Blutzuckerteststreifen, eine Packung mit der Abbildung eines Geräts auf dem »Diabetesmanagement« stand und eine »Stechhilfe Ultrasoft«. Amandine kannte Lucie gut genug, um zu wissen, dass der Gardienne diese Prozedur zuwider sein musste, es passte einfach nicht zu ihr, so viel Aufhebens um die eigene Gesundheit zu machen. »Ich werde das Croissant später essen.« Lucie schob die Packungen auf die andere Seite des Tisches. »Du hast ja nicht so viel Zeit. Jetzt erzähl mir lieber: Wie ist es an der Oper?«

Amandine lächelte. Wie erwartet ließ sich Lucie nicht von dem wirklich wichtigen Thema ablenken. Amandine brach ein Stück Croissant ab und tunkte es in den Kaffee. Sie war bei ihren ersten Begegnungen mit Guillaume äußerst vorsichtig gewesen. Er strahlte genauso wie damals, als sie noch dem Ballett angehört hatte, und schien kein bisschen gealtert zu sein. Der Ballettdirektor hatte sie gebeten, nach Paris zu kommen, um ihre inzwischen weltbekannte Choreografie mit dem hiesigen Ballett einzustudieren. Seit zwei Tagen fragte sie sich, ob dieser Grund nicht nur vorgeschoben gewesen war.

»Das *Palais Garnier* ist sehr schön geworden. Als ich fortgegangen bin, waren die Restaurierungsarbeiten ja noch in vollem Gange. Nun habe ich zum ersten Mal das Ergebnis gesehen.«

»Soso«, sagte Lucie und trank einen Schluck Kaffee.

Amandine war froh, dass Lucie nicht weiter in sie drang. Lucie war das beste Kindermädchen gewesen, das man sich hätte wünschen können. Sie hatte der kleinen Amandine viel Liebe und Geborgenheit geschenkt – so etwas wie eine heile Familie. Gerade deshalb hatte Amandine Lucie damals nicht mit dem wahren Grund für ihre plötzliche Abreise aus Paris belasten wollen.

»Wo früher einfach Farbe drübergepinselt wurde, hat man jetzt versucht, den Originalzustand wiederherzustellen. Und wo das nicht mehr möglich war, hat man sich bemüht, der ursprünlichen Absicht nahe zu kommen«, erklärte Amandine.

Lucie blickte sie mit ihren blauen Augen liebevoll an.

»Das Farbe drüberpinseln war noch nie meins …« Amandine nahm die Tasse in beide Hände und genoss die Wärme. Eine Weile sagte sie nichts. Im Leben einer jeden Tänzerin gab es eine Phase der optimalen Balance zwischen Physis und psychischer Reife. Sie selbst hatte auf ihrem Zenit aufhören müssen, damals vor zehn Jahren.

Lucie wartete.

»Die Oper, das *Palais Garnier,* war meine Heimat. Jetzt begegne ich Menschen wieder, die ich seit Langem kenne, und anderen, die ich erst kennenlerne. Als ich ankam, hatte ich das Gefühl, alles ist wie immer, und das ist es auch irgendwie. Aber ich selbst bin eine andere geworden … Man macht sich etwas vor, wenn man glaubt, dort anknüpfen zu können, wo man aufgehört hat … Jetzt ist die nächste Generation dran.« Als Choreografin gab Amandine weiter, was sie selbst über viele Jahre hinweg gelernt hatte. Aus Liebe zum Tanz förderte sie das Talent junger Tänzer.

»Mit neuen Menschen zu arbeiten und alte Freunde wiederzutreffen ist eine große Freude.«

Es klingelte an der Tür.

»Entschuldige«, sagte Lucie. »Wahrscheinlich wieder Blumen für Guillaume. Die liefern hier schon den ganzen Tag riesige Bouquets ab.«

Die Vorboten der Show der Eitelkeiten, durchfuhr es Amandine.

Lucie öffnete, doch vor der Tür stand diesmal kein Blumenbote, sondern Madame Richard aus dem Hinterhaus, die von ihrem Dackel begleitet wurde.

»*Bonjour*. Das war ja heute Nacht wieder ein Lärm!«

Die alte Dame streckte ihr eine Plastiktüte entgegen. Lucie hatte es aufgegeben, sie zu bitten, die Kleidungsstücke im Wäschekorb liegen zu lassen, damit sie sich leichter bügeln ließen.

»Wie lange werden Sie brauchen?« Madame Richard lugte an Lucie vorbei in ihre Loge.

Lucie überlegte. Da selbst die frisch gewaschene Wäsche von Madame Richard immer verknüllt und muffig war, wusch Lucie diese vor dem Bügeln noch einmal, was sie der alten Dame natürlich nicht verriet. Heute Abend war die Gala im *Palais Garnier*, bis dahin war ihr Tag schon verplant. »Übermorgen, denke ich.«

»Ist das nicht Amandine?«, rief Madame Richard und stand im nächsten Moment am Esstisch.

»Isadora!« Amandine strahlte Madame Richard an, erhob sich und begrüßte sie mit Wangenkuss.

Was hat Amandine mit der alten Klatschbase zu tun, fragte sich Lucie.

»Du bist wieder in Paris, Mädchen? Welche Freude, dich zu sehen!«

Wie konnte Madame Richard Amandine als Mädchen bezeichnen? Amandine war inzwischen über vierzig. Die Einzige, die dieses Recht für sich beanspruchen durfte, war doch wohl Lucie, die ihre Windeln gewechselt, ihre ersten Schritte begleitet und ihre ersten Worte gehört hatte, damals, als junge Frau, nachdem sie Portugal verlassen hatte.

»Was machst du denn *hier?*« Madame Richard betonte das Wort »hier« so, als wäre sie ihrerseits erstaunt, dass Amandine bei Lucie zu Besuch war.

»Oh, meine liebe *Nounou* hat mir eine Wohnung zur Zwischenmiete besorgt.«

Madame Richard zog die Augenbrauen hoch, als könnte sie nicht glauben, dass Lucie Amandines Kindermädchen gewesen war.

»Sie kennen mein Mädchen?«, fragte Lucie angriffslustig und doch klug genug, das »mein« gelassen über die Lippen zu bringen.

Amandine lächelte. »Isadora war meine Ankleidedame an der Oper.«

»Aha.« Lucie war nicht besonders erfreut, dass die beiden sich anscheinend seit Langem kannten. Madame Richard hatte vor drei Jahren die Wohnung an der Place des Vosges von einer Großcousine geerbt. Wie und wo sie bis dahin gelebt hatte, davon hatte Lucie bisher kaum etwas erfahren. Eine Ankleidedame also – was war das schon?

»Die Ankleidedame ist für eine Tänzerin der wichtigste Mensch an der Oper. Sozusagen das Rundum-sorglos-Paket für das äußere und innere Wohlbefinden einer Tänzerin.« Madame Richard strahlte, während Amandine fortfuhr: »Sie kümmert sich in erster Linie um die Garderobe, doch sie begleitet auch die Auftritte, reicht Wasser in den Pausen und tröstet im Notfall über manchen Kummer hinweg.«

»Kannst du dich noch an *Die Kameliendame* erinnern?«, fragte Madame Richard. »Vierzehn Mal umkleiden innerhalb von zwei Stunden und dazu jedes Mal eine neue passende Frisur. Der Frisör und ich hatten zusammen immer nur ein bis zwei Minuten Zeit.«

Für Lucie klang das wie ein Boxenstop beim Autorennen.

»Diese individuelle Betreuung bekommen natürlich nur die Solisten«, erklärte Madame Richard. »Und ich hatte das Glück, die beste Tänzerin zu begleiten, die das Pariser Ballett jemals hervorgebracht hat.« Sie lächelte Amandine an. »Die Einzige, die sich *Étoile* hätte nennen dürfen, wenn es nach mir gegangen wäre. Leider wird der Titel inzwischen ja inflationär vergeben ... Aber was will man von diesem Ballettdirektor schon anderes erwarten.«

Ein abfälliger Seitenhieb auf Guillaume. Das kannte Lucie schon. Madame Richard sprach lieber über andere Menschen, anstatt etwas von sich preiszugeben. Ob sie Guillaume nicht leiden konnte, weil sie selbst ein unbedeutendes Dasein fristete, während Monsieur Bernard erfolgreich eines der besten Ballette der Welt leitete?

Wie zur Bestätigung klingelte es wieder an der Tür. Ein Bote, der Blumen für Guillaume brachte. Der zwölfte Strauß, die Geschenkpakete nicht eingerechnet.

Die Dämmerung war über die Stadt hereingebrochen. Auf der Place de l'Opéra herrschte munteres Treiben. Touristenbusse, Stadtbusse und der Flughafenbus bahnten sich ihren Weg vorbei an Pkw-Kolonnen. Lucie stand oben auf der breiten Treppe vor dem *Palais Garnier*, wie das Operngebäude nach seinem Erbauer genannt wurde. Vor der Kulisse des hell leuchtenden Feierabendverkehrs flanierten Passanten, ließen sich auf den Stufen nieder oder bildeten einen Kreis um einen jungen Sänger, der mit Gitarre und Verstärker englische Songs zum Besten gab. Die Menschen klatschten im Takt in die Hände, und zwei Pärchen schwangen das Tanzbein. Es war ein freundlicher Oktoberabend, noch warm für die Jahreszeit.

Heiter gestimmt gesellte sich Lucie zu den Gästen, die in Abendgarderobe zum Eingang der Oper strömten. Sie war mit Nathalie im Innern des Gebäudes vor der Boutique verabredet. Ihre Schwiegertochter arbeitete bei der *AROP*, der Organisation zur Förderung der Oper, und hatte in dieser Funktion eine Freikarte für den heutigen Abend bekommen. Guillaume Bernard hatte es sich nicht nehmen lassen, Lucie zwei Karten für die Ballettgala anlässlich seines Geburtstages zu schenken.

Lucie erblickte Nathalie im Gespräch mit einer älteren Dame, direkt neben einem jungen Mann, der das Programm des Abends in die Luft hielt und lautstark anpries. Nathalie wirkte angespannt, ihr Gesicht sah müde aus. Die Stirn in Falten gelegt, zwirbelte sie an einer blonden Haarsträhne. In ihrem schlichten schwarzen Kleid mit dem weißen Kragen wirkte sie fast verloren inmitten der vielen Besucher. Lucie war froh, dass sie Antonio überzeugt hatte, zu Hause zu bleiben. Sie wollte Nathalie auf den Zahn fühlen, und dafür musste sie allein mit ihr sprechen können. Seit dem letzten gemeinsamen Familienabend vor zwei Wochen machte Lucie sich Sorgen um Nathalie. Ob ihr die Zwillinge, die Arbeit an der Oper und ihre sonstigen Aufgaben über den Kopf wuchsen? Heute Abend würde Lucie es herausfinden, das hatte sie sich fest vorgenommen.

Nathalie verabschiedete sich von der Dame und bemerkte ihre Schwiegermutter Lucie.

»Bonsoir, ma chère belle-mère.«

Sie begrüßten einander.

»Eigentlich wollte ich dir noch das Haus zeigen, bevor es losgeht, vor allem das *Grand Foyer*. Aber leider muss ich noch Hand anlegen für den Cocktail in der Pause.« Nathalie seufzte. Gemeinsam stiegen sie zwischen den Statuen von Händel und Gluck die Stufen hoch, ließen den beengten Vorraum hinter sich und gelangten zur großen Freitreppe. »Magst du dich noch etwas alleine umsehen und wir treffen uns dann im Zuschauerraum?«

Lucie nickte und zeigte die Eintrittskarte einem jungen schwarz gekleideten Kontrolleur. Nathalie eilte rechts die Marmortreppe hinunter, während Lucie langsam die *Grand Escalier* nach oben stieg. Über mehrere Etagen erhob sich der Raum dreißig Meter hoch. Kostbare Leuchter, verzierte Säulen, große Bögen, verspielt wirkende Balkone, alles in perfekter Symmetrie aufeinander abgestimmt. Lucie war überwältigt. Allein die vielen verschiedenfarbigen Sorten Marmor, die für das Treppengeländer verwendet worden waren. Sie strich über den kalten Handlauf.

»Darf ich Sie nach oben geleiten?« Ein älterer Herr mit dichtem grauem Haar im schwarzen Anzug hatte sich zu ihr gesellt und bot ihr seinen Arm.

Lucie nahm dankend an und fühlte sich plötzlich wie eine Königin, als sie Stufe für Stufe hochschritt, erhaben über die Probleme des Alltags, dem Himmel sehr nahe. Oben angekommen lächelte der nette Herr verschmitzt: »Ich sehe, Garnier hatte Erfolg.«

Lucie blickte ihn fragend an.

»Der große Architekt unseres *Palais* wollte die Menschen aus ihrem Alltag in eine höhere Welt führen – über diese Freitreppe. Das ist ihm bei Ihnen wohl gelungen.«

»Was meinen Sie mit höherer Welt?«

Der Herr deutete auf die wunderschön bemalte Decke des Raumes über dem Treppenhaus. »Die Welt, nach der wir streben, in der Minerva die Brutalität der äußeren Welt mit ihrem Schild abwehrt, da oben rechts. Die Welt von Orpheus, der mit seinem Gesang die feindlichen Kräfte des Universums betört. Die Welt der Freude und der Träume, die sich hier erfüllen. Das wahre Leben!«

Bei aller Begeisterung für die kunstvolle Gestaltung fragte sich Lucie, an was für einen Zeitgenossen sie da geraten war. Hatte er einen über den Durst getrunken, war er Angehöriger einer Sekte oder Kunsthistoriker? Rein äußerlich betrachtet wirkte der ältere Herr durchaus bodenständig. »Sehen Sie dort, Apollo auf seinem Wagen, der Gott des Lichtes und der Beschützer der Künste.«

»Wir wollen ihn mal nicht verherrlichen, *mon cher ami!*« Die Dame, die Lucie vorher bei Nathalie gesehen hatte, mischte sich in das Gespräch ein. »Immerhin war Apollo Anstifter zum Muttermord!«

Lucie war entsetzt.

»Ja, da staunen Sie«, fuhr die Dame ungerührt fort. »Apollo befahl Orestes, seine Mutter Klytämnestra zu töten, um damit den Mord an seinem Vater zu rächen.« Die Dame grinste und blickte Lucies Kavalier herausfordernd an. »Ja, so viel zum wahren Leben, der Welt der Freude und der Träume …«

»Was passierte dann?«, wollte Lucie wissen.

»Orestes tat, wie ihm geheißen. Zur Strafe wurde er in den Wahnsinn getrieben.«

Lucie fand das nicht gerecht. Wenn einem Gott etwas befahl, dann musste man doch gehorchen. Die griechischen Götter taugten eben nichts. Wie konnten sie befehlen zu morden?

»Immerhin verteidigte Apollo Orestes erfolgreich vor dem obersten Rat in Athen«, warf der Herr ein.

»Leider«, erwiderte die Dame. »Athene kam ihm zu Hilfe. Der Untergang des Matriarchats … So ist das mit den Vatertöchtern. Haben Sie Kinder?«, fragte sie Lucie.

»Zwei Söhne.« Lucie dachte an Arthur und David.

»Aha«, meinte die Dame und machte ein saures Gesicht.

»Und zwei entzückende Schwiegertöchter«, schob Lucie hinterher.

»Freuen Sie sich. Da lobe ich mir doch Minerva, die Göttin der Weisheit und der Kunst. Die Hüterin des Wissens. Die Beschützerin der Handwerker. Da oben an der Decke Richtung Osten.«

Lucie konnte eine schlanke Frauengestalt erkennen, die den brutalen Kräften der äußeren Welt einen Schild entgegenhielt und dadurch Raum schuf für die schönen Künste. Von oben wurde sie von einem Engel beschirmt. Was für ein schönes und gewaltiges Bild, durchfuhr es Lucie. War nicht genau das die Aufgabe eines jeden Menschen? Einen inneren Raum zu schaffen, in dem Schönheit und Liebe regierten, und sich dabei nicht von den äußeren Kämpfen aus der Ruhe bringen zu lassen. Im Grunde war das auch die Aufgabe einer Gardienne. Minerva gefiel ihr.

Es läutete. Lucie wollte gerade ihre Gedanken mit den beiden älteren Herrschaften teilen, da bemerkte sie, dass sie bereits gegangen waren. Schade. Sie suchte ihren Platz in der Loge. Die Atmosphäre im Saal erinnerte sie ein bisschen an Weihnachten. Dunkelrot, wohin sie blickte, die Stühle waren mit rotem Samt bezogen, die Wände mit kostbarer roter Tapete verkleidet, auf dem Fußboden lag roter Teppich. Alles Ton in Ton. Nur die Säulen zwischen den Logen und die Balkonbrüstungen leuchteten golden. Was musste es für eine Arbeit sein, das alles hier sauber zu halten. Und was für eine Freude.

Lucie betrachtete das große, runde Gemälde von Chagall an der Decke, an dem sich die Geister schieden, weil es mit dem Stil des ausgehenden 19. Jahrhunderts brach. In der Mitte hing der große Kristalllüster.

»Der wiegt mehr als eine Tonne. Als Gardienne lebst du hier gefährlich«, frotzelte Nathalie, die, von Lucie unbemerkt, aufgetaucht war und sich nun neben sie an die Brüstung stellte. »Dieser Lüster hat mal eine Concierge erschlagen. Allerdings ist das schon einige Hundert Jahre her. Und die Frau soll auf Platz Nummer 13 gesessen haben.«

Lucie warf einen Blick auf ihre Karte. Vielleicht sollte sie mit Nathalie tauschen? Auf eine Mitarbeiterin der *AROP* hatte der Lüster es bisher ja nicht abgesehen. Andererseits hatte Nathalie das Leben noch vor sich. Das erinnerte Lucie an ihre Mission für den heutigen Abend. »Ist gerade viel los bei dir?«, fragte sie, während sie sich auf den roten Sessel mit der Nummer 13 setzte. Die Türen zu den Logen wurden geschlossen.

»Unser Chef ist wegen Burn-out krankgeschrieben. Diese Woche finden die Feierlichkeiten für Guillaume Bernards Geburtstag statt. Und jetzt sind auch noch die Mitarbeiter der Putzfirma in einen Warnstreik getreten!« Nathalie senkte die Stimme, denn das Licht im Saal ging aus. »Deshalb haben wir versucht, über die *AROP* freiwillige Putzkräfte zusammenzutrommeln, aber du kannst dir vorstellen, dass die Resonanz nicht sehr groß ist.« Der Dirigent erschien, und das Publikum klatschte. »Vor allem waren die Arbeiten überhaupt nicht koordiniert«, fuhr Nathalie lauter fort. »Heute ging es gerade noch, aber für morgen sehe ich schwarz.«

»Ich kann doch helfen!« Lucie flüsterte gegen die einsetzenden Instrumente an.

»Lass mal«, gab Nathalie zurück.

Ein böser Seitenblick traf die beiden.

Der Vorhang hob sich, und Lucie sah auf der Bühne einen jungen Mann auf einem Lehnsessel im Salon eines gediegenen

Gutshauses schlafen. Zu seinen Füßen erhob sich eine weiß gekleidete Tänzerin in wadenlangem Tutu, enger Corsage und weißem Kranz im Haar. Sie küsste den jungen Mann auf die Stirn und er erwachte.

»Entschuldige, ich habe dir gar kein Programm besorgt«, sagte Nathalie so leise wie möglich. »Der junge Bauer heißt James. Er soll heute seine Cousine Effie heiraten. Die Tänzerin in Weiß ist ein Luftgeist: *La Sylphide* in der Choreografie von Pierre Lacotte.«

Ein Herr räusperte sich in der Reihe hinter Nathalie.

Lucie sah, wie James auf der Bühne versuchte, das ätherische Wesen zu fangen, doch die Sylphide verschwand im Kamin. Weitere Tänzer eroberten die Bühne. Eine ältere Frau führte Effi herein. James zögerte, wandte sich ihr dann aber doch zu.

Lucie staunte, wie allein durch Tanz und Gesten die Geschichte erzählt werden konnte, ohne dass ein einziges Wort fiel. Lange war sie nicht mehr im Ballett gewesen, genau genommen seit Amandine Paris vor vielen Jahren verlassen hatte. Dabei hatte Nathalie öfter angeboten, ihr günstige Karten zu besorgen.

Als plötzlich aus dem Kamin eine alte Hexe auftauchte, zuckte Lucie zusammen. Sie hatte lange, buschige graue Haare, eine furchterregende Nase und jagte mit wallendem zerfetztem Mantel über die Bühne.

»*La Sorcière*«, erklärte Nathalie. »Sie wird von einem Mann getanzt.«

Mit großen Gesten wirbelte die Hexe von einem Hochzeitsgast zum nächsten, um ihm aus der Hand zu lesen. So erfuhr seine Braut Effie, dass James sie gar nicht liebte. Sein Nebenbuhler sei die bessere Wahl, bedeutete die Alte der enttäuschten Braut. Da endlich wurde es James zu bunt, und er warf die Hexe raus. Effie ging, um sich für die Hochzeit anzukleiden, und Lucie atmete auf.

»Ich kann doch morgen früh wirklich zum Putzen kommen«, raunte Lucie Nathalie zu. Wenn das ihre Schwiegertochter entlastete, würde sie das sehr gern tun.

Auf der Bühne war James nun wieder allein mit der verliebten Sylphide, die ihn immer mehr in ihren Bann zog. Man sollte die Männer nicht allein zu Hause lassen, dachte Lucie. Es führte nur dazu, dass James einem Luftgeist hinterhereilte und die Braut samt Hochzeitsgesellschaft allein zurückließ.

Der Vorhang fiel zur Pause, und ehe sich Lucie versah, hatte Nathalie ihr eine Karte für den VIP-Empfang in die Hand gedrückt und war verschwunden. Lucie verließ die Loge und wurde von einem Menschenschwarm zur *Grand Escalier* geschoben. Von Weitem sah sie Commissaire Legrand. Sie fragte sich, ob er wohl eine Freikarte bekommen hatte. Doch als sie die große Treppe hinab zum Empfang in der *Rotonde des abonnés* schritt, fiel ihr ein, dass es sich ja um eine Ballettgala zu Ehren Guillaumes handelte, und dass Legrand sich so ein gesellschaftliches Ereignis natürlich nicht entgehen ließ.

Der Cocktailempfang anlässlich des runden Geburtstages des Direktors wurde direkt unter dem Zuschauerraum gegeben. Lucie sah dort auf kleinem Raum die Größen der französischen Politik versammelt und vermutlich auch der Wirtschaft und der Kultur. Zumindest erkannte sie die junge Kulturministerin aus dem Fernsehen und auch zwei weitere Minister des Kabinetts. Der Präsident übrigens war nirgends zu erblicken, dabei hätte Lucie, wie alle anderen Franzosen, gern gewusst, mit welcher Frau an seiner Seite er sich gerade öffentlich zeigte. Dass er sich nicht auf eine Tochter Evas festlegte, konnte nicht an seiner sozialistischen Gesinnung liegen, denn auch Louis XIV. hatte mehrere

Mätressen gehabt. Da war es mit Sarkozy leichter gewesen, dachte Lucie. Eine Trennung während der Amtszeit, dann die Bruni und dann das Baby und genug Glamour, dass die Boulevardpresse ständig etwas zu berichten hatte und sich nicht auf heimliche Affären stürzen musste.

Lucie nahm dankend von einem Kellner einen Crémant entgegen, andere Kellner reichten Häppchen von *Dalloyau,* dem Feinkosttraditionshaus, das schon zu Zeiten des Sonnenkönigs in Versailles Hoflieferant gewesen war.

Wie schade, dass sie Nathalie nirgends erblickte. Wenn sie die Zeit nicht für ein Gespräch mit ihrer Schwiegertochter nutzen konnte, hätte sie auch Antonio mitnehmen können. Sie sah noch einige vertraute Gesichter, wusste aber nicht, ob ihr die Menschen aus dem Fernsehen, der Zeitung oder von der Bühne bekannt vorkamen. Dann erblickte sie Dr. Pierre Bourgeois, den Ballettarzt, dem sie noch vor wenigen Stunden ein Taxi bestellt hatte, und erinnerte sich daran, dass er am Nachmittag den Smoking und das Handy für Guillaume aus dessen Wohnung geholt hatte. Lucie wollte auf ihn zugehen, doch sie kam nicht an den vielen Menschen vorbei. Guillaume Bernard tauchte auf, trotz der Krücken strahlend wie immer. Er begab sich auf eine kleine Bühne und begrüßte die Gäste in seiner Nähe. Was für ein schöner Mann, dachte Lucie. Von Weitem nickte er ihr zu, und sie wurde ganz rot vor Freude. Als sie ihm zurückwinkte, hatte er sich schon abgewandt. Plötzlich fühlte sie sich unwohl unter diesen berühmten Menschen. Die Gäste kannten einander und waren ins Gespräch vertieft, doch niemand sprach mit ihr. Sie fühlte sich deplatziert als kleine Gardienne inmitten der Hautevolee.

Eine große, sehr schlanke Dame mit dichtem grauem Haar neben ihr sagte: »Ein Stern wurde geboren. Was für eine Darbietung!«

Und ihre Begleiterin antwortete: »Nichts im Vergleich zu Amandine damals. An sie wird keine Tänzerin jemals herankommen.«

»Sie soll übrigens wieder da sein. Als Choreografin.«

Lucie hatte Amandine zwar Laufen beigebracht, aber hierher, in die Welt der Reichen und Mächtigen, konnte sie ihr nicht folgen. Allerdings war Amandine selbst auch gar nicht da.

Als Putzfrau morgen, ging es Lucie durch den Kopf, werde ich mich wohler fühlen.

Sie sah Nathalie am anderen Ende der Halle den Nachschub dirigieren und ging wieder hoch zurück in den Zuschauerraum, bevor es klingelte. Dort bemerkte sie, dass auch Commissaire Legrand früher zurückgekehrt war. Allein. Ob er keine Begleiterin hatte? Auf einmal hatte sie Mitgefühl mit ihm, denn er wirkte in diesem großen Raum einsam und verloren.

Lucie erinnerte sich daran, dass sie unbedingt noch von Nathalie wissen wollte, was ihr auf dem Herzen lag, doch ihre Schwiegertochter erschien erst in letzter Sekunde, gerade noch rechtzeitig zum zweiten Akt.

Dieses Mal war die Kulisse ein Wald im Nebel, düster und täuschend echt. Die Hexe unter ihresgleichen. Lucie konnte kaum glauben, dass ein Mann unter dieser Maske stecken sollte. Mit dem Nebel verschwanden die Hexen, die Sonne ging auf, und die Sylphide führte James herbei, ließ sich von ihm aber nicht berühren. Weiß gekleidete Tänzerinnen schwebten durch die Luft, als würden sie fliegen.

»Wunderschön«, raunte Lucie.

»*Le Ballet Blanc*«, flüsterte Nathalie zurück. »Der weiße Akt.«

Die Sylphiden glitten davon – James hinterher. Die Hochzeitsgesellschaft war ihm in den Wald gefolgt und erfuhr dort durch die Hexe von seiner Untreue. Effie wandte sich nun doch seinem Nebenbuhler zu.

»Ich werde morgen zum Putzen kommen«, raunte Lucie. »Und ich bringe Unterstützung mit.«

»Scht!«, drang es aus der Reihe hinter ihnen.

Auf der Bühne bat James die Hexe um Hilfe, weil die Sylphide ihm immer wieder entschwinde. Sie gab ihm ein verzaubertes Tuch, das er dem schönen Luftgeist umlegen sollte, damit er bei ihm bliebe. Doch als James tat, wie ihm geheißen, musste die Sylphide sterben. Ihr Todeskampf war so anrührend, dass Lucie die Tränen kamen. Aus einem Impuls heraus drückte sie Nathalies Hand. »Hat David dir auch so ein Tuch umgelegt? Engt er dich zu sehr ein?«

Die Sylphide starb auf der Bühne.

»Ich glaube, meine Rolle ist gerade eher die der Effie. David läuft immer davon«, antwortete Nathalie leise mit trauriger Stimme, als James zusammenbrach.

Die Tänzer waren völlig außer Atem, nass geschwitzt und tranken gierig aus ihren Wasserflaschen. Der Vorhang war gefallen, und durch den dicken Stoff hörte man dumpf den tosenden Applaus aus dem Zuschauerraum. Guillaume war mit der Leistung an diesem Abend zufrieden. Sie standen alle zusammen seitlich der Bühne und wären für das Publikum hier auch nicht sichtbar gewesen, wenn der Vorhang geöffnet gewesen wäre. Ebenso wenig wie ihre Erschöpfung. Was auf der Bühne so leicht ausgesehen hatte, war in Wirklichkeit Schwerstarbeit.

»Nicht schlecht.« Guillaume klopfte Florian auf die Schulter, der den James getanzt hatte. *»Bien dansé«,* warf er Émilie für die Darstellung der Effie zu. Eine solide Leistung, die Guillaume Hoffnung auf mehr machte. »Sehr hübsch«, sagte er zu Anne, die in dem weißen Tutu als Sylphide hinreißend ausgesehen hatte. Jetzt saß sie auf dem Boden, ein Handtuch um die Schultern, und schenkte Guillaume einen liebevollen Blick. Schon mussten die Tänzer wieder Aufstellung nehmen für die Reverenzen.

Hinter Guillaume standen im Seiteneingang zum Treppenhaus die Schüler und Schülerinnen der Ballettschule in Nanterre. Sie waren alle bereits fertig gekleidet für das große Defilee, und so aufgedreht und zappelig, dass man sich kaum vorstellen konnte, wie sie zehn Minuten später in perfekter Haltung, den Körper gespannt und die Aufstellung befolgend über die Bühne schreiten würden. Als Guillaume an ihnen vorbei den Gang entlanghumpelte, wurden sie still und blickten ihn ehrfürchtig an. Dann herrschte großes Gedränge, weil sich die anderen Tänzer innerhalb von fünf Minuten passend für das Defilee umziehen mussten. Die Bühnenarbeiter räumten den Märchenwald fort und schufen den neuen Rahmen für die nächste Illusion.

Guillaume war froh, als sich endlich die Tür hinter ihm schloss und er sich mit Hilfe der Krücken über die kleine Rampe nach oben bewegte. Dieser Verbindungsgang zwischen dem öffentlichen Bereich und dem Backstageareal war den Angestellten der Oper vorbehalten. Was für ein blödes Missgeschick, sich ein paar Tage vor den Feierlichkeiten das Bein zu brechen.

Er öffnete eine weitere Tür und befand sich nun im öffentlichen Gang vor dem Zuschauerraum. Noch zehn Meter bis zu seinem Platz im Parkett, Nummer 139. Seit mehr als zwanzig Jahren war er jeden Abend für ihn reserviert. Von hier aus hatte Guillaume die beste Sicht auf die Bühne.

Inzwischen war der Zuschauerraum hell erleuchtet, und es herrschte ein Gemurmel wie in einem Bienenstock. Gespannte Erwartung des Defilees. Das Licht ging aus, der Maestro erschien, das Publikum klatschte, und Guillaume nahm Platz. Der Vorhang öffnete sich und man sah – nichts.

Dann tauchte zur Musik von Berlioz aus dem *Foyer de la danse*, das von einem einzigen zarten Lichtkegel erleuchtet wurde, die erste kleine Elevin im Tutu auf und schritt anmutig auf das Publikum zu. Hinter ihr reihten sich junge Tänzerinnen, die sich wie weiße Wellen durch den Bühnenraum nach vorne bewegten, dort teilten und links und rechts die Bühne verließen. Es folgten die Tänzerinnen des Pariser Balletts. Immer zwei Solistinnen und dahinter die Gruppentänzerinnen. Guillaume genoss den Anblick. Dieser Auftritt war Teil einer bedeutenden Tradition, die sich immer weiter fortsetzte, ganz der Anmut und Schönheit verpflichtet. Die Tänzerinnen nahmen an den Seiten Aufstellung. Es folgten die Solisten, die einen Rahmen um die Gruppe bildeten. Am Ende entstand ein Bild vollendeter Schönheit auf der Bühne, in dem jede Tänzerin und jeder Tänzer von der jüngsten bis zur ältesten ihren Platz gefunden hatte. Guillaume wusste, dass er jedem einzelnen seiner Tänzer in den letzten fünfundzwanzig Jahren genau dabei geholfen hatte. Sehr zufrieden humpelte er wieder zurück auf die Bühne und wurde nun von Marguerite, der dienstältesten Tänzerin, an den Rand der Bühne geführt. Das Licht blendete ihn, er konnte den Zuschauerraum nur schemenhaft erkennen, aber doch sehen, dass sie sich alle von ihren Sitzen erhoben hatten, um ihm begeistert zu applaudieren. Blumensträuße wurden auf die Bühne geworfen. Guillaume freute sich über die Anerkennung für all das, was er die letzten Jahrzehnte für Paris hatte tun dürfen als Botschafter der Grazie und der Schönheit. Heute Abend gaben die Bürger der Stadt es ihm in überwältigender Weise wieder zurück. Dieser Moment war ihm sehr kostbar, vielleicht war es der letzte dieser Art. Wie gut, dass der Operndirektor Olivier Renaud das miterlebte, dachte Guillaume.

Lucie taten die Hände schon weh vom Klatschen. Sie betrachtete Guillaume Bernard im Smoking auf der Bühne. Ein Mikrofon wurde ihm gereicht, doch der Applaus wollte nicht aufhören. »Bravo!«, rief Lucie. Der Ballettdirektor verbeugte sich erneut. Eine Tänzerin hatte ihm die Krücken abgenommen.

»Vielen Dank!«, rief Guillaume ins Mikrofon, und langsam ebbte der Applaus ab. »Vielen Dank Ihnen allen, dass Sie heute hier sind, um mit mir zu feiern.« Erneuter Applaus hob an, der sich gleich wieder beruhigte. »Vielen Dank für all die Glückwünsche und Geschenke zu meinem Geburtstag. Und herzlichen Dank meinen lieben Tänzerinnen und Tänzern für diese hervorragende Leistung.« Die Zuschauer klatschten. Lucie konnte nicht mehr.

»Und da ich nicht mit leeren Händen vor Ihnen stehen möchte, habe ich mir eine Überraschung für Sie ausgedacht. Heute möchte ich Ihnen ein Geschenk machen. Ich habe für Sie unsere verlorene Tochter nach Hause geholt. Zunächst wird sie hier bei uns ihre erfolgreiche Choreografie *Autumn Moves* aufführen, doch freuen Sie sich mit mir gemeinsam auf mehr: Amandine Maurel!« Das Publikum jubelte. Der Ballettdirektor machte eine große Geste mit dem Arm nach rechts, wie um seine Reverenz zu erweisen, doch es dauerte etwas, bis Amandine von dort auf der Bühne erschien. In dem schlichten Abendkleid, die vollen Haare im Nacken zusammengesteckt, wirkte sie apart wie eine Elfe. Bravorufe erschollen von allen Seiten. Lucie wurde plötzlich ganz still. Wie lange schon hatte sie Amandine nicht mehr auf dieser Bühne gesehen? Worin unterschied sie sich von den anderen Tänzerinnen? Auch alle anderen waren heute herausgeputzt, hatten sich grazil auf der Bühne bewegt und vollendet geknickst. Amandine verbeugte sich tief, und Lucie fand diese Geste so ergreifend schön, dass sie sogar das Klatschen vergaß. In diesem

Moment spürte sie deutlicher als je zuvor, dass Amandine hierher gehörte, auf diese Bühne, nach Paris und in keine andere Stadt der Welt. Guillaume hatte sie nach Hause geholt. Dafür war sie ihm dankbar.

Lucie bekam kaum mit, wie Guillaume Amandine ein Blumenbouquet überreichte und danach seiner langjährigen Assistentin Bernadette für die Organisation des Abends dankte.

Dann betrat der Operndirektor die Bühne. Olivier Renaud sah neben Guillaume fast doppelt so groß und doppelt so breit aus. Ein Hüne mit sonorer Stimme, der Guillaumes hohen persönlichen Einsatz für jede einzelne Tänzerin lobte. »Daher habe ich heute eine besondere Auszeichnung zu vergeben.« Das Publikum sah ihm gespannt entgegen. Auf einmal war es vollkommen still im Saal.

»Was für ein Abend!«, hauchte Nathalie Lucie zu.

»Es ist mir eine Ehre, heute für ihre bezaubernde Darstellung der Effie, Mademoiselle Émilie Curtain zum *Étoile* zu ernennen.« Die Zuschauer klatschten Beifall, und eine der weiß gekleideten Tänzerinnen löste sich aus dem Schlussbild des Defilees und kam zögernd nach vorne, als sei sie nicht sicher, ob sie richtig gehört habe. Lucie hatte sofort das Gefühl, dass hier etwas nicht stimmte. Guillaume wirkte seltsam angespannt, während er der Tänzerin gratulierte. Einzig der Operndirektor, Guillaumes Chef, schien seine Freude zu haben, als er der Tänzerin ein riesiges Bouquet überreichte und dann zügig die Bühne verließ. Guillaume und die Tänzerin blieben im Zentrum stehen, und vom Bühnenhimmel fiel Goldregen auf sie herab.

»Ist es nicht wunderbar?«, seufzte Lucie.

»Ich weiß nicht.« Nathalie runzelte die Stirn. »Wir sind gerade Zeugen einer Revolution geworden. Noch nie wurde die Darstellerin der Effie ernannt, sondern immer die Hauptrolle, die Sylphide.

Keine Ahnung, was sich Guillaume Bernard dabei gedacht hat. Und das am Abend seiner Gala …«

»Aber das hat doch gerade sein Chef getan«, erwiderte Lucie. »Der auf Vorschlag des Ballettdirektors ernennt.«

»Glaubst du, dass man Monsieur Bernard daraus einen Strick drehen wird?«, fragte Lucie.

Nathalie wurde leichenblass.

Dienstag, 3. Oktober

Am nächsten Morgen putzte Lucie in der Oper, wie sie es Nathalie versprochen hatte. Als sie am Vorabend aus dem Ballett nach Hause gekommen war, hatte sie Maria, die Gardienne von Hausnummer 9 an der Place des Vosges, gebeten, sie zum *Palais Garnier* zu begleiten. Nun war sie schon seit vier Stunden auf den Beinen. Ihr Rücken schmerzte, als sie sich bückte, um den Wischmopp aus dem Wassereimer zu nehmen und auszuwringen. Sie schob den Bezug wieder auf die Klapphalterung und setzte ihre Arbeit fort, die momentan darin bestand, den Mosaikfußboden in der *Rotonde des abonnés* zu wischen. Bereits um sechs Uhr morgens hatten sich die freiwilligen Putzkräfte getroffen und beschlossen, nur das Gröbste sauber zu machen. Sie wollten den Müll wegräumen, den Boden fegen und nur dort, wo unbedingt nötig, auch wischen. Der Putztrupp begann in den öffentlichen Räumen, danach kamen die Gänge und Büros dran, und wenn sie noch Zeit hatten, auch die Tanzsäle. Insgesamt war diese Putzaktion für sechs Freiwillige eine große Herausforderung. Um die Arbeit etwas zu erleichtern, hatte die Direktion heute Besichtigungen untersagt und die Räume für den Publikumsverkehr geschlossen. Eine junge Frau hatte sich bereit erklärt, jedes Stockwerk des Zuschauerraumes nach Müll abzusuchen und danach die gut zugänglichen Teppichflächen zu saugen. Sie war vor einer Stunde fertig geworden und, soweit Lucie wusste, unterstützte sie jetzt die anderen Frauen im

Verwaltungsbereich. Maria wollte noch die große Freitreppe von oben nach unten wischen und Lucie die Bereiche bei der *Rotonde*, denn hier war bis in die frühen Morgenstunden gefeiert und getanzt worden.

Lucie bewunderte den Mosaikfußboden. Symmetrische florale Muster aus kleinsten Marmorsteinchen. Was musste das damals für eine Arbeit gewesen sein! Auch die Decke war schön und aufwendig gestaltet. In der Mitte vollendete eine Rosette das Kunstwerk. Charles Garnier soll sich dort selbstverwirklicht haben, hieß es. Lucie reckte sich und versuchte, in dem geschlungenen Band ohne Anfang und Ende den Namen des großen Architekten zu lesen. In einem Kreis reihten sich die zwölf Tierkreiszeichen aneinander. Lucie konnte das Rätsel nicht lösen. Die Jahreszahlen fielen ihr leichter: 1861 bis 1875, die Bauzeit der Oper. Und dieses kunstvoll geschlungene Band war aus Stein! Ob heutige Steinmetze so etwas noch zuwege brächten?

Lucie wischte weiter. Wieso hatte Nathalie gestern Abend gesagt, David würde immer weglaufen? Musste sie sich Sorgen um die Ehe ihres Sohnes machen? Plötzlich fiel ihr etwas anderes ein. Bei dem Empfang für Guillaume mit der Kulturministerin im großen Foyer waren auch die Tänzer zugegen gewesen. Lucie hatte sich abseits von den Gästen gehalten, und als sie sich einen Weg durch die Menge der Tänzer zum Ausgang bahnte, hatte sie gehört, wie eine Tänzerin zur anderen sagte: »Da hat es Anne gar nichts gebracht, mit Guillaume ins Bett zu steigen. Zum *Étoile* gehört eben mehr …« Die andere Tänzerin hatte bissig gelacht. War es üblich, dass Mitglieder eines Ensembles so übereinander redeten?

Lucie hörte plötzlich eine Tür aufgehen, und im nächsten Moment stand Dr. Pierre Bourgeois vor ihr, seine Arzttasche in der Hand, und starrte sie verblüfft an.

»Was machen Sie denn hier, Lucie?«

»*Bonjour*, Docteur Bourgeois. Ich bin zu Hause nicht mehr ausgelastet«, scherzte sie.

»Den Eindruck hatte ich bisher nicht.« Der Ballettarzt kratzte sich am Hinterkopf.

Lucie mochte Dr. Bourgeois besonders gern, was sicher auch daran lag, dass er sich sehr dafür eingesetzt hatte, dass David nach seinem Studium die Stelle als Assistenzarzt im Krankenhaus bekam. Der Ballettarzt hatte von jeher eine große Sympathie für Nathalie gehegt. David zu einem erfolgreichen Start ins Berufsleben zu verhelfen und damit das junge Ehepaar zu unterstützen, war ihm eine Freude gewesen.

»Könnten Sie mir bitte mal helfen?« Lucie stützte sich auf den Wischmopp.

»Ich fürchte, dafür bin ich gänzlich unbegabt …«

»Ich meine doch nicht beim Putzen!« Lucie deutete nach oben. »Ich kann Charles Garnier nicht finden.«

»Ah, das liegt daran, dass er arabische Buchstaben verwendet hat. Schauen Sie, dort beginnt es: Jean Louis Charles Garnier, *architecte*.«

Lucie starrte nach oben und meinte tatsächlich, Fragmente davon lesen zu können. »Dann interessiert mich noch etwas, *Docteur*, was Sie mir sicher beantworten können. Wieso heißt der Raum hier *Rotonde des abonnés?*«

»Nichts leichter als das, Lucie.« Der Arzt stellte seine Tasche ab. »Hier war der Eingang der Abonnenten, die früher mit ihren Kutschen vorfuhren und auf diesem Weg ebenerdig die Oper betreten konnten. Nur das Fußvolk betrat das *Palais Garnier* über den Platz vorne, wo heute jeder Zuschauer reingeht. Damals war das Flanieren vor, während und nach dem Spektakel mindestens genauso wichtig wie die Aufführung selbst. Es ging darum, zu sehen und gesehen zu werden, und das in ansprechendem und standesgemäßem Rahmen.«

»Und warum gibt es hier Worte, die man nicht aussprechen darf?« Nathalie hatte sie gestern nach der Vorstellung noch schnell eindringlich gebeten, das Wort »Strick« nicht zu verwenden, bevor sie davongeeilt war, um beim Empfang auszuhelfen.

»Aberglaube!«, erwiderte der Dr. Bourgeois, nahm seine Brille von der Nase und begann sie zu putzen. »Sie meinen zum Beispiel das Wort *›corde‹*, Strick. Früher wurde die Arbeit der Maschinisten von Hand ausgeführt. Die ganzen beeindruckenden Bühnenbilder, die heute per Knopfdruck über riesige Seilwinden bewegt werden, das wurde damals allein mit menschlicher Kraft gemacht, allerdings von inhaftierten Zwangsarbeitern. Und es kam nicht nur einmal vor, dass so ein Arbeiter von einem Strick stranguliert wurde. Ähnlich entstand auch die Geschichte des Phantoms der Oper. Unter dem Gebäude befindet sich nämlich ein unterirdischer See. In Wahrheit ist das nicht so romantisch, sondern ein Bassin, ein Wasserreservoir für die Feuerwehr.«

Eigentlich wollte Lucie mit der Arbeit fertig werden, denn sie musste nach Hause. Die Zeit ihrer täglichen Anwesenheitspflicht als Gardienne an der Place des Vosges hatte schon begonnen. Doch ihre Neugierde war stärker. »Was hat das mit Phantom der Oper zu tun?«

Dr. Bourgeois begutachtete die Brille, schien zufrieden und setzte sie dann wieder auf. »Das Phantom der Oper, richtig. Gaston Leroux nutzte damals ein paar ungeklärte Vorkommnisse an der Oper, um darüber einen geheimnisvoll-schaurigen Roman zu schreiben. Es beginnt damit, dass der neue Direktor einen

Brief des ominösen Phantoms erhält. Einen Dauerplatz in Loge fünf verlangt das Phantom und die jährliche Fortzahlung des gewohnten Unterhalts, sonst geschehe etwas Furchtbares. Die Direktoren hielten das natürlich …«

In diesem Moment hörte Lucie einen gellenden Schrei.

Sie rannte los in Richtung Treppenhaus, stolperte über den Wischmopp und schlug der Länge nach hin. Gerade noch rechtzeitig hatte sie die Arme hochgerissen und vermieden, mit dem Gesicht aufzuschlagen. Einen kurzen Moment stand sie so unter Schock, dass sie nichts denken und nichts tun konnte. Dann spürte sie, wie ihr Bauch und ihre Beine langsam kalt und nass wurden. Sie fühlte die Hand von Dr. Bourgeois auf ihrer Schulter: »Lucie, hören Sie mich? Alles in Ordnung?«

Lucie hob vorsichtig den Kopf. »*Aïe*«, stöhnte sie.

»Warten Sie, ich helfe Ihnen auf.«

»Nein, danke, es geht schon. Schauen Sie lieber schnell, was da vorne los ist.« Lucie war sicher, dass der Doktor woanders dringender gebraucht wurde. Der Schrei hatte furchtbar geklungen. Vom Fußboden aus beobachtete sie, wie Pierre Bourgeois an der Säule vorbei und die Marmortreppe hocheilte, immer zwei Stufen auf einmal nehmend, bis er nicht mehr zu sehen war. Lucie versuchte, sich auf die Seite zu drehen und stöhnte vor Schmerz. Die Nässe drang nun auch durch die Ärmel. Hoffentlich war ihren alten Knochen nichts passiert. Und erst die Gelenke. »Wir sind nicht alt!«, schalt sie sich. »Kleiner Funktionstest, und weiter geht's!« Die Arme konnte sie bewegen. Lucie betrachtete ihre Hände. Sie waren rot und nass, hatten aber sonst nichts weiter abbekommen. Dann die Beine. Ihre Knie taten höllisch weh, ließen sich aber bewegen. »Also, dann hoch! Da vorne braucht jemand unsere Hilfe!«, befahl sie sich. Doch das Aufstehen war nicht so leicht. Nicht nur, dass sie nicht mehr so beweglich war wie früher, inzwischen war sie auch ziemlich schwer. Zumal sie auf dem nassen Boden schnell ausrutschen konnte. Nach einer gefühlten Ewigkeit stand sie wieder senkrecht. Ihre Knie schlotterten. »Papperlapapp!« Lucie setzte vorsichtig einen Schritt vor den anderen. Das tat zwar weh, aber sie konnte gehen. Langsam arbeitete sie sich bis zur Treppe vor. Das Stufensteigen fühlte sich an wie tausend Nadelstiche ins Knie. Auf das Geländer gestützt schaffte sie auch diese Herausforderung. Oben angekommen umrundete sie einen Messingständer, und ihr stockte der Atem. Vor ihr kniete Pierre Bourgeois, gebeugt über eine regungslos am Boden liegende Person.

Als ob durch einen Umzug die Aufklärung von Verbrechen beschleunigt werden würde. Commissaire Legrand saß an seinem Schreibtisch und öffnete eine Tafel der belgischen Schokolade *Côte d'Or,* Vollmilch mit Pekannüssen. Er war sauer! Während seine Kollegen in einem Mordfall an einem Asylbewerber in den Notunterkünften am Rande der Stadt ermittelten, sollte er sich mit dem Umzug beschäftigen. Seit Jahren war der geplante Umzug des *Palais de Justice* ein Politikum und wurde immer wieder aufgeschoben. Neuerdings stand eine Auslagerung in die Räume des ebenfalls auf der *Île de la Cité* gelegenen *Hôtel-Dieu* an. Und Legrand sollte prüfen, inwiefern die Räume der *Crim* am Quai des Orfèvres effizienter genutzt werden konnten und ob durch eine Zusammenlegung mit der Gerichtsbarkeit schon jetzt Synergien geschaffen werden konnten, ohne dass sie alle nach Tolbiac ziehen mussten. Eine undankbare Aufgabe. Niemand würde sich für das Ergebnis seiner Untersuchung interessieren, und ein übellauniger Bürgermeister würde die

Bestrebungen jederzeit aufhalten können – oder ganz neue Luftschlösser bauen.

Er brach die vorderste Reihe ab und steckte die Schokolade in den Mund. Mord im Flüchtlingsheim. Sicherlich würde die Boulevardpresse sofort einen rechtsradikalen Hintergrund vermuten. Frankreich hatte bereits genug Probleme mit den *Pieds-Noirs* oder den Roma, die zum Beispiel die Metrolinie 9 zwischen *Roosevelt* und *Trocadéro* unsicher machten. Wer sonst waren denn die ganzen *pickpockets?* Doch wenn man das Kind beim Namen nannte, wurde man öffentlich geschmäht. Spätestens seit dem Terroranschlag der Islamisten auf *Charlie Hebdo* war der Riss durch die französische Gesellschaft zu einem Thema geworden, vor dem die Politik die Augen nicht mehr verschließen konnte. Die Comiczeichner waren gefeiert worden, als seien sie die Helden der Meinungsfreiheit. Das ganze Land war plötzlich »Charlie«. »Ich bin Polizist«, hätten die Franzosen skandieren müssen, dachte Legrand. Denn Polizisten hatten ihr Leben gelassen, um andere zu schützen, die im Anfertigen von Kritzeleien ihre Daseinsberechtigung fanden. Und waren es nicht in erster Linie die Polizisten, die die ganzen Versäumnisse der Politik an vorderster Front zu spüren bekamen? Dieses Land hatte so viele Probleme, dass es sich selbst nicht mehr helfen konnte.

Die Schokolade war schon halb verzehrt, hatte jedoch bisher noch nicht die gewünschte süße Entspannung gebracht. Legrand stand auf, trat ans Fenster und blickte auf die Seine. Wo war er gewesen? Richtig, bei den Synergien durch einen Umzug. Die Wasseroberfläche kräuselte sich leicht, der Himmel war heute grau und wolkenverhangen. Was nutzte eine schnellere Aufklärung von Verbrechen, wenn sie letztlich nicht verhindert werden konnten? Abschreckung? Abschreckung war also die Daseinsberechtigung der Polizei. Legrands Telefon klingelte.

»Bonjour, Monsieur le Commissaire«. Die Stimme klang aufgeregt und kam ihm irgendwie bekannt vor. »Bitte, Sie müssen ganz schnell kommen.«

»Wer ist denn da überhaupt?«, grummelte er.

»Lucie! Lucie Ferreira. Die Gardienne von der Place des Vosges.«

O ja, er erinnerte sich. Die rüstige kleine Dame, die ihm seinen Start in Paris vermasselt hatte. Weil sie meinte, selbst ermitteln zu wollen. Wenn es nach ihm gegangen wäre, säße jetzt ein erfolgreicher Manager im Gefängnis, unschuldig vielleicht, aber hatten nicht alle Wirtschaftsbosse genügend Leichen im Keller, die so einen Aufenthalt allemal rechtfertigten?

»Was wollen Sie von mir?«, blaffte er.

»Monsieur Legrand, bitte kommen Sie schnell an die *Opéra Garnier*. Guillaume Bernard«, hier brach die Stimme kurz ab, »der Ballettdirektor, er ist die Treppe hinuntergestürzt … die *Grand Escalier*.«

Legrand erinnerte sich daran, dass er den Direktor gestern auf der Bühne gesehen hatte. Trotz der Krücken hatte er sehr frisch und lebendig gewirkt. »Haben Sie schon einen Arzt gerufen?«

»Der ist hier, aber Monsieur Bernard ist leider …«

»Sind Sie sicher?«, fragte Legrand noch einmal ungläubig. Als Antwort hörte er ein Schluchzen.

»Also gut, ich bin in zehn Minuten da.« Legrand ging fest davon aus, dass es sich um einen Unfall handelte und die *Crim* daher gar nicht zuständig war, aber zumindest bot sich hier eine Möglichkeit, der drögen Schreibtischarbeit zu entkommen und in Bereiche der Oper Einblicke zu erhaschen, die ihm sonst verwehrt geblieben wären. Und vielleicht würde er auch der einen oder anderen schönen Tänzerin begegnen, dachte Legrand deutlich besser gelaunt, als er sich auf den Weg machte zur *Pont Neuf*, um die Metro Linie 7 zu nehmen.

Lucie hatte Pierre leise schluchzend vorgefunden, über seinen reglos daliegenden Freund gebeugt. Guillaumes Krücken lagen zwei Meter tiefer am Fuße der Treppe. Erst hatte Lucie ihren Blick nicht von dem Ballettdirektor lösen können, diesem schönen Mann, der immer so viel Lebendigkeit und Frische ausgestrahlt hatte. Nun jedoch lag er da mit geschlossenen Augen, es sah aus, als schliefe er. Dass kein Blut floss, hatte sie erst als positives Zeichen gesehen, doch als sie den Notarzt rufen wollte, hatte Pierre nur traurig den Kopf geschüttelt. Aber etwas musste doch getan werden! Sie konnten hier nicht wertvolle Minuten verstreichen lassen. Dann musste die Polizei kommen, hatte Lucie gedacht, und Commissaire Legrand angerufen, weil Monsieur de la Roche, der Chef der *Crim*, in Kanada weilte. Immerhin hatte der Kommissar dieses Mal versprochen, in zehn Minuten da zu sein. Bei ihrer letzten Begegnung, als Legrand den Mord an Madame Blandel untersuchte, hatte er nicht so gewirkt, als hätte er das Arbeiten erfunden. Lucie fühlte nochmals Guillaumes Puls. Nichts. Der Doktor schnäuzte sich und wischte sich mit einem Taschentuch über die Augen, nachdem er die Brille abgenommen hatte. Lucie setzte sich auf die Steinstufen, sodass sie Guillaumes Kopf auf den Schoß nehmen konnte. Behutsam streichelte sie seine Wange. Vielleicht würde ja doch noch ein Wunder geschehen, und er öffnete die Augen. Saß sie hier nicht unter dem Bildnis der Minerva, die den zerstörerischen Kräften der Welt Einhalt gebot und den schönen Künsten Schutz gewährte?

Lucie zitterte. Die nasse Kleidung klebte an ihrem Körper, doch eigentlich fror sie tief in ihrem Innern. Guillaume war so ein strahlender Mensch gewesen. So ein schöner Mann. Wie schwer musste das erst für Pierre sein, seinen besten Freund und Vertrauten. Sie dachte an ihr nächtliches Zusammentreffen mit den zwei Trunkenbolden im Hof, das noch keine zwei Tage zurücklag, und spürte eine warme Welle des Mitgefühls für Pierre.

Der Arzt saß still neben ihr, mit den Fingern fühlte er immer noch Guillaumes Puls, als ob ihn das wieder lebendig machen könnte.

Der Ballettdirektor musste die Krücken verloren haben und dann die Treppe hinabgestürzt sein. Warum hatte er nicht den Fahrstuhl genommen? Was hatte er überhaupt hier gemacht? War er zu eitel gewesen, um zuzugeben, dass er zur Zeit gehbehindert war? Hätte sie doch nur oben gestanden, als er die Treppe hinuntersteigen wollte! Sie hätte ihm geholfen und so den Sturz verhindern können.

Vielleicht war Guillaume ebenso dumm gestolpert wie sie gerade über ihren Wischmopp. Als Pierre von dem Phantom der Oper erzählt und das Wort »Strick« ausgesprochen hatte. Lucie bekam eine Gänsehaut. Ob das Wort tatsächlich Unglück brachte? Wie war diese Geschichte mit dem Phantom weitergegangen? Guillaume war doch auch Direktor gewesen … hatte das Phantom auch ihn –

Sie hörte Schritte, die sich näherten. Ob das schon Legrand war? In diesem Moment bog eine kleine kräftige Frau mit halblangem grauem Haar um die Säule und stieß einen lauten Schreckensschrei aus. Lucie erkannte die energische Dame vom Vorabend, die so für Minerva in die Bresche gesprungen war. Doch die Götter, diese prächtigen Gestalten mit ihren so hehren Absichten, hatten Guillaume Bernard nicht beschützen können. Nein, allein Jesus hätte die Macht, Guillaume wieder zum Leben zu erwecken so wie Lazarus damals, doch Lucie wusste, dass sie jetzt nicht damit rechnen konnte. »Was ist passiert, Pierre?«, fragte die Frau, nachdem sie Lucie kurz zugenickt hatte.

»Er muss wohl seine Krücken verloren haben …« Der Arzt deutete auf die beiden Gehhilfen. »Hast du nichts gehört?«

Sie schüttelte den Kopf. »Bei mir läuft doch immer Musik im Laden. Habt ihr schon den Notarzt gerufen?« Sie sah angespannt von Dr. Bourgeois zu Guillaume Bernard. »Ich bin übrigens die Leiterin der Opernboutique«, stellte sie sich in Richtung Lucie vor. »Minerve Albisson.«

»*Enchantée.*« Lucie nannte ihren Namen und empfand die formelle Vorstellung mit Leiche auf dem Schoß skurril, zumal Minerve gleich darauf wieder fortging. Zu einem anderen Zeitpunkt hätte sie sich über den Namen der Dame von der Opernboutique amüsiert, doch jetzt war ihr nicht danach. Frierend saß sie da und wartete, sie wusste selbst nicht, worauf. Was konnte Legrand denn hier noch tun? Es war ein Fehler gewesen, ihn anzurufen. Sie hätte besser einen Priester rufen sollen, um das Totengebet zu sprechen. Doch welchen? Der Priester ihrer kleinen portugiesischen Gemeinde war nicht für Franzosen zuständig. Der Himmel machte da sicher keinen Unterschied, das Bodenpersonal leider schon.

Also musste sie das eben selbst übernehmen. Sie zeichnete mit ihrem Daumen ein Kreuz auf Guillaumes Stirn und betete leise: »Kommt her, ihr Heiligen Gottes, eilt Guillaume entgegen, ihr Engel des Herrn. Nehmt seine Seele auf und führt sie hin vor das Antlitz des Allerhöchsten. Christus, nimm ihn auf. Herr, gib Guillaume die ewige Ruhe, und das ewige Licht leuchte ihm. Herr, unser Gott, ich empfehle dir unseren Bruder Guillaume. In den Augen der Welt ist er tot. Lass ihn leben bei dir. Und was er aus menschlicher Schwäche gefehlt hat, das tilge du in deinem Erbarmen. Durch Christus, unsern Herrn. Amen.«

Minerve tauchte wieder auf. »Die Polizei kommt gleich.« Sie hatte eine Decke mitgebracht, die sie Lucie um die Schultern legte.

Etwas viel Polizei, dachte Lucie, für eine arme Seele, die ihren Weg nach Hause finden musste.

Legrand fand es gar nicht seltsam, dass der Direktor die große Freitreppe hinuntergestürzt war. So ein Unglück passierte eben, und manchmal ging es auch tödlich aus. Sehr seltsam hingegen war, dass die Gardienne von der Place des Vosges Nummer 3 während ihrer Arbeitszeit an der Oper zugange war. Legrand irrte um das Operngebäude. Das große Portal, durch das abends das Publikum ins Haus strömte, war jetzt verschlossen. Der Seiteneingang, wo man sonst Tickets für die Führungen erwerben konnte, war ebenfalls versperrt. Am Künstlereingang ließ man ihn nicht durch, da er sagte, er müsse zur großen Freitreppe, aber verschwieg, warum, weil er sich zunächst in Ruhe ein Bild der Lage machen wollte. Legrand war schon kurz davor, Lucie auf dem Handy zurückzurufen, als er den Hinweis bekam, durch die Boutique käme er in den öffentlichen Bereich. Er ging am Opernrestaurant rechts vorbei und betrat das Gebäude durch die Boutique, deutlich später, als er das eigentlich beabsichtigt hatte. Der Kommissar passierte den Vorraum mit den Souvenirs und der Kleidung und gelangte zu den Büchern. Dort lief laute Opernmusik. *La Bohème.* Auf einem Monitor wurde die Inszenierung gezeigt. Der Durchgang zur Freitreppe war nicht nur mit einem dicken roten Seil abgetrennt, sondern es stand auch ein Polizist davor. Legrand fragte sich, wer die Kollegen der Polizeistation vom 9. Arrondissement gerufen hatte. Wenn er als Vertreter der *Brigade criminelle* nicht sogleich klar die Führung übernahm, würde er nur einen kurzen Einsatz haben. Legrand zeigte seinen Dienstausweis und gelangte endlich an den Ort des Geschehens. Das Bild, das ihn erwartete, war an Skurrilität kaum zu überbieten. Lucie saß auf den Stufen der Treppe, eine Decke um die Schultern und auf ihrem Schoß Guillaumes Kopf. Sie wirkte wie eine Mutter, die ihrem kranken Kind Trost zusprach. Die Kittelschürze hatte Flecken und war nass, so wie der Rest der Kleidung auch. Die Gardienne sah aus, als habe sie geweint. Auf der anderen Seite der Leiche hockte ein Mann Ende fünfzig, mit Glatze, Vollbart und Hornbrille, neben sich ein Paar Krücken, und unterhielt sich mit einem uniformierten Polizisten. Neben dem Mann kniete eine ältere Dame, auch sie trug eine Hornbrille. Die Truppe wirkte als ginge es darum, den Direktor in den Schlaf zu wiegen. Eine Katastrophe für die Spurensicherung! Wie konnte man sich so unbedacht an einem Tatort bewegen? Madame Ferreira musste doch glauben, dass der Tod des Direktor nicht einfach nur ein Unfall war, sonst hätte sie Legrand nicht angerufen. Wenn er diese Überzeugung teilen würde, müsste er jetzt alle Anwesenden gründlich zur Räson rufen. Aber er war sich nicht sicher.

Lucie schaute auf und lächelte ihm schwach zu. Legrand machte ein Foto von dem Toten mit seinem Handy.

»Léon Legrand, *Police judiciaire*«, stellte er sich vor. »Wo ist der Arzt?«

Der Glatzkopf wandte sich ihm zu: »Mein Name ist Dr. Pierre Bourgeois.«

»Er ist der Arzt des Ensembles«, erklärte Lucie. »Und Guillaumes bester Freund. Ich meine, Monsieur Bernard. Also, er war …«

Legrand ging nicht weiter auf Lucie ein, sondern wandte sich nun direkt an Dr. Bourgeois.

»Sie haben den Tod festgestellt?«

»Ja.« Pierre Bourgeois nickte zur Bestätigung.

»Um wie viel Uhr?«

Der Arzt sah Lucie an: »Ich habe ihn um 10.05 Uhr gefunden. Da war er schon tot.«

»Todesursache?« Legrand fragte sich, warum Bourgeois die Gardienne angesehen hatte. Die beiden schienen einander zu kennen. Steckten sie unter einer Decke?

»Treppensturz. Das Genick ist wohl nicht gebrochen, aber er ist ungünstig auf den Kopf gefallen.« Legrand betrachtete den Hinterkopf genauer. Unter den Haaren war die Kopfhaut gerötet und geschwollen. Er machte noch eine Nahaufnahme des Toten.

»Wir haben den Schrei gehört«, erklärte Lucie.

Legrand ignorierte sie weiterhin und wandte sich an den jungen uniformierten Polizisten. »Sie haben eine Liste der Zeugen erstellt? Wenn Sie mir bitte mitteilen würden, was bisher passiert ist?«

Legrand erfuhr, dass Pierre Bourgeois und Lucie Ferreira einen Schrei gehört und den Direktor daraufhin tot mit dem Kopf nach unten auf der Treppe liegend gefunden hatten. Am Fuße der Treppe die Gehhilfen. Guillaume Bernard musste seine Krücken verloren haben und dann die Treppen hinuntergestürzt sein. Minerve Albisson, die Leiterin der Opernboutique, war später vorbeigekommen, weil sie auf die Toilette wollte. Sie hatte dann die Polizeiwache im 9. Arrondissement informiert. Weitere Personen waren nicht zugegen gewesen. Warum sich der Direktor im Treppenhaus aufhielt, war nicht bekannt. Madame Albisson hatte den Schrei nicht gehört, weil die Musik in der Boutique so laut gewesen war.

»Sie gehen auf die *Besuchertoiletten der Oper?*«, fragte Legrand nun Madame Albisson.

»Wollen Sie mir das verbieten?« Sie funkelte ihn hinter ihren Brillengläsern an.

»Sind Sie etwa eine Besucherin der Oper?«

»Wo soll sie denn sonst hingehen?«, fragte Lucie.

Legrand spürte, wie sich sein Unbehagen, das er seit dem Mordfall an der Place des Vosges gegen sie empfand, in Ärger verwandelte. Hatte er nicht genau deshalb Schwierigkeiten bekommen, weil sie sich in Dinge einmischte, die sie nichts angingen? »Ah ja, Madame Lucie Ferreira, wohnhaft an der Place des Vosges, Nummer 3. Beruf: Gardienne. Da frage ich mich schon, was *Sie* hier machen. Darf ich raten? Die Toiletten an der Place des Vosges sind nicht mehr funktionsfähig?«

Legrand sah Lucie erröten. »Ich habe geputzt.«

Unter diesem Vorwand hat sie sich in die Oper eingeschlichen, dachte Legrand. »Während Ihrer Arbeitszeit? Weiß der Hausverwalter davon, oder werden Sie inzwischen so schlecht bezahlt, dass Sie Ihr Gehalt aufbessern müssen?«

»Ich habe heute nur ausgeholfen, *Monsieur le Commissaire*«, entgegnete sie scharf. »Die Putzkräfte der Oper sind nämlich heute im Warnstreik, und das ist sehr unangenehm, während der Feierlichkeiten für …« Sie brach ab und betrachtete traurig die Leiche.

»Sie haben hier geputzt, soso. Auch gewischt?«, fragte Legrand lauernd.

»Selbstverständlich«, antwortete Lucie.

»Und wo stehen die Warnschilder?«

»Was für Warnschilder?«, schaltete sich Madame Albisson ein.

»Nun, es ist ja wohl offensichtlich, dass Monsieur Bernard gestürzt ist, nachdem Madame Ferreira das Treppenhaus gewischt hat. Gäbe es Warnschilder, spräche alles für einen Unfall.« Legrand nahm Lucie ins Visier. »So allerdings nenne ich das *fahrlässige Tötung.*«

Auf dem Dach des *Palais Garnier* hatte Amandine das Gefühl, endlich wieder frei atmen zu können. Sie kletterte über die Zinkplatten und schwang sich auf die Mauerbrüstung. Ihr Lieblingsplatz, die goldene Statue der *Harmonie* von Charles Gumery, befand sich zu ihrer Linken. Geradeaus blickte sie über das Dächermeer von Paris direkt auf den Eiffelturm. Leichter wurde ihr ums Herz, und sie beschloss, all das Hässliche, das Guillaume gesagt hatte, zu vergessen. Hier oben war sie frei. Immer frei gewesen. Schon als Ballettschülerin hatte sie sich hierher zurückgezogen, wenn sie sich ungerecht behandelt gefühlt hatte und einmal allein sein wollte. Das war damals, als die Ballettschule im *Palais Garnier* untergebracht war, noch möglich. Die Ballettschülerinnen und -schüler wurden *petits rats,* kleine Ratten genannt, weil man sie in den obersten Tanzsälen, direkt unter dem Dach, tippeln hörte.

Amandine lächelte und entspannte sich. Ein leichter Wind trug den Lärm der Straßen zu ihr hinauf, und die Wolkenschleier über der Stadt schienen lichtdurchlässiger zu werden. Amandine schloss die Augen, spürte die Wärme der Metallplatten unter sich und die Luft, die ihr über das Gesicht strich, und hörte das Murmeln des Lebens auf der Straße.

Sie hatte sich wohl etwas vorgemacht, als sie dachte, Guillaume habe sie geholt, um Frieden zu schließen und sich mit ihr auszusprechen. Statt dessen hatte er ihr diesen Job angeboten. Warum eigentlich? Um sein Gewissen zu beruhigen? Ach nein, es lag ja angeblich an ihrer mangelnden Selbstbeherrschung. Sie fühlte die Bitterkeit in sich aufsteigen und kämpfte dagegen an. Doch sie in aller Öffentlichkeit als verlorene Tochter zu bezeichnen, war schon …

»Wusste ich doch, dass ich dich hier finde.« Jean-Marcs Stimme klang sanft und erfreut. Amandine hielt unwillkürlich kurz den

Atem an, widerstand aber dem Impuls, die Augen zu öffnen. Sie lächelte: »Ich brauchte frische Luft.«

Jean-Marc erwiderte nichts. Sie hatte das Gefühl, dass er sie betrachtete, wollte sich aber nicht vergewissern. Bisher hatte sie es vermieden, ihm allein zu begegnen. Er würde eine Erklärung von ihr fordern. Jetzt hoffte sie, er würde bei ihr bleiben. Nur für diesen Moment, diese Pause, bevor sie wieder mit den Tänzern an der Choreografie weiterarbeitete.

»Du bist immer noch so wunderschön«, sagte er leise.

Sie öffnete die Augen und erschrak, als sie seinem Blick begegnete, in dem so viel Liebe und so viel Schmerz lag.

»Warum sind die Zugänge zum Dach jetzt eigentlich verriegelt?«, fragte sie, um irgendetwas Belangloses zu sagen, das ihre Begegnung auf eine solche Ebene ziehen würde, eine sichere, wo ihre Seele nicht berührt wurde.

»Es gab damals einen Unfall.« Er blickte in Richtung der Place de l'Opéra, wo die Fassade steil nach unten fiel. »Und man hat nie klären können, ob es wirklich ein Unfall war«, fuhr er leise fort.

»Wer?« Im gleichen Moment erkannte sie, dass sie Angst vor seiner Antwort hatte.

»Sylvain Denis …«

Sie hatte das nicht gewusst und nicht wissen wollen. Nachdem sie das Ensemble und Paris verlassen hatte, hatte sie mit ihrer Vergangenheit gebrochen. Diese Nachricht übertraf ihre schlimmsten Erwartungen. Es war doch nicht sein Fehler gewesen! Sylvain war doch nur zur falschen Zeit am falschen Ort gewesen, dort, wo Jean-Marc hätte sein sollen. Ein weiteres Leben, das durch diese unheilvolle Verstrickung zerstört worden war.

»Der Hausmeister hat dann alles dauerhaft verriegelt.« Jean-Marc sprach schnell weiter, als habe er ihre Gedankengänge in ihrem Gesicht gelesen. »Seitdem darf nur die Feuerwehr hier rauf. Und natürlich noch die Imker zu ihren Bienenstöcken im Norden. Insofern frage ich mich, wie du ihn dazu bewegen konntest, die Glastür zu entriegeln …« Er lächelte.

»Der Hausmeister ist immer noch sehr charmant …« Sie sah ihn spitzbübisch an.

»Ja, wir liegen dir immer noch alle zu Füßen.« Seine Augen blickten so warmherzig, dass sich ihr Bauch zusammenzog. Doch dann wurde sein Blick ernst. »Warum hast du mich damals verlassen, Amandine?«

Sie konnte seinen Augen nicht standhalten und betrachtete ihre Füße. Wie sollte sie ihm diese Frage beantworten? Sie hatte nicht ihn verlassen. Sie hatte Paris verlassen. Hatte er nicht ein Recht, alles zu erfahren? »Das ist doch schon so lange her …« Von unten hörte sie die Sirene eines Krankenwagens. »… und du bist doch jetzt glücklich mit Bernadette.« Ein Stich. Er sagte immer noch nichts. Als sie ihn anblickte, nahm er vorsichtig ihre Hand.

»Wirst du mir jemals verzeihen können, Amandine?«

Tränen schossen ihr in die Augen. Es traf sie mitten ins Herz. Oh, wäre er doch nur da gewesen an diesem unsäglichen Abend. Alles wäre ganz anders gekommen. Sie spürte, dass ihre Wangen feucht wurden. Er zog sie an sich. Sie legte ihren Kopf an seine Brust. Die Dämme brachen. All die zurückgehaltenen Gefühle der Trauer, des Schmerzes und der Verzweiflung durchfluteten ihren Körper, ihr ganzes Sein. Sie weinte, wie sie es noch nie getan hatte. Ganz und gar. Und gleichzeitig begann sich der große Knoten zu lösen. Die kalte Klammer, die sich um ihr Herz gelegt hatte, fiel ab, und alles geriet wieder in Fluss, so wie ihre Tränen. Jean-Marc hielt sie, sie konnte sich fallen lassen. Wieder auf ihn verlassen. Wieder überhaupt auf etwas verlassen. Sie hatte gedacht, dass sie alles überwunden und die Vergangenheit wirklich hinter sich gelassen hatte. Aber ihr war nicht bewusst gewesen, dass sie noch etwas brauchte und dass sie bei Guillaume an der falschen Stelle suchte. Jetzt durfte heilen, was zu heilen war. Auch ohne ihn. Die Zweifel fielen von ihr ab. Es war richtig gewesen, nach Paris zurückzukommen.

Fahrlässige Tötung? Wollte der Kommissar ihr etwa unterstellen, *sie* sei schuld am Tod des Ballettdirektors? Lucie hatte im vorletzten Sommer kurze Einblicke in Legrands Ermittlungsmethoden gewonnen, doch das war so lange her, dass ihr erst jetzt wieder präsent wurde, wie zweifelhaft diese manchmal waren.

»Sie sehen, meine Herren, wir können Fremdverschulden zum jetzigen Zeitpunkt nicht ausschließen«, erklärte der Kommissar gerade seinen uniformierten Kollegen vom 9. Arrondissement. »Die *Crim* ist am Zug. Wenn Sie vielleicht die Formalitäten, wie den Bestatter, organisieren würden? Die Leiche wird aber noch nicht freigegeben.«

Lucie beobachtete, wie Legrand mit den Polizisten Visitenkarten austauschte und sie dann zurück aufs Revier schickte. Die Uniformierten ließen das tatsächlich mit sich machen! Minerve Albisson stand kopfschüttelnd daneben.

Wie konnte der Kommissar ernsthaft glauben, Lucie selbst hätte Monsieur Bernard auf dem Gewissen? Hätte sie ihn dann etwa gerufen? Sie war so verblüfft, dass sie erst mal gar nichts sagte.

»Monsieur le Commissaire«, schaltete sich Dr. Bourgeois stattdessen ein. »Madame Ferreira kann überhaupt gar nichts mit dem Unfall zu tun haben. Sie hat unten gewischt, nicht hier oben. Wir haben uns beide in der *Rotonde des abonnés* unterhalten, wo sie zuvor geputzt hatte. Erst dann hörten wir den Schrei.«

Der Kommissar betrachtete die große Treppe und schien wenig überzeugt. »Wer hat dann hier oben geputzt?«

Maria, schoss es Lucie durch den Kopf. Um Gottes willen! So wie sie Legrand kannte, würde er sich sofort auf die Gardienne stürzen, nur damit er eine Tatverdächtige hatte. Wenn Maria ins Gefängnis musste, dann wäre Lucie daran schuld! Dann doch lieber sie selbst. Aber der Ballettarzt hatte gerade bestätigt, dass Lucie es nicht gewesen sein konnte. »Niemand! Niemand hat hier geputzt!«, sagte Lucie daher lauter als nötig. Guillaumes Leiche lag immer noch auf ihrem Schoß. Du sollst nicht lügen, dachte Lucie. In diesem Fall würde Gott ihr das verzeihen müssen, denn es ging darum, Marias Freiheit zu schützen.

»Unten wird geputzt, wo keiner hinkommt und hier oben im Hauptbereich nicht?«, höhnte Legrand.

Lucie reckte ihr Kinn vor und wappnete sich für das Verhör. »Unten war heute Nacht die Party. Da war es viel schmutziger!«

Das schien dem Kommissar einzuleuchten. Ganz überzeugt war er aber noch nicht: »Und wie erklären Sie sich dann den Treppensturz? Ist er ausgerutscht? Gestolpert?«

Lucie überlegte fieberhaft. Guillaume konnte tatsächlich ausgerutscht sein, weil Maria gewischt hatte und der Boden daher nass war. Da sie mit ihrem Anruf bei Legrand die Mordkommission verständigt hatte, stand nun ein Kommissar vor ihr, der darauf getrimmt war, Tötungsabsichten offenzulegen. Da half nur die Flucht nach vorne: »Vielleicht hat ihn jemand die Treppe hinuntergestoßen. Wir sind hier an der Oper. Auf der Bühne kommen Mord und Totschlag täglich vor. Das färbt ab.« Lucie sprach zuerst zögerlich, dann mit Nachdruck. »Ein Ort großer Gefühle, Eifersucht, Leidenschaft und …« Sie zeigte Richtung Decke zu den Göttern: »Rache! Hier findet das wahre Leben statt.« Dr. Bourgeois runzelte die Stirn. Legrands linkes Auge zuckte. »Außerdem«, legte Lucie nach, »war das nicht Guillaumes erster Unfall. Er ist vor drei Tagen schon in den Kulissen gestürzt. Vielleicht war auch das bereits ein Anschlag.«

»Soso«, meinte Legrand, »und warum sind Ihre Kleider feucht?«

»Ich bin hingefallen. Der Boden war nass.«

»Lassen Sie mich raten.« Legrand verschränkte beide Arme. »Sie hatten gewischt?«

»Nur in der *Rotonde des abonnés!*«, entgegnete Lucie, und Dr. Bourgeois nickte zur Bestätigung.

Wenn Legrand an einen Mord statt an einen Unfall glaubte, dann wäre Maria aus dem Schneider. Er würde Nachforschungen anstellen, die würden nichts ergeben, und irgendwann würde der Fall zu den Akten gelegt. Maria durfte jetzt nur nicht hier auftauchen. Lucie schwitzte. Sie hob achtsam Guillaumes Kopf an, rutschte auf der Stufe nach links und legte den Leichnam vorsichtig neben sich ab.

»Ein Mord also?« Legrand strich sich über das Kinn. Der Doktor blickte zweifelnd.

»Hätte ich Sie sonst gerufen?«, fragte Lucie so harmlos wie möglich und stand auf.

Bernadette verließ ihr Büro im Dachgeschoss der Oper und begab sich in den öffentlichen Bereich. Sie hatte Jean-Marc überall gesucht. Eigentlich hätte er im *Studio de danse Petipa* Unterricht geben müssen, doch dort war er nicht. Bernadette war zu klug gewesen, um nach ihm zu fragen. Ihre Anrufe liefen auf seine Mailbox. Seit fast einer Stunde. Die Sekretärin wusste nichts. Auch über Guillaume hatte sie noch nichts Neues erfahren. Mit gemischten Gefühlen näherte sie sich dem großen Treppenhaus auf der obersten Ebene, als sie einen Schrei hörte.

»Nein!«, hallte es gellend durch den Flur. Dieses Mal war es eine helle Frauenstimme.

Bernadette eilte zum Geländer und blickte nach unten. Sie erkannte den Ballettdirektor, der immer noch bewegungslos auf der Treppe lag, und Anne, die sich über ihn beugte und laut schluchzte. Daneben standen und knieten Pierre, Minerve, eine ältere Frau in Kittelschürze und ein weiterer großer Mann.

Schnell stieg sie die Treppen hinab und erreichte die seltsame Gruppe. Guillaume war tot. Der jahrelange Wegbegleiter. Der Dynamiker lag nun reglos auf den Treppenstufen. Anne klammerte sich an ihm fest, geschüttelt von Weinkrämpfen. »Nein, nein, nein …«, wiederholte sie unentwegt.

Die Putzfrau streichelte über Annes Rücken, und der große Mann blickte perplex. Der Ballettdirektor war tot, das würde weitreichende Konsequenzen haben. Bernadette brauchte Ruhe, um nachzudenken. Annes Heulerei machte sie wahnsinnig. Wo steckte Jean-Marc nur?

»Hast du kein Beruhigungsmittel für sie?« Bernadette war genervt, dass Pierre tatenlos danebenstand. Er zuckte die Achseln.

Sie waren eine Compagnie und mussten zusammenstehen. Sie mussten ihre Gefühle in den Griff bekommen, um weiter zu funktionieren.

»Was haben Sie hier zu suchen?«, fauchte sie in Richtung des Fremden. »Heute ist die Oper geschlossen!«

»Commissaire Léon Legrand«, stellte er sich vor und hielt ihr einen Dienstausweis unter die Nase. »Ich wurde an den *Tatort* gerufen.«

»Was ist passiert?«, wollte sie von ihm wissen. Die Polizei konnte sie hier überhaupt nicht gebrauchen. Wer war nur auf die Schnapsidee gekommen, die anzurufen? »Moment.«

Bernadette packte die Tänzerin an der Schulter: »Kind, jetzt reiß dich mal zusammen! Etwas mehr Haltung, wenn ich bitten darf.« Anne klammerte sich weiter an den toten Guillaume, doch nun weinte sie leise vor sich hin.

»Also, was ist passiert? Nein, warten Sie. Kannst du sie bitte in ihre Loge bringen?« Sie blickte Pierre auffordernd an.

»Wir müssen noch die Leichenschau machen«, erwiderte der Arzt gelassen.

Bernadette zog die Augenbrauen hoch: »Ich dachte, du bist für das Ensemble zuständig und kein Rechtsmediziner …«

»Wir brauchen Dr. Bourgeois hier. Als Arzt und als Zeugen!«, entschied der Kommissar.

Bernadette seufzte. »Minerve«, wandte sie sich an die Leiterin der Opernboutique, »rufst du bitte den Sicherheitsdienst? Am besten Daniel. Er soll Anne in ihre Garderobe bringen. Und Sie bleiben bitte bei ihr.« Das galt der Putzfrau, die sehr darum bemüht war, Anne zu trösten. Das musste helfen, bis Pierre ihr eine Beruhigungsspritze gab.

»Wer sind Sie überhaupt?« Der Kommissar baute sich mit verschränkten Armen vor ihr auf.

»Bernadette Colasante. Sagte ich das nicht bereits? Ich bin die stellvertretende Ballettdirektorin. Und jetzt sagen Sie mir mal bitte, wer Sie gerufen hat und was das Ganze hier soll!«

Endlich waren alle Frauen verschwunden, und Legrand blieb allein mit dem Arzt und der Leiche zurück. Er fragte sich, ob es wirklich eine gute Idee war, an der Oper ermitteln zu wollen. Zwar gab es hier viele attraktive Frauen, doch die Sylphide des gestrigen Abends, die auf der Bühne Männerträume verkörpert hatte, entpuppte sich im wahren Leben als hysterisches Nervenbündel, die Stellvertreterin des Direktors eine reine Xanthippe, schnippisch auch die Leiterin der Opernboutique. In der vorhandenen Besetzung war Lucie noch das kleinste aller Übel. Vielleicht war er sie doch etwas zu hart angegangen, zumal sie sicher nur helfen wollte. Auch wenn Legrand Lucies Art der Hilfestellung schwierig fand. Lucie hatte dank des Doktors ein Alibi, und er glaubte beiden. Selbst wenn Lucie auf der Treppe gewischt haben sollte, so konnte man ihr kaum zum Vorwurf machen, dass sie fleißig war. Andererseits: Hatte ihr Ordnungssinn sie nicht schon bei dem Mord an der Place des Vosges Spuren vernichten lassen?

»Jetzt helfen Sie mir bitte erst mal, den Toten wieder so hinzulegen, wie Sie ihn aufgefunden haben«, bat Legrand den Arzt. »Für die Spurensicherung wäre das hier eine Katastrophe …«

Der Leichnam war kalt, ließ sich aber noch bewegen, wenn auch schwerfällig. Als Guillaume Bernard mit dem Kopf treppab auf dem Rücken lag, schoss Legrand mit dem Handy ein paar Fotos. Sicher ganz andere Bilder als das, was der eitle Ballettdirektor zu Lebzeiten zelebriert hatte, dachte Legrand, wenn er sich jedes Jahr inmitten seiner einhundertzweiundfünfzig Tänzerinnen und Tänzer auf dieser pompösen Treppe hatte ablichten lassen. Hatte er sich nicht erst gestern Abend noch feiern lassen wie ein Gott? Jetzt wirkten die geschlossenen Augen in den Höhlen seltsam hohl, die gebräunte, erstaunlich glatte Haut für einen Sechzigjährigen begann wie Pergament auszusehen. Der Mund war leicht geöffnet. Legrand tastete vorsichtig den Hinterkopf ab. Unter der Schwellung fühlte sich der Knochen seltsam instabil an. Eine stumpfe Verletzung durch den Aufprall. Kein Blut. Legrand fotografierte diese Stelle im Detail. Auch auf den Stufen war kein Blut zu sehen.

Dann untersuchte Legrand die einzelnen Treppenstufen genau, um zu erkennen, wo und weshalb der Direktor gefallen war. Er konnte kein Hindernis in Form einer gespannten Schnur oder ähnlichem entdecken. Der Boden war zwar glatt, aber in trockenem Zustand nicht wirklich rutschig. Monsieur Bernard musste ziemlich weit oben Krücken und Gleichgewicht verloren haben. Legrand vermutete, dass der Direktor treppab unterwegs gewesen war und sich im Fallen durch das Gipsbein ungünstig gedreht hatte, weshalb er dann auf dem Hinterkopf gelandet war. Wäre er die Treppe mit den Krücken hochgestiegen, müsste ihn oben jemand erwartet und dann hinuntergestoßen haben. Er hätte aber die Oper durch die Boutique betreten müssen.

»Gibt es hier noch weitere Eingänge?«

»Der Haupteingang ist heute verschlossen«, antwortete der Arzt. »Guillaume müsste den Generalschlüssel dabeigehabt haben, um dort reinzukommen. Unten in der *Rotonde* kam er nicht vorbei. Beides wäre mit Krücken wirklich mühsam …«

Ein Missgeschick, dessen war Legrand inzwischen sicher.

Er betrachtete die Krücken eingehend, ohne zu wissen, was er sich davon erwartete. Dann den Gips. Legrand blickte den Doktor fragend an.

»Der Sturz vor drei Tagen«, erläuterte Bourgeois. »Guillaume hatte sich das Bein gebrochen.«

»Was halten Sie davon?«

Der Doktor betrachtete den Toten: »Wissen Sie, ich bin als Naturwissenschaftler weniger empfänglich für Mord- und Verschwörungstheorien als Madame Ferreira.«

»Oh, man sollte ihre Ahnungen nicht unterschätzen …«, hörte Legrand sich sagen. Seit wann hatte er denn das Gefühl, die Gardienne in Schutz nehmen zu müssen?

Bourgeois kratzte sich am Hinterkopf. Das schien seine Marotte zu sein. »Da haben Sie sicher recht. Ich denke, wir sollten die Leichenschau machen und dann nach Faktenlage entscheiden. Oder brauchen Sie die Gerichtsmedizin dafür?«

Legrand dachte an Madame Pistre, die Gerichtsmedizinerin, und schüttelte energisch den Kopf. Nein, Docteur Pistre wäre die letzte Person, die er jetzt hier haben wollte.

»Oder möchten Sie den Totenschein durch einen anderen niedergelassenen Arzt ausstellen lassen?«, fragte Bourgeois. »Ihre Kollegen von der Polizeistation haben da sicher Kontakte …«

Legrand überlegte, ob er die Kappen bitten sollte, einen anderen Arzt zu informieren, doch angesichts der Faktenlage war das nicht nötig. Zumal er sie auch eben erst weggeschickt hatte.

»Nein, lassen Sie uns das machen, wenn es Ihnen möglich ist. Und dann soll der Bestatter die Leiche holen. Wenn noch etwas wäre, könnten immer noch die Forensiker ran, bis ich sie zur Bestattung freigebe.« Legrand war zufrieden mit sich und seiner Entscheidung. »Packen Sie mal mit an.«

Sie legten den Leichnam unten auf die Marmorplatten. Legrand griff in Bernards Hosentaschen und fand dort einen Schlüsselbund, aber kein Handy.

»Das sind nur seine Wohnungs- und Büroschlüssel. Der Generalschlüssel sieht anders aus«, bemerkte Bourgeois.

Legrand knöpfte das Hemd auf: »Gibt es eigentlich Angehörige?«

»Nur eine Exfrau.« Bourgeois machte sich an den Schuhen zu schaffen.

Legrand vermutete, dass es Maßanfertigungen waren. »Und wo hat der Gute gewohnt?«

Die Daten würde der Doktor in den Totenschein schreiben.

»An der Place des Vosges.«

Legrand hielt inne. »Sagen Sie nicht in Hausnummer 3!«

An der Place des Vosges Nummer 3 stieg Monsieur Rosenberg in Begleitung seines Hundes Fifi die Treppe hinunter. Er wollte im *Chez Marianne* Mittagessen gehen und zuvor Lucie bitten, in seiner Küche nachzusehen, ob die Maus inzwischen in die Falle gegangen war. Vor der Tür zu ihrer Loge traf er auf einen Mann mit sehr kurzem Haar, den er auf Anfang dreißig schätzte. Der Besucher drückte immer wieder auf den Klingelknopf.

»Ist Madame Ferreira nicht da?«, fragte Rosenberg.

Er sah Madame Richard das Hintergebäude verlassen und den Hof überqueren. Gott sei Dank ohne ihren Dackel, dachte Monsieur Rosenberg. Fifi trank aus dem Trinknapf, den Lucie extra für ihn neben ihre Tür gestellt hatte.

»Offensichtlich nicht!« Der Mann wirkte verärgert. »Dabei hat sie Anwesenheitspflicht während ihrer Arbeitszeit. Und ich habe mein Kommen angekündigt! So geht das nicht!«

»Ja, Lucie hat eine sehr laxe Einstellung zu Vorschriften.« Madame Richard war inzwischen bei ihnen angelangt. Fifi knurrte.

»Das werde ich ihr aber nicht durchgehen lassen!«, empörte sich der Fremde.

Monsieur Rosenberg versuchte, Fifi zu beruhigen. »Mit wem haben wir das Vergnügen?«

»Fabrice Platel, ich bin der neue Hausverwalter. Und in dieser Funktion der Chef der Gardienne.«

»Gut, dass wir Sie sehen«, rief Madame Richard aus. »Die Post könnte Lucie auch früher verteilen. Und nachts für mehr Ruhe sorgen!«

»*Enchanté.*« Monsieur Rosenberg streckte dem Hausverwalter die Hand entgegen. »Mein Name ist Abram Rosenberg.«

Der junge Mann änderte seinen Gesichtsausdruck. »Sind Sie *der* Abram Rosenberg? Der bekannte Komponist?«

Monsieur Rosenberg lächelte.

»Ich bin ein großer Verehrer Ihrer Musik«, beteuerte der Hausverwalter.

Monsieur Rosenberg war zufrieden. Der Hausverwalter würde Lucie unbehelligt lassen. Doch da hatte er nicht mit Madame Richard gerechnet.

»Die nächtlichen Ruhestörungen sind nicht hinnehmbar. Ich habe heute Nacht deutlich Lucies Stimme gehört.«

Fifi knurrte erneut. Was für ein schlauer Hund, dachte Rosenberg. »Mein lieber Platel«, er legte dem Hausverwalter die Hand auf die Schulter. »Lucie kümmert sich Tag und Nacht um die Belange unseres schönen Gebäudes und seiner Bewohner. Schauen Sie sich diese Glastür an. Der Messingknopf. Der Boden. Alles tipptopp. Ich hätte heute Nacht kein Auge zugetan, wenn Lucie nicht da gewesen wäre.«

Madame Richard starrte ihn mit offenem Mund an, und auch der Hausverwalter blickte irritiert.

»Schauen Sie, ich hatte heute Nacht Eindringlinge in meiner Wohnung …«

»Deshalb der Radau.« Madame Richard nickte wie zur Bestätigung, dass dies alles erklärte.

»Genau. Und jetzt fällt mir wieder ein, dass ich Lucie gebeten hatte, über Mittag einige Besorgungen für mich zu machen. Wissen Sie, junger Mann«, er klopfte Platel auf die Schulter, »in meinem Alter vergisst man die Dinge manchmal.«

Platel straffte seine Schultern. »Das ist ja ganz nett, doch die Gardienne wird nicht von der Hausgemeinschaft bezahlt, um Besorgungen zu machen, sondern um hier ansprechbar zu sein.«

»Ich habe sie ja angesprochen. Auf das Ungeziefer im Haus. Und Madame Ferreira war so nett, Fallen kaufen zu gehen. Wir Wohnungseigentümer könnten dafür natürlich auch die Verwaltung ansprechen, die dann sicher einen Kammerjäger organisieren würde. Der legt Gift aus, und in allen Ritzen stößt man dann auf Mäuse- und Rattenkadaver, die entsetzlich stinken.« Monsieur Rosenberg schüttelte sich. »Ein guter Freund von mir hat auf diesem Wege seinen Hund verloren. Und die Schadensersatzklage gegen seinen Hausverwalter gewonnen.«

Monsieur Platel wurde blass.

»Ich richte Madame Ferreira auf jeden Fall aus, dass Sie da waren und die Besorgung der Fallen gutheißen. Die Kosten dafür übernehme ich gerne im Sinne der Solidargemeinschaft.«

»Tun Sie das bitte«, sagte Monsieur Platel.

»Selbstverständlich, wenn Sie das wünschen.« Monsieur Rosenberg öffnete das große Portal und verließ mit Fifi das Gebäude. Unter den Arkaden erlaubte er sich ein zufriedenes Lächeln.

Lucie musste dringend Maria finden. Wie von der stellvertretenden Direktorin gewünscht, hatte sie die schluchzende Primaballerina gemeinsam mit dem Sicherheitsbeamten Daniel Bouché in ihre Garderobe gebracht. Sie war froh gewesen, Daniel als starken Mann dabeizuhaben, auf den sich die Tänzerin stützen konnte. Er hatte äußerst beruhigend auf die junge Frau gewirkt. Lucie hatte in Daniel den netten älteren Herrn erkannt, der ihr gestern seinen Arm geboten und ihr so begeistert von Apollo erzählt hatte.

Als Anne schließlich auf ihrem Sofa lag und zu schlafen schien, war Lucie gegangen, nicht ohne vorher Daniel zu bitten, vor der Garderobe auf Dr. Bourgeois zu warten. Der Arzt sollte nach der jungen Frau schauen, doch was konnte ein Beruhigungsmittel gegen ein gebrochenes Herz ausrichten? Es tat Lucie in der Seele weh, nicht mehr für die Tänzerin tun zu können.

Doch sie konnte und musste Maria aus der Schusslinie holen, so schnell wie möglich. Wenn sie nur gewusst hätte, wo sie steckte.

Die Garderoben der Tänzerinnen befanden sich im ersten Stock. Lucie vermutete, dass Maria mit den anderen freiwilligen Putzkräften im Bereich der Verwaltung putzte. Vermutlich hatten sie in den oberen Etagen begonnen. Während sie auf den Fahrstuhl wartete, versuchte sie, Maria auf dem Handy zu erreichen. Leider hatte die Gardienne aus Nummer 9 ihr Telefon abgeschaltet.

Die Türen öffneten sich. Zwei junge Tänzer verließen den Fahrstuhl und grüßten höflich. Lucie wählte das oberste Stockwerk. Tänzer sind wirklich hervorragend erzogen, dachte sie. Wie Guillaume. Lucie wurde wieder traurig. Nun würde sie ihn nicht mehr jeden Morgen begrüßen können. Sein strahlendes Lächeln würde ihr fehlen.

Im vierten Stock stieg sie aus. Jetzt musste sie sich darauf konzentrieren, keine Fehler zu machen. Legrand würde mit seinen Ermittlungen in den Räumen der Direktion anfangen. Deshalb musste Lucie dort als Erstes nach ihrer Kollegin suchen.

Lucie lief den Gang entlang und bog rechts um die Ecke. Die Büros der Direktion fand nur, wer sich hier gut auskannte. Früher war auch die *AROP* in diesem Trakt untergebracht gewesen, Lucie hatte ihre Schwiegertochter Nathalie hin und wieder abgeholt. Sie erschrak. Wenn Legrand nicht an einen Mord, sondern weiter an einen Unfall glaubte, den die Putzkräfte verursacht hatten, könnte das auch für Nathalie unangenehme Folgen haben, weil sie diese Aktion ins Leben gerufen hatte. Ihre Schwiegertochter hätte sich um die Warnschilder kümmern müssen. Das bedeutete, Maria nach Hause zu schicken war nur der erste Schritt.

Lucie stieg die kleine verwinkelte Treppe hinab. Ihre Kleidung war inzwischen Gott sei Dank wieder trocken. Wie konnte sie Legrand weitere Hinweise für einen Mord liefern, wo doch alle Welt Guillaume geliebt hatte und es keinerlei Anhaltspunkte dafür gab, dass man ihm nach dem Leben getrachtet hatte? Lucie gelangte in den großen Vorraum. Die Holzdielen waren im Fischgrätenmuster verlegt worden. Große Eichenschränke und Vitrinen passten sich nahtlos in die Wandvertäfelung ein. Eine gewisse Unordnung entstand durch zahlreiche aufeinandergestapelte Papierkartons und einige große Bürogeräte wie Drucker und Kopierer. Es sah aus, als befände man sich noch, oder schon wieder, im Umzug.

Lucie kam zuerst am Büro der stellvertretenden Direktorin vorbei. *Bernadette Colasante* stand auf dem Schild neben der Tür. Bernadette saß an ihrem Schreibtisch und telefonierte. »Bei der Todesanzeige dürfen wir niemanden vergessen«, hörte Lucie sie sagen und blieb neugierig neben der Tür stehen, sodass Madame Colasante sie nicht sehen konnte. »Wir schalten eine im Namen der Direktion. Monsieur Renaud habe ich informiert. Eine für das Ensemble. Mit den Tänzern werde ich um 14 Uhr sprechen – nein – besser, Sie organisierten eine Vollversammlung im *Foyer de la danse* … Ja, das wäre der angemessene Rahmen … 14 Uhr. Bis dahin muss die Pressemitteilung stehen … Bitte bis 13.45 Uhr auf meinen Schreibtisch … Wir informieren alle zeitgleich … Pressekonferenz? Da möchte ich mich erst noch mit Monsieur Renaud abstimmen.«

Wie professionell die Direktorin mit Guillaumes Tod umging! Lucie bekam eine Gänsehaut. Was war sie nur für eine kühle Frau. Sie wirkte fast so, als sei sie auf Guillaumes Tod vorbereitet gewesen und nicht, wie alle anderen, davon überrascht worden.

Lucie fand Maria im Büro des Ballettdirektors, wo sie in seinem Schreibtischsessel saß, ein Handy in der Hand. Als sie Lucie bemerkte, sprang Maria sofort auf. »Da bist du ja endlich«, sagte sie und legte das Telefon auf den Tisch. »Ich bin hier oben schon fast fertig.«

»Maria, hast du das Treppenhaus gewischt? Die *Grand Escalier?*«

»Ja, natürlich! Aber nur die untere Treppe. Oben war alles noch ziemlich sauber, und wir wollten schnell fertig werden, weil wir nicht wussten, was hier noch alles zu tun ist.« Maria sah sie verblüfft an: »Wie siehst du denn aus?«

Lucie sah an ihrer Kittelschürze hinunter, auf der das Putzwasser an manchen Stellen dunkle Flecken hinterlassen hatte. »Egal, du musst verschwinden! Sofort!«

»Ach, so ist das«, Maria verschränkte die Arme. »Der Mohr hat seine Schuldigkeit getan, der Mohr kann gehen …«

»Maria, Monsieur Bernard ist tödlich verunglückt. Im Treppenhaus gestürzt. Und die Polizei sucht nach einer Putzfrau, die die Treppe nass gewischt hat, ohne ein Warnschild aufzustellen.«

Maria wurde blass. »Das mit dem Schild hätte uns jemand sagen müssen …«

»Ich weiß.« Lucie zog ihre Kittelschürze aus. »Jetzt mach lieber schnell. So wie ich Commissaire Legrand kenne, wird er bald hier sein.« Legrand war zwar nicht der Hellste, aber inzwischen war recht viel Zeit vergangen.

Lucie deutete auf das Handy auf Guillaumes Schreibtisch. »Was ist das da eigentlich?«

»Das neuste iPhone. So schön schlank!«, schwärmte Maria.

»Ich vermute, das gehört Monsieur Bernard?«

Maria nickte.

»Gib mal bitte her!«, befahl Lucie.

»Ich hatte es aber als Erste«, schmollte Maria.

»Eben! Und du hast dabei deine Fingerabdrücke darauf hinterlassen.« Lucie steckte das Handy ein.

»Das ist Diebstahl!«, protestierte Maria.

»Nein, Notwehr.« Lucie würde dafür sorgen, dass das Telefon in die richtigen Hände kam. »Und jetzt ab nach Hause mit dir! Vielen Dank, dass du geholfen hast.«

»Wann kommst du?«, wollte Maria wissen.

»Ich muss noch kurz zu Nathalie. Aber die Putzaktion ist hiermit beendet.«

Zusammen verließen sie Guillaumes Büro. Lucie begleitete Maria zum Fahrstuhl. Im ersten Stock, auf Höhe der Räume der *AROP*, stieg sie aus.

Der Bereich der *AROP* lag hinter einem großen Portal und war mit einem Code gesichert. So wie sich das der neue Hausverwalter auch an der Place des Vosges vorstellte, dachte Lucie. Sie gab die vier Ziffern ein und betrat den Flur. Zur linken lag ein Besprechungsraum mit einem ovalen Konferenztisch, zur rechten die Büros, alle durch Glaswände voneinander getrennt. Durch die zusätzliche Deckenbeleuchtung wirkte der Ort hell und freundlich. Nathalie hatte das vorletzte Büro hinten rechts, direkt neben dem ihres Chefs, der zur Zeit wegen Krankheit ausfiel.

Lucie klopfte, um auf sich aufmerksam zu machen. Ihre Schwiegertochter hatte den Telefonhörer zwischen Kopf und Schulter geklemmt und blätterte in ihrem Kalender. Sie winkte Lucie herein und bedeutete ihr, Platz zu nehmen. »Ist gut, so machen wir das.« Nathalie deutete auf die Kaffeetasse und blickte Lucie fragend an? Lucie schüttelte den Kopf und betrachtete ihre Umgebung. Sämtliche Möbel waren weiß und modern. Nathalie hatte Augenränder und sah aus, als habe sie geweint. Ob sie schon von Guillaume Bernards Sturz gehört hatte? Oder ging es um David? Nathalie legte auf. »*Bonjour, ma belle-mère*«, lächelte sie Lucie an. »Wie ist es dir ergangen? Es scheint anstrengend gewesen zu sein …«

Anscheinend wusste ihre Schwiegertochter nichts von dem tödlichen Unglück.

»Wir haben das Wichtigste im vorderen Bereich geschafft …« Lucie stellte ihre Handtasche ab und setzte sich. »Sag mal, wessen Idee ist das eigentlich gewesen, das mit den freiwilligen Putzkräften?«

»War es doch zu viel für dich?« Nathalie blickte besorgt. »Ich hatte es befürchtet. David würde mich zu Kleinholz verarbeiten, wenn er davon wüsste …«

»Mir geht es um etwas anderes, Nathalie. Wer ist für die Putzarbeiten verantwortlich?«

»Möchtest du dich bewerben?«, frotzelte Nathalie. Sie nahm einen Schluck aus ihrer schwarzen Kaffeetasse. *Je suis Charlie,* stand in weißen Lettern darauf. »Die Putzarbeiten fallen in das Ressort des Leiters der inneren Angelegenheiten. Er hatte mir von dem Streik erzählt und mich gefragt, ob mir dazu etwas einfallen würde. So sind wir auf die Idee mit dem Aufruf unter den Mitgliedern der *AROP* gekommen. Wieso fragst du? Gab es ein Problem?«

»Wir hatten keine Warnschilder und wären auch nicht darauf gekommen, dass wir welche bräuchten.« Lucie seufzte.

»Was ist passiert?« Nathalie stellte die Kaffeetasse ab und beugte sich vor.

»Es gab einen Unfall.«

»O Gott, hat sich eine der Freiwilligen verletzt?«

»Nein. Ich bin auch sicher, dass es nicht am Wischen lag.« Lucie wusste nicht, wie sie es ihrer Schwiegertochter am schonendsten beibringen konnte. »Guillaume Bernard ist heute im Treppenhaus gestürzt.«

Nathalie wurde noch blasser. »Und wie geht es ihm?«

Lucie schüttelte den Kopf.

»O mein Gott«, wiederholte Nathalie und ließ sich zurück in ihren Schreibtischsessel sinken. »Wie konnte das denn passieren?«

»Er muss unglücklich gefallen sein. Wegen der Krücken.«

»Deshalb also die Vollversammlung um 14 Uhr«, murmelte Nathalie und kaute auf ihrem Daumennagel. »Bist du sicher, dass er nicht ausgerutscht ist, weil es zu nass war?«

»Absolut sicher!«, log Lucie, erstaunlicherweise ohne rot zu werden.

Der Bestatter hatte den Leichnam abgeholt, und Legrand hatte ihm auch die Krücken mitgegeben. Dr. Bourgeois hatte dafür gesorgt, dass der Verstorbene diskret durch den Seiteneingang zur heute geschlossenen Ticketboutique getragen wurde. Legrand stand nun auf der Straße und sah dem Leichenwagen hinterher, der auf Höhe der *Galeries Lafayette* links um die Ecke bog. Dr. Bourgeois musste sich um die Tänzerin kümmern. Schade. Legrand hatte Hunger und hätte gern mit ihm zusammen im Restaurant an der Oper gegessen. Eigentlich sollte er sich auf den Weg zurück ins Büro machen und dort seinen Abschlussbericht schreiben. Fremdverschulden konnte ausgeschlossen werden. Die Verletzungen der Leiche wiesen darauf hin, dass Bernard durch den Sturz auf der Treppe gestorben war, dessen waren sich der Arzt und Legrand sicher. Dr. Bourgeois hatte von einem stumpfen Trauma gesprochen, aufgrund eines unglücklichen Aufpralls mit dem Hinterkopf. Der Tod sei vermutlich sofort durch das Zerreißen der Hirnbasisarterien eingetreten.

Legrand dachte an sein Umzugsprojekt. Nein, darauf hatte er keine Lust. Er schlenderte an der Hauswand entlang. Das *Palais*

Garnier war riesig. So vieles gab es dort noch zu entdecken. Ein Meisterwerk zu seiner Zeit. Napoleon III. hatte den Architekten Charles Garnier beauftragt; 1861 war mit dem Bau begonnen worden, 1875 wurde er vollendet. Nein, dachte Legrand. Er hatte noch nicht die Räume der Direktion gesehen, nicht die Tanzsäle, nicht die Garderoben der Tänzerinnen. Ob es auch eine Kantine gab, fragte er sich mit knurrendem Magen. Die Schneiderei und die Modisten, die Bühnenbildwerkstätten und den unterirdischen See, die Kulissen und die elfenhaften Tänzerinnen. Dies alles wartete nur darauf, von ihm entdeckt zu werden. Durch Guillaume Bernard und Lucie hatte er eine Eintrittskarte bekommen, die er nicht verfallen lassen wollte. Lucie hatte von dem Sturz in den Kulissen erzählt, von einem möglichen Anschlag gesprochen, und Intrigen an der Oper angedeutet. Diese Ermittlungen konnten spannend werden. Ein angenehmer Ausflug, wenn die Damen nicht alle so kalt waren wie die Direktorin oder so hysterisch wie die Darstellerin der Sylphide.

Inzwischen hatte Legrand den Hof vor dem Künstlereingang erreicht. Auf dem Kopfsteinpflaster standen einige Motorräder und Roller. Legrand schlängelte sich zwischen den Zweirädern hindurch. Wie würde er vorgehen, wenn er wirklich an einen Mord glaubte? Er hätte die Spurensicherung geholt und sich mit der Gerichtsmedizinerin auseinandersetzen müssen. Dann würde er das Umfeld des Opfers unter die Lupe nehmen, beruflich wie privat. Die logische Konsequenz war also, dass er jetzt ein Gespräch mit der Direktorin führen musste und dann mit einzelnen Tänzerinnen. Morgen könnte er Bernards Wohnung an der Place des Vosges unter die Lupe nehmen. Er pfiff leise vor sich hin. Sein Plan gefiel ihm.

Der Künstlereingang war eine Glastür, an die senkrecht zwei

Ballettstangen angebracht waren, mit denen man sie aufziehen konnte. Was für eine passende Idee, dachte Legrand, und wandte sich nach rechts. Er gelangte in einen Gang mit einer Theke auf der rechten Seite. Dahinter stand eine blonde Frau mittleren Alters mit glatten Haaren und Brille, in blauem Hosenanzug. *Marianne Lagarde* stand auf ihrem Namensschild. Die Empfangsdame hatte ihn nicht durchgelassen, als er zur *Grand Escalier* wollte.

»Bonjour, Madame«, er zückte seinen Dienstausweis. »Ich möchte zu Madame Bernadette Colasante.«

»Sehr gerne«, erwiderte die Dame. Sie nahm den Telefonhörer in die Hand und wählte eine Nummer. Legrand musste zweimal hinschauen. Es war tatsächlich ein Telefon mit Wählscheibe!

»C'est Marianne. Hier steht ein Kommissar, der zu dir möchte … Léon Legrand … Ist in Ordnung, das sage ich ihm.«

»Monsieur Legrand.« Sie hatte aufgelegt. »Madame Colasante ist in einer wichtigen Besprechung. Sie bittet Sie, um 14.30 Uhr wiederzukommen.«

Legrand überlegte, ob er vielleicht erst etwas essen gehen sollte. Aber auf ein Sandwich hatte er keine Lust, und für ein ausgiebiges Mittagessen würde ihm die eine Stunde nicht reichen. Außerdem sah er gar nicht ein, dass diese Xanthippe über seine Zeit bestimmte. Sie wollte ihm Vorschriften machen, aber das würde er sich nicht bieten lassen.

»Madame Lagarde, wenn Sie Madame Colasante bitte darauf hinweisen würden, dass ich gekommen bin, um mit ihr über den Mord an Guillaume Bernard zu sprechen …«

Marianne Lagarde zog die Augenbrauen hoch: *»Monsieur le Commissaire,* Sie belieben wohl zu scherzen?«

»Ganz und gar nicht«, erwiderte er.

»Aber Monsieur Bernard ist heute Morgen hier bei mir vorbeigekommen, und wir haben uns noch über die Gala gestern Abend unterhalten.«

Eine große junge Frau kam herein. »Irgendetwas für mich da?«, fragte sie die Empfangsdame.

»Ja, Cécile, hier.« Madame Colasante griff in eines der vielen Fächer hinter ihr an der Wand und holte einen Umschlag heraus, den sie der Tänzerin gab. »Danke. *Bonne journée.*«

»Was war er denn so für ein Mensch, der Ballettdirektor?«, fragte Legrand. Die Empfangsdame war sicher eine deutlich angenehmere Gesprächspartnerin als die Colasante, hoffte er.

»Er ist sehr höflich, freundlich, zuvorkommend. Ein echter Strahlemann.« Madame Lagarde lächelte. »Wenn Sie möchten, rufe ich kurz bei ihm an, und dann wird sich das sicher schnell aufklären.« Sie wählte wieder. Es dauerte eine Weile. Dann sprach sie offenbar mit seiner Sekretärin.

»Seine Sekretärin meint, dass Monsieur Bernard einen Termin außer Haus habe.« Madame Lagarde sah nachdenklich aus. »Dann frage ich mich, warum er nicht wieder hier bei mir vorbeigekommen ist? Er kann natürlich jeden anderen Ausgang nutzen, tut das aber für gewöhnlich nicht. *Monsieur le Commissaire,* vielleicht haben Sie recht. Die Vollversammlung um 14 Uhr wurde auch sehr überraschend angesetzt … Also, was soll ich Madame Colasante sagen?«

»Dass der penetrante Kommissar mit ihr über die Ermordung des Direktors sprechen möchte, und zwar sofort, bevor er jede einzelne Tänzerin dazu befragt.« Legrand klopfte mit seinem Dienstausweis auf die Thekenablage.

Eine schlanke Frau bog um die Ecke und steuerte auf den Ausgang zu.

»*Salut,* Marianne.«

»*Salut,* Amandine.«

Die Empfangsdame lächelte. Legrand erkannte in der schlanken Frau die Tänzerin, die Bernard gestern Abend auf die Bühne geholt und als »verlorene Tochter« bezeichnet hatte. Legrand sah ihr nach, wie sie das Gebäude verließ und den Vorplatz überquerte. Durch die Glasscheibe konnte er ihre schönen Haare sehen, die sie im Nacken zusammengenommen hatte. Jede ihrer Bewegungen drückte eine Anmut aus, wie er sie noch nie gesehen hatte. Schon gestern Abend auf der Bühne hatte sie ihn vollkommen fasziniert. Was für eine wunderschöne Frau. Als sie aus seinem Blickfeld verschwunden war, überkam ihn das Gefühl, dass ihm etwas fehlte.

»Wer war das?«, fragte er.

Marianne Lagarde lächelte. »Amandine Maurel. Sie probt gerade eine Choreografie mit unseren Tänzern. Soll ich nun Madame Colasante anrufen?«

»Ja bitte«, sagte Legrand. Ob die schöne Frau heute Nachmittag arbeitete? Er musste sie unbedingt wiedersehen.

Die Empfangsdame sprach mit der Direktorin und begann plötzlich, am ganzen Körper zu zittern. Nachdem sie aufgelegt hatte, ließ sie sich auf den Stuhl hinter sich sinken. »Madame Colasante holt sie gleich ab … O Gott, wie furchtbar.« Ihre Augen füllten sich mit Tränen, und sie suchte nach einem Taschentuch in ihrer Handtasche. Guillaume scheint wirklich beliebt gewesen zu sein, dachte Legrand. Zumindest bei den Kolleginnen. Einen Moment lang fragte er sich, wie seine Kolleginnen reagieren würden, wenn er das Zeitliche segnen sollte. Aurélie und Madame Pistre würden ihm vermutlich keine Träne nachweinen. Die Frauen bei der *Police judiciaire* waren eben deutlich härtere Brocken, als die an der Oper. Die Beschäftigung mit der Kunst entsprach auch viel mehr dem Wesen der Frau als die Aufklärung von Verbrechen, fand Legrand.

Marianne Lagarde schnäuzte sich. Dann tupfte sie ihre Augen trocken. »Schon wieder ein Unfall. Das geht nicht mit rechten Dingen zu. Ein Fluch liegt über dem Haus, sage ich Ihnen. Ein Fluch!«

Nathalie brauchte eine ganze Weile, bis sie die Nachricht vom Tod des Ballettdirektors verarbeitet hatte. Lucie wollte ihre Schwiegertochter nicht in einem so schlechten Zustand verlassen. Es musste doch möglich sein, etwas für Nathalie zu tun!

»Du hast gestern angedeutet, dass David wegrennt«, begann sie vorsichtig. »Was meinst du damit?«

»Ach, Lucie.« Nathalie schluckte. »Er macht jeden Abend Überstunden, und die Zwillinge und alles andere bleibt an mir hängen. Dabei ist hier auch gerade eine Menge los …«

»Soll ich abends zum Babysitten kommen?«

»Du hast doch selbst genug zu tun und solltest langsam kürzertreten. Nein, das ist sehr lieb. Aber wir müssen das selbst hinbekommen.« Nathalie kaute auf ihrer Unterlippe. »Die Sache ist die: Er behauptet, wir würden das Geld der Mehrarbeit brauchen, um die neue Wohnung abzuzahlen. Der wahre Grund ist aber die junge Assistenzärztin, die jetzt auf seiner Station arbeitet.« Lucie traute ihren Ohren nicht. Ihr Sohn?

»Woher weißt du das?«, fragte Lucie.

»Glaub mir, ich weiß es einfach.«

Lucie spürte, dass ihre Schwiegertochter recht hatte. »Den knöpfe ich mir vor!« Sie würde ihrem Sohn gehörig die Leviten lesen.

»Ach, Lucie, David macht sich sowieso schon so viele Gedanken wegen deinem Diabetes, deinem Blutdruck, deiner Gesundheit. Wenn er erfährt, dass ich mit dir gesprochen habe …« Nathalie kräuselte die Stirn.

»Das muss er ja nicht«, erwiderte Lucie. »Mir wird schon etwas einfallen. Verlass dich darauf.«

Als Lucie den Bereich der *AROP* verließ, sah sie einen Mann den Gang entlangkommen, der ihr bekannt vorkam. Sie konnte sich nur nicht daran erinnern, woher. An seiner Art sich zu bewegen sah sie gleich, dass er Tänzer sein musste. Die Türen des Fahrstuhls öffneten sich, und die Ballettdirektorin trat in den Flur.

»Jean-Marc!«, rief sie aus, als sie den Mann erblickte. »Da bist du ja! Ich habe dich überall gesucht!«

In dem Moment fiel es Lucie wieder ein. Jean-Marc war damals Amandines Freund gewesen. Ein hübscher junger Mann. Inzwischen hatte er graue Schläfen. Sein Gesicht konnte sie nicht sehen, weil er mit dem Rücken zu ihr stand.

»Wo warst du?«, wollte Bernadette Colasante wissen.

»Ich brauchte frische Luft«, sagte er ausweichend.

»Guillaume wurde im Treppenhaus gefunden …« Madame Colasante blickte an Jean-Marc vorbei zu Lucie, die den Eindruck hatte, dass die Ballettdirektorin mehr sagen wollte, es in ihrer Gegenwart aber nicht tun würde.

»Das hat er verdient.« sagte Jean-Marc ruhig. Lucie tat so, als würde sie etwas suchen, bog um die Ecke, blieb stehen und presste sich an die Wand, um zu lauschen.

»Gerade du solltest so nicht reden«, zischte Bernadette. »Vor allem nicht, wenn die Polizei im Haus ist.«

»Wieso Polizei?«, wollte er wissen.

»Er ist tot!«, sagte Bernadette.

»Tot?«, echote Jean-Marc.

»Und ich habe jetzt die ganze Kommunikation am Hals! Wir müssen unbedingt einen Skandal verhindern.«

»Dann bist du ja am Ziel.« Eine einfache Feststellung, die er mit ruhiger Stimme verkündete. Lucie stockte der Atem.

»Wenn wir nichts falsch machen.« Sie sprach beschwörend. »Ich muss jetzt mit diesem Kommissar reden. Wir sehen uns dann um 14 Uhr. Ich zähle auf dich! Und wenn der Rummel vorbei ist, dann haben wir was zu feiern.« Lucie hörte einen Moment lang gar nichts, dann jemanden die Treppe hinabsteigen.

Heilige Maria! War Guillaumes Sturz vielleicht doch kein Unfall? Nicht die Folge des verfluchten Wortes, das Pierre ausgesprochen hatte, direkt bevor sie den Schrei gehört hatten? Sondern Kalkül einer machthungrigen Direktionsassistentin? Was war geschehen? Lucie bekam weiche Knie. Sie wusste nicht viel, doch eines ganz genau: Einen Mord an Guillaume Bernard würde sie niemandem durchgehen lassen!

Legrand hatte die Plakate der *Opéra de Paris* gegenüber der Theke bewundert, während er gewartet hatte. *La Sylphide* von Pierre Lacotte zeigte eine Tänzerin im Tutu, Harald Lander und William Forsythe wurden mit dem Bild eines Paares beim *Pas de deux* in einfacher Gymnastikkleidung angekündigt.

»*Monsieur le Commissaire,* ich stehe natürlich gerne zu Ihrer Verfügung, aber wir haben gleich eine Vollversammlung aus den Ihnen bekannten Gründen, sodass uns leider nur wenig Zeit bleibt.« Bernadette Colasante hielt ihm die Hand zur Begrüßung hin, die er fest schüttelte. Eine erstaunlich kräftige Hand. Sie passte zu ihren großen Zähnen. Der Rest des Körpers war so schlank wie üblich bei einer Ballerina. Dunkel gefärbter Pagenkopf, Hornbrille im Leopardenlook, schmales Gesicht, feine Gesichtszüge, schön konnte man Bernadette Colasante nicht nennen, dachte Legrand, aber gepflegt. Sie ging ihm voraus den Gang entlang. Nach einigen Metern warf Legrand einen kurzen Blick durch eine geöffnete Kellertür links die Treppe hinab. Bis auf einige Utensilien zum

Transport schwerer Güter konnte er nicht viel erkennen. Zumindest keinen unterirdischen See. Die Ballettdirektorin ging zügig, und er musste sich ranhalten, nicht den Anschluss zu verlieren, besonders, als sie die Treppe in den ersten Stock nahmen. Dort bog sie erst nach rechts und dann nach links ab. Für einen Moment glaubte Legrand, Lucie von Weitem gesehen zu haben. Bernadette Colasante öffnete die Tür zu einem mit Badge gesicherten Bereich. »Die Räume der Direktion«, erklärte sie. »Wir haben oben unsere Büros und hier die Konferenzräume. Bitte.« Sie führte ihn in einen kleinen Raum mit einem runden Tisch in der Mitte und forderte ihn auf, Platz zu nehmen. »Leider kann ich Ihnen keinen Kaffee anbieten, weil meine Sekretärin unsere Pressereferentin unterstützen muss. Sie können sich vorstellen, dass wir alle Hände voll zu tun haben.« Bernadette blickte auf die Uhr. »Was kann ich für Sie tun?«

Eigentlich sollte sie ihm nur die Möglichkeit geben, sich noch länger an der Oper aufhalten zu können, und das tat sie ja bereits. Zudem fand Legrand es interessant, wie zugänglich und bemüht um ihn Madame Colasante auf einmal war, im Vergleich zu ihrem Auftritt vorhin. Ob das mit seiner Bemerkung der Empfangsdame gegenüber zu tun hatte? Ein Mord öffnet viele Türen, dachte Legrand. Das war doch ein schöner Anfangspunkt.

»Wir müssen wohl davon ausgehen, dass es sich bei Monsieur Bernards Ableben nicht um einen Unfall, sondern um einen gezielten Mord handelt …« Er ließ die Worte im Raum stehen, um zu sehen, wie sie darauf reagierte. Tatsächlich zuckte sie leicht, hatte sich dann aber gleich wieder unter Kontrolle. »Gibt es jemanden, der ihm nicht wohlgesonnen war?« Legrand war gespannt auf die Antwort, denn die Einzige, die sich bisher vollkommen ungerührt von Bernards Tod gezeigt hatte, war Bernadette Colasante selbst.

»*Monsieur le Commissaire,* ich kann Ihnen versichern, dass diese Vorstellung völlig absurd ist. Guillaume ist sehr beliebt im Kreise seiner Tänzer. Alle Mitarbeiter im Haus schätzen und lieben sein strahlendes Wesen. Darüber hinaus ist er ein angesehenes Mitglied der Pariser Gesellschaft und in verschiedenen kulturellen Gremien.«

Legrand wusste nicht, ob sie absichtlich in der Gegenwartsform sprach, oder nicht.

»Wie sahen seine Gewohnheiten aus? Was hat er zu dieser Uhrzeit vorne an der Freitreppe gemacht? Könnte jemand ihn dort erwartet haben?«

»Nein.« Sie schüttelte entschieden den Kopf. »Ich weiß nicht, warum er dort vorne im Gebäude war. Aus meiner Sicht gab es dafür keinen Grund. Vielleicht war er auf dem Weg zur Boutique, um ein Geschenk zu kaufen?« Sehr überzeugt schien sie selbst nicht davon zu sein.

»Sie sprechen von Guillaumes Beliebtheit, wirken selbst aber unberührt …«

Bernadette räusperte sich. »Das mag daran liegen, dass wir Tänzer von klein auf Disziplin lernen. Wir wissen, was man von uns verlangt, und persönliche Gefühle und Wünsche stellen wir hintan. Ich muss die Ausnahmesituation, in der sich jetzt das ganze Haus befindet, dirigieren. Wir haben diese Woche viele Auftritte. Sie finden alle zu Ehren von Guillaumes Geburtstag statt. Das muss jetzt alles überdacht und geändert werden. Gleichzeitig muss ich dafür sorgen, dass die Tänzer diese Tage gut überstehen und ihre gewohnte Leistung bringen können. Die Presse wird sich auf dieses Ereignis stürzen und einen Skandal wittern. Was wahr ist, wird heute oft von Journalisten entschieden. Es geht um hohe Auflagen.« Sie seufzte. »*Monsieur le Commissaire*, leider kann ich meinen persönlichen Gefühlen keinen

Raum geben. Irgendwann am Ende dieses Tages werde ich mir erlauben, Guillaume zu vermissen – fachlich wie menschlich.« Sie blickte auf die Uhr. »Leider muss ich jetzt los. Ich begleite Sie zur Tür.«

»Oh, das ist nicht nötig.« Legrand stand auf. »Ich würde mich gerne noch im Gebäude umsehen.«

»Gut, wenn Sie meinen, dass das nötig ist, dann werde ich Daniel bitten …« Bernadette war schon am Telefon. Legrand fragte sich, warum er sich nicht frei im Haus bewegen durfte. Was sollte vor ihm verborgen werden? Legrand erinnerte sich kurz an Lucies Worte und wandte sich dann noch einmal an die Direktorin:

»Sagen Sie, Madame Colasante, Monsieur Bernard trug einen Gips, und Docteur Bourgeois sprach von einem Unfall vor drei Tagen. Was ist da genau passiert?«

In der ganzen Aufregung um Guillaume hatte Lucie die Putzsachen völlig vergessen. Sie standen immer noch unten in der *Rotonde des abonnés.* Auch wenn es Lucie drängte, nach Hause zu gehen, weil sie an der Place des Vosges gebraucht wurde, musste sie ihre Arbeit hier erst zu Ende bringen. Ihr Magen knurrte, als sie den kurzen Zugang zwischen Verwaltung und öffentlichem Bereich durchquerte. Die Mittagszeit war schon vorüber. Lucie blickte wieder verzaubert auf den schönen Mosaikboden, florale Ornamente in Halbkreisen, die sich elegant ineinanderschlangen. Sie ließ die Zuschauerlogen hinter den reich verzierten Holztüren links liegen und ging weiter in Richtung *Grand Escalier*. Im Gegensatz zu gestern, als hier gefeiert wurde, war es hier heute vollkommen still. Vom ersten Stock aus gelangte sie in das imposante Treppenhaus. Vor die Stufen war eine mit rotem Samt umkleidete Kordel zwischen zwei schweren Messingständern gespannt. Lucie wurde mulmig. Erst gestern Abend hatte Daniel ihr hier vom wahren Leben vorgeschwärmt, und Lucie wusste nicht, ob es einen anderen Ort auf der Welt gab, der noch weiter davon entfernt war, als dieser prunkvolle Marmorpalast. Aber es war nicht nur die Diskrepanz zwischen der pompösen Feier für Monsieur Bernard am Vorabend und seinem unerwarteten Tod heute. Lucie hatte das Gefühl, dass genau hier etwas geschehen war, das nicht hätte geschehen dürfen. Als sei jemand hier oben an der Treppe Zeuge von etwas geworden, das er nicht hätte sehen dürfen. Sie bückte sich und kroch unter der Absperrung hindurch. Gänsehaut lief ihr über den Rücken, als sie die Stufen zur mittleren Plattform hinabschritt. Hier, in der Mitte der Treppe musste Guillaume gestanden haben, bevor er gefallen war. Auf den Marmorstufen war nichts zu sehen. Keine Spuren, die verraten hätten, was hier vor nur wenigen Stunden geschehen war. Lucie blickte nach oben zu den reich verzierten Steinbögen. Darüber schwebten die Götter, unberührt.

Nur dass Madame Colasante so kalt auf Monsieur Bernards Tod reagierte, machte sie nicht automatisch zur Mörderin, dachte Lucie. Andererseits hatte Jean-Marc davon gesprochen, dass sie jetzt am Ziel sei. An welchem? Und warum durfte er nicht so sprechen, wenn die Polizei im Hause war? Legrand von Maria und Nathalie abzulenken, indem sie seine Mordfantasien anregte, und gleichzeitig einen kühlen Kopf zu bewahren und sich nicht selbst in diesen Phantasien zu verlieren, war wohl doch nicht so leicht, wie sie angenommen hatte. Sie schritt die Todestreppe hinab und ließ dabei ihre Hand über den Marmorhandlauf gleiten, wandte sich unten nach links und nahm die nächste Treppe hinunter zur *Rotonde des abonnés*. Dort fand sie den Wischmopp in einer kleinen Wasserlache auf dem Boden liegen.

In einer der öffentlichen Toiletten holte sie frisches Wasser. Selbst die Toiletten sind hier hochherrschaftlich, dachte sie. Wieder knurrte ihr Magen. Auf dem Boulevard des Italiens gab es zahlreiche Bistros und Cafés. Doch sie hatte kein Insulin dabei und das mulmige Gefühl, zu Hause vermisst zu werden. Besser, sie nähme gleich den 29er-Bus, dann konnte sie in der Rue des Francs Bourgeois oben an der Place des Vosges aussteigen.

Lucie wischte ein zweites Mal und dachte an das Phantom der Oper. Was war damals Furchtbares geschehen? Gab es vielleicht doch einen Zusammenhang zwischen der Geschichte des Phantoms und den Ereignissen jetzt? Ob sie Pierre Bourgeois danach fragen konnte, oder war das pietätlos, da er gerade seinen besten Freund verloren hatte?

Als Lucie mit Wischen fertig war, und sich auf den Weg machte, um die Putzsachen zurückzubringen, fiel ihr ein, was heute Wichtiges anlag. Der neue Hausverwalter wollte sich vorstellen. Sie hatte den Termin verpasst! Ob sie anrufen sollte, um sich zu entschuldigen? Nein, das war keine gute Idee, denn damit würde dieser junge Mann auch mitkriegen, dass sie immer noch nicht zu Hause war. Er würde darin eine Verletzung ihrer Anwesenheitspflicht sehen und hatte recht damit.

Lucie setzte sich auf die Stufen zu Füßen der Skulptur der zwei barbusigen Frauen, die mehrere Leuchter in den Händen hielten, und rief Maria an.

»Das muss Gedankenübertragung sein«, frohlockte Maria. »Du glaubst gar nicht, was mir Christian gerade gesagt hat.« Sie sprach vermutlich von dem Ober aus dem *L'Ambroisie*, mit dem sie sich fast jeden Tag unterhielt, bevor er seine Schicht begann. Heute musste er sehr früh angefangen haben.

»Gerne später, Maria«, unterbrach Lucie, »sag mal, weißt du zufällig, ob Monsieur Platel schon da war?«

»Der neue Hausverwalter? Die alte Richard meint, wenn Monsieur Rosenberg nicht so für dich in die Bresche gesprungen wäre, dann könntest du dir jetzt einen neuen Job suchen …«

Gott sei Dank, dachte Lucie, aber noch mal durfte sie sich das nicht erlauben. Was machte sie hier auch an der Oper, wo ihre eigentliche Aufgabe doch zu Hause an der Place des Vosges auf sie wartete. Ob die Maus schon in die Falle gegangen war?

»Aber der Hammer kommt jetzt!«, fuhr Maria fort. »Christian sagte, er sei nicht überrascht, dass Monsieur Bernard die Treppe hinuntergestürzt sei …«

»Sondern?«

»Er muss da mal irgendwas mitbekommen haben, aber mehr konnte ich ihm bisher nicht entlocken. Es wirkte so, als stecke eine Frauengeschichte dahinter.« Maria seufzte. »Offensichtlich habe ich meine Bewohner noch nicht so im Griff wie du.«

»Christian ist ja auch kein Bewohner, sondern Ober eines Sternelokals. Da ist Diskretion Ehrensache«, tröstete Lucie. Sie war gespannt, wie lange.

Guillaume Bernard sei vor drei Tagen in den Kulissen gestürzt, hatte die Colasante bestätigt und dann Daniel gebeten, Legrand die Stelle zu zeigen. Nun stand Legrand mit dem älteren Herrn vor einer roten Sicherheitstür im vierten Stock.

»Côté Jardin, Pont Dubosco, Tirez« stand auf einem abgeblätterten grünen Schild. Legrand lugte durch das Fenster in der Tür. Es war dunkel dort drin. Daniel öffnete die Tür. Eine steile Eisentreppe mit Gitterroststufen führte nach oben.

»Hier war es.«

Legrand trat einen Schritt vor, und ihm wurde schwindelig. Der Boden bestand aus lauter Gitterrost, und nach unten konnte man dreißig Meter tief auf die Bühne blicken. Legrand klammerte sich an das Treppengeländer.

»Was hatte Monsieur Bernard hier zu tun?«, fragte er.

»Das kann ich Ihnen leider nicht sagen. Ich bin nur der Sicherheitsbeauftragte.«

»Ist er gefallen? Hat er sich den Fuß nur vertreten? Wer war dabei?«

Daniel zuckte mit den Schultern.

»Gut, dann habe ich genug gesehen«, entschied Legrand und verließ den Raum zügig, froh, als er wieder festen und geschlossenen Boden unter den Füßen hatte.

»Dann möchte ich jetzt ein Gespräch mit der jungen Frau führen, die vorhin so hysterisch reagiert hat.«

Daniel zog die Augenbrauen hoch. Er schien erstaunt über Legrands Ausdrucksweise, wusste aber wohl, von wem der Kommissar sprach. Wie würde Monsieur Bouché ihren bühnenreifen Klagegesang denn nennen? Als Polizist war Legrand der Wahrheit verpflichtet, nicht der Diplomatie. »Wenn Sie mich also bitte jetzt in die Garderobe der Tänzerin bringen würden.«

Sie gingen in Richtung Treppenhaus. Legrand freute sich, dass er gleich der Darstellerin der Sylphide begegnen würde. Sie hatte eine Beruhigungsspritze bekommen. Emotionale Ausbrüche brauchte er daher nicht zu fürchten. Plötzlich blieb Daniel stehen:

»Es sind aber alle gerade in der Vollversammlung …«

»Dann bringen Sie mich doch vor die Garderobe, und ich warte dort.« Legrand sah seine Chance gekommen, den Sicherheitsbeamten loszuwerden. Daniel stimmte zu.

Anne Gilbert stand auf dem Schild der Tür, vor der Legrand wartete, als er von Weitem in dem schmalen Gang die wunderschöne Frau erblickte. An die Wand gelehnt presste sie eine Hand gegen die Stirn. Die Geste ließ sie zart und zerbrechlich wirken und unterstrich gleichzeitig ihre Grazie. Legrand stand mit offenem Mund da und fragte sich, wie dieses Wesen es schaffte, eine einfache Handbewegung zur Ästhetik in Vollendung werden zu lassen. *Die verlorene Tochter,* hatte Guillaume gestern gesagt, *Amandine Maurel,* das wusste Legrand von der Empfangsdame. Die Schöne löste sich von der Wand und kam auf ihn zu. Legrand erstarrte zur Salzsäule. Was sollte er tun, wenn sie ihn ansprach? Er musste schnell eine Beschäftigung finden, um nicht so dumm rumzustehen. Was konnte er sagen? Wie sollte er begründen, dass er in den nichtöffentlichen Bereich der Oper eingedrungen war? Er könnte auf seinem Smart Phone herumtippen, das würde wichtig aussehen. Doch er schaffte es nicht, seine Hände zu bewegen. Spielten nicht nur Jugendliche mit ihren Handys rum?

Sie wirkte reifer. Bestimmt Anfang vierzig. Jetzt war sie nur noch fünf Meter von ihm entfernt. Legrand bekam weiche Knie, und sein Hals wurde trocken. Er würde doch nicht in Ohnmacht fallen! Sie hatte strahlend blaue Augen, die ihn aufmerksam anblickten. Winzige Lachfältchen. Ihr Gesicht wirkte so freundlich, als lächele sie ihn an, obwohl sie den Mund gar nicht verzog. Amandine leuchtete von innen! Und dieses Leuchten blendete ihn so sehr, dass er die Augen niederschlug und husten musste.

»*Bonjour.*« Sie hatte ihn angesprochen. Er war ihr aufgefallen, und sie hatte den Kontakt gesucht. Legrand jubelte innerlich. Jetzt nur alles richtig machen. Er hustete wieder. »Geht es Ihnen gut?«, fragte sie.

»*Oui*«, hustete er.

Sie klopfte an die Tür, öffnete sie und war im nächsten Moment in Anne Gilberts Garderobe verschwunden, noch bevor Legrand ein weiteres Wort mit ihr wechseln konnte.

Was für eine Wohltat, nach Hause zu kommen, dachte Lucie, als sie sich auf einen Stuhl fallen ließ und die Schuhe auszog. Ihre Knie schmerzten, die Füße auch, ihr war schon fast übel vor Hunger. Im Hof hatte sie leises Klavierspiel von Monsieur Rosenberg vernommen. Nie hatte sie etwas Schöneres gehört. Außerdem waren noch jede Menge Pakete für Guillaume angekommen. Bei den meisten handelte es sich um Blumensendungen. Lucie fragte sich, ob die noch bis zur Beerdigung halten würden. Was für ein makabrer Gedanke. Sie seufzte. Wie herrlich, zu Hause zu sein, in ihrer kleinen Hausmeisterloge und die glamouröse Welt der Oper hinter sich lassen zu können. Sicher, auch die Place des Vosges war eine noble Adresse und die Besitzer der Wohnungen alle Millionäre. Aber sie als einfache Gardienne war in ihren kleinen dunklen Zimmern dem Erdboden näher, und das würde auch immer so bleiben. Diese Erkenntnis erfüllte sie mit einem Gefühl von Geborgenheit, Sicherheit und auch mit tiefer Zufriedenheit. Es musste an diesem ungewohnten Umfeld gelegen haben, dass sie nicht das getan hatte, was sie eigentlich hätte für Guillaume tun müssen, nämlich einen Priester holen, der die Totenmesse las, und dafür sorgen, dass seine Seele in Ruhe den Weg nach Hause antreten konnte. Nun lag er in einem Kühlraum, statt aufgebahrt in seiner Wohnung. Und all das nur, weil sie die Kripo gerufen hatte. Léon Legrand!

Lucies Magen knurrte so laut, dass sie beschloss, die Blutzuckerprozedur ausfallen zu lassen, nur trockenes Baguette zu essen und dann eine Kerze für Guillaume vor der Statue der Heiligen Mutter Gottes im Wandschrank anzuzünden und ein Ave Maria zu beten. Aber zuvor musste sie sich um ihre Familie kümmern. Antonio sollte David die außerehelichen Flausen austreiben. Die besten Ideen hatte sie doch zu Hause, in ihrer vertrauten Umgebung, dachte Lucie zufrieden. Heute Abend stand ein

Fußballspiel an. Sie musste die beiden nur miteinander verabreden, und den Rest bekamen sie dann hoffentlich selbst hin. Lucie rief ihren Sohn an. Als sie merkte, dass er nicht viel Zeit hatte, sagte sie:

»David, ich brauche deine Hilfe.«

»Was ist passiert?« Im Hintergrund hörte Lucie eine Herzmaschine gleichmäßige Töne von sich geben.

»Ich glaube, deinem Vater geht es nicht gut. Du solltest dich heute Abend mit ihm treffen.« Es fiel Lucie nicht schwer, ihrer Stimme einen matten Klang zu geben, so erschöpft wie sie war.

»*Maman*, hier ist so viel zu tun«, erwiderte David. Er hielt kurz das Mikrofon zu, um einer Krankenschwester Anweisungen zu geben, wie Lucie leise hörte. »Ich muss heute Abend leider arbeiten«, sprach er wieder lauter.

»Ich mache mir wirklich Sorgen um deinen Vater«, insistierte Lucie, »und ich dachte, vielleicht hilft ein Gespräch von Mann zu Mann …«

»Wie stellst du dir das überhaupt vor?« Das Geräusch der Herzmaschine wurde leiser. David schien den Raum verlassen zu haben.

»Ihr geht heute Abend zusammen Fußball schauen, trinkt ein Bier, und der Rest ergibt sich von selbst. Im *Chez Maurice*.« Fast hätte Lucie ein schlechtes Gewissen bekommen, als ihr Sohn mit der Antwort zögerte. Doch dann erinnerte sie sich daran, dass sie ihn nicht davon abhielt, Menschenleben zu retten, sondern sich mit einer Kollegin zu treffen …

»Also gut«, seufzte David. »Um acht?«

»Ist gut«, sagte Lucie und verabschiedete sich. Sie lächelte. Das mit den Sorgen um Antonio war natürlich geflunkert und heute schon die dritte Lüge. Aber Gott würde verstehen, dass sie so handeln musste, um ein heiliges Sakrament zu verteidigen, das in

Gefahr war: die Ehe ihres Sohnes. Und hatte nicht Petrus Jesus drei Mal verleugnet und trotzdem hatte Gott seine Kirche auf ihn gebaut? Lucie musste nur noch Antonio unterweisen, wie er seinen Sohn zurück auf den Pfad der Tugend zu führen hatte.

Die Tür zum Paradies musste das hier sein, und er traute sich nicht anzuklopfen. Legrand stand noch immer in diesem schmalen, schmucklosen Gang mit den Holzdielen, cremefarbenen Wänden und künstlicher Beleuchtung. Ihm war ganz hell ums Herz, und er fühlte sich so leicht, als könnte er gleich abheben. Sein gesamtes Inneres schien nur aus Lächeln zu bestehen. Die verlorene Tochter, die Elfe, das Lichtwesen, sie wartete auf ihn hinter dieser Tür. Sie hatte ihn gefragt, ob es ihm gut gehe. Es ging ihm mehr als nur gut. Er war glücklich und würde es immer sein, wenn er nur in der Nähe dieser wunderschönen Frau sein durfte. Legrand überlegte. Weshalb war er noch mal hierhergekommen? Richtig. Anne Gilbert wollte er befragen und hatte vor ihrer Loge gewartet, weil Daniel meinte, sie sei bei der Vollversammlung. Was machte dann aber Amandine Maurel in der Garderobe? Ob beide Frauen da waren? Durfte er dann stören? Aber natürlich durfte er das! Er war doch Kommissar und ermittelte in einem Mordfall. Zumindest wollte er das glauben. Wollte er das wirklich? Er könnte die Ermittlungen zum Vorwand nehmen, um mit Amandine zu sprechen, doch wer wusste, wie sie auf die Nachricht von Guillaume Bernards Tod reagieren würde? Beide schienen ja in enger Beziehung gestanden zu haben, sonst hätte der Ballettdirektor sie nicht als Erstes auf die Bühne geholt. Legrand war froh, dass sein Gehirn doch wieder anfing, normal zu arbeiten. Er wollte Amandine nicht erschrecken, sie nicht traurig machen und vor allem sollte sie ihn nicht als Kommissar wahrnehmen, sondern als Mann. Als einen interessanten Mann. Als starken Mann, auf den sie sich verlassen konnte und der ihr als verlorener Tochter einen besonders herzlichen Empfang in Paris bieten würde. Eine starke Schulter zum Anlehnen. Ein Mann, der ihr ein Nest baute, in dem sie jederzeit Zuflucht finden konnte. Ob sein Gehirn tatsächlich normal funktionierte? Er hielt diese Untätigkeit nicht mehr aus und legte sein Ohr aufs Türblatt, um zu lauschen. Legrand wollte wenigstens wissen, ob Amandine allein war oder nicht.

»… und ich bin schuld!«

Legrand presste seine Ohrmuschel noch dichter ans Holz.

»Nein, das bist du nicht! Dich trifft ganz bestimmt keine Schuld!«

Das waren zwei verschiedene Frauenstimmen gewesen. Legrand hätte aber nicht sagen können, welche zu wem gehörte. Amandine war also nicht allein, sondern vermutlich war Anne auch da. Als Legrand sich noch fester an die Tür lehnte, um besser hören zu können, gab die Schließvorrichtung nach, und er stolperte ins Zimmer. Legrand konnte gerade noch vermeiden, der Länge nach hinzufallen. Als er sich gefangen hatte, blickte er in die Gesichter der Tänzerin und der Choreografin.

Anne lag auf dem Sofa, das Gesicht tränenüberströmt. Amandine saß bei ihr, hielt ihre Hand, und durch ihr wunderschönes Antlitz leuchtete nun kein inneres Lächeln mehr, sondern ein zarter Roséton: »Darf ich Sie fragen, was Sie hier zu suchen haben?«

»Guillaume Bernard«, stammelte Legrand.

»Der ist nicht hier«, antwortete Amandine knapp. »Sein Sekretariat befindet sich links den Gang entlang und dann um die Ecke.« Ihre blauen Augen funkelten. »Da Sie aber gar keinen Besucherausweis bei sich haben, begeben Sie sich besser zum Ausgang.«

Legrand hätte sich am liebsten im nächsten Mauseloch verkrochen. Ohne ein weiteres Wort verließ er die Garderobe und schloss leise die Tür hinter sich. Tief beschämt ging er so schnell wie möglich zum Ausgang, erwiderte den Gruß der Empfangsdame nicht, eilte durch die Glastür, über das Kopfsteinpflaster und hinaus auf die Straßen der Stadt.

Lucie fühlte sich nicht mehr im Stande, sich zu bewegen. Sie griff nach *Le Figaro*. Heute morgen um 5 Uhr war die Zeitung gebracht worden und immer noch ungelesen. Auf Seite 10 unter *Société* war eine ganze Seite Guillaumes sechzigstem Geburtstag gewidmet, und dann wurde auf Seite 29 im Kulturteil noch einmal über den Galaabend berichtet. Guillaume strahlte sie aus dem Foto heraus an, und Lucies Augen füllten sich mit Tränen. Die Kultusministerin hatte im *Grand Foyer* des *Palais Garnier* eine flammende Rede gehalten: Guillaume Bernard habe den Tanz in ganz Frankreich geprägt und dabei eine gute Balance zwischen dem Bewahren der Tradition und dem Entwickeln experimenteller Formate gefunden, indem er immer wieder namhafte zeitgenössische Choreografen einlud. Als Träger des Verdienstkreuzes und gewählter Offizier der Ehrenlegion sei Guillaume eine tragende Säule im kulturellen Leben Europas und ein wichtiger Impulsgeber.

Lucie ließ die Zeitung sinken und blickte auf die fünf Pakete mit Blumengebinden, die noch neben ihrer Logentür standen. Sie glaubte fest daran, dass Guillaumes Seele erst noch mal in seine Wohnung zurückkehrte, bevor sie sich auf den Weg in den Himmel machte, in das ewige Zuhause. Schön wollte sie es ihm dort machen und die Wohnung mit all den Blumen schmücken, sobald ihre Knie das wieder zuließen. Seine Seele sollte ihre Freude daran haben, dass so viele Menschen an ihn dachten. Ob er auch jetzt noch erfahren würde, was in der Zeitung stand? Vielleicht hatte er es heute Morgen, noch vor seinem Tod, schon gelesen? Konnte es einen positiveren Nachruf geben? Lucie fand das einen versöhnlichen Gedanken und wandte sich wieder dem Artikel zu.

Selbst an *seinem* Abend, so lautete die Berichterstattung, als nur er gefeiert werden sollte, habe er dafür gesorgt, dass eine herausragende Tänzerin zum *Étoile* ernannt wurde. Auch an seinem Ehrentag sei er selbst hinter das Wohl der Compagnie zurückgetreten, denn einzig deren Wohl und Qualität habe er immer im Auge. Und wieder habe er Mut bewiesen, indem er eine Konvention gebrochen und völlig überraschend die Darstellerin der Effie nominiert habe, statt die der Sylphide.

Lucie dachte kurz an die Worte von Nathalie, die gestern sofort gesagt hatte, diese Nominierung sei eine Revolution. Sie las weiter, dass bis in die Morgenstunden mit nationalen und internationalen Gästen aus Kultur, Politik und Tanz gefeiert worden war. Selbst die international erfolgreiche Choreografin Amandine Maurel habe sich zu seinem Geburtstag eingefunden und zu seinen Ehren ein Stück mit ausgewählten Tänzern einstudiert, das Ende der Woche aufgeführt werde. All die Jahre habe es so ausgesehen, als hätte Amandine Maurel mit Guillaume Bernard gebrochen, nachdem sie Paris aufgrund ihrer Verletzung verlassen hatte, doch jetzt würde offenbar, dass Guillaume die Tür offen gehalten und immer mit ihr in Kontakt gestanden habe.

Lucie faltete die Zeitung zusammen. Man sollte doch nicht alles glauben, was man schwarz auf weiß las. Der Blick auf die Uhr sagte ihr, dass es dringend an der Zeit war, das Abendessen vorzubereiten. Sie wollte Antonio dazu bewegen, heute Abend noch mal aus dem Haus zu gehen, um seinem Sohn den Kopf wieder zurechtzurücken. Das würde ihr nur gelingen, wenn er etwas gegessen hatte. Möglichst ein Fleischgericht. Reispfanne, dachte Lucie. Das ging schnell und würde ihn freundlich stimmen.

Lucie holte die schmutzige Kittelschürze aus der Handtasche und brachte sie in die Wäsche. Dann zog sie eine frische an und nahm das Putenfleisch aus dem Kühlschrank, das sie sorgfältig wusch, trocken tupfte und in feine Streifen schnitt. Dabei dachte sie darüber nach, warum der Ober Christian aus dem *L'Ambroisie* nicht über Guillaumes Sturz von der Treppe verwundert war. Lucie wendete die Streifen in gesalzenem Mehl. Maria hatte eine Frauengeschichte angedeutet, die mit dem Unglück in Zusammenhang stand. Guillaume war an der Oper von Dutzenden Frauen umgeben. Mit welcher hatte er das *L'Ambroisie* besucht? Lucie zündete die Gasflamme an, nahm eine Pfanne und goss Öl hinein. Als es heiß war, gab sie das Fleisch dazu und begann eine Knoblauchzehe fein zu hacken. Mit Bernadette, die meinte keinen Fehler machen zu dürfen? Was wäre ein Fehler? Lucie pfefferte die Putenstreifen und bewegte sie mit einem Holzlöffel hin und her, damit sie nicht anbrannten. Dann nahm sie das Fleisch heraus und tat stattdessen Reis hinein. Anne hatte viel emotionaler reagiert. Doch wenn Anne Guillaume die Treppe hinuntergestoßen haben sollte, warum war sie dann von seinem Tod so überrascht worden? Lucie gab Knoblauch und Tomatenmark hinzu und goss alles mit Brühe auf. Oder war sie nicht überrascht, sondern entsetzt, weil sie jetzt die Auswirkung ihres Handelns erkannte? Lucie streute Safran über den Reis, deckte die Pfanne ab und schnitt die Zucchini in schmale Streifen. Anne schien ein schlechtes Gewissen zu haben, dachte Lucie, als sie die Zucchini untermischte. Lucie suchte im Kühlschrank nach Tomaten und fand keine. Aber Madame Colasante schien von Guillaumes Tod zu profitieren. Sie sei am Ziel, hatte Jean-Marc gesagt. An welchem?

Lucie gab Erbsen in die Pfanne. »Wenn wir jetzt keinen Fehler machen«, war ihre Antwort gewesen. Zwischen den beiden gab es ein *wir*. Worauf gründete es sich? Lucie dachte an die Maus in der Wohnung von Monsieur Rosenberg. Ob sie mal nachschauen sollte? Doch dann fiel ihr siedend heiß ein, wer den ganzen Tag keinen Bissen bekommen hatte und um wen sie sich als Allererstes kümmern musste: Guillaumes Katze Jolie.

Antonio überquerte die Rue de Turenne und ignorierte die rote Fußgängerampel. Er freute sich immer noch darüber, dass das Gebäude Nummer 22 fertig renoviert war und nun kein Müll mehr den kleinen Platz verunstaltete. Er selbst hatte als Anlagenmechaniker die Heizungs- und Sanitärinstallationsarbeiten gemacht. Jetzt war im Parterre ein *Comptoir des Cotonniers* untergebracht, und schlanke Puppen im Schaufenster trugen angesagte Wintermode und Pelzkappen. Direkt daneben war der Eissalon *Amorino* eingezogen, eine Kette, die vor Jahren wie Pilze aus dem Boden geschossen war und sich nun immer noch hielt dank der kunstvollen Gestaltung der Eiskugeln als Blüten. Antonio ließ das Restaurant *Ma Bourgogne* links liegen und wechselte die Straßenseite, um einen Blick in das Schaufenster der Galerie zu werfen. Eine Bronzeskulptur weckte sein Interesse: Männer, deren Körper mit Brettern verbunden waren. Es begann mit einer Figur, die ein Rechteck trug, die nächste Figur stand wie eine Stufe höher, allerdings in der Luft und immer weiter, sodass der Eindruck einer Lebensleiter entstand. Das Ding hatte nur einen Fehler: Es ging nirgends bergab. Antonio selbst allerdings stand am Ende der letzten Stufe und für ihn würde es kein weiter geben. Sein Chef hatte ihm heute mitgeteilt, dass der nächste Monat der letzte seines Berufslebens sein würde.

Antonio machte kehrt und ging dann durch den Park nach Hause. Die Kieselsteine knirschten unter seinen Füßen, vom Sandkasten her hörte er Kindergeschrei. Irgendwie war es auch eine Erleichterung, nun aufhören zu dürfen. Immerhin hatte er sein Rentenalter schon vor einigen Monaten erreicht. Billige Arbeitskräfte aus Osteuropa und Nordafrika überschwemmten den Markt. Seine Erfahrung schien deren Kraft und Leistungsbereitschaft nicht mehr aufzuwiegen. Er war müde.

Antonio freute sich auf zu Hause, auf Lucie, ein leckeres Essen, das Spiel *Paris Saint-Germain* gegen *Olympique Marseille* und eine Flasche Bier. Er würde mit Lucie reden müssen, zumal sie ein ähnliches Schicksal erwartete, wenn er den Brief des Hausverwalters richtig deutete. Auch an den Gardiennes wurde gespart. Heute gab es dreißig Prozent weniger Hausmeisterinnen als noch vor zehn Jahren, hatte er in *Le Figaro* gelesen. Der neue Hausverwalter schien Lucies Verrentung schon vorzubereiten, denn er wollte neue Briefkästen installieren lassen und hatte Lucie aufgefordert, die Tür nun auch tagsüber durch den Code der Schließanlage zu sichern. So gewöhnten sich die Bewohner schon mal daran, mit weniger Service auszukommen.

Antonio passierte den Springbrunnen. Das Leben sprudelte wie in Kaskaden herab. Und man selbst als kleiner Wassertropfen löste sich irgendwann wieder im Ozean auf. Er hätte gern an einen Himmel geglaubt wie Lucie. Die letzten Jahre, die sie noch gemeinsam hatten, wollte er mit ihr genießen. Er würde das Haus in Meudon kaufen, das er vor über einem Jahr entdeckt hatte. Inzwischen war der Preis weiter gefallen, weil die umfangreichen Renovierungsarbeiten potenzielle Käufer verunsicherten. Doch Antonio kannte sich damit aus und würde vieles selbst machen können. Ein halbes Jahr würde er brauchen, und vielleicht konnten sie dann schon im nächsten Sommer dort wohnen und ihren

Enkeln beim Spielen im Garten zusehen. Das war doch ein tröstlicher Gedanke. Als er die Wohnungstür öffnete, stolperte er fast über einen Berg Pakete.

»Ich bin da!« Er stellte seine Tasche neben das Regal. »Was sind denn das für Pakete?«

»Salut, chéri!«, rief Lucie aus der Küche. »Wenn du schnell machst, kannst du noch duschen.« Sie kam ihm entgegen. »Die Blumen sind alle für Guillaume. Ich bin noch nicht dazu gekommen, sie hochzutragen.«

Antonio beugte sich herab und gab ihr einen Kuss auf die Stirn. Eine graue Haarsträhne kitzelte seine Nase. Er sog ihren Duft ein: »Soll ich das nicht für dich machen?«

»Lass mal, ich muss sowieso noch die Katze füttern.«

Welche Katze, fragte sich Antonio unter der Dusche. Monsieur Bernard würde sich auch keinen abbrechen, wenn er die Pakete selbst holen würde. Zumal Lucie heute doch an seiner Oper geputzt hatte und vermutlich nur deshalb bisher nicht dazu gekommen war, sie hochzubringen. Lucie sieht müde aus, dachte Antonio. Während er sich abtrocknete, erfreute er sich an dem Gedanken, dass sie in einem Jahr ein Esszimmer für sich haben würden. Zum ersten Mal im Leben wirklich für sich allein. Ein Esszimmer, das nicht seit über vierzig Jahren der Ablageraum für die Wäsche und Post anderer Leute war. Er hörte Lucie mit dem Geschirr klappern. Als er dazukam, war sie gerade dabei, eine Kerze anzuzünden.

»Sorgst du bitte für die Getränke?«

Das tat er gern und öffnete zur Feier des Tages eine Flasche Merlot. Ja, was feierten sie heute eigentlich?

»Womit habe ich das verdient?«, fragte er mit Kopfnicken in Richtung Kerze. Lucie war wieder in die Küche verschwunden und kam nun mit einer dampfenden Schüssel zurück. »Jeder

Tag, den wir leben dürfen, ist ein Geschenk!«, verkündete sie, während sie sich setzten. Eine schöne Vorlage, um über den Beginn der neuen Lebensphase zu sprechen, dachte Antonio. Wenn sie jetzt gleich fragen würde, wie sein Tag gewesen war, würde er von dem Gespräch mit seinem Chef erzählen. Nach dem Tischgebet hielt er ihr seinen Teller hin, und sie lud ihm eine große Portion Reispfanne auf. Das Wasser floss ihm im Mund zusammen. Doch Lucie fragte nicht. Antonio schob sich die erste Gabel in den Mund. Es schmeckte köstlich. Nach zu Hause, nach Geborgenheit. In Zukunft würde er zweimal täglich bekocht werden.

»Guillaume ist tot!«, sagte sie stattdessen.

Antonio schluckte: »Wie tot? Der feiert doch die ganze Woche Geburtstag.«

»Er ist heute die Treppe in der Oper hinuntergefallen …« Ihre blauen Augen blickten ihn ernst an.

»Und davon kann man sterben?«

»Wenn man blöd fällt – leider. Er hatte ja den Gipsfuß und konnte nicht richtig laufen.« Lucie nahm nun auch einen Bissen, sie wirkte in sich gekehrt. Monsieur Bernard ist eben nicht mehr der Jüngste, dachte Antonio, auch wenn Lucie ihn auch gern anders sieht.

»Ich habe jedenfalls die Polizei gerufen.« Lucie legte die Gabel aus der Hand und nahm einen Schluck Wasser.

»Wieso du? Was hast du mit der Sache zu tun?«

»Wir haben ihn gefunden«, sagte sie.

»Wer wir?« Antonio goss ihnen den Rotwein ein.

»Dr. Bourgeois und ich.«

Antonio schnupperte an dem Wein und hob dann das Glas. »Auf dich, *chérie!*« Er nahm einen Schluck. »Du kommst jetzt aber nicht wieder auf die Idee, Mörder suchen zu müssen, oder?«

»Die Polizei glaubt, dass es ein Unfall war.« Ihre Stimme hingegen klang nicht überzeugt.

»Was sollte es auch sonst sein?« Der Merlot passte ganz hervorragend zu der Reispfanne.

Lucie drehte den Stil des Weinglases zwischen ihren Fingern, und auf ihrer Stirn hatte sich eine steile Falte gebildet. »Es gibt da schon so ein paar Dinge, die merkwürdig sind.«

»Die dich aber bestimmt nicht interessieren!« Antonio wollte auf gar keinen Fall, dass Lucie sich wieder in Gefahr begab, wie damals im Sommer vor einem Jahr. Erst im letzten Moment hatte er sie retten können. Und sie beide waren nun wieder ein Jahr älter!

»Vielleicht eine Frauengeschichte?« Lucie trank nun doch einen Schluck.

»Er ist von lauter Frauen umgeben, als Ballettdirektor …«

»Ja, aber da muss etwas seltsam gewesen sein«, insistierte Lucie.

»Es hat eben durchaus seine Nachteile, sich mit zu vielen Frauen gleichzeitig einzulassen!«, dozierte Antonio. Guillaume war ein Womanizer, ein echter Schwerenöter. Nur Lucie war blind dafür.

»Vielleicht muss einem so etwas gesagt werden …«, meinte sie gerade.

Nun war es ja gesagt, dachte Antonio zufrieden und wandte sich der Mahlzeit zu.

»Wenn ein Mann Gefahr läuft, seine Frau mit einer anderen zu betrügen – zum Beispiel mit einer Kollegin –, dann muss man ihn darauf hinweisen, was das alles für Konsequenzen hat. Für die Frau, für die Kinder, für ihn selbst.«

»Guillaume hatte doch gar keine Kinder«, sagte Antonio kauend.

»Eben. Aber wenn ein Mann eine glückliche Familie hat, muss er sie erhalten.«

»Natürlich«, Antonio grinste. »Wie ich zum Beispiel.«

»Ich wusste, dass du das genauso siehst.« Lucie spießte ein Stück Fleisch auf die Gabel. »Und sollte er das nicht tun, muss ihm der Kopf wieder zurechtgerückt werden.«

»Du willst dich aber nicht wieder in die Angelegenheiten irgendwelcher Hausbewohner einmischen, oder?« Antonio blickte sie forschend an.

Sie schüttelte energisch den Kopf: »Genau das will ich nicht. Denn so etwas bespricht man doch lieber von Mann zu Mann.«

»Ganz sicher!« Antonio war erleichtert. »Und selbst für ein Männergespräch braucht es die passende Gelegenheit.«

»Genau«, stimmte Lucie ihm bei.

Sie führt doch irgendetwas im Schilde, dachte Antonio. »Und eine sehr vertrauensvolle Beziehung!«, legte er deshalb nach.

»Definitiv. Und ein förderliches Umfeld.«

»Richtig.« Antonio kaute zufrieden. Jetzt war er vermutlich aus dem Schneider.

»Fußball wäre doch so eine Gelegenheit, oder?« Lucie strahlte ihn an. Antonio wurde wieder argwöhnisch. »Ich meine, für Männer«, schob Lucie nach.

»Ja«, sagte er gedehnt.

»Ich war mir sicher, dass du das auch so siehst, und deshalb will ich mich auch gar nicht weiter einmischen.«

»Wo einmischen?«, fragte Antonio.

»Na, in das Gespräch zwischen Vater und Sohn.« Sie nahm einen Schluck Wein.

»Wovon redest du?« Hatte er irgendetwas verpasst?

»Ach, Antonio, ich habe dir doch gesagt, dass etwas mit Nathalie und David nicht stimmt, deshalb warst du doch so nett, auf die Ballettgala zu verzichten.«

Das war nicht wirklich ein Verzicht gewesen, dachte er.

»Jedenfalls hat mir Nathalie das bestätigt, was ich vermutet habe«, fuhr Lucie fort: »David macht die vielen Überstunden wegen einer Assistenzärztin … Und da heute Abend *Paris Saint-Germain* gegen *Olympique Marseille* spielt, dachte ich mir …«

»Dass ich heute Abend gemütlich mit meiner Frau im Arm und einer Flasche Bier …«

»Antonio, du willst doch nicht, dass Lina und Clara ohne Vater aufwachsen, ja, dass wir sie vielleicht gar nicht mehr zu Gesicht bekommen! Was willst du eigentlich mal nach deiner Pensionierung machen ohne Enkel?«

»Darüber wollte ich mit dir sprechen …«

Lucie legte ihr Besteck zusammen. »Das müssen wir nicht, wenn du David klarmachst, was auf dem Spiel steht. Ihr trefft euch heute Abend im *Chez Maurice*, um acht Uhr.« Sie erhob sich. »Und jetzt muss ich dringend die Katze versorgen. Kannst du mir vielleicht doch kurz mit den Paketen helfen?«

Ihre blauen Augen blickten ihn treuherzig an. Als ob er ihr schon jemals etwas hatte verwehren können. Seufzend ergab sich Antonio in sein Schicksal.

Sie liebte dieses Gebäude und kannte es wie ihre Westentasche. Jeden Winkel. Nie war ihr so bewusst gewesen wie jetzt, wie viel Vergangenheit es atmete und wie sehr es die Glorie vergangener Zeiten barg. Kaum etwas hatte sich verändert. Und doch so viel. Das wurde Amandine besonders deutlich, als sie Bernadettes Büro betrat. Bernadette war jetzt stellvertretende Ballettdirektorin. Wer hätte das damals für möglich gehalten, als sie beide Mitglieder des Ensembles waren? Bernadette schaute kurz auf und warf Amandine einen Blick zu, dann arbeitete sie weiter. An der Decke brannte nur ein schwaches Licht. Bernadette hatte die

Schreibtischlampe angeschaltet. Die Arbeitsplatte war hell erleuchtet. Ihr Brillengestell warf einen seltsamen Schatten auf ihr Gesicht. Amandine lehnte sich an den Türrahmen und schlang die Arme um sich. »Hast du einen Moment?«

Bernadette schaute weiter auf den Bildschirm: »Nur kurz. Ich muss dann nach Hause. Jean-Marc hat gekocht.«

Amandine lächelte tapfer: »Tut er das immer noch so gerne?«

Bernadette sah sie an: »Was willst du?«

»Ich gehe davon aus, dass du Guillaume vertrittst?«

»Das tue ich.« Bernadette verzog den Mund, sodass man ihre großen Zähne sehen konnte.

»Wer ist morgen Abend im *Nussknacker* die Zweitbesetzung der Clara?«, fragte Amandine.

»Warum?«

»Anne kann diese Woche nicht auftreten«, sagte Amandine ruhig.

Bernadette zog die Augenbrauen hoch. »Ist sie ernsthaft erkrankt?«

»Komm, Bernadette, du weißt doch selbst, dass er die Liebe ihres Lebens war.«

Bernadette lachte kurz auf. »Das verwächst sich.«

»Woher willst du das wissen?«

Die beiden Frauen sahen einander an, bis Bernadette erwiderte: »Sie sind alle über ihn hinweggekommen.«

»Ich bitte dich nur um eine Woche.« Amandine trat einen Schritt vor ins Büro.

Bernadette wandte sich wieder ihrem Computer zu. »Eine Solistin des Pariser Balletts muss Profi genug sein, um persönliche Befindlichkeiten hintanstellen zu können.«

Hatte sie diesen Satz heute nicht schon mal so ähnlich gehört – aus Guillaumes Mund? Legten die Chefs dieses Hauses mit Erreichen der Machtposition ihre Menschlichkeit ab? Amandine stützte die Hände auf Bernadettes Schreibtisch: »Möchtest du das Risiko einer Verletzung bewusst eingehen? Anne ist eine Säule der Compagnie.«

»Glaube mir«, Bernadette sah Amandine fest an. »Ich kenne die Compagnie besser als du. Und selbst du warst zu ersetzen – offensichtlich in jedem Bereich.« Sie grinste böse.

»Du musst das nicht tun, Bernadette. Es ist nicht schön«, sagte Amandine leise. »Und ich glaube, eigentlich bist du der Schönheit genauso ergeben wie wir alle.« Sie wandte sich um und ging zur Tür. Der Schlag hatte sie unvorbereitet getroffen. Genau das war ihr damals prophezeit worden, bevor sie ins Auto gestiegen war.

Im Rahmen drehte sich Amandine noch mal um: »Ich vertraue darauf, dass du als Direktorin im Sinne der Compagnie die beste Entscheidung triffst.« Anne sollten diese Erfahrungen erspart bleiben.

Lucie hatte gemeinsam mit Antonio die Blumengebinde in den Fahrstuhl gestellt und sie dann oben in Guillaumes Wohnung gebracht, darauf achtend, dass seine Katze Jolie nicht durch die Tür entwischte. Doch sie fand Jolie im Wohnzimmer auf dem Sofa liegend. »Jolie, meine Süße, jetzt bekommst du gleich etwas zu fressen!«, sagte Lucie und ging in die Küche, um Blumenvasen zu holen und das Futter für Jolie bereitzustellen. Dort wagte sie, Licht zu machen. Die Küche lag nicht zum Hof hin. Im Salon, in der Bibliothek und im Büro bewegte sich Lucie im Halbdunkel. Es wäre ihr unangenehm, wenn Madame Richard mitbekommen hätte, dass sich die Gardienne in der Wohnung des Besitzers aufhielt, ohne dass dieser da war. Natürlich hatte sie einen guten

Grund, das zu tun, aber wer wusste, was Madame Richard wieder für eine Geschichte daraus machen würde. Lucie platzierte die Sträuße in den verschiedenen Räumen, was gar nicht so einfach war. Die Wohnung wirkte jetzt schon wie ein Blumenladen. Viel konnte sie im Halbdunkel auch nicht erkennen. Außerdem waren die Vasen inzwischen ausgegangen. Lucie griff auf Kochtöpfe und Eimer zurück. Obwohl das Futter nun in der Küche bereitstand, machte Jolie keine Anstalten, ihren Platz zu verlassen. Lucie trat zu ihr und sprach sie an: »Ja, hast du denn gar keinen Hunger?« Die getigerte Katze schlang die obere Pfote um ihr Gesicht. Das sah so entzückend aus, dass Lucie sie streicheln musste. Jolie fing an zu schnurren wie ein knatternder Rasenmäher. Die Gardienne lachte. Jolie stand auf, sprang vom Sofa, strich Lucie nochmals um die Beine und verschwand dann Richtung Küche. »Ich komme morgen wieder! Du musst dir keine Sorgen machen«, rief Lucie ihr nach. Wie sollte sie der armen Katze erklären, dass ihr Herrchen nicht mehr kommen würde?

Ob seine Seele hier herumgeisterte? Der Gedanke war ihr unheimlich. Vielleicht sollte sie doch besser das Licht anschalten? Was taten Seelen, die gewaltsam aus dem Leben geschieden waren?

Lucie ging ins dunkle Büro und rückte gerade den letzten Blumenstrauß zurecht, als sie hörte, wie die Wohnungstür quietschend aufging. Sie erstarrte. War Guillaume vielleicht doch gar nicht tot? Doch Lucie war ganz sicher, dass es Guillaume gewesen war, dessen Kopf auf ihrem Schoß gelegen hatte. Geatmet hatte er auch nicht mehr. Konnten Geister durch Wände gehen oder benutzten sie Türen? Vermutlich fehlte nur etwas Öl im Scharnier, dachte sie und trat dann schnell zwei Schritte zurück und presste sich im Schatten des Regals an die Wand, wenige Meter vom Schreibtisch entfernt. Sie hörte jemand leise durch den Flur gehen.

Geister machten keine hörbaren Schritte. Ein Einbrecher? Wie war er vorne durchs Portal gekommen? Hatte sie den Code nicht aktiviert? Und woher hatte er den Wohnungsschlüssel? Besaß er überhaupt einen Schlüssel? Oder war die Tür mit einem Dietrich geöffnet worden? Monsieur Bernards Wohnung besaß kein Dreifachsicherungssystem wie die der Nachbarn.

Lucie tastete gerade nach ihrem Handy, um Antonio zu Hilfe zu rufen, als plötzlich die Tür zum Büro aufgestoßen wurde. Eine dunkle Gestalt schlich auf sie zu. Lucie hielt den Atem an.

So viel Pastis, wie er brauchte, führte die Bar, ach die ganze Stadt, bestimmt nicht. Legrand war gelaufen und gelaufen. Bloß weg von der Schmach, weit weg vom Ort dieser entsetzlichen Blamage, immer weiter die Rue la Fayette entlang, bis er fast über einen Tisch auf dem Trottoir gestolpert wäre. So war er in der Bar gestrandet, einer Brasserie, Café, Restaurant, Pizzeria, alles in einem, auch egal, Hauptsache, sie hatten etwas, womit er sich wegbeamen konnte, nicht nur weg aus der Stadt, am besten weg bis über die Grenzen des Universums hinaus. Nach drei Gläsern hatte er die ganze Flasche *51* gekauft, eine treue Begleiterin, an der er sich festhalten konnte und die keine Fragen stellte, so wie die, was er hier zu suchen habe. Legrand saß an einem kleinen runden Tisch am Fenster und blickte auf die Metrostation *Cadet,* die davon zeugte, dass der Jugendstil auch in Paris seine Blütezeit gehabt hatte. Direkt dahinter *MC Café,* der Untergang der französischen Kultur. Croissants und sogar Macarons im Fast-Food-Format.

Legrand kippte das vierte Glas auf leeren Magen. Das machte nichts, denn er würde sowieso nie wieder im Leben essen können! Wer konnte sich mit Fast Food begnügen, mit pappigen

Hamburgern, auf denen ein unmotiviertes Salatblatt lag, wenn er Kaviar gekostet hatte, Hummer, Crème brulée, Champagner mit prickelnder Perlage, ach, wenn das ganze Leben ein Festmahl sein konnte. Er hatte vom Wasser des Lebens gekostet und nun dürstete ihn so sehr danach, dass es ihm die Sinne nahm. Amors Pfeil hatte ihn tödlich getroffen. Er musste sich besinnungslos trinken.

Zwei Gläser später klingelte sein Diensthandy.

»Ouuuueeee.«

»Léon, bist du das?«, fragte Aurélie.

»Nein!«, erwiderte er. Er konnte es nicht sein. Er kannte sich selbst nicht mehr.

»Wo steckst du denn? Wir suchen dich!«

»In Ermittlungen …« Momentan ermittelte er gerade, wie viele Gläser sich mit einer Flasche Pastis füllen ließen.

»Kann ich dir irgendwie helfen?« Aurélies Stimme klang besorgt. Legrand überlegte. Er war unheilbar erkrankt, Amandine seine einzige Medizin.

»Ich brauche alles über Amandine Maurel«, sagte er. »Tänzerin. Verlorene Tochter. Wiedergekehrt nach Paris …«

»Hmm… Und was hat sie verbrochen?«

»Diebstahl!«, erwiderte Legrand. Amandine hatte sein Herz gestohlen! »Mord!« Sie hatte ihm den Todesstoß versetzt. Aber sicher nicht aus niederen Beweggründen. Sie war ein Himmelswesen, an dem es nichts Niederes gab. »Totschlag«, korrigierte er sich. Doch das war noch nicht alles. »Entführung …« Erst hatte sie ihn in den Himmel geführt und dann? Er leerte noch ein Glas.

»Léon, soll ich nicht besser zu dir kommen? Wo bist du denn?«

»In der Hölle!«, antwortete Legrand wahrheitsgemäß, denn dorthin hatte sie ihn hinabgestoßen, und bevor Aurélie weiter fragen konnte, legte er auf.

Lucie konnte die Umrisse einer Gestalt mit Kapuzenshirt erkennen, die sich am Schreibtisch zu schaffen machte. Der Lichtkegel einer Taschenlampe leuchtete auf und fiel auf einen Stapel Dokumente, die auf der Arbeitsplatte lagen. Eine behandschuhte Hand griff nach einem Papier, hielt es hoch unter die Lampe und legte es zurück. Kurz schien der Einbrecher unentschlossen zu sein, dann leuchtete er auf den unteren Teil des Schreibtischs. Zwei Fächer mit Schlössern. Er zog die Schublade auf und schien nach den Schlüsseln zu suchen, die er wohl nicht fand.

Lucie musste zur Toilette. Der Eindringling befand sich keine fünf Meter von ihr entfernt. Sie atmete so leise wie möglich. Was, wenn er auf die Idee käme, in den Regalen zu suchen? Dann würde er sie dort stehen sehen. Der Lichtkegel huschte über den Boden in ihre Richtung und blieb an den Akten im Regal hängen, keinen Meter von ihr entfernt. Lucie hielt den Atem an. Ihr Herz klopfte so laut, dass sie meinte, der Einbrecher müsse es hören können. Unschlüssig wanderte der Lichtkegel über das Regal und dann wieder zurück zum Schreibtisch. Die Kapuzengestalt wandte sich den daraufliegenden Dokumenten zu. Gott sei Dank, dachte Lucie und wagte es, leise auszuatmen. Ihre Knie zitterten und sie schwitzte. Dann klingelte ihr Handy.

Der Einbrecher wirbelte herum, und der Strahl der Lampe traf Lucie mitten ins Gesicht. Geblendet hörte sie einen Aufschrei, Poltern, schnelle Schritte im Flur, dazwischen die Harfentöne ihres Telefons. Das Display leuchtete durch ihre Schürze.

Im Dunkeln konnte Lucie nichts mehr erkennen, doch sie musste zum Fenster, wenn sie noch einen Blick auf den Einbrecher erhaschen wollte. Kurzerhand ging sie auf die Knie und krabbelte auf allen vieren los. Lucie stieß gegen den umgeworfenen Schreibtischstuhl, erreichte die Wand, zog sich am Heizkörper hoch und blickte hinab auf den Hof. Sie sah gerade noch, wie die Gestalt im Kapuzenshirt in den Schatten des Eingangs tauchte. Im gleichen Moment verstummte das Telefon. Keine Sekunde später ging das große Eichenportal auf, und der Einbrecher war verschwunden.

Antonio stand auf der Rue St. Antoine neben der Kirche *St. Paul* und blickte in Richtung der gleichnamigen Metrostation. David hatte umdisponiert und ihn gebeten, ob sie ins *Momo* gehen könnten. Dort gab es auch einen Fernseher und dazu noch Pizza. Er würde direkt aus der Klinik kommen und hatte noch nichts gegessen. Auch dieser Platz war inzwischen fertig geworden und viel ansprechender und sauberer als früher, wie Antonio fand. Der Boden war mit Pflastersteinen belegt, wie auch die inzwischen verkehrsberuhigte Straße. Schöne Straßenlaternen spendeten Licht von oben. Neue Bäume waren gepflanzt worden, die jetzt allerdings die Blätter verloren hatten. Es gab eine *Vélib'*-Station mit lauter gleichförmigen schlammfarbenen Fahrrädern der Stadt Paris, die man mieten konnte. Ein ehrgeiziges Projekt, um die Verkehrsachsen zu entlasten und vor allem die Bürger in die Pedale treten zu lassen. Vielleicht, dachte Antonio bei sich, ist das der erste Schritt, um irgendwann auch in Paris so etwas wie Fußgängerzonen zu planen. Wie schön könnte die Prachtstraße Champs-Élysées ohne Autos sein! Mit dieser Idee durfte man den Parisern aber nicht kommen. Soweit er das beobachtete, wurden die Fahrräder mehr von Touristen genutzt als von den Bürgern der Stadt.

Das *Momo* lag zwischen einem *Traiteur Chinois*, dem *Imperial House*, wie es großspurig hieß, für den kleinen schmuddeligen Laden, den es darstellte, und einem Plattenladen. Auf der Straße war es voll. Menschen kamen von der Arbeit oder vom Einkaufen und waren auf dem Weg nach Hause oder wieder zum Ausgehen bereit. Antonio war schon zweimal angerempelt worden.

»Ich habe einen Bärenhunger!« David stand plötzlich vor ihm und nahm ihn kurz in den Arm. »Wartest du schon lang?«

»*Non.*« Antonio lächelte, weil er sich jetzt doch sehr freute, seinen Sohn zu sehen. »*Ça va?*«

»Bestens – viel Arbeit im Krankenhaus … Und bei dir?«

»Alles gut. Auch viel Arbeit – auf der Baustelle.« Aber nicht mehr lange, dachte Antonio.

Sie betraten die Pizzeria, und David bestellte eine große *Diabolo,* zwei Flaschen Bier und eine Flasche *Côtes du Rhone.*

»Die eine zur Pizza, die andere zum Fußball«, erklärte er.

Der große Flachbildschirm am Ende des Raumes war bereits angeschaltet worden. Die Spieler machten sich gerade warm. Der Kommentator gab Zusammenfassungen der bisherigen Begegnungen der beiden Mannschaften zum Besten. David und Antonio setzten sich an einen Tisch in der Mitte des Raumes.

Antonio dachte, dass er zu Hause viel netter gegessen hatte, mit weißer Tischdecke bei Kerzenschein. Während David auf der Toilette verschwand, um sich die Hände zu waschen, überlegte Antonio, wie er das Gespräch anfangen könnte. »Deine Mutter sagt, du gehst fremd, mein Sohn, und schon in der Bibel steht, dass du das nicht sollst!« Nein, das war keine Option. Sollte er nach den Kindern fragen? Nach Nathalie? David kam zurück und nahm ihm gegenüber Platz. Der Besitzer des Restaurants brachte die Getränke.

»Was machen die Mädchen?«, fragte Antonio, als er sein Glas erhob.

»Sie machen uns wahnsinnig. Du kennst sie ja!« David probierte den Wein. »Kann man zum Essen trinken«, entschied er.

»Und Nathalie?«, versuchte es Antonio weiter.

»Hat viel um die Ohren im Job.«

Antonio überlegte, ob David deshalb eine andere Frau wollte? Konnte er das fragen? Aber genau dann brauchte Nathalie ihren Mann doch …

»Und wie geht es dir?« David sah Antonio mit seinen grünen Augen durchdringend an. Die Augen hat er von mir, dachte Antonio, die Idee, sich nach anderen Frauen umzusehen, nicht.

»Gut.« Lucie sagte immer, wenn man etwas von sich selbst erzählte, dann würde der andere sich leichter tun, auch etwas von sich preiszugeben. »Wir sind ja nun schon eine Weile verheiratet …«

»Ja …« David blickte ihn aufmerksam an.

»Und es ist doch schön, wenn man weiß, was man an seiner Frau hat …«, wagte sich Antonio weiter auf unsicheres Terrain.

David hatte kurz besorgt ausgesehen, dann nachdenklich. »Das will ich meinen!«

Antonio war zunächst zufrieden, wollte dann aber ganz sichergehen. »Das siehst du genau so wie ich?«

David nickte: »Selbstverständlich!«

»Gut.« Erleichtert trank Antonio einen Schluck Bier.

»Solche Frauen gibt es heute ja gar nicht mehr …«, ergänzte sein Sohn.

Antonio war verwirrt. Was wollte David damit sagen?

Die Männer blickten auf den Fernseher, während die Mannschaften einliefen.

»Andererseits schadet es nie, sich rar zu machen«, gab David zu bedenken. »Seit ich nicht mehr jeden Abend zu Hause bin, hat Nathalie viel seltener Migräne.«

Mit Davids Ehe ist alles in Ordnung, dachte Antonio. Er hatte seinen Auftrag erfüllt – pünktlich zum Anpfiff.

Lucie machte Licht. Nach dieser Begegnung war es ihr egal, was Madame Richard oder sonst jemand im Haus von ihr dachte! Hauptsache, es schlichen nicht weitere finstere Gestalten durch die Wohnung. Guillaumes Schreibtischstuhl lag umgestoßen auf dem Boden, auf der Arbeitsplatte lagen die Blätter verteilt, die der Einbrecher so intensiv untersucht hatte.

»Lucie, sind Sie da?«, hörte sie eine bekannte Stimme im Flur. »Was ist denn hier passiert?«, fragte Pierre Bourgeois, als er das Zimmer betrat und die Unordnung bemerkte.

»Gut, dass Sie kommen, *Docteur!*« Lucie war selten so erfreut gewesen, ein vertrautes Gesicht zu sehen wie jetzt. »Haben Sie vielleicht draußen jemanden wegrennen sehen? Mittlere Größe, schlank, Kapuzenshirt. Vielleicht eine Frau. Die Stimme war jedenfalls hoch.« Lucie sammelte die Dokumente zusammen.

»Nein.« Der Doktor stellte den Stuhl wieder ordentlich hin. »Ist hier eingebrochen worden? Die Tür stand offen.«

Lucie nickte. »Schade, dass Sie nicht fünf Minuten früher gekommen sind! Der Einbrecher muss irgendwelche Dokumente gesucht haben. Die hier bringe ich erst mal in Sicherheit.« Lucie nahm die Mappe an sich, sie war empört, wie mit Guillaumes Sachen umgegangen worden war.

»Und Sie haben ihn überrascht?«

»So ungefähr«, antwortete Lucie ausweichend.

Pierre Bourgeois sah sie ernst an: »Sie sollten sich nicht in Gefahr begeben«, warnte er. »Für ein paar Blätter Papier!«

»Ich musste mich doch um Jolie kümmern und die Pakete …« Sie brach ab. Wie sollte sie Dr. Bourgeois erklären, dass die Blumen Guillaumes Seele Frieden bringen sollten?

»Vielen Dank dafür, Lucie. Ich wollte gerade nach der Katze schauen. Wer kümmert sich denn jetzt um sie? Sie braucht doch täglich Fressen und Zuwendung.«

»Das kann ich erst mal übernehmen. Aber wir müssen eine dauerhafte Lösung finden.« Lucie ging zur Tür. »Wollen Sie noch bleiben?«

Der Arzt folgte ihr. »Ohne Guillaume ist es seltsam hier«, sagte er traurig. Draußen war es inzwischen kalt geworden. Lucie fröstelte. Vor der Tür zu ihrer Loge verabschiedeten sie sich voneinander. Sie hätte Pierre Bourgeois in ihre Wohnung zum Tee einladen können, statt ihn allein in die Nacht draußen zu entlassen. *Lacht mit den Lachenden und weint mit den Weinenden,* hieß es in der Bibel. Doch sie wollte jetzt allein sein, um in Ruhe ihre Gedanken zu sortieren. Guillaumes Tod nahm langsam eine Dimension an, die ihr nicht mehr geheuer war. Der Einbrecher hatte Dokumente gesucht und war dabei gestört worden. Er würde also wiederkommen, dachte Lucie, doch dann bekäme er es mit ihr zu tun, die entschlossen war, Guillaumes Nachlass zu verteidigen.

Lucie zog ihr Telefon aus der Schürzentasche, um nachzusehen, wer versucht hatte, sie zu erreichen. Maria! Ob sie schon mehr von dem Ober aus dem *L'Ambroisie* erfahren hatte? Lucie ging in die Küche, um sich einen Tee zu kochen. Sie überlegte, wo ein sicheres Versteck für die Mappe war. Was auch immer sich darin befand, Lucie würde es wie ihren Augapfel hüten! Während der Tee zog, schaltete Lucie alle Lampen im Wohn-Esszimmer an und auch noch eine Kerze vor der Heiligen Mutter Gottes. Einem Impuls folgend versteckte sie die Dokumente im Küchenschrank zwischen den Kochbüchern.

Fünf Minuten später saß sie am Tisch und wärmte ihre Hände an einer Tasse *Thé de lune* von *Mariage Frères*. Der fruchtig-blumige Duft des Schwarztees mit einem Hauch Vanille hatte eine entspannende Wirkung auf sie, nach all dem, was sie heute erlebt und erfahren hatte: Erst hatte sie Guillaumes Leiche gefunden, dann war sie Legrand begegnet, sie hatte Marias Einsatz beim

Treppenputzen vertuscht, dann war da noch die starke Reaktion der Tänzerin Anne, das kühle Verhalten der Direktorin Bernadette, die Andeutung des Obers aus dem Sternerestaurant *L'Ambroisie* und nun der Einbruch. Eigentlich war es doch klar! Sie musste beten, die Bibel lesen und Gott fragen, was sein Wille war. Denn an einen Unfall konnte Lucie nach all dem, was sie gesehen und gehört hatte, nicht mehr glauben. Und hatte sie nicht auch beim letzten Mordfall vor einem Jahr durchaus Geschick bewiesen bei der Suche nach dem Mörder? Sowohl den Menschen als auch der Wahrheit war sie deutlich näher gekommen als Commissaire Legrand. Lucie stellte die Tasse ab, holte die Bibel, bekreuzigte sich und begann mit einem Vaterunser. Dann bat sie Gott um einen Hinweis zu den Hintergründen von Guillaumes Ableben und dem, was nun zu tun sei. Sie schlug die Bibel mit geschlossenen Augen auf und schummelte dabei etwas, denn sie wollte gern einen Spruch aus dem Neuen Testament, der ihr einen Weg weisen würde. Das Alte Testament war in dieser Hinsicht wenig hilfreich. Lucie fragte sich, ob das zulässig war, um eine Antwort von Gott zu bekommen, oder ob er sich durch sie versucht fühlen würde. Doch ihre Neugierde überwog, und so legte sie den Finger auf eine Textstelle, bevor sie die Augen öffnete. Sie landete bei Matthäus 25, Vers 40: *Und der König wird ihnen antworten und sagen: Wahrlich ich sage euch, insofern ihr es getan habt einem dieser meiner geringsten Brüder, habt ihr es mir getan.*

Damit war alles klar. Für Guillaume sollte sie das tun, was sie immer tat: Helfen, so gut sie konnte. In diesem Fall, seinen Mörder zu finden. Das würde Antonio zwar nicht gefallen, aber wenn sie es für Guillaume tat, so tat sie es für Gott. Und sagte der Allmächtige nicht an anderer Stelle in der Bibel: *Wer nicht für mich ist, ist wider mich?* Die Antwort der Heiligen Schrift war eindeutig: Lucie sollte ermitteln. Im Auftrag Gottes.

Es war ein spannendes Spiel. Die Mannschaften hatten sich nichts geschenkt, und doch stand es in der Halbzeitpause 1:0 für *Paris Saint-Germain*. Antonio und David hatten bester Laune den Wein geleert und dazu noch jeder zwei Flaschen Bier. Es war Zeit für Nachschub. David stand auf und ging zum Tresen.

»Wie lange musst du eigentlich noch?«, fragte er, als er zurück an den Tisch kam.

»Muss ich was?« Antonio merkte, dass er nicht mehr ganz klar im Kopf war. Vielleicht sollte er auf Wasser umsteigen, nach dem nächsten Bier.

»Arbeiten.« David nahm einen Schluck aus der Flasche. »Wann beginnt die Rente?«

»In zwei Monaten.«

»Doch so schnell jetzt?«

»Hab ich heute erfahren«, seufzte Antonio.

»Und was habt ihr geplant? Weltreise?«

»Du kennst doch deine Mutter. Die bekomme ich bestimmt nicht aus ihrer Loge raus.«

»Da magst du recht haben«, pflichtete David bei. »Sie sollte sich nicht den Strapazen einer solchen Reise aussetzen, sondern sich mehr schonen. Der Bluthochdruck, der Diabetes …«

»Ich möchte gerne ein Haus in Meudon kaufen.« Antonios Augen begannen zu leuchten. »Unser Geld reicht dafür, und ich werde es noch renovieren. Dann haben wir auch einen Garten für Clara und Lina.«

»Was sagt *Maman* dazu?«

»Das weiß ich noch nicht«, gab Antonio zu.

»Sie will an der Place des Vosges bleiben?«

»Kann sein. Aber der Hausverwalter wird sie auch bald in Rente schicken. Überall wird gespart.«

David nahm noch einen Schluck Bier. »Du solltest es einfach

machen. Es gibt Dinge, die müssen wir Männer tun. Unsere Frauen müssen nicht immer alles wissen.«

So hatte Antonio das noch gar nicht gesehen.

»Und wenn es dann fertig ist, dann habt ihr eine Bleibe, und sie muss sich keine Gedanken machen. Als Arzt denke ich, dass sie sich so wenig Sorgen wie möglich machen sollte. Ich mag gar nicht daran denken, was sie alles unternommen hat, als sie auf Mörderjagd gegangen ist.« David schüttelte den Kopf. »Eigentlich sollte sie selbst diese ganzen Hausmeisterarbeiten nicht mehr lange machen.«

»Ja«, stimmte Antonio zu. »Man sollte die Frauen nicht unnötig belasten.«

»Meine Rede. Auf die Frauen!« David erhob seine Flasche. Antonio tat es ihm gleich. »Auf die Frauen!«

Mittwoch, 4. Oktober

Am nächsten Morgen saß Lucie schweigsam neben Antonio am Frühstückstisch. Sie wollte ihm nicht auf die Nase binden, dass sie den göttlichen Auftrag erhalten hatte, Guillaumes Todesumstände aufzuklären. Er klagte über Kopfschmerzen.

»Wie war es denn gestern mit David?«, fragte sie schließlich.

Seine Augen leuchteten kurz auf. »*Saint-Germain* hat 2:0 gewonnen!«

Lucie stellte ihre Kaffeetasse ab. »Und was sagt er zu dieser Assistenzärztin?«

»Was für eine Assistenzärztin?« Antonio schob sich das letzte Stück seiner *tartine* in den Mund und kaute selbstvergessen.

»Antonio, was wolltest du gestern Abend mit David besprechen?«

»Ich *wollte* gar nichts. Ich *sollte* mit ihm einen Männerabend machen, und das haben wir.« Er fasste sich an den Kopf und verzog schmerzlich das Gesicht.

»Nein! Du solltest dafür sorgen, dass dein Sohn die Finger von anderen Frauen lässt und den Fortbestand unserer Familie nicht gefährdet!« Lucie stand auf und begann, den Tisch abzuräumen. Musste sie sich in diesem Haus um alles selbst kümmern?

Antonio half ihr, die Mülleimer hereinzuholen, bevor er sich auf den Weg zur Arbeit machte. »Bei den Kindern ist alles bestens!«, sagte er zum Abschied. »Du musst dir keine Gedanken machen, glaub mir.« Er holte seine Mappe und ging zum Tor.

Dann drehte er sich noch einmal zu Lucie um. »Außerdem geht es uns auch gar nichts an!«, sagte er und öffnete das Portal. Normalerweise verabschiedeten sie sich immer mit einem Kuss.

»Was willst du mir damit sagen? Dass ich mich raushalten soll?« Lucie verschränkte beide Arme vor der Brust. »Das würde ich gerne. Deshalb hatte ich dich gebeten, das zu übernehmen. Deine Kinder sollten es dir eigentlich wert sein.« Sie machte auf dem Absatz kehrt, griff nach dem Stapel mit der Post und überquerte den Hof, um im Hinterhaus mit dem Verteilen der Briefe zu beginnen. Eigentlich fing sie immer im Vorderhaus an, aber sie wollte Antonio die Möglichkeit geben, sie einzuholen und ihr ein Friedensangebot zu machen. Stattdessen hörte sie das große Portal ins Schloss fallen. Lucie blickte sich um. Antonio war weg. So ein blöder Morgen, dachte sie. Passend zum Wetter. Seufzend stieg Lucie hoch in den ersten Stock und schob die Briefe unter den Türschlitzen durch, froh, dass keine dicken Umschläge dabei waren, wegen derer sie hätte klingeln müssen, um sie persönlich zu übergeben. Sie war nicht in Stimmung, jetzt anderen Menschen zu begegnen. Im zweiten Stock betrat sie Guillaumes Wohnung, fütterte Jolie und reinigte das Katzenklo. Warum war sie über Antonios Verhalten so verärgert gewesen? Weil er sich von David etwas vormachen ließ? Das allein war es nicht. Lucie schüttete neue Streu in die ausgewaschene Plastikbox. Antonio hatte gar keine Lust, sich einzumischen und würde daher jede Ausrede seines Sohnes sofort dankbar angenommen haben, damit er nur wieder seine Ruhe hatte. Als das Katzenklo wieder frisch an seinem Platz stand, wusch Lucie noch Jolies Trinknapf aus. Was hatten die Eheleute früher an Auseinandersetzungen geführt, weil Antonio seine Ruhe wollte und die Menschen im Haus, die außerhalb der Präsenzzeit an Lucies Loge klingelten, als Eindringlinge empfand. Wenn er wüsste, dass Lucie den Mord an

Guillaume aufklären sollte, würde er furchtbar wütend werden. Aber man musste sich doch kümmern! Jeder Mensch hatte einen Auftrag im Leben, sollte Gutes bewirken und den Menschen helfen, die in Not waren, all denen, die es nicht so gut hatten, wie man selbst. Tief in Gedanken verließ Lucie die Wohnung des Ballettdirektors und wäre im Flur fast über Madame Richard gestolpert, die ihren Dackel bei sich führte. Lucie konnte nicht sagen, warum sie den Hund nicht besonders mochte. Eigentlich liebte sie Tiere.

»Wissen Sie, was da passiert ist?« Madame Richard wies mit dem Kinn Richtung Guillaumes Wohnung. Leugnen half nichts, da die alte Dame Lucie bereits im Türrahmen erblickt hatte.

»Monsieur Bernard hatte wohl einen Unfall an der Oper …«

»Einen Unfall«, wiederholte Madame Richard. »Soso. Haben Sie die Todesanzeigen gelesen?«

»Nein. Ich bin noch nicht zum Zeitunglesen gekommen.«

Daher weiß sie also Bescheid, dachte Lucie. Die alte Dame hatte am frühen Morgen bereits Zeit für *Le Figaro,* im Gegensatz zu der Gardienne.

»Wann ist der Unfall denn passiert?« Der Hund zerrte an der Leine, doch sein Frauchen hielt ihn noch zurück.

»Gestern.« Ob Lucie den Hund nicht mochte, weil er schlecht erzogen war?

»Finden Sie es nicht seltsam … Schluss jetzt!«, befahl Madame Richard. »Mach Platz! Finden Sie es nicht seltsam, dass dann heute schon die Todesanzeigen in der Zeitung stehen?«

»Da habe ich bisher noch nicht drüber nachgedacht«, erwiderte Lucie, froh, einmal ehrlich sein zu können.

»So ein verlogenes Pack«, murmelte die Alte und wandte sich zum Gehen. »Da gönnt doch die eine der anderen die Butter aufs Brot nicht.« Dann blieb sie stehen und wartete, bis Lucie zu ihr aufgeschlossen hatte. »Seit wann ist Amandine eigentlich wieder in der Stadt?«

»Seit drei Wochen.« Lucie freute sich, dass Amandine fast jeden Morgen zu ihr zum Frühstück kam, während sie sich bei Madame Richard wohl nicht gemeldet hatte. Vermutlich hatte Amandine aber auch gar nicht gewusst, wo ihre ehemalige Ankleidedame wohnte und dass diese die Wohnung ihrer Großcousine an der Place des Vosges geerbt hatte. Vor vielen Jahren hatte Amandine alle Zelte abgebrochen. Doch Lucie hatte sie weiterhin jedes Jahr zu ihrem Geburtstag angerufen. Und Amandine hatte es Lucie gleichgetan. Und bei solch einer Gelegenheit hatte Amandine erwähnt, dass sie für ihren Aufenthalt in Paris lieber in einem Appartement wohnen wolle als im Hotel, und Lucie hatte gleich an Florine gedacht, deren Wohnung leer stand, solange sie in Ghana war.

»Was genau ist denn passiert?«, fragte Madame Richard.

»Monsieur Bernard ist die *Grand Escalier* hinuntergestürzt.«

Lucie meinte zu sehen, dass sich für einen kurzen Moment Freude in ihrem Gesicht spiegelte. Sonst war ihr Madame Richard oft nörgelnd und schwatzhaft vorgekommen. Jetzt hingegen schwieg sie und schien in sich hineinzulächeln. Dann verließ sie ohne ein weiteres Wort das Haus.

Lucie verteilte die restlichen Briefe und überquerte den Innenhof. Sie dachte gerade daran, die Ahornblätter auf dem Kopfsteinpflaster wegzufegen, als sie Monsieur Rosenbergs Stimme hörte.

»Guten Morgen, Lucie!«

Sie blickte nach oben, und dort stand er am Fenster.

»Könnten Sie vielleicht so lieb sein und mal nach meiner Küche schauen?«

Lucie lächelte. »Sehr gerne.« War es ihm unangenehm, das

Wort »Maus« in den Mund zu nehmen? Sie kümmerte sich wirklich gern, das wurde ihr wieder einmal bewusst, als sie im Vorderhaus mit der restlichen Post bewaffnet die Stufen hochstieg. Nicht nur um das Gebäude, das sie so sehr liebte, auch um die Bewohner und sogar noch um die Tiere.

Schwer atmend kam sie oben an. Sie hoffte, dass wenigstens Commissaire Legrand weitergekommen war. Gestern hatte er ja noch an einen Putzfrauenmord geglaubt. Nein, an Totschlag durch Putzfrauenhand bzw. -wischmopp. Ob er inzwischen auch auf Fakten gestoßen war, die einen echten Mord wahrscheinlich machten? Sie hoffte es, dann würden sie sich die Arbeit teilen können.

Nachdem alle Umschläge verteilt waren, betrat sie die Wohnung von Abram Rosenberg, der schon die Tür für sie geöffnet hatte. Der Maestro zog sich ins Wohnzimmer zurück, und Lucie fand in der Küche eine süße kleine Maus in der Falle, die sie mit großen Kulleraugen ängstlich ansah. Die Gardienne nahm den kleinen Käfig hoch, rief Monsieur Rosenberg zu, dass jetzt alles gut sei, und während sie beruhigend auf die Maus einredete, stieg sie die Treppe hinab. Das zitternde Tier erinnerte sie an irgendetwas. Der Einbrecher von gestern Abend kam ihr in den Sinn. Mit einem Mal wurde Lucie bewusst, dass Pierre Bourgeois gestern recht gehabt hatte: Sie hatte in großer Gefahr geschwebt. Dieses Mal musste sie professioneller vorgehen und Legrand einbinden. Er sollte die Wohnung untersuchen, sie hingegen würde Christian aus dem *L'Ambroisie* auf den Zahn fühlen. Sie durfte nur ungefährliche Ermittlungen anstellen, den Rest musste Legrand bewältigen. Das war sie ihrer Familie nach dem letzten Kriminalfall, als sie selbst beinahe ihr Leben verloren hätte, schuldig. Der Einbrecher hatte Angst gehabt, so wie die Maus hier. Wenn er zudem gewaltbereit war, so war das eine explosive Mischung.

Lucie setzte den kleinen Käfig in das Beet im Innenhof unter den Ahorn und öffnete die Tür. Die Maus wartete, dann schnupperte sie vorsichtig am Rahmen, und im nächsten Moment war sie unter den Blättern am Boden verschwunden.

Legrand ging die Rue de Birague entlang in Richtung Place des Vosges. Sein Schädel brummte, und das Frühstück hatte für ihn heute Morgen aus drei Tassen *Express* und zwei Aspirin bestanden. Jetzt tat ihm auch noch der Magen weh. Im Vorbeigehen bemerkte er eine neue Boutique, in deren Schaufenster ein dunkelrotes Kleid ausgestellt war. *Valeria Fara.* Amandine würde darin wunderschön aussehen. Legrand hatte nur noch eine dunkle Erinnerung an den gestrigen Abend. Aurélie hatte ihn mit zwei uniformierten Beamten im Streifenwagen abgeholt und nach Hause gebracht. Legrand hoffte, nur geträumt zu haben, dass er von den perfiden Foltermethoden der Frauen gesprochen hatte, insbesondere von dem bösen Blick blauer Augen.

Er wusste nicht, wie Aurélie ihn gefunden hatte. Ob sie ihn hatte orten lassen? In Zukunft würde er sein Handy ausschalten. So eine peinliche Szene mit Dienstuntergebenen wollte er nicht noch einmal erleben, vor allem nicht, wenn diese auch noch weiblich waren und neunmalklug wie Aurélie. Eine Killermaschine in attraktiver Verpackung.

Missmutig kickte Legrand eine Coladose weg, die auf dem Bürgersteig lag. Sie flog auf die Straße, und im nächsten Moment fuhr ein Auto drüber. Unter dem *Pavillon du Roi* bog Legrand nach links ab. Er würde sich jetzt diese Wohnung von dem Ballettdirektor ansehen und dann den Fall zu den Akten legen. Den Kollegen würde er die Blamage von gestern folgendermaßen begründen: Er hatte an einem Fall gearbeitet, einen berechtigten

Verdacht gehabt, war von einer vermeintlichen Zeugin unter den Tisch getrunken worden, hatte dann noch die Wohnung untersucht und auch dort nichts gefunden und konnte so guten Gewissens seinen Abschlussbericht schreiben.

Wegen des Katers schien sein Gehirn langsamer zu funktionieren, jedenfalls realisierte Legrand erst, als er das Portal öffnete und Lucie in Kittelschürze in der Mitte des Innenhofes stehen sah, dass er es ja mit der Gardienne zu tun hatte, die ihm das letzte Mal strikt den Zutritt zur Wohnung des Opfers verweigert hatte. Auf keinen Fall aber würde er ein Schreiben der Staatsanwaltschaft organisieren, um sich Zutritt zu der Wohnung des Verstorbenen zu verschaffen, zumal seine Schlussfolgerung dann auch immer unglaubwürdiger wurde. Er wollte also schon auf dem Absatz kehrtmachen, zum Quai des Orfèvres zurückgehen und sich gleich dem Spott der Kollegen stellen, als sie rief:

»*Bonjour, Monsieur le Commissaire,* Sie schickt der Himmel!«

Wohl kaum, dachte Legrand, eher die Unzurechnungsfähigkeit nach Vollsuff.

Gleichzeitig betrat eine alte Dame mit Dackel hinter ihm den Hof und versperrte so den Fluchtweg auf die Straße.

Die Gardienne kam ihm entgegen. »Lassen Sie mich schnell die Falle wegbringen. Sie wollen bestimmt Monsieur Bernards Wohnung untersuchen, nicht wahr?«

Zuerst war Legrand völlig perplex, dann skeptisch. Er hatte Madame Ferreira ganz anders in Erinnerung. Beim letzten Fall im Sommer vor einem Jahr hatte sie sich sehr bedeckt gehalten und nicht wirklich mit der Polizei kooperiert. Ob sie ihn wieder auf eine falsche Fährte locken wollte, fragte er sich, als sie mit einer Mausefalle in ihrer Loge verschwand. War er ihr nicht schon damals in die Falle gegangen? Und heute lockte sie ihn mit Speck – oder dem Wohnungsschlüssel. Was führte sie im Schilde?

Die alte Dame überquerte langsam den Hof. Sie schien hören zu wollen, was der Kommissar mit der Gardienne zu besprechen hatte.

Lucie begleitete ihn munter plaudernd zum Hinterhaus. Seine Kopfschmerzen wurden wieder stärker. Es war auch zu anstrengend, ihrem Wortschwall zu folgen und gleichzeitig einen klaren Kopf zu bewahren.

»... die Spurensicherung wird vielleicht nichts in der Wohnung finden, aber Sie könnten sich das doch alles genau ansehen. Bestimmt gibt es einen Zusammenhang mit dem Mord ...«, flüsterte Lucie gerade.

Was hat die Gardienne gestern wirklich an der Oper gemacht, fragte sich Legrand. Sie wollte wohl kaum das gesamte Opernhaus allein putzen. Er hielt sie zwar für tüchtig, aber das war unmöglich.

»Und ich glaube, der Einbrecher war eine Frau. Vielleicht auch ein Jugendlicher. Der Schrei ... Ob ein Mann auch so geschrien hätte? Was haben Ihre Ermittlungen denn bisher ergeben?«

Inzwischen waren sie im zweiten Stock angelangt, und Lucie schloss auf.

»Monsieur Legrand, hören Sie mir überhaupt zu?«

Legrand fasste sich an den Kopf. »Ja, sicher, wenn Sie nicht so schreien würden!«

Lucie blickte ihn betreten an. »Ist Ihnen nicht gut, *Monsieur le Commissaire?* Kann ich etwas für Sie tun?«

»Lassen Sie mich allein«, knurrte Legrand und schloss die Tür hinter sich.

Endlich Ruhe, dachte er. Er ging durch einen schmalen Flur und kam in einen wohnlichen Salon mit Flügelfenstern zum Innenhof. Legrand ließ sich auf einer modernen weißen Ledercouch nieder. Im ganzen Raum verteilt standen Blumensträuße.

Man hätte meinen können, sich in einer Gärtnerei zu befinden. Hinter ihm an der Wand hing ein ganz besonderes Kunstwerk, das hervorragend zu einem Ballettdirektor passte. Eigentlich waren es viele kleine Kunstwerke: Ballettschuhe, die nach ihrem Gebrauch liebevoll bemalt, umgestaltet und mit weiteren Accessoires versehen worden waren, wie Federn, Knöpfen, Rasierklingen. Ein Schuh war mit einem Schachbrettmuster bemalt. Ein weiterer mit Notenlinien. Ein goldener Notenschlüssel steckte in der Spitze. Es gab eine Kreation, die wie ein Vogel aussah. In einer anderen Spitze steckte eine Rasierklinge, und Blutstropfen sammelten sich in der Sohle. Erst dachte Legrand an Aschenputtel, doch da wurden die Fersen abgehackt, nicht die Fußzehen malträtiert. Vielleicht sollte der Schuh die Marter darstellen, die jede Tänzerin beim Spitzentanz erlitt, wenn sie ihr gesamtes Körpergewicht auf den Zehen tragen musste. Legrand schüttelte über sich selbst den Kopf. Seit wann interessierte er sich für die körperlichen Beschwerden dieser Berufsgruppe? Seit gestern, dachte er, und eigentlich wusste er auch genau, warum, doch er wollte sich einreden, das gehöre zu den Ermittlungen dazu. Legrands Augen juckten. Wie gut, dass sein Schädel nicht mehr so hämmerte wie am Morgen, sondern nur noch dumpf schmerzte. Seine Nase kitzelte, und er musste niesen. Eigentlich sprach nichts dagegen, sich jetzt hier hinzulegen und für ein paar Minuten die Augen zu schließen. Das tat zwar gut, bemerkte er kurz darauf, aber das Brennen in den Augen wurde nicht weniger, und seine Nase begann zu laufen. Ob er sich gestern erkältet hatte? Wieder sah er Amandines Augen vor sich, die ihn anfunkelten. Wie schön war sie und wie sehr hatte er sich blamiert. Legrand bekam kaum noch Luft und musste husten. Er öffnete die Augen und setzte sich auf. Wegen einer Frau irgendwelche körperlichen Symptome zu entwickeln kam für ihn gar nicht infrage! Diese Haltung interessierte seine Nase herzlich wenig, und sie schwoll weiter zu. Die Erkältung schien mit voller Wucht über ihn hereinzubrechen. Kein Wunder, in Abwesenheit des geliebten Wesens litt er Höllenqualen. Sein Hals kratzte. War das möglich? War das die große Liebe, die seit Bestehen der Menschheit bedichtet, besungen und beschworen wurde? Oder war etwas in dieser Wohnung nicht in Ordnung, gab es vielleicht ein Leck in der Gasleitung? Das Fenster, dachte Legrand. Er musste so schnell wie möglich das Fenster öffnen. Gerade als er den Knauf erreicht hatte, erkannte Legrand im Augenwinkel eine Bewegung. Er wirbelte herum und erstarrte.

Als Amandine an diesem Morgen zum Kaffee kam, sah sie aus, als hätte sie kaum geschlafen, stellte Lucie besorgt fest. Das war verständlich, denn Guillaume war damals der Ballettdirektor gewesen, der Amandine entdeckt hatte. Lucie erinnerte sich noch gut daran, wie stolz Amandines Mutter gewesen war, dass Monsieur Bernard ihre Tochter unter seine Fittiche genommen hatte.

Amandine wirkte in sich gekehrt, fast schutzbedürftig. Gleichzeitig strahlte sie eine große Ruhe und Schönheit aus, als würde sie aus einer tiefen Quelle genährt, zu der andere Menschen keinen Zugang hatten. Lucie war immer wieder verblüfft, was Gott mit diesem Wesen geschaffen hatte. Als brächte Amandine jeden Menschen in Kontakt mit seiner eigenen Seele, dachte Lucie versonnen, während sie Amandine dabei beobachtete, wie sie ihr Croissant in die Kaffeetasse tauchte und abbiss. Bei jedem anderen Menschen wirkte das im positivsten Falle unbeholfen. Lucie erinnerte sich, wie sie ihre Söhne bei diesem morgendlichen Ritual immer ermahnen musste, nicht zu kleckern. In den ersten Jahren hatte sie daher diese hässliche durchsichtige Plastikdecke auf dem

Tisch gehabt. Und natürlich hatte Amandine als kleines Kind auch gekleckert. Aber ganz anders. Elegant hatte sie gekleckert. Lucie musste schmunzeln. Und jetzt saß ihr die erwachsene Amandine gegenüber, das lockige Haar trug sie offen und hielt das Croissant über der *boule*, bis es nicht mehr triefte. Dann bewegte sie die Hand ruhig und graziös in Richtung Mund. Lag es am schmalen Handgelenk und den langen schlanken Fingern? Nein, Amandine hatte schon immer einen besonderen Zauber auf die Menschen ausgeübt, die sich die Zeit genommen hatten, sie zu betrachten. Lucie hatte als Kindermädchen oft einfach nur dagesessen und ihr beim Spielen zugesehen, und ein Glücksgefühl hatte sie erfasst – eine wirkungsvolle Medizin gegen das Heimweh nach Portugal.

»Geht es dir gut, *Nounou?*«, fragte Amandine. Sie musste mitbekommen haben, dass Lucie mit ihren Gedanken woanders war.

»Ja, ich freue mich, dass du da bist.« Lucie lächelte herzlich. »Und wie ist es mit dir?«

»Hm. Ich habe schon besser geschlafen.«

Amandine trank einen Schluck Kaffee.

»Guillaume Bernard?«

»Stand es schon in der Zeitung?« Amandine wirkte erstaunt.

»Ja, heute.« Lucie deutete in Richtung von *Le Figaro*, den sie noch gar nicht angerührt hatte. Sie hatte das Gefühl, es wäre besser, nicht weiter in Amandine zu dringen. Obwohl sie von ihr sicher viel über Guillaume und das Leben im Ballettensemble erfahren hätte. Vielleicht wusste Amandine, ob Guillaume Feinde gehabt hatte, warum Madame Colasante so kühl auf seinen Tod reagierte und Anne Gilbert so emotional. Andererseits war sie jahrelang weg gewesen und würde aktuelle Verstrickungen vermutlich gar nicht kennen. Wozu sie also beunruhigen.

»Und außerdem bist du seine Gardienne, nicht wahr?« Amandine lächelte.

»Genau.« Lucie machte eine Pause. »Ich habe heute Morgen Monsieur Bernards Katze gefüttert. Ich muss mal sehen, was wir in Zukunft mit ihr machen.«

Amandine trank die Tasse leer.

Lucie sprach schnell weiter: »Dabei habe ich Madame Richard getroffen, die davon sprach, dass die Konkurrenz am Ballett sehr groß sei und dass die Tänzerinnen einander nichts gönnen würden. Stimmt das?«

Amandine sah aus, als wollte sie sich gerade erheben, blieb dann aber doch sitzen. »Das finde ich zu einseitig. Du hast den Wettbewerb damals ja bei mir mitbekommen. In der Ballettschule wurde jedes Jahr selektiert, und die wenigsten haben die ganzen sieben Jahre überstanden. Und dann werden wieder nur ganz wenige eines Jahrgangs ins Ensemble aufgenommen. Da geht es dann weiter: Wir beginnen als *quadrille*. Am Ende jeden Jahres findet ein *concours* statt. Alle Tänzer studieren einen Tanz ein, den sie vorführen, und je nach Leistung oder auch Beurteilung werden sie dann befördert und durchlaufen die einzelnen Karrierestufen wie *coryphées, sujets* und *premiers danseurs*. Ab dem Niveau des *sujets* werden wir mit ersten Solistenrollen betraut, und dabei dürfen wir uns auf der Bühne entfalten. Davor geht es darum, im wahrsten Sinne des Wortes nicht aus der Reihe zu tanzen. Alle sollen gleich aussehen. Es kann frustrierend sein, wenn sich die Karriere über Jahre nicht weiterbewegt und man andere an sich vorüberziehen sieht. Zumal das System bei allem doch recht subjektiv ist, denn es sind wenige Menschen, die über deine Karriere entscheiden. In anderen Ländern wird Tänzern viel früher die Chance geboten, sich mit einer Solistenrolle hervorzutun. Bei uns haben die einfachen Gruppentänzerinnen ein außergewöhnlich hohes Niveau.«

Lucie gefiel, dass Amandine so sprach, als wäre sie noch Teil des Pariser Balletts.

»Andererseits lebt man normalerweise sein ganzes Berufsleben bis zur Pensionierung im Alter von zweiundvierzig Jahren – ja, da staunst du – zusammen wie in einer großen Familie. Es ist eine Welt für sich, zu der Externe kaum Zugang finden.«

»Und wie ist das mit den *Étoiles?*«, fragte Lucie.

»*Étoile* wird man auf Berufung nach einer besonderen Leistung. Üblicherweise, wenn man eine Hauptrolle auf ganz besondere Weise umgesetzt hat. Der Operndirektor ernennt einen *Étoile* auf Vorschlag des Ballettdirektors hin. Auch das kann bitter sein, wenn eine Tänzerin ernannt wurde und eine andere nicht. Bei der Gala hast du das mitbekommen. Jeder fragt sich, warum Anne Gilbert diese Ehre nicht zuteilwurde, denn sie hat die Sylphide getanzt.«

Amandine blickte auf die Uhr und erhob sich.

»Wie ist das mit Liebesbeziehungen an der Oper?«, fragte Lucie schnell.

»Warum interessiert dich das alles?«, wunderte sich Amandine. »Du meinst wegen Neid und Konkurrenz?«

Lucie nickte.

»Es ist nicht leicht, eine Beziehung mit jemandem zu führen, der kein Tänzer ist und diese besondere Welt nicht versteht. Wenn du aber eine Beziehung mit einem Kollegen eingehst, kann sie zerbrechen, und dann wirst du ihn weiterhin täglich sehen. Auch, wenn er dann vielleicht eine andere Tänzerin heiratet. Das birgt natürlich eine Menge Konfliktpotenzial. So, meine Liebe, nun muss ich aber leider los.« Amandine nahm Lucie kurz in den Arm.

»Eines noch«, bat Lucie. »Hältst du es für möglich, dass Anne Gilbert eine Liebesbeziehung zu Guillaume Bernard hatte?«

Amandine lächelte.

»Ich meine, hatte Guillaume öfter Frauengeschichten?«

»Meine liebe *Nounou*, es geht dich zwar gar nichts an, aber da du seine Gardienne bist, musst du das doch viel eher wissen als ich.«

Lucie konnte sich nicht mehr zurückhalten: »Kann es sein, dass er wegen irgendwelcher Frauengeschichten zu Tode gekommen ist?«

Amandine wurde blass. »Wie meinst du das?«

»Was ist denn, wenn das gestern gar kein Unfall war, sondern Absicht? Wenn ihn jemand umbringen wollte?«

»Es war ein Unfall«, insistierte Amandine. »Wer sollte so etwas denn tun?« Sie wirkte so erschrocken, wie Lucie es befürchtet hatte.

»Genau das will ich herausfinden«, erwiderte Lucie.

Die Katze! Sie hatte ihn mit ihren gefährlichen giftgrünen Augen fixiert und war weiter auf ihren Samtpfoten leise und unerbittlich auf Legrand zugeschlichen, bis sie bei ihm angelangt war, ihm um die Beine strich, wie um ihre Beute zu kennzeichnen und festzusetzen. Auf Legrand, der nach Luft japste, wirkte diese Berührung wie ein Stromschlag, und mit wenigen Sätzen türmte er aus der Wohnung und stürzte die Treppe hinunter an die frische Luft. Dort fühlte er sich augenblicklich wohler und versuchte, seinen Atem zu beruhigen. Er röchelte, er hustete, seine Augen tränten und seine Nase lief, ohne dass er ein Taschentuch dabeigehabt hätte. Dafür eine rettende Tablette eines Antihystaminikums, die er aus der Hosentasche friemelte und in den Mund steckte. Er musste nur die Gardienne um ein Glas Wasser bitten und um ein Taschentuch. Kurzentschlossen klingelte er an der Loge.

Madame Ferreira öffnete.

»Wasser«, röchelte Legrand, »und ein Ta…« Weiter kam er nicht, denn er sah sie, die wunderschöne Göttin, die göttliche Schönheit, Amandine, neben dem Esstisch stehen. Er glaubte zu halluzinieren. Im nächsten Moment tropfte es aus seiner Nase auf den Fußboden, und Legrand musste niesen. Madame Ferreira kehrte mit einem Glas Wasser aus der Küche zurück, das sie ihm gab, und er trank es in einem Zug leer. Dabei konnte er den Blick nicht von der Lichtgestalt wenden.

»Möchten Sie vielleicht ein Taschentuch?« Madame Ferreira wartete die Antwort erst gar nicht ab, sondern öffnete eine Schublade, während Legrand Amandine anstarrte und weiter aus der Nase tropfte.

Sie reichte es ihm, und er hielt das Tuch unter die Nase und seinen Blick auf Amandine gerichtet. Diese lächelte amüsiert in sich hinein. »Ich muss jetzt wirklich los«, wandte sie sich an die Gardienne. Sie sprach, sie war echt, er träumte nicht. Dies ist mein Untergang, dachte Legrand.

»Darf ich vorstellen?« Auch die Gardienne lächelte: »Das ist Amandine Maurel, eine begnadete Tänzerin und Choreografin. Keine kennt die Welt des Balletts so wie sie.«

»Alles Übertreibung …« Amandine winkte ab.

Enchanté, wollte Legrand sagen. Er war nicht nur entzückt, nein, er war wirklich verzaubert, doch er brachte keinen Ton heraus.

»Und dies ist Commissaire Legrand, der letztes Jahr hier im Haus erfolgreich einen Mord aufgeklärt hat, und dem ich dabei assistieren durfte«, zwinkerte Lucie.

Der Supergau, dachte Legrand, und die Gardienne fuhr fort: »Er wurde gestern an die Oper gerufen.«

»Ich erinnere mich«, sagte Amandine kühl.

Nicht verzaubert, dachte Legrand, für diesen Zustand musste es einen anderen Ausdruck geben. Sie hatte ihn versteinert.

Von Loge 34 aus konnte Bernadette einen repräsentativen Eindruck des Bühnengeschehens gewinnen. In den oberen Logen war der Blickwinkel bereits recht steil, im Parkett flach, in der Königsloge exklusiv. Auf Guillaumes Platz wäre sie dem Schauspiel zu nah gewesen. Jetzt sah sie Jean-Marc mit Germain und Émilie, der Ersatzbesetzung für Anne, den *Pas de deux* durchgehen. Die beiden Tänzer trugen Trainingskleidung, und das Bühnenbild war nicht aufgebaut.

Bernadette hatte die Schließung der Oper für Besichtigungen um zwei Tage verlängert. Nun musste sie dafür sorgen, dass die Abendveranstaltungen stattfinden konnten. Eine Rücknahme der verkauften Karten wäre zu teuer und aufwendig geworden, ein Ersatztermin war nicht gefunden worden. Man hatte ein einwöchiges Freudenfest geplant, jetzt jedoch sollten die Veranstaltungen mit möglichst wenig Aufwand so umgestaltet werden, dass die Pietät gewahrt blieb. Heute Abend stand *Der Nussknacker* nach der Choreografie von Rudolf Nurejew zu der Musik von Tschaikowsky auf dem Programm. Ein munteres Spektakel, um die Herzen in der kalten Jahreszeit zu erwärmen, das sonst um Weihnachten herum gespielt wurde. Doch Guillaume hatte sich zu seinem Geburtstag eine Vorschau auf das Dezemberprogramm gewünscht, da *Der Nussknacker* das erste Ballett gewesen war, das er als Kind gesehen hatte.

»Stopp«, rief Jean-Marc auf der Bühne. Die Pirouetten waren nicht synchron gewesen. Bernadette hoffte, dass es noch gelang, das Paar perfekt aufeinander abzustimmen. Zuletzt hatten sie vor zwei Jahren zusammen getanzt. Anne und Émilie interpretierten die Rolle sehr unterschiedlich. Das war für Germain herausfordernd.

Es war wirklich keine leichte Entscheidung. Die Handlung von *Der Nussknacker* spielte am Weihnachtsabend. Jetzt herrschten milde Oktobertemperaturen. Nachdem Guillaume nicht anwesend sein würde, hatte der ganze Zirkus zu dieser Jahreszeit keine Berechtigung mehr. Bernadette würde die Aufführung mit einer Schweigeminute beginnen, das war das Einzige, was sie tun konnte. Mit den passenden Worten würde sie eine Brücke schlagen: Guillaume habe im Leben alle mit seinem sonnigen Gemüt erfreut, und so sei es in seinem Sinne, sich heute Abend verzaubern zu lassen und ihm damit die Ehre zu erweisen, als einem König und Diener der Schönheit und der Illusion. So ähnlich hatte sie das in den Stichpunkten für die Ansprache des Operndirektors notiert. Nur hatte der Direktor gerade den Auftritt heute Abend abgesagt und alles vertrauensvoll in Bernadettes Hände gelegt. Einerseits war das ein positives Zeichen, dass sie damit rechnen konnte, bald offiziell Guillaumes Nachfolge anzutreten. Andererseits ließ er sie auch mit allen Presseanfragen allein.

»Sie wollten mich sprechen?« Anne hatte die Loge betreten und stand nun neben ihr. Bernadette fragte sich, wer ihr aufgeschlossen hatte.

»Setz dich«, sagte sie. »Ich sehe, es geht dir besser.«

Anne nahm Platz und schwieg dazu.

»Ich kann dir nur einen Rat geben: Nimm es so, wie er es immer gesehen hat: als Spiel der Eitelkeit.«

Anne hatte die Arme ineinander verschränkt und ihre Unterlippe zitterte.

»Ich denke, es ist besser, wenn diese Woche Émilie deinen Part übernimmt«, fuhr Bernadette fort. »Ich gehe davon aus, dass dieser Ausfall eine einmalige Sache ist und wir nächste Woche wieder mit dir rechnen können?«

»Selbstverständlich.« Anne blickte auf die Bühne, und Bernadette hörte einen feinen Trotz in ihrer Stimme mitklingen.

»Gut.« Um diese Auflehnung gleich im Keim zu ersticken, fügte sie hinzu: »Unter meiner Leitung wird es keine Sonderbehandlung geben – schon gar nicht aufgrund anderer Dienstbarkeiten.« Die Tänzerin verließ ohne ein weiteres Wort die Loge. Bernadette schüttelte den Kopf. Das kam davon, wenn die Schüler in Nanterre zu sehr verhätschelt wurden. Früher hatte man sie im Unterricht eine andere Disziplin gelehrt.

Lucie stand in der Küche und bereitete eine Tasse Kaffee für Monsieur Legrand zu. So einsilbig hatte Lucie den Kommissar noch nie erlebt. Vielleicht lag das an der Katzenallergie, doch Lucie hatte das Gefühl, dass mehr dahintersteckte. Amandine. Er war ihrer Schönheit erlegen. Lucie lächelte vergnügt vor sich hin, als sie den Knopf der Kaffeemaschine drückte und ein schwarzer Strahl in die Tasse floss. Sie schätzte Legrand zwar auf ungefähr fünfunddreißig. Es war möglich, dass er zehn Jahre jünger war als Amandine. Aber die Liebe war eine Himmelsmacht. Leider war Legrand so schwach, dass Lucie ihm erst mal einen Kaffee und ein Croissant angeboten hatte, wohl wissend, dass Legrand leiblichen Genüssen nicht widerstehen konnte. Bei seiner Größe verteilte sich das allerdings vorteilhafter als bei Lucie. Mit dem Kaffee in der Hand betrat sie das Zimmer und sah Legrand mit eingefallenen Schultern am Tisch sitzen und in das Croissant beißen. Was für ein Unterschied zu Amandine vorhin, dachte Lucie. Legrands Augen waren nicht mehr so rot, und die Nase lief auch nicht mehr.

»Ihr Kaffee.«

»Danke.« Er schob sich das letzte Stück Croissant in den Mund und nahm einen großen Schluck. Amandine hätte dezent genippt.

»Sind Sie in der Wohnung von Monsieur Bernard fündig geworden?« Lucie setzte sich Legrand gegenüber an den Tisch.

So hatte sie durch die Glastür der Loge einen Blick auf den Eingangsbereich und konnte sehen, wenn jemand das Gebäude betrat.

»Ja«, knurrte Legrand.

»Ein weiterer Hinweis auf Mord? Ich wusste es. Wie gut, dass Sie gekommen sind, Monsieur Legrand.«

»Nein. Auf eine Katze! In die Wohnung bringen mich keine zehn Pferde mehr. Sie brauchen es gar nicht erst zu versuchen.« Er nieste.

»*À vos souhaits.* Was hat denn die Untersuchung des Tatorts gestern ergeben?«

»Dass Sie gewischt haben und der Direktor deshalb ausgerutscht ist.«

»Ach, Monsieur Legrand, das glauben Sie doch selbst nicht. Ich war doch gar nicht oben – leider, sonst hätte ich gesehen, was wirklich passiert ist. Meinen Sie, dass ihn jemand gestoßen hat? Müsste man den Sturz nicht rekonstruieren können?« Lucie fiel ein, dass sie Maria gar nicht gefragt hatte, ob sie jemand gesehen hatte. Das musste sie unbedingt nachholen. »Hatte Guillaume Bernard Rauschmittel genommen?«

»Haben Sie vielleicht Rauschmittel genommen? Sie haben doch dafür gesorgt, dass man gar nichts mehr rekonstruieren kann!« Legrand sah sie feindselig an. »Ich werde herausfinden, ob aus Dummheit oder mit Absicht.«

Lucie fand beide Aussichten wenig schmeichelhaft. Leider hatte Legrand recht. Sie war tatsächlich nicht gerade zimperlich mit den Spuren am Tatort umgegangen. Und hatte Guillaume anders hingelegt, weil er nach dem Sturz so furchtbar ausgesehen hatte, und das dem Sterben eines Ballettdirektors nicht würdig war. »Da wusste ich noch nicht, dass es sich um einen Mord handelte«, verteidigte sie sich kleinlaut.

»Wie kommen Sie eigentlich auf Mord?«

»Weil es Menschen gibt, die vorbereitet wirken«, wie Madame Colasante, dachte Lucie, »und die nicht erstaunt sind«, wie der Ober Christian, »und die deshalb sogar einbrechen.«

Legrand ging über diese Einwände hinweg. »Wenn Sie da noch nicht wussten, dass es sich um einen Mord handelte, warum haben Sie mich dann gerufen?«

»Monsieur de la Roche ist nicht da.« Der Chef der *Crim* wohnte ebenfalls in der Nummer 3 an der Place des Vosges und schätzte die Gardienne sehr. Doch er war gerade in Kanada. »Da sind Sie mir eingefallen. Der Arzt konnte doch nichts mehr tun. Und da wir letztes Mal so erfolgreich zusammengearbeitet haben …«

Legrand verzog das Gesicht, als hätte er Zahnschmerzen. Lucie erkannte, dass sie ihn besser nicht auf seine Blamage im vergangenen Jahr angesprochen hätte.

»… dachten Sie, Sie können schon mal Zeugen einbestellen und befragen, oder was haben Sie heute Morgen mit Madame Maurel gemacht?«

»Wir haben uns unterhalten.« Lucie verfiel bei Amandines Anblick auch nicht in Schockstarre. Der Gedanke lockte ein Lächeln auf ihre Lippen.

»Worüber?«

Ihr Lächeln wurde noch breiter. Sein Interesse an Amandine war also größer als der Ärger über die Gardienne. Sehr interessant.

»Über das Leben am Ballett …«

»Und was sagte sie?«, fragte er neugierig.

Lucie würde ihm nicht auf die Nase binden, dass auch Amandine von einem Unfall überzeugt war. »Wir sprachen von der Konkurrenz unter den Tänzerinnen … Meiner Ansicht nach sollten Sie die Spurensicherung Monsieur Bernards Wohnung auseinandernehmen lassen. Das könnte uns Hinweise auf den

Einbrecher von gestern Abend geben.« Lucie fiel ein, dass vor allem ihre Spuren dort zu finden waren, denn die dunkle Gestalt hatte ja Handschuhe getragen. »Natürlich habe ich in seiner Wohnung auch schon mal die Katze versorgt, wenn Monsieur Bernard beruflich unterwegs war. Insofern könnten Sie auch den einen oder anderen Fingerabdruck von mir finden.«

»Ich habe keinerlei Einbruchsspuren an der Tür gesehen.«

»Der Einbrecher hatte einen Schlüssel«, erklärte Lucie.

»Ist Ihnen hier langweilig, oder warum meinen Sie, die Sache so aufbauschen zu müssen?«, blaffte Legrand.

»Es ist doch offensichtlich, dass hier etwas nicht stimmt!« Lucie konnte nicht verstehen, warum er so blind war.

»Das Einzige, was hier nicht stimmt sind Sie!« Legrand stand auf.

»Der Einbruch in der Wohnung, der Mord an der Oper. Warum dort und nicht hier?« Lucie bleib demonstrativ sitzen. »Sie müssen Fragen stellen. Ihnen müssen die Menschen Antworten geben. Mir nicht …«

»Ich muss gar nichts«, korrigierte Legrand. »Aber Sie werden aufhören, Madame Maurel zu belästigen.«

»Belästigen?«

»Und ich werde so lange meinen Abschlussbericht schreiben. Und darin werden Sie keine unbedeutende Rolle spielen.« Er wandte sich zum Gehen.

Das musste Lucie verhindern. Wenn der Bericht geschrieben war, würden sie keine Chance mehr haben, die Wahrheit ans Licht zu bringen.

»Wenn Sie die Akte schließen, können Sie nicht mehr an der Oper ein und aus gehen.« Lucie sah, dass er kurz zusammenzuckte. »Wer hat denn schon die Möglichkeit, Amandine Maurel bei ihrer Arbeit über die Schulter zu schauen.«

Oje, dachte sie, wenn Amandine wüsste, was Lucie gerade sagte – sie wäre entsetzt. Legrand öffnete die Tür und ging, ohne sich zu verabschieden. Lucie erhob sich. Sie würde dem Kommissar schon noch beweisen, dass sie mit ihrer Vermutung richtig lag. Nur wie? Lucie verließ ihre Loge und ging zu der kleinen Kammer am Rande des Hofes, in der die Mülleimer standen. Dort holte sie den Besen und begann, die roten Ahornblätter aufzukehren. Der Himmel hatte eine milchige Konsistenz und nicht die Klarheit, wie sie das sonst von manchen Oktobertagen kannte. Es hatte etwas abgekühlt, doch nicht viel, und Lucie war nach einigen Besenstrichen gut warm. Sie freute sich über jedes Stück Kopfsteinpflaster, das sie freilegen konnte, und mit jedem sauberen Steinquadrat hatte sie den Eindruck, mehr von dem Gesamtbild zu erkennen. Legrand hatte von Anfang an nicht an einen Mord geglaubt und tat das auch jetzt nicht. Alles, was sie sagte, tat er als Gerede ab, der Tratsch einer Hausmeisterin, die mit zu viel Fantasie ausgestattet war. Vermutlich glaubte er nicht einmal, dass Guillaume auf einer nassen Stufe ausgerutscht war. Sonst hätte er sich anders verhalten. Er hätte die Spurensicherung gerufen, alle gewarnt, dass sie nichts anfassen dürfen, hätte einen Gerichtsmediziner an den Tatort gerufen und einige Kollegen zur Verstärkung, um Zeugen ausfindig zu machen und Gespräche zu führen. Er hätte Lucie als Gardienne zu Guillaumes Gewohnheiten befragt, zu Auffälligkeiten, möglichen Konflikten. Er hätte angefangen, das private Umfeld des Toten zu untersuchen. Dass er all das nicht tat, zeigte, dass sein Besuch an der Oper ein reiner Zeitvertreib gewesen war. Oder Legrand in dramatischem Ausmaß inkompetent. Lucie hielt ihn nicht für die größte Leuchte in Monsieur de la Roches Organisation, aber irgendetwas musste doch auch er während seiner Ausbildung gelernt haben. Je klarer sie ihre Gedanken zu fassen bekam, desto energischer wurden

Lucies Besenstriche. Wenn selbst sie als einfache Gardienne all diese Schlüsse ziehen konnte, dann doch ganz bestimmt auch ein mittelbegabter Ermittler. Ein paar Spatzen flogen über den Hof und ließen sich im Baum nieder. Lucie unterbrach die Arbeit und stützte sich auf den Besenstiel. Vermutlich hatten sich die Vögel vom *Hôtel de Sully*, wo sie in Hundertschaften im Efeu zwitscherten, hierher verirrt. Vögel sind eine ganz besondere Schöpfung Gottes, dachte Lucie. Sie hatten den ganzen Tag nichts anderes zu tun, als die Seele der Menschen mit ihrer Schönheit zu erfreuen. Und Gott nährte sie, ohne dass sie säten und ernteten. Darin glichen sie den Tänzern. Doch die nährte Vater Staat, denn sie waren Beamte. Bei all dem, was der französische Staat an Unfug anstellte, fand Lucie das eine sehr sinnvolle Investition. Was so ein Tänzer wohl verdiente? Wie konnte man seinen Nutzen messen? Oder ein Ballettdirektor? Ob Guillaume noch weitere Einnahmequellen gehabt hatte? Arm war er bestimmt nicht gewesen, sonst hätte er sich die Wohnung an der Place des Vosges nicht leisten können, und die hatte er nicht geerbt, sondern nach seiner Scheidung bezogen. Selbst nach einer Scheidung hatte er noch so viel Geld gehabt. Wirklich interessant, fuhr es Lucie durch den Kopf.

Die Spatzen zogen weiter, und Lucie wandte sich wieder dem Boden zu. Bald war sie so weit, dass sie die Kehrschaufel holen konnte. Oder besser gleich den Mülleimer, sonst würden ihr die Blätter beim Laufen von der Schaufel segeln. Lucie hörte eine Taube gurren. Dann ratterten die Rollen der grünen Tonne über das Kopfsteinpflaster. Mit diesem bisschen Lärm musste man mitten im Zentrum von Paris leben können. Lucie fand es immer wieder faszinierend, wie still es hier im Hinterhof war im Vergleich zur Rue de Rivoli, einer der Hauptverkehrsachsen durch die Stadt, die nur wenige Meter Luftlinie entfernt lag.

Lucie füllte die Blätter in die Tonne. Mit Legrand weiter über

Verdachtsmomente zu reden würde sie nicht weiterbringen. Er lenkte sie nur von der Arbeit ab. Sie wusste doch, wie sie vorgehen musste: Als Nächstes würde sie Christian aus dem Restaurant *L'Ambroisie* befragen. Und dann hatte sie ja noch Guillaumes Handy! Das war ja noch viel besser als der Kalender von Vanessa vor einem Jahr, denn es enthielt sicher nicht nur seine Termine, sondern, neben beruflichen auch private Nachrichten. Eilig ging Lucie zurück in ihre Loge. Sie frohlockte, als sie das Telefon aus der Handtasche zog und sich damit aufs Sofa setzte. Vor Aufregung bekam sie feuchte Hände. Wirklich gut kannte sie sich mit diesen Dingern ja nicht aus. Sie drückte auf den Anschaltknopf und hatte Glück. Der Akku war noch zu 56 % geladen. Dann strich sie über das Display, um das Telefon zu entriegeln, und las: Code eingeben. Mist! Sie würde doch wohl nicht an dieser Hürde bereits scheitern? Die Polizei wäre sicher in der Lage, den Code zu umgehen. 1-2-3-4 gab sie ein.

Es bimmelte: Falscher Code. Egal, dann ging sie eben zuerst zum *L'Ambroisie*. Hoffentlich war schon jemand da. Menschen waren ja Gott sei Dank leichter zu knacken als technische Geräte. Aber auch dafür würde sie eine Lösung finden. Und wenn sie Legrand eine echte Verdächtige präsentieren konnte, dann musste er auch ran. Das war ein guter Gedanke.

Der Kommissar war unterwegs zum Quai des Orfèvres. Um sich aufzumuntern, nahm er den Weg über die *Île St. Louis*. Die kleine Rue St. Louis war mehr eine Gasse als eine Straße mit vierstöckigen Häusern und lag praktisch immer im Schatten. Parterre reihten sich kleine Boutiquen, Cafés, Läden, Restaurants, Immobiliengeschäfte aneinander und wetteiferten um die Aufmerksamkeit der Passanten, die an diesem Ort zum Großteil aus Touristen bestanden. Legrand hätte sich gewünscht, dass Amandine ihn als Mann wahrnehmen würde und nicht als Kommissar. Das Erste hatte ihm diese blöde Katze vermasselt, Letzteres die Gardienne, als sie ihn vorgestellt hatte. Und zudem tat sie noch so, als bräuchte er sie, um seine Fälle zu lösen. Welche Anmaßung! Legrand beschleunigte seinen Schritt.

Es würde keine Möglichkeit mehr für ihn geben, der Tänzerin ganz ungezwungen zu begegnen. Lucies Idee, Amandine zum Tode Guillaumes zu befragen, war zu einer Option geworden – nicht die beste vielleicht, aber denkbar. Sie selbst machte das bereits! In ihre Hausmeisterloge lud sie Zeugen vor! Das war der Gipfel und musste unterbunden werden!

Inzwischen hatte das Antihystaminikum gewirkt und Legrand war beschwerdefrei. Und klar im Kopf, der ihm in aller Deutlichkeit sagte, dass Amandine zwar entzückend, aber kein Grund war, sich zum Affen zu machen. Legrand kam an einem Immobiliengeschäft vorbei. Ein Pärchen stand davor. Der Mann ereiferte sich gerade über die Preise einer Zweizimmerwohnung auf der *Île St. Louis*. Das konnten nur Touristen sein. Legrands Handy klingelte. Es war Aurélie. »Ich dachte, ich lasse dich deinen Rausch ausschlafen, aber langsam wäre es gut, wenn du auftauchst. Der Chef hat schon nach dir gefragt.«

»Ich arbeite«, knurrte Legrand. Vorne links an der Ecke war früher sein Lieblingsladen gewesen, eine *chocolaterie*.

»An der Blutverdünnung?«

»Nein, an dem Fall!« Inzwischen war dort eine Eisdiele. *Amorino*. Nichts für Oktober.

»Warum nicht hier?«

»Wahrscheinlich weil die Wohnung des Opfers nicht am Quai des Orfèvres liegt.« Legrand passierte eine Galerie mit alten Ölschinken in passenden barocken Rahmen.

»Amandine Maurel?«

»Ist ihr etwas passiert?« Legrand blieb wie angewurzelt stehen. Das wäre furchtbar.

»Das musst du doch wissen«, entgegnete sie gleichmütig.

»Was ist mit ihr? Woher hast du den Namen?« Legrands Herz schlug immer noch schneller.

»Die Mappe liegt auf deinem Schreibtisch. Du wolltest doch alles über sie wissen. Und daneben die Zeitung, in der steht, dass der Ballettdirektor gestorben ist. Gibt es da einen Zusammenhang?« Aurélies Stimme klang unschuldig.

»Glaubst du etwa, ich lasse dich aus privatem Interesse Informationen zusammensuchen?« Legrand war genervt, dass Aurélie sich schon wieder einmischte. Gab es in seinem Leben nur Frauen, die ihm sagten, was er zu tun und zu lassen habe? War das Grundgen der Frau die Einmischung? Dieses doppelte X-Chromosom machte sie alle doppelt so anstrengend. Und sorgte dafür, dass man ihnen eben kein X für ein U vormachen konnte.

»Cool.« Aurélie wirkte direkt entzückt. »Ein Mord an der Oper! Ich werde sehen, was ich tun kann.«

»Du tust nichts, bis ich da bin, verstanden?«, befahl Legrand und machte sich im Laufschritt auf. Wenn Aurélie sich erst mal reinhängte, dann kam er aus der Sache nicht so leicht wieder raus. Hätte ich mich doch besser nur um den Umzug gekümmert, dachte Legrand. Er hätte gemütlich im *Soleil d'Or* Mittag essen können und mit seinen Kollegen dort abends ein Bierchen trinken, und für die übrige Zeit hätte er sich schon irgendetwas aus den Fingern gesogen. Nun drohte die Geschichte eine Eigendynamik zu bekommen, die er nicht mehr steuern konnte. Legrand rief einen Kollegen an mit der Bitte, Lucie zu orten und zu beschatten. Wer wusste, was sie sonst noch an Staub aufwirbeln würde. Dann stellte er sein Handy auf seine Büronummer um.

Wenigstens die letzten Schritte wollte er in Ruhe gehen und überlegen, wie er die Behauptung, Guillaume Bernard wäre Opfer eines Mordes geworden, wieder aus der Welt schaffte. Höchste Zeit für den Abschlussbericht, der allen ermittlungslustigen Frauen die Grundlage entziehen würde.

Da es draußen abgekühlt hatte, zog Lucie die Kittelschürze aus, nahm einen Mantel und griff nach ihrer Handtasche. Das Telefon von Guillaume hatte sie dabei. Sollte Christian noch nicht im *L'Ambroisie* sein, so würde sie weitergehen zu *FNAC* an die *Bastille* oder vielleicht sogar zum *Apple*-Laden neben der Oper fahren. Dort würde man ihr sicher helfen können, die Sperre zu umgehen. Wie vermutet waren die Holztüren vor dem *L'Ambroisie* fest verschlossen. Lucie öffnete das große Portal von Nummer 9 und klingelte an Marias Loge.

»Du hättest auch mal zurückrufen können«, wurde sie begrüßt.

»Hat er denn inzwischen mehr verraten?«, fragte Lucie.

»Vergiss es. Aber in einer halben Stunde beginnt seine Mittagsschicht. Vielleicht hast du ja mehr Glück …« Maria lehnte sich an den Türrahmen.

»Ich muss was erledigen.« Mehr wollte Lucie dazu nicht sagen, denn sie vermutete, dass es nicht ganz legal war, was sie vorhatte. »Kannst du zwischendurch mal bei mir vorbeischauen? Sollte Monsieur Platel einen unerwarteten Kontrollgang machen …«

Maria stimmte zu, und Lucie gab ihr den Schlüssel. Dann kam ihr noch ein Gedanke. »Sag mal, Maria, als du dort gewischt hast, ist dir da jemand begegnet? Ist dir etwas aufgefallen?«

»Die anderen Frauen sind schon in die Büros gegangen, und ich wollte auch schnell fertig werden«, überlegte Maria laut. »Es war ja alles für Besichtigungen geschlossen, aber trotzdem haben sie auf der Bühne gearbeitet. Und ich glaube, da waren auch Menschen im Zuschauerraum. Aber im Treppenhaus und auf den Fluren bin ich niemandem begegnet.«

Lucie bedankte sich und ging. Da es bei dem grauen Wetter keine Freude war, die Stadt überirdisch zu betrachten, nahm sie nicht den Bus, sondern die Metro, und stieg an der Station *St. Paul* ein, wo sie Paul, dem Clochard, einen Euro zusteckte.

Er saß auf der Treppe nach unten und lachte sie mit seinem zahnlosen Mund an. In der Metro fragte sich Lucie, wo Paul während der kalten Jahreszeit wohl schlief.

Das Umsteigen in *Châtelet* dauerte seine Zeit, doch eine halbe Stunde später hatte es Lucie geschafft und stand in dem hell erleuchteten Geschäft neben dem *Palais Garnier*. Das war also ein *Apple Store*. Viele moderne Bildschirme, elegante Tastaturen und noch mehr Menschen. Franzosen liebten Markenware und sie liebten technische Spielereien. Dieses Geschäft musste so etwas wie das Paradies auf Erden für sie sein.

Die Telefone lagen alle auf einem weißen Tisch, waren gegen Diebstahl gesichert und von vielen Kaufinteressenten umringt. Kinder, Jugendliche, Männer im Anzug, Frauen im Kostüm, Touristen in Cargohosen, Asiaten in Jeans. Lucie fühlte sich an ihre Kindheit erinnert, wenn es einmal im Monat Fleisch gab im Kinderheim in Portugal. Sie blickte sich um. Auch an den anderen Tischen drängten sich Menschen. Die Verkäufer erkannte man an roten T-Shirts und weißen Hosen. Leider gab es von ihnen viel weniger als von den Interessenten. Hektisch flitzten die roten T-Shirt-Träger zwischen den Tischen umher. Sobald sie nur einen Moment still standen, waren sie gleich von einer Traube Menschen umringt. An der Kasse stand eine Schlange Kaufwilliger, die fast bis hinaus auf die Straße reichte.

Spätestens da erkannte Lucie, dass sie hier als Kundin nicht Königin war, sondern Bittstellerin und als Bittstellerin Luft. Als ein junger Mann den Gang entlanggeeilt kam, wo sie stand, trat sie ihm in den Weg und rief: *»Excusez-moi, Monsieur!«*

Gekonnt wich er ihr aus. »*Pardon,* ich habe Kundschaft«, konterte er und war verschwunden.

Sie wollten es nicht anders. Lucie drängte sich an den Tisch mit den Telefonen, griff nach einem Smartphone, das besonders schön und wertvoll aussah, und versuchte, die Diebstahlsicherung abzureißen. Wenige Augenblicke später stand ein dunkelhäutiger Wachmann von beeindruckender Statur neben ihr.

»Kann ich Ihnen irgendwie helfen?«, fragte er drohend.

»Bestimmt können Sie das.« Lucie nestelte weiter an der Sicherung. »Ich habe den Code meines Telefons vergessen und wollte fragen, ob das hier jemand zurücksetzen kann. Vielleicht kann mir ein Verkäufer helfen. Das wird wohl weniger Aufwand sein, als mich auf die Straße zu setzen oder die Polizei zu rufen.«

Zwei Minuten später saß Lucie in einem winzigen Seitenraum und dem Verkäufer gegenüber, der ihr vorher so geschickt ausgewichen war. Guillaumes Handy lag auf dem Tisch zwischen ihnen. Vor der geöffneten Tür stand mit verschränkten Armen der Wachmann. Der Verkäufer tippte auf der Tastatur herum, starrte auf den Bildschirm und sagte:

»Das Handy gehört Ihnen gar nicht!«

»Stimmt.« Lucie wurde rot. »Es gehört meinem Mann.«

»Und Sie heißen?«

»Bernard.«

»Würden Sie mir bitte Ihren Ausweis zeigen?«

Lucie öffnete ihre Handtasche und kramte darin herum. Sie schwitzte.

»Den habe ich wohl zu Hause vergessen.«

»Dann kann ich Ihnen leider nicht helfen.« Er sprang auf. »Wenn Sie mit dem Kaufvertrag und Ihrem Ausweis wiederkommen möchten …« Damit war er verschwunden.

Lucie überlegte. Vielleicht würde sie den Vertrag irgendwo in Guillaumes Akten finden können. Der Wachmann blickte sie auffordernd an, und sie erhob sich. Absichtlich langsam schlenderte sie vor ihm durch den Laden nach draußen. Aber ob sie ihren Fuß noch einmal in dieses Geschäft setzen wollte, musste sie sich gut überlegen.

Sanftes Sonnenlicht fiel durch die runden Fenster des Ballettsaals, beleuchtete die winzigen Staubpartikel in der Luft, die den Lichtkegel sichtbar machten, der helle Flecken auf den Boden malte. Das Licht zu empfangen und für andere erfahrbar zu machen ist die Bestimmung eines Tänzers, dachte Amandine. Und wenn das nicht möglich war, dann musste ein Tänzer sich zu dem Licht hinarbeiten durch alle Ebenen der Erfahrung und den Zuschauer auf diese Reise mitnehmen. Wenn Tanz in äußerer Formalität erstarrte, so war er nur leere Eleganz. Eitelkeit. Und schuf keinen bleibenden Wert.

Amandine ließ Anne mit klassischen Übungen am Boden beginnen. Sie hatte das *Studio de danse Zambelli* für ein Einzeltraining mit der jungen Tänzerin reserviert. »Und eins, zwei, drei, vier, fünf, sechs, sieben, acht.« Sie brauchte heute kein Klavier. Die Musik für *Autumn Moves* hatte sie auf ihrem Smartphone, das sie mit der Anlage verbunden hatte. *Pliés, Battements, Tendus,* alle Dehnungen.

Die Schüler der Pariser Ballettschule in Nanterre wurden umfassend ausgebildet. Neben normaler Schulbildung und den Stunden, wo ihre Körper das Ballett-ABC lernten, gab es auch Kurse in musikalischem Ausdruck, in denen an der Bühnenpräsenz gearbeitet wurde. Durch die Beschäftigung mit den großen Menschheitsthemen in ihrer Kunst und dem täglichen Ringen um Vervollkommnung im Kampf mit den eigenen körperlichen und emotionalen Grenzen erlangten viele Tänzer schon in jungen Jahren eine menschliche Reife, die sich bei anderen Menschen erst um die vierzig einstellte.

»Auf dem Rücken liegend möchte ich jetzt, dass du den Bauchnabel nach rechts bewegst, zurück zur Mitte und dann nach links. Ganz langsam und achtsam. Merkst du, wie sich dein Körper mitbewegt? Spür in dich hinein und beobachte. Was genau bewegt sich noch alles mit?«

Echter Tanz atmete. Er war die Bewegung des Hineinnehmens in die Ebenen der Seele wie beim Einatmen, und am Punkt der Umkehr gab man etwas vom Innersten mit hinaus, das sich verströmte, bis es sich am äußersten Punkt wieder sammelte, um sich zurückzuziehen, so wie die Wellen am Meeresstrand.

»Dann zieh den Bauchnabel in Richtung Boden. Was macht das mit der Wirbelsäule? Und wenn die Wirbelsäule so am Boden liegt, wie ist es dann, wenn du den Bauchnabel nach rechts bewegst? Und dann nach links? Wie fühlt sich das an im unteren Rücken? Was passiert mit den Beinen? Wo fühlst du dich flexibel? Wo noch nicht?«

Wie passte das zu dem ständigen Wettbewerb der Tänzer, der sie zu Höchstleistungen forderte? Konkurrenzkampf hatte seinen Preis. Echte Freundschaften waren im Ensemble selten, obwohl man einander jahrzehntelang täglich begegnete.

Amandine ließ Anne in gleicher Weise den unteren Rippenbogen bewegen. Danach das Herzzentrum, dann den Hals. Und immer wieder sollte die junge Tänzerin nachspüren. Dann bat sie Anne, zum Bauchzentrum zurückzukehren und die Bewegung größer zu machen. Und aus dieser größeren Bewegung des unteren Rückens eine Bewegung zu finden, um zum Stehen zu kommen.

Die Hingabe an das Leben, das Nach-außen-Kehren des eigenen Inneren fand auf der Bühne statt. Auf der Bühne waren sie in der Lage, Dinge zu tun, die sie im Leben nicht tun konnten. Nach der Vorstellung, nach dem Applaus, dem Ablegen des Tutus und der falschen Wimpern gingen sie einzeln zur Metrostation *Opéra* oder *La Fayette* und wurden von der Nacht verschluckt, die sie in einer einsamen Wohnung verbrachten, denn wer teilte sein Leben schon mit einer Tänzerin, die erst um Mitternacht nach Hause kam und nach einer kurzen Mahlzeit gleich ins Bett wollte, weil der nächste Morgen wieder mit Proben begann?

»Und diese Bewegung setzt du jetzt im Stehen fort und spürst dabei bewusst in den Körper hinein. Lege deinen Fokus auf den Eindruck, nicht auf den Ausdruck. Schenke du dir die Bewegung selbst. Genau das ist es. Jetzt spüre der Qualität dieses Geschenkes nach.«

Langsam hatte Amandine den Eindruck, dass Anne weicher wurde und sich aus ihrer Erstarrung lösen konnte. In diesem Umfeld musste es für Anne eine große Erleichterung gewesen sein, Guillaume an ihrer Seite zu wissen, dachte Amandine. Ein Mensch, der die eigene Leidenschaft für den Tanz teilte, Sicherheit und Zuversicht ausstrahlte und das unausgesprochene Versprechen beinhaltete, Anne als seine Geliebte aus der Konkurrenz zu erlösen. Eine Lichtfigur. Welche Enttäuschung die Ernennung Émilies zum *Étoile* für Anne gewesen sein musste. Welcher Verlust sein plötzlicher Tod. Guillaumes Schattenseiten hatte sie vermutlich nie kennengelernt. Und jetzt musste die Tänzerin den Schmerz transformieren, wenn sie weiter auf der Bühne Höchstleistungen bringen wollte. Amandine wusste, was das bedeutete und wollte sie dabei unterstützen. Wenigstens das war sie ihr schuldig.

»Jetzt setzt du diese Qualität wieder in eine Bewegung um.« Die

Tür öffnete sich leise, und Jean-Marc kam herein, schloss die Tür noch achtsamer wieder, um Annes Konzentration nicht zu stören. Doch Anne schien von all dem nichts wahrzunehmen, sondern ging völlig in sich und ihrem Tun auf, wie Amandine zufrieden feststellte. »Dann spürst du der Frage nach, die dieser Bewegung zugrunde liegt. Und setzt diese um. Sei die Frage in der Bewegung.« Anne wirbelte jetzt durch den ganzen Raum und schien selbst Amandines Anwesenheit nicht mehr zu bemerken. Ihr Tanzen drückte Wut aus, Schmerz, Trauer, Haltlosigkeit. »Sehr gut«, lobte Amandine, »Und dann entlasse die Frage in den Himmel und warte auf die Antwort. Sei das Warten in deinem Tanz.« Annes Sprünge wichen einer sanften, fließenden Rückwärtsbewegung. »Und dann sei das Warten in der Stille.« Anne verharrte ruhig in der Mitte des Raumes und wirkte in sich gekehrt. »Du wartest auf den nächsten Impuls. Der Impuls ist die Antwort. Vielleicht kommt er wie eine Taube vom Himmel heruntergeflattert. Wir können uns ihr entgegenstrecken. Sie willkommen heißen. Die Antwort annehmen. Sie integrieren in eine Bewegung. Die Antwort tanzen. Die Antwort sein in der Bewegung. Ja, das ist schön! Es fließen lassen. Dem nachspüren. Und atmen. Und es fließen lassen. Das ist gut. Und die Antwort wieder mit auf den Boden nehmen. Und alles ausatmen, was gehen darf. Neues Leben einatmen.«

Anne lag am Boden und Tränen flossen über ihre Wangen. Amandine setzte sich zu ihr und legte eine Hand an ihren Nacken und eine an ihre Stirn. »Lass es fließen, das ist gut«, flüsterte sie. Im Augenwinkel sah sie, wie Jean-Marc den Raum verließ.

Da Lucie beim Umsteigen in *Châtelet* auf dem Hinweg schon so lange gelaufen war, nahm sie den Bus der Linie 29 für den Rückweg. Sie hatte Glück und bekam einen Sitzplatz. Der junge

Verkäufer kam ihr in den Sinn. Keine Achtung vor dem Alter! Lucie holte Guillaumes Handy aus der Tasche. Es konnte doch nicht so schwer sein, zu den Textnachrichten vorzustoßen! Ob man die Zahlenkombination selbst wählen konnte? Sie wusste das nicht, denn ihr Handy war nicht mit einem Code gesichert.

»Cooles Stück.« Der Maghrébin neben ihr sah andächtig auf das iPhone.

»Ja, wenn man damit umgehen kann …«

»Woran hapert es denn?«

»Es ist mit einem Code gesichert«, seufzte Lucie.

Er grinste breit. »Alle Achtung. Hätte ich Ihnen gar nicht zugetraut.«

Dachte er, dass sie das Handy gestohlen hatte? In gewisser Weise hatte er damit sogar recht. »Der Mann, dem es gehörte, braucht es nicht mehr.«

»Das sag ich auch immer …«

Lucie betrachtete ihn aufmerksamer. Er hatte schöne Augen, blitzend weiße Zähne, Rastalocken und eine große Wollmütze auf dem Kopf. Viel zu warm für die Jahreszeit.

»Blöd nur, wenn es sich gar nicht gelohnt hat.« Er öffnete den Rucksack, den er auf dem Schoß trug und holte einige große goldene Armbanduhren raus. »Die funktionieren garantiert …«

»Danke nein«, lehnte Lucie ab.

Die nächsten zwei Stationen schwiegen sie. Lucie wurde das Gefühl nicht los, beobachtet zu werden. Doch wenn sie sich im Bus umblickte, schienen alle Fahrgäste in sich selbst vertieft oder gelangweilt. Kein Augenpaar begegnete ihr.

»Bei mir ist es James Bond.« Er schob sich einen Kaugummi in den Mund.

Sie sah ihn fragend an.

»Na, der Code. 0070, verstehen Sie?«

Nein, das tat sie nicht.

»Kannten Sie den Besitzer?«

Lucie nickte.

»Das ist aber nicht die feine englische Art.«

»Bekannte zu beklauen? Da haben Sie recht«, pflichtete Lucie ihm bei. »Aber sonst wäre es in falsche Hände geraten.«

»Les flics?«, fragte er. »Die Bullen?«

Lucie nickte abermals.

»Dann war es Notwehr!«

»So sehe ich das auch.« Lucie tippte die Ziffern 0-0-7-0.

Das Telefon brummte. Falscher Code.

Der Bus hielt bei der *Mairie du 2e* und weitere Fahrgäste stiegen zu. Es wurde immer enger in den Zwischenräumen und die Luft stickiger.

»Sie müssen überlegen, was *sein* James Bond war.« Ihr Mitfahrer machte eine Kaugummiblase. »Hatte er eine Freundin? Einen Fußballverein? So etwas.«

Wenn man nach Madame Richard ging, war Guillaume ein selbstbezogener Blender. Lucie tippte. 0210. Sein Geburtsdatum. Die Sperre glitt zur Seite, und dafür erschienen lauter kleine Quadrate auf dem Schirm. Lucie freute sich wie eine Schneekönigin. Vielleicht sollte sie Madame Richard doch öfter Glauben schenken.

»Läuft bei Ihnen …« Der Maghrébin nickte anerkennend.

»Wo kann ich denn jetzt die ganzen Nachrichten lesen?«

Er berührte eines der Quadrate auf dem Schirm. »Hier. Das Feld heißt auch so.«

Eine scheinbar unendlich lange Liste an Namen erschien, rechts daneben in Blau das Datum und in Hellgrau darunter immer zwei Zeilen Text.

»Und wenn Sie mehr sehen wollen, müssen Sie es einfach anklicken«, sagte er und stand auf.

»Ich weiß. Vielen Dank!« Lucie lächelte ihn an.

»Ehrensache.« Der Bus hielt, und er stieg aus. Zum Abschied hob er noch mal kurz die Hand. Lucie winkte zurück. Dann vertiefte sie sich in die Liste der Textnachrichten.

Ein Mann hatte sich neben sie gesetzt, der ihr unangenehm war. Sie fühlte sich von ihm beobachtet. Oder bedrängt? Lucie setzte sich so, dass er nicht auf das Display schauen konnte. Litt sie schon an Verfolgungswahn?

Lucie blickte auf. Es waren noch acht Stationen bis zur Place des Vosges. Bei der Flut an Nachrichten musste sie strategisch vorgehen. Christian hatte von einer Frauengeschichte gesprochen. Männer konnte sie daher aussortieren.

Die verbleibende Zeit nutzte sie dazu, bei allen Nachrichten von Frauen den Anfang der Texte zu lesen. Als sie aussteigen musste, war sie bis in den August zurückgekommen und hatte zwei verdächtige Unterhaltungen gefunden. Die erste war mit Anne Gilbert, die er am Abend der Gala geschrieben hatte: »Du bist für mich gestorben! Und Santiago auch!« Die zweite lautete: »Glaub ja nicht, dass du damit durchkommst. Ich halte Wort! Verlass dich drauf!« Guillaume hatte auf beide nicht mehr geantwortet. Die zweite Konversation mit einer Kora Chavignier war bereits vor sechs Wochen abgebrochen worden. Davor fiel sie besonders dadurch auf, dass diese Dame Dinge schrieb, die Lucie die Schamesröte ins Gesicht trieben. Und Guillaume, den Lucie bisher für einen Ehrenmann gehalten hatte, hatte nicht gerade zimperlich geantwortet …

Legrand teilte sich das Büro mit seinem Kollegen Chevalier. Die Wände waren mit Aktenschränken vollgestellt, weitere Ordner stapelten sich auf den Tischen der Kommissare. Neben Legrands

Schreibtisch stand ein Gummibaum, der erst wirklich zum Leben erwacht war, seit Aurélie sich seiner angenommen hatte. Nachdem sich Legrand am Automaten einen Kaffee geholt hatte, setzte er sich auf seinen Schreibtischsessel und zog den blauen Ordner zu sich heran. Sein Herz klopfte schneller, als er die Mappe öffnete. Auf dem Deckblatt strahlte ihm ihr Porträt entgegen. Er hielt kurz die Luft an. Warum bewegte ihn dieses Bild so sehr? Dabei lächelte sie nicht einmal. Aber ihre Augen schienen zu lächeln und dem Betrachter zu sagen: Sei willkommen. Ich führe dich zum Wasser des Lebens. Alles an mir ist rein und wahrhaftig und dich werde ich in Liebe verwandeln.

Legrand klappte den Deckel zu und stieß die Mappe von sich weg, als habe er sich daran verbrannt. Das war ja wohl völlig lächerlich, was er da dachte. So ein Schwachsinn. Er war Kommissar und kein Minnesänger. Wenn er nicht riskieren wollte, zum Frauenversteher zu mutieren, dann musste er dringend Schluss machen mit diesem Unfug. Er legte die Mappe unter einen Stapel Ordner. Hatte er nicht Wichtigeres zu tun? Den Abschlussbericht zu schreiben, zum Beispiel.

Legrand fragte sich, warum Lucie so penetrant an einen Mord glauben wollte. Lag es an ihrer Gottgläubigkeit? War es leichter, an böse Menschen zu glauben, die böse Dinge taten, als dass blöde Zufälle eben passierten und keiner vor ihnen gefeit war? Ach nein, Zufälle gab es wohl nicht in der Welt der Gardienne, wo Gott für alles zuständig war. Dieser eitle Ballettdirektor schien bei ihr einen besonderen Stein im Brett gehabt zu haben. Aber letztes Mal hatte die Gardienne ein gutes Gespür bewiesen. Dieser Gedankengang war ihm unangenehm, und so versuchte Legrand sich zu erinnern, was er gerade hatte tun wollen.

Der Umzug, richtig. Legrand öffnete einen dicken Aktenordner. Zuoberst lag die Mail mit dem Auftrag, der über Monsieur de la Roche und seinen Chef an ihn weitergeleitet worden war. Synergien bei der Zusammenlegung. So ein Blödsinn, zumal noch in den Sternen stand, ob sie nicht bald alle an den Stadtrand nach Batignolles ziehen würden. Wozu dann jetzt noch in Zwischenlösungen investieren. Amandine war keine Zwischenlösung. Amandine war die eine, auf die ein Mann sein ganzes Leben gewartet hatte. Legrand konnte nicht anders, er musste die Mappe wieder aufschlagen. Ihre Augen waren wirklich der Spiegel ihrer Seele. Er konnte den Blick nicht von ihnen wenden. Seufzend blätterte er weiter, begierig, mehr von ihr zu erfahren. Wer war dieses Wesen, das ihm immer wieder entschwand, wie die Sylphide? Legrand fasste sich an den Kopf. Was war nur los mit ihm? Seit wann hatte er solche Gedanken?

Amandine war die einzige Tochter eines Kinderarztes und einer Lehrerin. Sie stammte aus wohlhabenden Verhältnissen. Die Familie wohnte in einer großen Wohnung im 16. Arrondissement. Es gab noch eine Tante, die Schwester der Mutter, die in Südfrankreich lebte. Mit sieben Jahren begann Amandine zu tanzen, mit zehn wurde sie an der renommierten Ballettschule der Pariser Oper angenommen, mit siebzehn im Ensemble. Zügig nahm sie eine Karrierestufe nach der anderen und wurde bereits mit dreiundzwanzig Jahren *première danseuse*. Zu dem Zeitpunkt wurde sie in den Medien als Jahrhunderttalent gefeiert. Das Publikum liebte sie und spendete tosenden Beifall, wann immer sie auftauchte. An ihrer Seite Jean-Marc Clément. Ein Traumtanzpaar mit großem Repertoire von klassisch bis modern. Es hieß, die beiden seien auch privat ein Paar. Das gab Legrand einen Stich. Als Amandine achtundzwanzig Jahre alt war, ernannte sie der Direktor der Pariser Oper zum *Étoile* für die Hauptrolle in der *Kameliendame*. Dieser Schritt sei überfällig gewesen, befanden Publikum und Fachpresse. Wenige Jahre später starb Amandines Vater an Krebs. Ihre Mutter, die unter Depressionen litt, nahm sich das Leben. Amandine pausierte sechs Wochen lang, tanzte dann aber weiter. Die Beziehung zu Jean-Marc habe ihr in dieser Zeit viel Kraft gegeben, behauptete die Boulevardpresse. Ein halbes Jahr später verletzte sich Amandine, als sie mit Sylvain Denis tanzte, der an einem Abend Jean-Marcs Part übernahm. Amandine zog sich nach Südfrankreich zu ihrer Tante zurück, um dort die Verletzung auszukurieren und dem Interesse der Pariser Medien zu entgehen. Kurz darauf war sie in einen Autounfall verwickelt, den sie nur knapp überlebte. Legrand stockte der Atem. Wegen Trümmerfrakturen musste ihre Wirbelsäule versteift werden – was das Ende ihrer aktiven Karriere als Tänzerin bedeutete. Amandine kam nie mehr nach Paris zurück, sondern ging nach Toronto, wo sie als Repetitorin, Tanzlehrerin und auch als Choreografin arbeitete. Später lebte sie auch zeitweise in New York. Die *New York Times* rühmte ihre Choreografien, denn in ihnen würden auf einfühlsame Weise alle Ebenen menschlicher Existenz angesprochen und miteinander verbunden werden, und diese Verbindung besäße eine transformative Kraft, die Orientierung gäbe in einer säkularen Welt, die sich selbst zwischen Mittelmaß und Superlative verloren habe. Es gab auch ein langes Interview mit Amandine zu den Themen Vergänglichkeit und Sinn.

Legrand sah sich lieber die Fotos an, die von ihr in ihrem lichtdurchfluteten Appartement gemacht worden waren. Amandine auf einer hellen Stoffcouch mit beigefarbener Leinenhose und langer weißer Hemdbluse, den Arm um ihr linkes Knie geschlungen und in der rechten Hand eine Teetasse mit Rosenmuster. Sie konnte einfach anziehen, was sie wollte, und sah immer schön aus, sie war immer angenehm, immer passend, wie ein Handschmeichler, dachte Legrand. Es folgten ausführliche Stationen ihrer Laufbahn, der Workshops, die sie geleitet hatte. Sie engagierte sich bei Unicef, war Mitglied von Amnesty International und Greenpeace. Vorstrafen gab es keine und auch von einer Ehe war nichts zu lesen, wie Legrand erleichtert, aber auch verwundert feststellte, denn wer würde diese Frau nicht begehren? Legrand klappte die Mappe zu und lehnte sich in seinem Schreibtischsessel zurück. War es wirklich möglich, dass Amandine nicht in einer festen Beziehung lebte?

Er gab ihren Namen bei Youtube ein, und mit einem Klick erschien eine lange Liste an Trailern zu Ballettfilmen, von *Romeo et Juliette* über *La Sylphide, La Dame aux Camélias, Le Lac des Cygnes, Sleeping Beauty* bis zu *Don Quijote.* Legrand öffnete den Film zu *La Sylphide* und sah Ausschnitte mit Amandine, die all das, was er vorgestern an der Oper gesehen hatte, bei Weitem übertrafen. Zumindest die Nahaufnahmen mit ihr, da war er sicher. Leider war jedoch der ganze Zauber bereits nach sieben Minuten vorbei. Ähnlich erging es ihm bei den anderen Trailern. Um die ganzen Stücke zu sehen, die vor mehr als fünfzehn Jahren aufgeführt worden waren, musste er sich die DVDs besorgen. Die gab es wahrscheinlich in der Boutique der Oper. Legrand stand auf und griff nach seiner Jacke.

Amandine mochte medizinisch nicht mehr in der Lage sein, Spitzentanz auszuüben. Aber für ihre Fans hatte man mit jeder Produktion ein Denkmal errichtet, und das konnte ihr keiner nehmen. Er würde es sich auch nicht nehmen lassen, die Tänzerin Amandine ausgiebig zu verehren.

Lucie hatte Glück. Nachdem sie den Bus an der Place des Vosges verlassen hatte, war sie zügig unter den Arkaden zum *L'Ambroisie* gegangen, wo sie gerade eine Lieferung für den Abend entgegennahmen. Die Mittagszeit war schon vorbei und das Restaurant eigentlich geschlossen, doch Lucie schlüpfte mit dem Weinlieferanten ins Innere des Sternelokals. Im Speisesaal fühlte sie sich ins 17. Jahrhundert zurückversetzt. Andächtig betrachtete sie die kunstvollen Gobelins, die die Wände zierten. Von den hohen Decken hingen Kronleuchter, um die Tische standen gepolsterte antike Sessel mit verschnörkeltem Holz, und Lucie hätte zu gern gewusst, wie die passende Stilrichtung dazu hieß.

»*Bonjour,* Madame Ferreira. Wir haben geschlossen.«

Lucie entdeckte Christian Moussin, der dabei war, einen Stapel weiße, gestärkte Decken vom Servierwagen auf den Tischen zu verteilen. Der Ober wirkte in diesem Umfeld so unscheinbar, dass er ihr zunächst gar nicht aufgefallen war.

»Was für eine Pracht. Ich wusste ja gar nicht, wie schön es hier drinnen ist.«

»Wir öffnen um 20 Uhr.«

»Und da sind Sie jetzt schon am Vorbereiten?«

Christian strich eine Falte glatt. »Was kann ich für Sie tun?«

»Ich möchte mich gerne ein wenig mit Ihnen unterhalten.«

»Ich habe zu tun.« Er warf noch einen prüfenden Blick auf die Tische, dann nahm er die Körbe mit dem Silberbesteck, griff nach einem Tuch und begann zügig, das erste Messer zu polieren.

»Monsieur Bernard war hier doch regelmäßig zu Gast ...« Lucie erblickte ein zweites Tuch und nahm es in die Hand. Christian zog die Augenbrauen hoch, und die Gardienne griff nach einer Gabel. Er schwieg und so arbeiteten beide routiniert, entfernten die Wasserflecken der Spülmaschine und deckten den Tisch ein.

»Sie haben mitbekommen, dass der Ballettdirektor gestern auf der Treppe in der Oper verunglückt ist.«

Christian sagte noch immer kein Wort. Unscheinbar zu sein war in seinem Beruf vermutlich eine wichtige Eigenschaft.

»Eigentlich kann einem Mann, der so gut in Form ist, so ein Unglück doch gar nicht passieren. Es liegt also nahe, dass Monsieur Bernard irgendetwas zu sich genommen haben muss, was ihn vielleicht taumeln ließ«, fabulierte sie, »und da er am Abend vorher mit einer Frau bei Ihnen gespeist hatte …«, behauptete Lucie mutig, obwohl das der Abend seiner Gala gewesen war. Vielleicht konnte sie dem Ober so das Datum seines letzten Besuches entlocken.

»Wir haben montags Ruhetag.«

»Oh … Aber Sie sind nicht erstaunt, dass er die Treppe hinuntergestürzt ist …« Lucie wandte sich dem nächsten Tisch zu.

»Ich habe schon zu viel gesagt.«

»Ich bewundere Ihre Diskretion Ihren Gästen gegenüber und handhabe das mit meinen Hausbewohnern genauso«, erklärte sie. »Wenn aber ein Mensch zu Tode kommt, der einer Ihrer Stammgäste ist, und mein Mitbewohner, dann ist es eine Frage der Loyalität, die Hintergründe dazu aufzuklären.«

Dieser Gedanke schien dem Ober nicht zu behagen. Er öffnete den obersten Knopf seines Hemdkragens.

»Monsieur Bernard hat hier also mit einer Frau gespeist?«

Christian nickte.

»Und diese Frau könnte etwas mit seinem Tod zu tun haben?«, fragte Lucie weiter.

Christian zuckte mit den Achseln, nahm ein neues Tuch und begutachtete die Gläser auf dem Servierwagen.

»Jedenfalls wundert Sie es nicht, dass ihm etwas zugestoßen ist.«

Sein Schweigen deutete Lucie als Zustimmung. Sie griff nach einem Weinglas.

»Der Besuch mit dieser Frau ist so verlaufen, dass ein Sturz von der Treppe nicht mehr überraschend kam?« Dieses Rumstochern im Nebel war ihr eigentlich viel zu umständlich.

»Wir mussten einen Stuhl neu beziehen lassen.«

Lucie konnte einen Hauch von Missbilligung in seiner Stimme hören.

»Die Rotweinflecken ließen sich nicht mehr entfernen.«

Da erinnerte sich Lucie an das rotweingetränkte Hemd von Guillaume, das sie vor einigen Wochen für ihn gewaschen hatte. Endlich war sie auf einer guten Spur! »Bei seinem weißen Hemd hat Bleiche geholfen … Das war vor circa sechs Wochen.«

Christian hielt kurz inne und blickte Lucie interessiert über den Rand des Glases an.

»Seine Begleiterin hat ihm also Rotwein über das Hemd geschüttet?«

Er nickte.

»Und ihm angedroht, ihn die Treppe hinunterzustoßen?«

»Nicht direkt. Sie hat ihm den Rotwein über das Hemd gegossen und gefaucht, dass sie ihn öffentlich stürzen werde.«

Der Ober stellte das Glas ab und griff schnell nach einem neuen, fast als sei er über seine plötzliche Auskunftsfreude erschrocken.

Lucie überlegte. Den Textnachrichten von Guillaumes Handy nach zu urteilen würde sie so ein Verhalten eigentlich nur dieser Kora Chavignier zutrauen. Sie legte das Poliertuch zur Seite.

»Monsieur Moussin, könnte es sein, dass an diesem Abend vor sechs Wochen eine Madame Kora Chavignier auf der Gästeliste stand?«

Der Ober wurde rot. Lucie lächelte. Mehr Bestätigung brauchte sie nicht.

Eine Viertelstunde später war Lucie endlich zu Hause in ihrer Loge und hatte den Telefonhörer zwischen Schulter und Ohr geklemmt, um die Wäsche von Madame Richard aus der Maschine holen zu können, während sie Legrand auf seinem Handy anrief.

Erst tutete es seltsam, dann hörte sie nichts mehr. »Monsieur Legrand?«

»Nein, sein Apparat ist wohl umgeschaltet«, erwiderte eine Frauenstimme. »Aurélie Petit. Mit wem spreche ich?«

Das war die blonde Assistentin, die letztes Jahr deutlich mehr auf Zack gewirkt hatte als der Kommissar selbst, fiel es Lucie sofort wieder ein.

»Lucie Ferreira. Ich bin Gardienne an der Place des Vosges.«

»Ah, Madame Ferreira. Ich erinnere mich. Geht es Ihnen gut?«

»*Merci, ça va.* Ist Monsieur Legrand zu sprechen?« Lucie zog die letzte Bluse aus der Maschine.

»Der ist leider nicht hier. Was darf ich ihm ausrichten?« Aurélies verbindliches Verhalten war eine reine Wohltat im Gegensatz zu Legrands üblichem Geknurre. »Arbeiten Sie mit ihm zusammen an der Aufklärung des Mordes an Monsieur Bernard?«

»Der Ballettdirektor. Ja. Sie wissen davon?«

»Monsieur Bernard hat hier im Haus gelebt. Ich wollte mit *Commissaire* Legrand über eine Morddrohung sprechen, die es gegen den Ballettdirektor gegeben hat.«

Aurélie pfiff durch die Zähne. »Léon hat mir gar nicht gesagt, dass er schon so weit ist.«

Das ist er ja leider auch noch nicht, dachte Lucie und war froh, an die Assistentin geraten zu sein. Aurélie würde Legrand schon aufs Pferd heben. Lucie erzählte ihr von Kora Chavignier. Sie wisse aus zuverlässiger Quelle, dass eine Beziehung zwischen ihr und Guillaume Bernard bestanden habe. Vor circa sechs Wochen war es zu einer Auseinandersetzung zwischen den beiden in dem *L'Ambroisie* gekommen und Kora Chavignier habe Guillaume Bernard dann gedroht, ihn zu stürzen. Und erst gestern habe man den Ballettdirektor ja am Fuße der *Grand Escalier* tot aufgefunden.

»Glauben Sie, dass Madame Chavignier an die Freitreppe gedacht hat, als sie das gesagt hat?«, fragte Aurélie.

Lucie hatte die Wäsche in den Trockner getan und schaltete ihn an.

»Das muss nicht sein, wäre aber doch möglich. Die Polizei kann doch sicher auf alle Daten von Madame Chavignier zugreifen und sie dazu befragen.«

Aurélie bedankte sich und sagte, sie werde dem Kommissar alles ausrichten. Lucie war zufrieden. Sie fand, dass sie nun genug für den Geringsten unter ihren Brüdern getan hatte, wie die Bibel so schön sagte.

Jetzt war ihre Familie dran. Da sie Hunger hatte, ging Lucie in die Küche, um zu überlegen, was sie heute Abend für Antonio kochen sollte. Sie öffnete den Schrank mit den Kochbüchern. Obwohl Mittwoch war, hatte sie Lust auf Fisch. Lucie griff nach der »Mediterranen Küche für Genießer«, als ihr Guillaumes Mappe entgegenfiel, die sie gestern dort zwischen den Rezepten versteckt hatte. Um an diese Dokumente zu kommen, war bei ihm eingebrochen worden. Ob Kora Chavignier die Einbrecherin gewesen war? Lucie trug die Mappe zu ihrem Esstisch, neugierig, was sie entdecken würde.

Auf der Schwarz-Weiß-Fotografie hingen dicke Wolken über den Dächern von Paris, am Horizont sah man den Eiffelturm, im Vordergrund ein steinernes Pferd mit Flügeln neben einer Frau. Legrand fragte sich, wo das Bild aufgenommen worden war oder ob es sich um eine Fotomontage handelte. Der Rahmen aus heller Buche passte nicht dazu. Unter diesem Kunstwerk lagen dicke Bildbände, doch nur einer davon über Amandine. Erschienen war das Buch bereits vor zwölf Jahren, wie Legrand vorne im Einband las.

Obwohl *La Traviata* in voller Lautstärke lief, hörte er sein Telefon einmal klingeln und ihm so die Ankunft einer SMS signalisieren. »Schalt bitte mal die Rufumleitung aus und melde dich. Aurélie.« *Merde*. Das hatte er vollkommen vergessen. Hoffentlich hatte Aurélie nicht erfahren, dass er Madame Ferreira beschatten ließ. Das würde sie bestimmt nicht gutheißen. Legrand änderte die Einstellungen auf seinem Display.

»Kann ich Ihnen helfen?«, fragte eine kleine grauhaarige Dame mit dicker Hornbrille. Legrand hatte den Eindruck, ihr schon einmal begegnet zu sein, und der Dame schien es genauso zu gehen.

»Ich brauche alles, was Sie über Amandine Maurel haben«, sagte er knapp.

»Sehr gerne«, erwiderte die Dame lächelnd, doch dann fror das Lächeln ein, und auch Legrand erinnerte sich im gleichen Moment an die Situation am Vortag. Sie war eine Zeugin gewesen, und Legrand hatte sich darüber ereifert, dass sie die öffentliche Toilette benutzt hatte.

»DVDs, Bücher, CDs, was immer Sie haben«, bekräftigte er. Sein Handy klingelte wieder. Dieses Mal war es ein Anruf. Er erkannte die Nummer des Polizisten, der hoffentlich Madame Ferreira an den Fersen klebte, und nahm sofort ab, froh darüber, Madame Albisson zu entkommen.

»Und?«, fragte er.

»Jetzt ist sie zu Hause. Davor war sie eine halbe Stunde im *L'Ambroisie*. Gefunden haben wir sie im *Apple Store* neben der Oper. Dort hat sie ein iPhone gestohlen …«

»Bitte?« Das war ja nicht zu fassen. Legrand hatte Lucie bisher für einen gläubigen Menschen gehalten und niemals gedacht, dass sie etwas stehlen würde. Aber da zeigte sich mal wieder, dass hinter dieser ganzen Gottesfurcht nichts als Scheinheiligkeit steckte!

»Sollen wir sie deshalb verhaften?«

Legrand überlegte. Dann würde die Gardienne mitbekommen, dass er sie unter Aufsicht gestellt hatte, und das wollte er zum jetzigen Zeitpunkt noch nicht. »Nein«, entschied er.

»Sollen wir hier weiter Wache schieben?«

»Ja«, sagte Legrand, legte auf und sah, wie Minerve Albisson zwei weitere Bücher von anderen Stapeln holte und zu den DVDs ging, als sein Handy wieder klingelte.

»Was ist denn noch?«, wollte er wissen.

»Wir haben eine Tatverdächtige!« Das war Aurélies Stimme.

»Wer wir? Welche Tat?« Wusste sie etwa auch schon von dem gestohlenen Handy?

»Na, der Ballettdirektor. Ich bin gerade unterwegs zum *L'Ambroisie,* um die Sache wasserdicht zu machen. Sollen wir uns dort treffen?«

»Stopp mal«, Legrand ging in einen Seitenraum, um besser hören zu können. »Was genau ist passiert?«

Aurélie erzählte von einer Kora Chavignier, die mit Monsieur Bernard in dem Sternelokal gespeist und dort gedroht habe, ihn zu stürzen. Ein Foto der Dame habe sie dabei und stehe auch schon fast vor der Tür des Restaurants. Die Quelle sei zuverlässig, die Überprüfung Formsache. Das könne sie allein erledigen. »Für die Befragung schicke ich dir dann eine SMS mit der Adresse, und dann treffen wir uns dort in einer Stunde? Avenue Montaigne ...«

Legrand ging in den Verkaufsraum zurück. Minerve Albisson hatte zwischenzeitlich alles zusammengepackt. Sie hielt ihm zwei Plastiktüten und einen Kassenzettel entgegen. 365,43 Euro. Madame Albisson stand wartend hinter der Kasse.

»Ist gut.« Legrand legte auf. Die Avenue Montaigne roch nach Geld, und es war sicher interessant, dort einen Blick hinter die Kulissen zu werfen. Zumal dann die Hoffnung bestand, den Fall heute Abend zu den Akten zu legen und sich wieder den wirklich wichtigen Dingen zuzuwenden. Amandine zum Beispiel.

Legrand schnappte sich die beiden Tüten, ohne zu zahlen. »Die sind beschlagnahmt. Es handelt sich um Material zur Beweiserhebung!« Mit diesen Worten verließ er den Laden, ohne sich weiter um Madame Albisson zu kümmern, die ihm mit offenem Mund nachblickte.

Auf der Straße kam ihm kurz der Gedanke, ob es vielleicht einen Zusammenhang zwischen dem Besuch der Gardienne im *L'Ambroisie* und Aurélies Tatverdächtiger gab.

Geliebter Guillaume, so muss ich Abschied nehmen von Dir, Deinem geliebten Gesicht mit den strahlenden Augen … Guillaumes Schönheit wurde weiter beschrieben, und Lucie seufzte. Was war er doch für ein Bild von einem Mann gewesen. Sehr klein zwar, aber … Der handschriftliche Brief lag zuoberst und war schon leicht vergilbt. Lucie hatte auf das Datum geschaut und festgestellt, dass er zehn Jahre alt war. *Was soll ich in NY?*, ging es weiter. *Dich nicht mehr sehen zu dürfen, nicht mehr in Deiner Nähe zu sein, zerreißt mir das Herz.* Lucie schluckte. *Mein Fehler tut mir unendlich leid. Ich nehme die Schuld auf mich.* Lucies Herz zog sich zusammen. *Sag meiner Familie, dass ich sie um Verzeihung bitte. Du musst es ihnen erklären. Für immer D.*

Wer war *für immer D?* Für immer Dein? Lucie ließ das Blatt sinken. Färbten die dramatischen Rollen auf der Bühne so sehr auf die Künstler ab, dass sie sich im realen Leben auch so verhielten? Nahmen sie die Dinge zu schwer? Guillaume hatte eigentlich immer recht fröhlich gewirkt. Sie sah die anderen Unterlagen durch: Fotos verschiedener Tänzer und Tänzerinnen, manchmal mit Guillaume, manchmal in Pose, meist im Kostüm auf der

Bühne. Sie fand ein Foto von Amandine zusammen mit ihrem Jean-Marc. Wunderschön sah sie darauf aus. Und noch so jung. Eines mit Bernadette. Sie war auch damals keine Schönheit gewesen. Notizen von Guillaume, die für Lucie wie Skizzen oder Anleitungen für den Aufbau einer Choreografie wirkten. Gerne hätte sie Amandine darauf angesprochen, doch wie sollte sie ihr erklären, woher sie diese Mappe hatte? Sie konnte doch nicht beichten, dass sie in Guillaumes Nachlass rumgeschnüffelt hatte.

Dann erkannte sie seine Handschrift auf liniertem Papier. Lucie betrachtete die Bögen genauer. Er schien angefangen zu haben, etwas für die Nachwelt zusammenzufassen. *... es war für mich ein Schicksalsjahr,* schrieb er, *und warum das so ist, möchte ich hier erläutern.* Lucie blätterte weiter, um sich einen Überblick zu verschaffen. Den Text würde sie später in Ruhe lesen. *Testamententwurf,* las sie drei Seiten später. *Hiermit sind alle vorherigen Testamente ungültig.* Lucies Herz schlug schneller. Ob Guillaume noch dazu gekommen war, das Testament zu vollenden und womöglich notariell beurkunden zu lassen? Wer erbte, wenn nicht?

Es klingelte an ihrer Loge. *Zut alors!* So ein unpassender Zeitpunkt.

Vor der Tür stand eine dünne Frau in langem Mantel, vielleicht Mitte vierzig. Ihr dunkelblondes dichtes Haar war zu einem modischen Bob geschnitten. An ihrer Schulter baumelte eine große Kamera.

»*Bonjour,* ich möchte zu Monsieur Bernard.«

Die Frau war ihr unsympathisch, und das ganz abgesehen davon, dass sie störte und sich nicht vorgestellt hatte.

»Ich möchte die Unterlagen für seine Memoiren holen.« Sie griff in die Manteltasche, zog eine Visitenkarte heraus und reichte sie Lucie.

Isabelle Gaillard, las Lucie. Journalistin. Die rechte obere Ecke der Karte war leicht umgeknickt.

»Monsieur Bernard ist nicht da.« In diesem Moment wusste Lucie, weshalb die schlanke Frau Unbehagen in ihr auslöste. Madame Gaillard wirkte auf sie wie ein Bullterrier in Gestalt eines Windhundes.

»Das ist kein Problem. Ich brauche auch nur die Unterlagen.« Isabelle Gaillard zeigte ihre Zähne, was wohl ein Lächeln darstellen sollte.

»Ich fürchte, da kann ich leider nichts tun.« Lucie trat einen Schritt zurück in die Loge, doch Isabelle ließ sich nicht so leicht abschütteln.

»Kommen Sie«, Isabelle Gaillard blickte auf das Namensschild über dem Klingelknopf, »Madame Ferreira, Sie wissen doch genauso gut wie ich, dass Guillaume Bernard plötzlich gestorben ist und sein Nachlass entweder den Erben zufällt oder bei der Polizei verschwindet, und es dann Monate, wenn nicht Jahre dauern wird, bis man Zugang dazu bekommt – wenn überhaupt. Sie haben den Schlüssel zu seiner Wohnung und die Möglichkeit, ihm seinen Letzten Willen zu erfüllen. Wollen Sie ihm das wirklich verwehren?«

»Sein Letzter Wille?«, fragte Lucie.

»Ein Denkmal in Form seiner Memoiren. Dass die Welt erfährt, was für ein Mensch dieser wunderbare Tänzer und Direktor war.«

»Und das hat er Ihnen so gesagt?« Lucie hatte Guillaume noch nie über seine Memoiren sprechen hören. Hatte er dafür diese Notizen gemacht, wo er von einem Schicksalsjahr schrieb, die Fotos zusammengesucht und die Briefe? Ihre letzte Begegnung kam ihr in den Sinn und sein merkwürdiges Verhalten, als er sie zum Champagner einladen wollte. Er hatte von Abschied gesprochen!

»Definitiv.« Isabelle Gaillard nickte.

»Das heißt, er wusste, dass er sterben würde?« Lucie bekam weiche Knie und lehnte sich an den Türrahmen. Wie furchtbar das wäre. Hätte ein lebenslustiger Mann wie Guillaume nicht alles getan, damit dieser Kelch an ihm vorübergegangen wäre?

»Das kann ich nicht beurteilen. Aber er wollte ein Buch über sein Leben rausbringen.« Die Journalistin vergrub ihre Hände in den Manteltaschen.

Was sollte Lucie tun? Nichts läge ihr ferner, als Guillaume seinen Letzten Willen zu verwehren. Die Welt sollte von diesem wunderbaren Mann erfahren und er selbst sein Denkmal erhalten, wobei ihr langsam Zweifel kamen, wie wunderbar er wirklich gewesen war, denn sein Verhältnis zu Frauen war wohl nicht das gewesen, was sich die Bibel gewünscht hätte. Lucie dachte kurz an David und Nathalie. Sie musste sich dringend darum kümmern, dass ihr Sohn nicht ähnliche Allüren entwickelte. Gleichzeitig warnte sie eine leise Stimme, dieser Journalistin nicht zu trauen.

»Unterlagen aus seiner Wohnung zu entwenden, wäre Diebstahl«, hörte sich Lucie sagen und errötete. Genau das hatte sie selbst getan. Nur um Guillaume zu schützen, sagte sie sich. Nein, sie würde dieser Frau nicht helfen, sein Leben an die Öffentlichkeit zu zerren. Der Ballettdirektor würde keinen Einfluss mehr darauf nehmen können, was geschrieben wurde, und das hätte ihm sicher nicht gefallen.

Isabelle Gaillard hatte inzwischen eine Zigarette aus ihrer anderen Manteltasche geholt mitsamt Feuerzeug und sie angezündet. »Wie ist er eigentlich gestorben?«, fragte sie.

»Alleine.« Lucie seufzte.

»Was ist passiert?« Madame Gaillard zog an der Zigarette und hielt sie dann wie eine Antenne in die Luft. Das sollte wohl elegant aussehen.

»Ein Unfall«, antwortete Lucie ausweichend. »Ich müsste dann leider wieder …« Sie dachte an das Abendessen. Außerdem würde sie noch Madame Richards Wäsche bügeln müssen.

»Wie hat er denn das gemacht?« Der Terrier biss sich fest.

»Er ist die Treppe hinuntergestürzt. Wenn Sie mich jetzt bitte entschuldigen würden?«

»Finden Sie es nicht seltsam, dass das genau dann passiert, als er einiges aus seinem Leben öffentlich machen möchte?« Die Journalistin blies Rauch in die Luft. Diesen Zusammenhang hatte Lucie bisher noch nicht gesehen. Wie auch, wo sie gerade eben erst von den geplanten Memoiren erfahren hatte. Ob Kora Chavignier das hatte verhindern wollen?

»Ist es in der Oper passiert?« Isabelle Gaillard schnippte Asche auf den Boden.

Lucie nickte.

»Ich sehe es vor mir. Auf der großen Freitreppe.« Isabelle Gaillard zog wieder an der Zigarette, warf den Stummel dann auf den Boden und trat ihn aus. Lucie würde ihn wieder aufkehren müssen.

»Es ist doch offensichtlich«, fuhr die Journalistin fort, »dass ihn da jemand zum Schweigen bringen wollte. Der Ballettdirektor stürzt auf der *Grand Escalier.* Der tiefe Fall in der Öffentlichkeit.«

Lucie dachte wieder an Kora Chavignier.

»Ein Akt der Rache. Das sieht direkt nach Auftragsmord mit Symbolcharakter aus. Zur Abschreckung. Wer auspackt, wird gestürzt. Und die Polizei tut nichts.«

»Aber Commissaire Legrand ist doch gleich gekommen!«, widersprach Lucie.

Blitzschnell zog die Journalistin einen kleinen Notizblock mit Bleistift aus der Tasche, auf dem sie den Namen notierte. Lucie fragte sich, wofür diese Manteltaschen noch Platz boten.

»Gibt es jemanden, der von seinem Tod profitiert?«

Lucie dachte an das Testament. »Nein!«, log sie.

»Wurde die Wohnung schon versiegelt?«

»Ich glaube nicht.« Lucie hatte das Gefühl, schon jetzt zu viel gesagt zu haben.

»Wunderbar, dann können wir ja die Fotos machen. Eines von Ihnen hier im Hof und dann seine Gemächer. Eine Homestory. Sie werden sehen, ich bringe Sie ganz groß raus!«

»Ich hätte Ihnen ja gerne etwas angeboten, aber Florence hat heute ihren freien Tag.« Alles an dieser Frau sah nach Geld aus, dachte Legrand, als er mit Aurélie ihr gegenüber auf einer modernen weißen Ledercouch Platz nahm. Sie selbst setzte sich auf ein Kunstwerk – anders war dieses mit lilafarbenem changierendem Samt bezogene Sitzmöbel nicht zu bezeichnen. Ineinandergeflochtene Stränge, die ein Konstrukt bildeten, in das man sich hineinlümmeln konnte. Madame Chavignier jedoch saß vollkommen aufrecht.

»Wie bedauerlich«, erwiderte Legrand, »bei uns auf dem Kommissariat hätte meine Assistentin Ihnen gerne einen Filterkaffee eingegossen.« Zufrieden bemerkte Legrand, dass seine Sätze auf Aurélie und die Chavignier gleichermaßen wirkten.

Die Wände des Salons waren fliederfarben gestrichen, die Decke mit dem schönen Stuck leuchtete weiß. Die Wohnung befand sich in der Avenue Montaigne. Vermutlich, damit es Madame Chavignier zum Einkauf bei *Dior, Chanel, Louis Vuitton, Ralph Lauren* und den anderen Modelabels nicht so weit hat, dachte Legrand missmutig. Alles andere besorgte ja sicher Florence.

»A propos gegossen«, fuhr Legrand fort. »Wie ich höre, gießen Sie ja lieber mit Rotwein.« Aurélie hatte ihm die wichtigen Details der Begebenheit zwischen dem Ballettdirektor und der Tatverdächtigen erzählt.

An der Decke hing eine moderne Kristalllampe, wie er sie noch nie gesehen hatte. Sicher war die Wohnung von einem Innenarchitekten gestaltet worden, und Geld hatte bei dem Auftrag keine Rolle gespielt.

»Wenn Sie sich bitte genauer ausdrücken möchten?« Madame Chavignier faltete ihre Hände um ihr Knie. Die Pose drückte zurückhaltende Zugewandtheit aus. Ob sie das in diesen Kreisen schon in die Wiege gelegt bekamen?

»Ich nehme an, Sie wissen, dass Monsieur Bernard gestern ums Leben gekommen ist.«

»Ja, ich habe davon in der Zeitung gelesen. Sehr bedauerlich.« Sie wirkte gelangweilt.

»Bedauerlich ist, dass dies genau in der von Ihnen vorher angekündigten Weise geschah.« Legrand freute sich über seinen Treffer. Leider zeigte er nicht die gewünschte Wirkung.

»Ich weiß nicht, was Sie meinen«, meinte die Chavignier gleichmütig.

»Wo waren Sie am Freitag, den 26. August zwischen 20 und 24 Uhr?« Wenn sie die direkte Art bevorzugte, konnte sie das haben.

»Ich wüsste nicht, was Sie das angeht.« Kora Chavigniers Ton war gleichbleibend gelassen. Eine Feststellung, nicht mehr. Ein Ausdruck dessen, dass er eine Liga unter ihr spielte und sie sich aus reiner Güte bereit erklärte, sich anzuhören, was andere Gesellschaftsschichten so bewegte.

»Das kann ich Ihnen sagen: Sie stehen unter Mordverdacht. Und damit geht uns jedes Detail Ihres Lebens etwas an!« Legrand stellte fest, dass die Aussicht auf Filterkaffee zwischen Aktenbergen sie vorher mehr verstört hatte, als die Konfrontation mit diesem Tatbestand.

»Das wüsste ich aber.« Sie betrachtete ihre manikürten Nägel.

»Jetzt wissen Sie es!«

»Im August bin ich gewöhnlich im Urlaub …« Madame Chavignier unterdrückte ein Gähnen. Legrand fragte sich, ob sie tatsächlich so war, oder das alles nur spielte.

»Ich werde Ihnen auf die Sprünge helfen.« Legrand stand auf, um zu demonstrieren, dass er keineswegs daran dachte, auf dem ihm zugewiesenen Platz zu verweilen. »Sie haben sich mit Monsieur Bernard im *L'Ambroisie* zu einem denkwürdigen Abendessen getroffen.« Er ging ans Fenster und warf einen Blick hinaus. Die beiden Frauen blieben sitzen. Gegenüber lag der Eingang eines Luxushotels, hell erleuchtet in der Dunkelheit. Aurélie hatte ihm gesagt, dass eine Übernachtung dort fast tausend Euro kostete.

»Ach ja?«

»Dabei haben Sie ihm ein Glas Rotwein über das Hemd gekippt und ihm gedroht, ihn zu ermorden.« Legrand wandte sich wieder dem Salon zu. Er hatte noch niemals einen so geschmackvoll eingerichteten Raum gesehen.

»Das wüsste ich aber.« Kora Chavignier war schlank, hatte langes blondes Haar, war sehr gepflegt und vermutlich Anfang vierzig. Vor einer Woche noch hätte Legrand sie attraktiv gefunden. Da war er Amandine noch nicht begegnet gewesen. Amandine versetzte ihn in die Lage, die Spreu vom Weizen zu trennen.

»Sie wiederholen sich.« Legrand blickte zu Aurélie. »Wir haben dazu die protokollierte Zeugenaussage zweier Ober.«

Das wiederum schien Kora Chavignier zum Leben zu erwecken. »Das *L'Ambroisie* ist auch nicht mehr das, was es mal war.« Sie schüttelte missbilligend den Kopf. »Vielleicht habe ich mich über seine kleinen Flittchen geäußert, die sich ihm an den Hals werfen, um bei der Vergabe von Rollen berücksichtigt zu werden. Man kennt das ja.«

»Was möchten Sie damit sagen?« Legrand baute sich mit seiner ganzen Körpergröße vor der sitzenden Frau auf. Dennoch schaffte sie es, ihm das Gefühl zu geben, sie sei über ihn erhaben: »Ach, Sie kennen die Gepflogenheiten am Theater nicht? Für die Vergabe der Hauptrolle sind diese kleinen Engel durchaus bereit, ihr Können auch in der Horizontalen zu beweisen. Das ist doch überall so. Da bildet das Pariser Ballett keine Ausnahme.«

»Möchten Sie damit unterstellen, die Tänzerinnen der Pariser Oper seien käuflich?« Legrands Ton war eisig. Aurélie rutschte unruhig auf dem Sofa hin und her.

»Nicht alle.« Die Chavignier blieb unbeeindruckt. »Nur die erfolgreichen.«

Legrand kochte innerlich. Diese Frau hatte vermutlich in ihrem ganzen Leben noch nichts Bemerkenswertes geleistet. Wie konnte sie es wagen, über Amandine und ihresgleichen zu urteilen, die jeden Tag körperlich und seelisch bis an ihre Grenzen gingen und darüber hinaus, um dem Publikum etwas wirklich Wertvolles mitgeben zu können. Und das für ein Beamtengehalt!

»Madame Chavignier«, schaltete sich Aurélie ein. »Wo waren Sie gestern Morgen zwischen 9 und 11 Uhr?«

»Darf die Kleine jetzt auch etwas sagen?« Kora Chavignier wirkte belustigt.

»Antworten Sie!«, blaffte Legrand.

»Gestern Vormittag war ich zur Pediküre und danach mit dem Hund spazieren«, antwortete sie schnell. Augenscheinlich war sie zu verblüfft, um sich hinter ihre gleichmütige Pose zurückziehen zu können.

»Zeugen?«

Doch da hatte sie ihre Selbstsicherheit wiedergewonnen und machte keinen Hehl daraus, wie albern sie diese Vorstellung fand. »Soll ich Ihnen meine Füße zeigen?«

»Das reicht!«, knurrte Legrand. »Aurélie, ruf deine zwei Kollegen. *Madame* möchte die Nacht in Untersuchungshaft verbringen.«

»Sie wissen, dass Sie damit nicht durchkommen.« Madame Chavignier war aufgestanden und reichte Legrand immerhin bis zur Schulter. Blick und Ton waren eisig.

»Mord unter Ankündigung, Verdunkelungsgefahr, Versuch der Beamtenbestechung, …«, zählte Legrand auf.

»Ich will sofort meinen Anwalt sprechen«, verkündete sie. »Das werden Sie noch bereuen.«

»Wollen Sie mir auch drohen, mich zu stürzen? Da bin ich aber gespannt!«

»Sie mieser kleiner Beamter«, zischte sie, und alles an ihr stand jetzt im krassen Gegensatz zu dem blasierten Verhalten davor. »Ich habe Verbindungen, die Sie zu spüren bekommen werden. Verlassen Sie sich darauf.«

Legrand wandte sich angewidert ab. »Aurélie, du bleibst bei ihr und nimmst sie dann mit. Ich muss an die frische Luft.« Er ging zur Tür. »Ich finde den Weg auch ohne Florence.« Im Türrahmen wandte er sich noch mal um. »Monsieur Bernard tat gut daran, Sie abzuservieren. Auch wenn er dafür mit dem Leben bezahlen musste.«

Sehr zufrieden mit sich verließ Legrand die teuerste Wohnung, die er je betreten hatte.

Die Vögel übertrafen sich heute selbst. Lucie wollte den Garten des *Hôtel de Sully* durchqueren, doch sie blieb andächtig vor der Efeuwand stehen. Ein dunkelroter Blätterwald, der Tausenden von Singkehlchen ein Zuhause gab. So viele Spatzen, Amseln und Meisen auf so wenig Raum waren in ganz Paris bestimmt an keinem zweiten Ort zu finden. Das Gespräch mit der Journalistin hallte in Lucie nach. Wie penetrant sie versucht hatte, in Guillaumes Wohnung zu kommen. Lucie hatte ihr schließlich die Tür vor der Nase zuschlagen müssen, damit sie nicht nach dem Schlüsselboard griff. Als ob Lucie damit zu ködern wäre, groß in der Zeitung zu stehen. Das Gegenteil war der Fall. Leider musste sie genau das nun befürchten, denn diese Isabelle Gaillard war sehr erbost gewesen, und Lucie vermutete, dass sie zu der Sorte Menschen gehörte, die sich für das Durchkreuzen ihrer Pläne gern rächten. Wessen Pläne hatte Guillaume durchkreuzt? An Kora Chavigniers Schuld waren ihr seit dem Besuch der Journalistin Zweifel gekommen, doch sie konnte noch nicht sagen, warum. Lucie war Isabelle jedenfalls letztlich noch losgeworden und hatte die Stelle mit dem Schicksalsjahr in Guillaumes Dokumenten gelesen. Er schrieb über zwei Unfälle, dem damit verbundenen Verlust von zwei *Étoiles* für das Ensemble und über die Scheidung von seiner Frau Danielle.

Daher der Abschiedsbrief! D für Danielle. Diese Trennung musste ihm nahegegangen sein, denn sonst hätte er den Brief nicht aufbewahrt. Sogleich hatte Lucie wieder an das Abendessen für Antonio gedacht und sich für *loup de mer* in Salzkruste entschieden, denn sie war heute Morgen unfreundlich zu ihm gewesen und das wollte sie wiedergutmachen. Die Fischabteilung von *Monoprix* bot zwar eine gute Auswahl aller möglichen Lebewesen aus den Tiefen des Meeres – und das sehr ansprechend auf Eis präsentiert –, doch man musste vor den anderen berufstätigen Kunden dort sein, bevor diese den Eisberg plünderten und man dann auf die teurere Auswahl von *Lenôtre* ausweichen musste. Bessere Chancen haben die Rentnerinnen, dachte Lucie, als sie Madame Richard mit ihrem Einkaufstrolly um die akkurat geschnittene Buchshecke biegen sah. Die kleinen Räder unter der fahrbaren Tasche ruckelten auf Lucie zu.

Lucie grüßte. Eine junge Mutter mit Baby im bunten Tragetuch ging an ihnen vorbei. Lucie bemerkte anerkennend, dass das Kind eine Kopfbedeckung trug.

»Könnten Sie mir die Bügelwäsche bitte später vorbeibringen?«, fragte Madame Richard.

Oje. Dazu war Lucie noch gar nicht gekommen.

»Die ist leider noch nicht ganz fertig …«

»Was wollte der Kommissar denn heute Morgen in der Wohnung von Bernard?« Die alte Dame blieb bei ihr stehen.

Lucie hatte keine Lust auf ein Gespräch und war wirklich spät dran fürs Kochen: »Die Todesumstände sind noch nicht eindeutig geklärt …« Sie bemerkte einen jungen Mann, der sich auf die steinerne Bank vor dem Efeu setzte und Zeitung las. Ein herrlicher Ort dafür, wenn man Zeit hatte.

»Glaubt er das oder Sie?«, fragte Madame Richard.

Lucie fühlte sich durchschaut. Madame Richard hatte heute Morgen leider gesehen und gehört, wie Lucie Commissaire Legrand davon überzeugen wollte, dass es sich um einen Mord handelte. Lucie hielt Madame Richard für eine missmutige Klatschbase und beschränkte den Kontakt zu ihr auf das Nötigste. Es war nicht gut, wenn die alte Dame so viel mitbekam. Lucie musste parieren und kontern. »Sie haben sich auch über die Todesanzeigen gewundert. Warum eigentlich?«

»Wundern Sie sich da nicht?« Eine chinesische Reisegruppe drängte sich zwischen ihnen durch, doch Madame Richard sprach weiter. »Das ist doch alles Show und Blendwerk.«

Wenn Lucie es nicht besser gewusst hätte, hätte sie gemeint, sie würden belauscht. »Über die Anzeigen wundere ich mich nicht«, Lucie dachte an die Aussagen der Journalistin, »aber vielleicht über den Zeitpunkt des Mordes.«

Jetzt hatte sie das harte Wort ausgesprochen. Madame Richard zuckte kurz zusammen, fing sich dann aber wieder. »Der Operndirektor wird nirgends erwähnt. Er wahrt nicht einmal den Schein, dass Guillaumes Tod ein Verlust sei.« Die ehemalige Ankleidedame klang so verächtlich, als sei der Tod des Ballettdirektors alles, nur das nicht. Für einen kurzen Moment fragte sich Lucie, ob die alte Dame vielleicht hinter der Sache stecken könnte, denn bereits am Morgen hatte sie sehr vergnügt darüber gewirkt. Der Tatort sprach aber eindeutig dagegen.

»Vielleicht war das nur ein Versehen in der Eile«, gab Lucie zu bedenken. »Sie haben heute Morgen ja selbst gesagt, dass es erstaunlich ist, wie schnell diese Anzeigen in der Zeitung standen.«

»Und was ist dann mit der Ernennung des *Étoile* am Abend vor Guillaumes Geburtstag?«

»In der Zeitung steht, dass Guillaume selbst an seinem Ehrentag nur das Wohl der Compagnie im Sinn hatte«, dachte Lucie laut.

Die alte Dame lachte hoch und schrill. Es klang furchtbar und entblößte zwei Reihen gelber Zähne. »Guillaume war ein eitler Blender«, bemerkte sie, als sie sich wieder beruhigt hatte. »Er hätte niemals selbst dafür gesorgt, dass er an seinem Tag die Aufmerksamkeit mit jemand teilen musste. Es wäre auch nicht fair gewesen der Tänzerin gegenüber, die die Bühne auch nicht für sich allein hatte. Nein. Der Operndirektor muss aus eigenen Stücken gehandelt haben. Sonst ist es so, dass der Ballettdirektor de facto die Auszeichnung bestimmt, und sein Chef ist nur das ausführende Organ. An Guillaumes Geburtstag hat der Operndirektor sich über all das hinweggesetzt, um Guillaume die Show zu stehlen. Darauf verwette ich meine Wohnung! Ich wüsste zu gerne, warum sich beide wohl überworfen haben.«

Eine halbe Stunde später stand Lucie in ihrer Küche. Inzwischen war es dunkel geworden. Bei *Monoprix* hatte Lucie Glück gehabt und noch zwei frische Fische erstanden, die sie schnell vorbereiten und in den Backofen schieben wollte, um sich dann noch einmal den Dokumenten zu widmen. Vielleicht musste man wie Madame Richard das Leben am Ballett von innen her kennengelernt haben, um die Dinge richtig sehen zu können, dachte Lucie, als sie vorsichtig die Bauchhöhle des Fisches öffnete, um ihn mit Rosmarin, Thymian und Knoblauch zu füllen. Wenn man die Dinge nicht von innen betrachtete, verstand man nicht, was sie zusammenhielt und wie sie sich bewegten. Vielleicht konnte die ehemalige Ankleidedame die Vorkommnisse an der Oper besser einschätzen, weil sie Teil davon gewesen war und sozusagen jede Gräte kannte. Auf einmal sah Lucie in der alten Hausbewohnerin nicht mehr nur eine nörgelnde Pessimistin. Nein, sie schien viel klarer zu sehen, als alle anderen bisher in dem Fall. Lucie hatte Madame Richard daher gebeten, mit der Polizei zu sprechen und in Folge dessen ein zweites Mal dieses schrille Lachen über sich ergehen lassen müssen. Am Ballett hielten alle zusammen wie Pech und Schwefel – nach außen hin, hatte sie gemeint. Der Schein bliebe immer gewahrt. Nur jemand, der hinter die Kulissen schauen und mit den Menschen zusammenarbeiten und leben könnte, wäre in der Lage, zu durchdringen, was eigentlich passiert war. Irgendwie wurde Lucie das Gefühl nicht los, dass es ein Geheimnis gab, das Madame Richard mit Guillaume verband. Lucie pfefferte den Fisch und verschloss ihn mit einem Zahnstocher. Dann machte sie sich an den zweiten. Ob diese Isabelle Gaillard vorhin wirklich eine Journalistin war? Vielleicht hatte sie ja nur so getan? Visitenkarten waren schnell gedruckt. Mit ihrer unverfrorenen Art war es leichter, eine Gardienne zu überrumpeln, als sich auf anderem Wege Zugang zu den Dokumenten zu verschaffen.

Lucie dachte an die Begegnung gestern Abend in Guillaumes Wohnung. War die Journalistin die Einbrecherin gewesen? Woher hatte sie dann den Schlüssel gehabt? Hatte sie das? Oder einen Dietrich? Woher kannte sie den Code? Hatte Guillaume ihn ihr gegeben? Was hätte sie sonst mit den Schriftstücken anfangen wollen, wenn sie sie nicht für die Veröffentlichung nutzte?

Wer profitierte von Monsieur Bernards Tod? Diese Frage trieb Lucie um, seit Isabelle Gaillard sie ihr gestellt hatte. Sie musste sich diesen Testamentsentwurf noch einmal ansehen. Und Guillaumes Handy. War Kora Chavignier begünstigt worden? Hatte eine Frau sein Geld nötig, die so reich war, dass Christian aus dem *L'Ambroisie* nicht mal in die Gästeliste blicken musste, um zu wissen, von wem sie sprach? Hatte Kora das Testament gesucht? Oder kam jetzt jemand ganz anderes ins Spiel?

Das Telefon klingelte. »*Zut*«, schimpfte Lucie. Mit den fischigen Fingern wollte sie den Hörer nicht berühren. Schnell wusch sie die Hände, knipste das elektrische Licht im Wohn-Esszimmer an und war gerade noch rechtzeitig dran, um von Antonio gesagt zu bekommen, dass er heute Abend mit ein paar Freunden etwas trinken gehen wolle.

»Es gibt *loup de mer*«, verkündete Lucie und war sicher, dass Antonio seine Meinung dann ändern würde. Stille in der Leitung. »In Salzkruste!« Ihr Friedensangebot. Dem würde er nicht widerstehen.

»Du kannst mir ja etwas warm machen, wenn ich dann komme«, entschied Antonio. Lucie wollte vorschlagen, ob er nicht erst essen und dann etwas trinken gehen wolle, doch sie war kurz so verblüfft und so verärgert, dass sie gar keinen Ton herausbrachte. »Das gibt es doch gar nicht«, sagte sie, als Antonio aufgelegt hatte. Kopfschüttelnd ging sie zurück in die Küche. Erst überlegte sie, später weiterzukochen, doch sie hatte Hunger. Großen Hunger sogar. Sie legte einen Bogen Backpapier auf das Blech und schüttete einen großen Schwung Salz auf die Fläche, bevor sie die Fische darauflegte. Irgendetwas musste in dem Gespräch zwischen David und Antonio gestern wirklich schiefgegangen sein. Mehr als sie bisher angenommen hatte. Lucie deckte die Fische nun vollständig mit Salz zu.

Guillaume war Frauen gegenüber kein Kind von Traurigkeit gewesen, David hatte vermutlich etwas mit der Assistenzärztin, Antonio würde doch nicht auch noch Gefallen an Spielereien zur Bestätigung der Eitelkeit finden? Lucie schob das Blech in den Ofen. Sollten sie doch alle dort schmoren, dachte sie und begann Kartoffeln zu zerteilen. Mehr als sie gebraucht hätte. Sie pinselte ein weiteres Blech mit Olivenöl ein und streute Salz und Rosmarin auf die Kartoffeln. Wenn Monsieur de la Roche da gewesen wäre, dann hätte sie ihm Antonios Fisch vorbeigebracht. Er hätte sich bestimmt darüber gefreut. Monsieur de la Roche war über Frauengeschichten erhaben, wofür schon seine Mutter sorgte. Oder zumindest so lange gesorgt hatte, so lange sie das konnte, denn nun war sie im Altersheim, und soweit Lucie wusste, litt sie im fortgeschrittenen Stadium an Demenz.

Lucie hörte die Hoftür gehen und blickte auf die Uhr. Vermutlich kam Monsieur Rosenberg von der abendlichen Runde mit Fifi zurück. Ob er *loup de mer* in Salzkruste mochte? War das koscher? Bestimmt nicht, denn in ihrer Küche wurde ja auch nichtkoscher gekocht. Musste er sich koscher ernähren? Sie würde ihn fragen. Sie verließ die Küche und durchquerte das Wohnzimmer und wollte gerade die Tür zum Hof öffnen, als das Telefon wieder klingelte.

»Ich wollte nur wissen, was unsere kleine Freundin macht.« Dr. Pierre Bourgeois.

»Freundin?«

»Das Kätzchen. Hat Jolie gut gefressen?«

Lucie erstarrte. Sie hatte vollkommen vergessen, die Katze zu füttern. Das arme Tier.

»Nicht dass sie aus Sehnsucht das Essen verweigert. Sie wird ihn genauso vermissen wie wir.«

»Oh, ihr geht es prima«, sagte Lucie gedehnt. »Ihr Appetit ist so gut wie immer.« Lucies Magen knurrte. Sie selbst vermisste Guillaume also nicht entsprechend. Durch die Glasscheibe der Eingangstür sah sie den Komponisten die Treppe hochsteigen. Auf der Fußmatte vor ihrer Loge lag ein Briefumschlag. Ob Monsieur Rosenberg ihn dorthin gelegt hatte? Warum hatte er dann nicht geklingelt?

Bevor Pierre Bourgeois weiter nach der Katze fragen und Lucie in Verlegenheit bringen konnte, sagte sie:

»Ich habe mich gerade gefragt, wer von Monsieur Bernards Tod profitieren könnte. Fällt Ihnen dazu etwas ein? Oder gibt es jemanden, dem er nachhaltig geschadet hat?« Wie pietätlos, fuhr es ihr durch den Kopf, als der Satz ausgesprochen war. Ähnlich schien der Doktor zu empfinden, denn er schwieg einen Moment. Als er wieder sprach, schwang Empörung in seiner Stimme mit. »Wer sollte denn davon *profitieren*?«

Lucie bemerkte, wie ungeschickt ihre Wortwahl gewesen war.

»Wem sollte er geschadet haben?«, fragte Dr. Bourgeois. »Und wie kommen Sie überhaupt darauf?«

Die Frage war berechtigt. Noch heute Morgen hätte Lucie voller Überzeugung verkündet, dass Guillaume Bernard ein Ehrenmann sei. Jetzt jedoch vermutete sie, dass der Ballettdirektor im Laufe seines Lebens der einen oder anderen Frau das Herz gebrochen hatte, unter anderem seiner Exfrau Danielle. Aber damit musste sie seinen Freund Pierre nicht belasten. »Nur so … Ich werde gerne gleich noch mal nach Jolie sehen«, versprach Lucie und beendete das Gespräch mit furchtbar schlechtem Gewissen. Abgesehen davon, dass die Katze hungerte wie sie selbst und ihr Katzenklo vermutlich nicht mehr in einem Zustand war, in dem sie es gern besuchte, musste das arme Tier sich auch einsam fühlen. Sie war zwar gewohnt, dass Herrchen den ganzen Tag fort war, aber nachts war er in ihrer Nähe gewesen. Es musste eine dauerhafte Lösung geben, und zwar im Haus, denn Katzen waren ortsgebunden. Ob sie selbst Jolie aufnehmen sollte? Antonio würde sich querstellen, und es wäre schwierig, die Türe immer geschlossen zu halten, sodass das Tier nicht auf die Straße rennen konnte.

Der Backofen piepte. Lucie ging in die Küche und warf einen prüfenden Blick hinein. Fünf Minuten sollte sie dem Fisch noch geben. Statt Monsieur Rosenberg könnte sie ihn auch an Jolie verfüttern. Das hatte sich die Katze verdient, nachdem sie so lange gedarbt hatte. Und dann kam ihr ein hervorragender Gedanke: Wer Guillaumes Wohnung geerbt hatte, dem würde auch Jolie gehören. Er sollte so schnell wie möglich einziehen und dem armen Tier Gesellschaft leisten. Lucie griff nach der Mappe zwischen den Kochbüchern im Küchenschrank. Schnell blätterte sie zu dem Testamentsentwurf und las dieses Mal den ganzen Text. Wenn Guillaume bei einem Notar gewesen war und dieser Vorentwurf zu einem rechtsgültigen Dokument geworden war, dann gab es eine Lösung für Jolie. Und dann erkannte Lucie, dass sie mit Kora Chavignier die falsche Spur verfolgt hatte.

Bernadette machte Licht im Flur. Die Tür zum Wohnzimmer stand offen, und im Schein der Leselampe fand sie die Couch verwaist. Wo war Jean-Marc? Sie betrat das Zimmer und sah ihn auf dem Teppich liegen.

»Was für ein Tag!«, sagte Bernadette statt einer Begrüßung.

»Jetzt kommt echt alles zusammen. Und dann die penetranten Anrufe der Presse. Wenn ich damit fertig bin, habe ich mir einen Orden verdient.«

Jean-Marc schwieg. Sie ärgerte sich. Das Mindeste wäre doch, dass er sich erhob, sie anständig begrüßte und ihr den Mantel abnahm.

»Was machst du denn am Boden?« Ihre Stimme klang gereizter, als sie es beabsichtigt hatte.

»Ich betrachte die Welt aus einer anderen Perspektive.« Er starrte weiter an die Decke.

»Findest du das nicht ziemlich albern?« Sie knöpfte den Mantel auf. »Möchtest du nicht zu mir kommen? Ich könnte eine Nackenmassage gut gebrauchen.«

Er stand auf und kam ihr entgegen. »Perspektivwechsel sind ab und zu notwendig, nicht albern.« Jean-Marc gab ihr einen Kuss auf die Wange und nahm ihr den Mantel ab.

Seine Worte versetzten ihr einen Stich. War ihr Umgang miteinander schon so unverbindlich geworden? Amandine war noch nicht lange wieder in Paris, und schon schlich sie sich wie Gift in ihre Beziehung. Bernadette schluckte.

»Was essen wir heute?«, fragte sie.

»Ich habe nichts vorbereitet«, erwiderte er lässig. Er war zu schön für sie. Ein großer, perfekt gebauter Mann mit einem gerade geschnittenen Gesicht. Eine Haarsträhne fiel ihm in die Stirn.

»Willst du was vom Japaner holen?« Sie zog ihre Schuhe aus.

»Nein.«

»Vom Chinesen?« Mein Gott, was war er heute schwierig.

»Ich wollte gar nichts holen«, entgegnete er ruhig.

»Okay, ich hatte heute einen schweren Tag und komme gerade erst nach Hause, während du schon eine Menge Freizeit hattest!«, giftete sie. »Wir wollen uns das jetzt nicht komplizierter machen als nötig.« Genervt suchte sie nach ihrem Handy in der Handtasche, drückte auf die Nummer des Japaners und bestellte zwei mal die 35. »Wenn du mir nicht sagst, was du willst, dann musst du eben nehmen, was kommt.« Sie räumte ihre Schuhe weg.

Er schwieg. Sie hasste schweigende Männer. »Ich hätte noch einen Beitrag zum Thema Perspektivwechsel«, stichelte sie daher. »Findest du es nicht seltsam, dass Guillaume gleich zwei Mal gestürzt ist, seit Amandine da ist?«

»Was willst du damit sagen?« Sein Blick wurde hart.

»Dass ein Perspektivwechsel zu dieser Frau dir guttun würde.«

Er ging zur Garderobe und zog seine Schuhe an.

»Was soll das jetzt?«, fauchte sie. »Das Essen ist gleich da.«

Er nahm die Jacke. »Du unterliegst einem Irrtum, Bernadette. Ich muss nicht nehmen, was kommt«, sagte er und verschwand ins Treppenhaus.

Tänzer haben ein tolles Gespür für wirkungsvolle Abgänge, dachte sie verärgert. Sie hasste Amandine. Wäre diese doch gleich mit Guillaume die Treppe hinuntergestürzt.

Anne Gilbert sollte Guillaumes Vermögen erben. Lucie war der Zusammenbruch der Tänzerin am Tatort gestern durch Mark und Bein gegangen. Es hatte so echt gewirkt, doch Lucie musste zugeben, dass sie bei jedem Schauspiel mit Herzschmerz in Tränen aufgelöst in den Zuschauerrängen saß und bevor das Licht im Saal anging meistens eine Packung Taschentücher aufgebraucht hatte. Die Tänzerin war ein Profi, der Gefühle auf Befehl hervorrufen konnte. In sich und in anderen. Und dennoch mochte Lucie nicht glauben, dass Annes Emotionen gespielt gewesen waren. Vor allem, wenn sie an die kühle Bernadette Colasante dachte, die in so krassem Gegensatz dazu gestanden hatte. Ob Anne von Reue und schlechtem Gewissen geplagt worden war?

Lucie nahm noch mal Guillaumes Handy zur Hand und blätterte die Nachrichten durch. *Glaub ja nicht, dass du damit durchkommst. Ich halte Wort. Verlass dich drauf.* So lautete die letzte Nachricht von Kora Chavignier, geschrieben vor sechs Wochen. Guillaume hatte nicht darauf geantwortet. Sie hatte ihn öffentlich stürzen wollen. War damit wirklich der Treppensturz gemeint gewesen oder viel mehr eine Demütigung, die seine Stellung in der Gesellschaft infrage stellte? Was hatte er getan, das sie so echauffierte? Die Beziehung beendet? Ob Monsieur Legrand sie inzwischen befragt hatte? Lucie überlegte nachzuhaken, verwarf den Gedanken dann aber wieder. Madame Richard hatte zu verstehen gegeben, dass die Polizei die wahren Hintergründe nicht würde aufdecken können. Ziemlich überheblich eigentlich.

Du bist für mich gestorben. Santiago auch. Das war der Inhalt der SMS von Anne, geschrieben am Dienstagmorgen um ein Uhr dreiundvierzig. Acht Stunden später war aus dieser Ankündigung eine Tatsache geworden. Was sollte Lucie mit diesem Wissen tun? Legrand die nächste Verdächtige vor die Füße werfen? Sie war mit ihren Vermutungen gegen Madame Chavignier fahrlässig umgegangen, was sie nun bereute. Lucie hatte nicht überprüft, ob diese Dame aus Guillaumes Tod einen Nutzen ziehen konnte. Ob sie vor Ort gewesen war und überhaupt die Möglichkeit gehabt hatte, ihn die Treppe hinunterzustoßen. Anne Gilbert hingegen schien beides gehabt zu haben: Motiv und Gelegenheit.

Lucie betrachtete die Bibel vor sich auf dem Tisch. Ob sie Gott noch mal befragen sollte? Lucie hatte bessere Verbindungen zur Oper als Legrand. Und ganz andere Möglichkeiten, an Informationen zu kommen. Sie schloss die Augen und schlug die Bibel auf, deutete auf eine Stelle und las dann: *Er aber sprach: Euch ist es gegeben, zu wissen das Geheimnis des Reiches Gottes; den andern aber in Gleichnissen, dass sie es nicht sehen, ob sie es schon sehen, und nicht verstehen, ob sie es schon hören.* Vers 10 in Lukas 8.

Genau das war das Problem! Legrand würde es nicht sehen und nicht verstehen, so, wie Madame Richard es ihr heute deutlich gemacht hatte. Lucie musste an die Oper, um mehr herauszufinden.

Mit diesem Gedanken ging sie zurück in die Küche und richtete die Teller an. Einen für Jolie, den zweiten für sich. Zufrieden mit sich und ihrer Entscheidung trat sie vor die Tür ihrer Loge. Kalt war es geworden und finster. Auf der Fußmatte lag der Brief. Lucie stellte das Tablett daneben ab und nahm ihn hoch. *Lucie Ferreira* stand auf dem Umschlag. Keine Adresse, kein Absender. Sie legte den Brief auf das Tablett und trug beides in Guillaumes Wohnung.

Es wurde ein seltsames Abendessen in dem fremden Ambiente, doch die Katze machte sich mit großem Appetit über den Fisch her. Lucie vermisste Antonio.

Wieder zurück in ihrer eigenen Küche spülte Lucie. Dann nahm sie einen Zettel und einen dicken roten Stift. *»Leider hatte Jolie mehr Appetit als du«*, schrieb sie auf das Papier und legte es auf einen frischen kleinen Teller, den sie in den Kühlschrank stellte. Das würde Antonio hoffentlich die abendlichen Flausen austreiben. Es war wirklich Zeit, dass er nach Hause kam. So musste sie sich allein fürs Bett fertigmachen, nahm sich noch eine Wärmflasche und den Brief mit und legte sich unter die dicke Daunendecke. Ob ihr ein Hausbewohner eine Dankeskarte geschrieben hatte? Das kam öfter vor. Lucie freute sich darauf. Vielleicht Monsieur Rosenberg wegen der Maus? Doch die Schrift kam ihr unbekannt vor. Sie war sehr krakelig. Arthur und David hatten in der zweiten Klasse so geschrieben. Lucie öffnete den

Umschlag und entnahm ihm einen weißen Bogen Papier. Darauf stand nur der eine Satz in großen Lettern:

Hör auf zu schnüffeln, sonst passiert ein Unglück!

Lucie bekam eine Gänsehaut.

Legrand betrachtete den Stapel DVDs und entschied sich für *Miss Manon*. Sein Handy klingelte. Ein anonymer Anruf. Er drückte ihn weg und schob die DVD in das Abspielgerät. Das Telefon meldete sich erneut.

»*Oui*«, knurrte er.

Eine Frauenstimme, die sich als Isabelle Gaillard vorstellte, sagte, sie sei Journalistin und mit der Berichterstattung über Guillaume Bernard beauftragt. Dass es sich um einen Mord handelte, habe Monsieur Bernards Gardienne bestätigt und ihr gesagt, dass Legrand den Fall untersuche.

»Wie ist denn nun der Stand der Dinge, *Monsieur le Commissaire?* So wie wir Sie bisher kennenlernen durften, haben Sie doch bestimmt schon eine heiße Spur, nicht wahr?« Legrand wusste nicht, ob er sich geschmeichelt fühlen oder Lucie einen Kopf kürzer machen sollte. Meinte diese aufsässige Gardienne etwa, dass sie nach seiner Assistentin nun auch noch die Presse auf ihn hetzen musste, um ihn zu Mordermittlungen zu bewegen?

»*Monsieur le Commissaire?*«, tönte es aus dem Telefon.

»Wissen Sie, wie viel Uhr es ist?«, blaffte Legrand.

»Madame Ferreira erwähnte im Gespräch, dass Monsieur Bernard wusste, dass er sterben würde …«

»Wie bitte?«

»Wie sie auch ihr Erstaunen darüber kaum verbergen konnte, dass die Wohnung nicht versiegelt wurde.« Isabelle Gaillard fuhr ungerührt fort. »Haben Sie denn wenigstens begonnen, Zeugen zu befragen? Können Sie den Täterkreis schon einschränken? Wie ist es mit dem Motiv? Eifersucht? Habgier? Rache? Oder glauben Sie auch, dass die Mafia dahintersteckt?«

»Wieso auch?« Legrand war entsetzt.

»Ich dachte nur, weil die Gardienne im Gespräch meinte …«

»Die soll sich lieber um ihre Bügelwäsche kümmern, als an den Spuren rumzumanipulieren«, empörte er sich.

»Sie meinen, dass die Gardienne etwas mit dem Fall zu tun haben könnte?« Die Stimme der Journalistin klang vergnügt. Madame Ferreira hatte den Tatort zerstört, dachte Legrand. Er hasste die Presse. Wie war Lucie nur auf diesen Schwachsinn mit der Mafia gekommen?

»Dann wird die Hausmeisterin Ihnen sicher sagen können, mit welchem Syndikat wir es zu tun haben.« Legrand hatte keine Lust mehr, weiter belästigt zu werden, und legte einfach auf. Sollte sie doch meinen, dass die Verbindung aus technischen Gründen unterbrochen worden war.

Umgehend rief er Fabrice an, der Lucie beschatten sollte.

»Was hat die Ferreira mit der Presse zu schaffen?«

Legrand hörte im Hintergrund Kneipengeräusche.

»Ich kann dich nur ganz schlecht verstehen«, brüllte Fabrice. »Warte mal.« Hatte sich die Gardienne in das Pariser Nachtleben geworfen? Legrand hielt sie für häuslich. Es wurde etwas ruhiger. Der Polizist schien das Lokal verlassen zu haben.

»Was gibt es Neues?«

»Meine Schicht ist vorbei«, erwiderte Fabrice. »Und für das bisschen Ladendiebstahl besteht, glaube ich, keine Fluchtgefahr. Aurélie hat entschieden, die Aktion abzublasen.«

Legrand beschloss, sich morgen seine Assistentin vorzuknöpfen. Einen nächtlichen Wachdienst für Lucie konnte er nicht einrichten. Dafür fehlten ihm die Argumente. Sehr ärgerlich, dass

Aurélie von der Aktion Wind bekommen hatte. Sie hatte einen Narren an der Gardienne gefressen.

»Sag mal, hat Madame Ferreira heute Nachmittag eine Pressekonferenz an der Place des Vosges abgehalten?«

»Da war jemand bei ihr. So 'ne Presselady, die meistens für den *Parisien* schreibt.«

»Sonst was Wichtiges?«

»Man könnte diese Gardienne für eine Ermittlerin halten. Es ist unglaublich, was die aus den Leuten rausholt! Sie hat mit einer Bewohnerin über die Todesanzeigen und auch über die Konflikte an der Oper gesprochen.«

Legrand überlegte, ob er mehr Details dazu brauchte. Nein, er hatte schon eine Tatverdächtige, und über Konflikte an der Oper würde er lieber mit Amandine sprechen. Mit der er jetzt die Nacht verbringen würde.

Legrand bedankte und verabschiedete sich. Dann schaltete er die DVD an.

Donnerstag, 5. Oktober

Monsieur Rosenberg hat den Brief nicht geschrieben, dachte Lucie. So etwas würde er nicht tun. Wer dann? Wer wollte vermeiden, dass sie Guillaumes Todesumstände aufklärte? Wer bekam überhaupt mit, dass sie *schnüffelte?* Allein die Wortwahl ... Die ominöse Journalistin? Commissaire Legrand? Hatte er nicht andere Möglichkeiten, als anonyme Briefe zu verfassen? Mit diesen Fragen im Kopf hatte Lucie unruhig geschlafen. Doch sie würde sich nicht davon abhalten lassen, die Spur der Tänzerin Anne weiter zu verfolgen. Und weil sie mit den anderen Putzkräften um 6 Uhr durch den Künstlereingang das *Palais Garnier* betreten wollte, hatte Lucie sich schon sehr früh auf den Weg gemacht. Der Himmel war noch dunkel, das *Hôtel de Sully* geschlossen, wie auch der Park an der Place des Vosges. Leichter Nieselregen fiel. Im Schutz der Arkaden ging Lucie Richtung Rue des Francs Bourgeois, um auf dem Boulevard Beaumarchais an der Haltestelle *Chemin Vert* in die Metro der Linie 8 einzusteigen, die direkt bis zur Oper führte. Antonio hatte sie schlaftrunken gefragt, was es denn am Abend zu essen geben werde.

In der Metro sitzend, die um diese Zeit noch angenehm leer war, schlug Lucie *Le Figaro* auf und blätterte zum Gesellschaftsteil, neugierig, ob über Guillaume berichtet wurde. *Fluch der Oper,* titelte die Zeitung. Darunter ein Bild von Guillaume und eines der *Sorcière,* das am Abend der Geburtstagsgala aufgenommen worden war. *Auf den Tag genau zehn Jahre nach dem letzten*

Drama wieder ein Sturz in den Tod. Die Kombination aus Text und Bild wirkte unheimlich und hätte besser in den *Parisien* gepasst. Für *Le Figaro* war es außergewöhnlich reißerisch.

> *Guillaume Bernard, weltweit anerkannter Direktor unseres hervorragenden Pariser Balletts, der am Tag zuvor seinen 60. Geburtstag gefeiert hatte (wir berichteten), stürzte auf der großen Freitreppe in den Tod. Mit Schrecken erinnern sich Mitarbeiter der Oper an den tödlichen Sturz von Sylvain D.,* premier danseur, *dem auf den Tag genau vor zehn Jahren das gleiche Schicksal widerfuhr. Beide Männer waren Tänzer am Pariser Ballett gewesen, und beide wurden mitten aus dem Leben gerissen. »Ein Fluch liegt über dem* Palais Garnier«, *so eine besorgte Mitarbeiterin. Während aus dem Umfeld des Opfers Zweifel an der Arbeit der Polizei laut wurden, baut der zuständige Kommissar auf die Hilfe einer Gardienne bei den Ermittlungen gegen ein Verbrechersyndikat. Und das hat Gründe. Bereits im Sommer letzten Jahres konnte Lucie F. der Polizei den entscheidenden Tipp geben, als Vanessa B. tot aus der Seine geborgen wurde. Man munkelt, sie habe Commissaire L. damit beruflich die Haut gerettet. Weitere Auffälligkeit: Auch Vanessa B. wohnte an der Place des Vosges, im gleichen Gebäude wie der Ballettdirektor – dem Haus, in dem Lucie F. als Gardienne arbeitet. Rückschlüsse scheint die Polizei bereits zu ziehen …*

Lucie packte die Zeitung weg, um nicht die Station *Opéra* zu verpassen. Das war sie also, die Rache der Isabelle Gaillard. Immerhin wusste Lucie nun, dass die Frau tatsächlich Journalistin war. Legrand würde der Artikel ebenso wenig gefallen. Wie gut, dass sie am Vormittag nun erst mal an der Oper war und nicht für ihn erreichbar. Und dass sie die Zeitung mitgenommen hatte und Antonio sie so nicht in die Finger bekam.

Lucie hatte Gänsehaut, obwohl es in der Metro warm war und der typische Geruch in der Luft lag, abgestanden und leicht ölig, pappig auf der Zunge. Sie verließ den Zug und gelangte über die Treppen nach draußen, wo es noch immer dunkel war und nieselte. Lucie band sich ein Kopftuch um und marschierte auf die Oper zu. Das *Palais* wirkte grau und trostlos und lang nicht so schmuck wie im Sonnenschein, wenn das Gold leuchtete. Ein Fluch sollte auf der Oper liegen. So ein Blödsinn. Oder doch nicht? Hatte nicht Pierre Bourgeois das Wort *»corde«* in den Mund genommen, kurz bevor Guillaume gestürzt war? War das damals bei diesem Tänzer genauso gewesen? All die Zwangsarbeiter, die tief unter der Bühne an den Seilzügen umgekommen waren für die, die auf der Bühne glänzen durften? War das die Rache ihrer verstorbenen Seelen? Holten sie die erfolgreichsten und schönsten Tänzer zu sich hinab in die Tiefe, wenn das verbotene Wort fiel? Das Wort, das zu ihrem Schicksal geworden war? Der Strick. Gab es ein Muster, nach dem sie ihre Opfer wählten? Bisher war wohl noch keine Frau gestorben. Was hatte es mit dem Datum auf sich? Sollte Lucie in der Bibliothek der Oper nach dem Todesdatum der Bühnenarbeiter suchen? Nein, es war schon seltsam, was sie für Gedankengänge hatte, wenn sie sich in der Nähe der Oper befand. Sie war hier, um einer ganz realen Spur zu folgen: der der Tänzerin Anne – denn sie erbte Guillaumes gesamtes Vermögen.

Vor dem Künstlereingang stand bereits ein Schwarm Putzfrauen und wartete auf Einlass. Lucie wollte sich gerade in ihrer Kittelschürze unauffällig daruntermischen, als die Tür geöffnet wurde und eine hagere Frau begann, Ausweise zu kontrollieren. Gleichzeitig bemerkte Lucie, dass sich die Frauen wohl kannten, denn obwohl alle noch etwas müde und schweigsam wirkten, gab es doch den einen oder anderen Gesprächsfetzen, der auf eine längere Berufsbeziehung schließen ließ. Zudem wurde sie neugierig beäugt. Lucie kam ins Schwitzen. Wie sollte sie an der Aufseherin vorbeikommen? Sie schickte ein Stoßgebet gen Himmel. Da kam ihr ein rettender Gedanke, doch sie musste sich beeilen. Die Hälfte der Reinigungskräfte war jetzt bereits drinnen. Schnell ließ sie ihren Blick über die Köpfe der Frauen streifen und blieb an dem Gesicht einer jungen, schüchtern wirkenden Frau mit Kopftuch hängen.

»Ich bin die Krankheitsvertretung«, sprach Lucie sie an. »Meiner Nachbarin geht es heute gar nicht gut, und deshalb hat sie mich gebeten zu kommen. Die sind ja sonst so streng hier, wenn man mal fehlt.«

Die junge Frau nickte, während sie beide weiter Richtung Glastür gingen. Lucie hoffte, so an den Namen einer kranken Kollegin zu kommen.

»Ich soll auch ganz herzlich von ihr grüßen«, machte sie weiter.

»Vielen Dank«, sagte die junge Frau. Lucie vermutete, dass sie Ausländerin war. Hatte sie denn gar kein Interesse daran, von wem sie gegrüßt wurde?

»Darf ich ihr gute Besserung von Ihnen wünschen?«, fragte Lucie, noch einen Meter vor der Ausweiskontrolle. Die junge Frau nickte.

»Und von wem darf ich grüßen?«

»Katharina …«

»Wen darf ich denn grüßen?« Es war Lucies letzte Chance. Katharina zuckte mit den Achseln und zeigte ihren Ausweis.

Lucie trat zur Seite und ließ vier weitere Frauen durch. Dann stellte sie sich wieder an.

»Ich bin die Krankheitsvertretung!«, sagte sie mit fester Stimme, als sie dran war.

»Für wen?« Die Kontrolleurin kniff die Augen zusammen.

»Für Katharina!«

»Katharina wer?«

Lucie wurde rot. »Meine junge Nachbarin.«

»Und der Name?«

Hinter ihr wurden die Frauen unruhig.

»Vielleicht lassen wir erst die anderen rein«, sagte Lucie und trat wieder zur Seite, sodass die letzten drei Frauen hineingehen konnten, denen sie sich dann anschloss. Die Kontrolleurin hielt Lucie auf.

»Wen wollen Sie vertreten?«

Lucie beschloss, es besser mit der Wahrheit zu versuchen. Zumindest mit der halben. »Bitte, ich brauche diesen Job heute.« Sie blickte die hagere Frau flehend an.

»Aber Sie haben keinen Ausweis«, sagte die Kontrolleurin.

In diesem Moment fiel Lucie ein, dass sie am Dienstag nach der Putzaktion vergessen hatte, den Besucherausweis abzugeben. Sie kramte in ihrer Handtasche und zog die kleine Plastikkarte heraus.

»Das ist zwar nicht das, was die anderen haben«, die Kontrolleurin betrachtete das kleine Kärtchen genauer, »aber ein Besucherausweis, der Ihnen erlaubt, sich hier frei zu bewegen.« Sie gab Lucie den Ausweis zurück.

Lucie strahlte. »Und wo finde ich die Putzsachen?«

Sehr zufrieden schob sie eine Viertelstunde später einen Putzwagen vor sich her durch den ersten Stock. Sie hatte sich noch keinen Plan zurechtgelegt, glaubte aber, dass es bestimmt gut wäre, in Annes Garderobe anzufangen. Wenn Anne die Mörderin war, worauf momentan alles hindeutete, dann hoffte sie, dort etwas Verräterisches zu finden. Eine notariell beglaubigte Abschrift des Testaments vielleicht? Bisher hatte Lucie nur den Entwurf gesehen und keine Bestätigung, dass das Testament gültig war. Sie steuerte die Loge der Tänzerin an, als sich ihr eine blond gefärbte Matrone in den Weg stellte.

»Hier ich putzen!« Die Frau sprach gebrochenes Französisch, doch ihre Körpersprache ließ keinerlei Zweifel daran, wer hier wem zu gehorchen hatte. »Du oben putzen!« Sie stemmte die Hände in die Hüften und drückte ihren Bauch gegen Lucies Wagen, die gezwungen war, einige Schritte rückwärts zu machen. Die Matrone gab keine Ruhe, bis Lucie in den Fahrstuhl gestiegen war und den vierten Stock gewählt hatte.

Oben angekommen ging die Gardienne zunächst unschlüssig den Flur entlang. Es war besser gewesen, einer Auseinandersetzung mit den anderen Putzfrauen aus dem Weg zu gehen. Annes Kabine würde sie auch später noch aufsuchen können. Es war ja noch früh am Tag. Was sollte sie so lange tun?

Wirklich putzen, dachte Lucie. Denn was sie hier sah, entsprach ihren Qualitätskriterien nicht. Die Wandlampen mussten abgestaubt werden, ebenso die Leisten. Die Türklinken und die Türen. Auch die Rahmen schienen schon eine Weile nicht mehr nass gewischt worden zu sein. Vielleicht konnte sie so ein Teil der Oper werden. Teil des Hintergrundes, in dem sich das abspielte, was ihr ein Schlüssel sein konnte, um die Geschehnisse, die zu Guillaumes Tod geführt hatten, zu begreifen.

Lucie arbeitete sich durch die Flure, und wenn die Türen offen waren, auch durch verschiedene Zimmer. Schließlich schob sie ihren Putzwagen zu den Räumen der Direktion. Dort musste sie ihn vor der kleinen Treppe stehen lassen, die nach unten führte.

In Guillaumes Büro hatte sich nichts verändert. Hier war es, das »Umfeld des Opfers«. Familie hatte Guillaume nicht gehabt. Das Ballett war seine Familie gewesen. Hatte ein Tänzer Zweifel an der Arbeit der Polizei geäußert? Oder etwa Bernadette? So unklug würde sie nicht sein. Lucie staubte die Möbel ab. Der Mülleimer war leer, der Schreibtisch aufgeräumt. Ob sie sich die Akten ansehen sollte? Sie wusste nicht, wonach sie suchte. Das Testament hatte er bestimmt nicht an seinem Arbeitsplatz verwahrt. Vielleicht fand sie das, was laut der Journalistin Guillaumes Tod ausgelöst hatte. In seinen Memoiren hätte er auspacken können, bestimmt kannte er viele Geheimnisse. Aber wie um Himmels willen war Legrand darauf gekommen, dass Guillaume es mit einem Verbrechersyndikat zu tun gehabt hatte? Lucie nahm auf Guillaumes Stuhl Platz, um klarer denken zu können. All das wirkte so – wie war das richtige Wort? – theatralisch. Zweifel schlichen sich ein. Wenn es nun doch ein Unfall gewesen war, den Lucie selbst aufbauschte, so wie die Journalistin es tat? Waren Lucies Bemühungen vielleicht wirklich nur ein sinnloses Sich-Auflehnen gegen die Endgültigkeit des Todes, der unerwartet über einen hereinbrechen konnte, auch über ihre Liebsten? Eine unangenehme Frage, die sie dadurch abzuschütteln versuchte, dass sie Guillaumes Büro verließ und stattdessen das seiner Stellvertreterin aufsuchte. »Bernadette Colasante« stand auf dem Schild neben der Tür. Ballettdirektorin. Hatte Bernadette den Zusatz »stellvertretende« entfernt? Äußerst bemerkenswert, dachte Lucie. Auch ihr Schreibtisch war aufgeräumt, es lagen keinerlei Papiere darauf herum. Lucie wischte über die Platte. Wenn sie nach neun Uhr noch im Gebäude war, würde sie im ersten Stock aufpassen müssen, nicht Nathalie zu begegnen. Lucie nahm den Papierkorb, um ihn in eine mitgebrachte Mülltüte zu entleeren. Dabei fiel ihr ein in der Mitte durchgerissenes Blatt in den Hand. Sie stockte, legte es auf den Schreibtisch und suchte im Müllbeutel nach der zweiten Hälfte, die sie passend dazulegte. »Heilige Maria!«, sagte Lucie. Auch Bernadette Colasante schien einen anonymen Brief bekommen zu haben. Doch dieser war nicht mit krakeliger Schrift geschrieben, sondern aus einzelnen bunten Buchstaben einer Zeitschrift zusammengeklebt worden. »Mörderin«.

Lucie sank auf den Schreibtischstuhl. Der zweite Brief ohne Absender innerhalb von zwölf Stunden! Ob es einen Zusammenhang gab? In Lucies Fall schien der Verfasser nicht darum bemüht gewesen zu sein, seine Anonymität zu wahren. Die Schrift konnte ihn verraten, die Wortwahl, der Stift. Diese Unachtsamkeiten waren ihm im zweiten Fall nicht passiert. Hatte er dazugelernt? Oder war der Absender ein anderer? Wer wollte Lucie davon abhalten zu ermitteln und Madame Colasante unter Druck setzen oder gar erpressen? Ernst schien die Ballettdirektorin das nicht genommen zu haben, sonst hätte sie den Brief der Polizei gegeben. Es sei denn, sie hatte wirklich etwas mit Guillaumes Tod zu tun. Oder einen anderen Grund, der Polizei nicht zu vertrauen.

Als Commissaire Legrand um neun Uhr achtundvierzig den Konferenzraum betrat, hatte er den Eindruck, dass etwas anders war als sonst. Sein Chef, François Lambert, hasste es, wenn jemand zu spät kam. Nachdem Legrand sich alle DVDs mit Amandine in der Nacht angesehen hatte, musste er irgendwann in den Morgenstunden im Wohnzimmer auf dem Sofa vor dem Fernseher eingeschlafen sein. Seinen Wecker hatte er nicht gehört, denn der hatte im Schlafzimmer geklingelt. Selbst die Müllabfuhr hatte ihn nicht geweckt. Legrand fragte sich, was eigentlich dazu geführt hatte, dass er plötzlich mitten im Schlaf hochgeschreckt war. Er hatte von Amandine geträumt. Sie war die Treppe hinuntergestürzt, und er wollte loseilen, um sie aufzufangen, doch die *Sorcière* hatte ihn verhext, sodass er seine Beine nicht bewegen konnte. Oben im zweiten Stock, auf der Ebene seines Büros, hatte der Ballettdirektor gestanden – quicklebendig: »Du glaubst, ich sei tot? Bei uns am Theater ist alles möglich. Tote werden lebendig und Lebende sterben.« Er hatte grausam gelacht. Legrand konnte dann doch loslaufen und fand Amandine unten am Fuß der *Grand Escalier* in einem dunkelroten Abendkleid, wunderschön, reglos daliegen. »Dieses Opfer musste gebracht werden«, schrie der Operndirektor und deutete auf die Malerei über ihnen. »Um die Götter milde zu stimmen.«

»Nein!«, hatte Legrand geschrien und war aufgewacht. Da war es schon nach neun gewesen, zum Rasieren und Duschen hatte er keine Zeit mehr, nicht mal für einen Kaffee im *Soleil d'Or,* alles wegen dieser blöden Morgenrunde, wo die Kollegen berichten würden, man könnte nicht ausschließen, dass die Anschläge auf die Asylbewerberwohnheime von der rechten Szene verübt worden waren. Und dafür hatte er auf seinen guten Kaffee verzichtet. Er würde einen äußerst mittelmäßigen in der Konferenz bekommen.

Was war anders als sonst? De la Roche war nicht da und wurde von François Lambert vertreten. Legrand war achtzehn Minuten zu spät dran. Bei einer Konferenz von einer halben Stunde mehr als die Hälfte, aber da er ja keinen aktuellen Fall zu bearbeiten hatte, außer dieser Fleißaufgabe zum Thema Umzug … Die Stille war seltsam. In dem Moment, als er den Raum betreten hatte, verstummte das Gespräch. Legrand sah Jean-Christian Chevalier an, doch der schaute betreten zur Seite. Aurélie schien ihm irgendetwas durch ihre Blicke zu verstehen geben zu wollen. Legrand griff an seine Wange. Er hatte nicht gefrühstückt und keine Essensreste im Gesicht. Die Bartstoppeln konnten doch kein Grund sein. Legrand setzte sich auf seinen Platz.

»*Bonjour,* Monsieur Legrand!« Lambert stand am Kopf des

Tisches und fixierte ihn. »Es freut mich, dass Sie den Weg zu uns auch schon gefunden haben.«

»Guten Morgen«, sagte Legrand und sah sich nach der Thermoskanne um. »Ich muss wohl den Wecker überhört haben. Gibt es noch Kaffee?«

Aurélie starrte ihn warnend an und deutete ein Kopfschütteln an.

»Soll ich *Monsieur* einen Kaffee bringen lassen? Mit oder ohne Milch?« Lambert sah merkwürdig angespannt aus. Legrand wollte gerade antworten, dass er ihn heute schwarz trinken würde, als Aurélie ihn gegen das Schienbein trat.

»Commissaire Legrand hat heute Nacht die Informationen der Nachlassgerichte gewälzt«, sagte Aurélie, »und heute Morgen herausgefunden, dass Guillaume Bernard sein gesamtes Erbe ganz unerwartet einer Tänzerin vermacht hat. Er wollte noch mit der Exfrau in den USA telefonieren, konnte sie jedoch nicht erreichen.«

»Haben Sie Volltrottel eigentlich völlig den Verstand verloren«, brüllte Lambert ihn an. »Sie betreuen den wichtigsten Fall der Abteilung und wagen es, am Morgen nicht in dieser Runde zu erscheinen, um uns alle auf den neusten Stand zu bringen? Wissen Sie eigentlich, mit wem Sie es bei dem Mordopfer zu tun haben?«

Legrand wusste nicht, was er dazu sagen sollte.

»Was sagt die Spurensicherung? Was die Autopsie?«, wollte Lambert wissen.

»Die Leichenschau mit dem hinzugezogenen Arzt hatte eindeutig ergeben, dass Monsieur Bernard durch den Sturz auf der Treppe zu Tode gekommen ist. Eine Autopsie war daher nicht nötig«, sagte Aurélie. »Commissaire Legrand hat dennoch entschieden, die Leiche nicht zur Bestattung freizugeben, bis die Untersuchungen abgeschlossen sind, sodass die Autopsie immer noch nachgeholt werden kann.«

»Mademoiselle Petit, können Sie sich vorstellen, uns einen Moment mit Ihrem Wissen zu verschonen?« Lamberts Zorn hatte ein neues Ziel gefunden.

Aurélie schien etwas erwidern zu wollen, überlegte es sich aber im letzten Moment doch anders. Legrand wusste, dass sie ihn gerettet hatte. Langsam erwachten seine Lebensgeister. Hatte er diese Ermittlungen bisher wie eine Spielerei gehandhabt, so waren spätestens mit der gestrigen Verhaftung durch ihn Tatsachen geschaffen worden, durch die es kein Zurück mehr gab. Er würde nun wirklich ermitteln müssen. Mit Aurélie an seiner Seite, wenn er nicht wollte, dass ihm der Fall entzogen wurde.

»Chevalier, Sie übernehmen den Fall. Legrand ist draußen!«, sagte der Chef gerade.

»Nein!«, protestierte Legrand. Er würde doch nicht Jean-Christian die Möglichkeit geben, Zeit mit Amandine zu verbringen. Ausgeschlossen. »Mademoiselle Petit und ich haben uns nun schon gründlich eingearbeitet. Ermittlungen an der Oper sind nicht zu unterschätzen! Man braucht eine große Affinität zum Tanz! Ich war am Vorabend des Todes mit dem Mordopfer auf seinem letzten Galaabend zusammen. Diese Nacht habe ich mir um die Ohren geschlagen mit Recherchen über die Tänzerinnen …«

»… von denen eine nun das gesamte Vermögen geerbt hat«, ergänzte Aurélie. »Wir sind da auf einer ganz heißen Spur …«

»Das Verbrechersyndikat der Gardienne?«, höhnte Lambert. Die Kollegen grinsten. »Verraten Sie mir, warum dann Madame Kora Chavignier ihre Nacht in unserer Ausnüchterungszelle verbracht hat?«

»Weil sie ausgenüchtert werden musste«, sagte Aurélie und schenkte Lambert ein strahlendes Lächeln.

Beim Frühstück hatte sie sich nichts anmerken lassen und versucht, besonders freundlich zu sein. Er hatte nicht viel gesagt und früher als sonst die Wohnung verlassen, mit der Begründung, er müsse vor dem morgendlichen Tanzkurs noch etwas für die Proben am Nachmittag vorbereiten. Bernadette hatte es hingenommen. Sie hätte Jean-Marc am liebsten gesagt, dass sie es doch war, die seinen Einsatzplan schrieb, doch sie wusste sehr gut, dass sie sich gerade auf dünnem Eis bewegte. Auch wenn sie es hasste, zur Untätigkeit verdammt zu sein und abwarten zu müssen, bis sich die Gelegenheit ergab, die Situation zu verändern. Ob sie sich von allein wieder ändern würde, wenn Amandine in einer Woche nach Kanada zurückkehrte, konnte sie zum jetzigen Zeitpunkt nur hoffen. Warum hatte Guillaume auch diese unsinnige Idee gehabt, ihre alte Konkurrentin wieder zurückzuholen? Er hatte sich nicht davon abbringen lassen, Bernadette hatte es mehr als einmal versucht. Das war seltsam, denn sonst hatte Guillaume sich bei der Zusammenstellung des Programms für die Saison immer von ihr beraten lassen. Sie hatte die Arbeit erledigt, und er hatte sich dafür feiern lassen. Eine Woche noch, das waren sieben Tage Proben und die zwei ersten Aufführungen von *Autumn Moves*. Es war schon jetzt abzusehen, dass Publikum und Presse sie bejubeln würden, die *verlorene Tochter*. Sieben Tage, an denen Jean-Marc der Liebe seines Lebens immer wieder begegnen würde. Amandine hatte ihn damals verlassen, und es hatte sehr lange gedauert, bis Bernadette diesen schönen Mann für sich gewinnen konnte. Und gerade als sie Zutrauen in die Beziehung entwickelt hatte, war Amandine zurückgekommen.

Im hinteren Treppenhaus der Pariser Oper begegnete sie Pierre. Sie fragte sich, was er hier tat. Ob er bei Anne gewesen war? Ihr fiel ein, dass er vorgestern ihrer Aufforderung, sich gleich um die Tänzerin zu kümmern, nicht nachgekommen war. Er grüßte sie.

Seine selbstgefällige Art, mit der er seine Prioritäten selbst setzte, ärgerte sie heute Morgen besonders. Sie spürte darin die Weigerung, sie als neue Chefin und Nachfolgerin Guillaumes anzuerkennen.

»Pierre, würdest du mich bitte in mein Büro begleiten?«

Er wirkte überrascht, kam jedoch mit.

»Wie geht es Anne denn heute?«, fragte Bernadette.

»Ich habe sie noch nicht gesehen.« Pierre lief auf ihrer rechten Seite. Da das Treppenhaus halbrund war, musste er breitere Treppenstufen überwinden.

»Dir ist schon bewusst, dass der Ballettarzt der Direktorin Rechenschaft schuldig ist und nach ihren Anweisungen zu handeln hat?« Bernadette hatte die oberste Stufe erreicht und steuerte den Gang zu den Räumen der Direktion an.

»Selbstverständlich«, Pierre schien die Gelassenheit in Person, »sobald sie im Amt ist.«

»Ich *bin* die Direktorin.« Bernadette ärgerte sich, dass er immer noch so tat, als sei sie eine Tänzerin, über die er sich einfach hinwegsetzen konnte. »Und ich stelle fest, dass du nicht immer im Sinne der Compagnie handelst. Wir werden uns generell über therapeutische Maßnahmen unterhalten müssen. Das Ballett wird moderner und noch leistungsfähiger werden in den nächsten Monaten. Das erfordert mehr Finesse im Umgang mit Verletzungen, ein umfassenderes Konzept der Gesundheitsbetreuung der Tänzer. Ich fürchte, deine Tage am Ballett sind gezählt.«

Bernadette umrundete einen Putzwagen und wunderte sich, dass die Reinigungskräfte wohl noch nicht fertig waren. Pierre tat es ihr gleich.

»Darüber unterhalte ich mich gerne mit der neuen Direktorin, sobald sie im Amt ist.« Eine Provokation. Bernadette holte tief Luft. »Pierre, du unterliegst einem Irrtum. Guillaume ist nicht mehr da, um seine schützende Hand über dich zu halten.« Sie bemühte sich, ihrer Stimme einen festen Klang zu geben. »Die Machtverhältnisse haben sich geändert. Ich kann dir nur raten, dich schnell daran zu gewöhnen.«

»Warum nur hast du nicht die Spurensicherung gerufen? Und Docteur Pistre informiert?« Als sie die 36, Quai des Orfèvres verließen, schlang Aurélie sich ein Tuch um den Hals und steckte es dann in den Mantelkragen. Ihre Frage hätte Legrand noch vor einer Stunde gereizt, doch im Laufe der Morgenkonferenz war sie in seiner Achtung gewaltig gestiegen. Sie hatte seinen Kopf aus der Schlinge gezogen und dabei billigend in Kauf genommen, Lamberts Unmut auf sich zu ziehen.

Aurélie wollte nach rechts, Richtung *Pont Neuf* zur Metro gehen, doch Legrand zog sie nach links. Ohne Kaffee im *Soleil d'Or* würde er nirgends hingehen. Sie runzelte die Stirn. »Kann es nicht eine andere Bar sein? Wenn Lambert dich da sieht, kann ich dir auch nicht mehr helfen«, warnte sie. Legrand ignorierte ihren Einwurf und steuerte auf die Theke zu.

»Der ist definitiv die Treppe runtergefallen. Was soll da eine Autopsie ergeben? Was die Spurensicherung suchen? In einem öffentlichen Bereich, wo jeden Tag Hunderte von Menschen herumlaufen. Der Hergang ist völlig klar. Er ist gestolpert und konnte sich aufgrund der Krücken und des Gipsbeines nicht halten.« Er bestellte einen *Express* und blickte Aurélie an. Sie schüttelte den Kopf. »Dennoch scheinst du die Akte nicht schließen zu können. Du musst also an Fremdverschulden glauben. Ein Stoß? Eine gespannte Schnur? Dann hätte aber jemand wissen müssen, dass Monsieur Bernard dort vorbeikommen wird, was unwahrscheinlich ist. Gestoßen haben können ihn viele. Der Bereich ist für jeden zugänglich, der sich auskennt, und es gibt viele Fluchtwege. Warum glaubst du an Fremdverschulden?« Aurélie blickte ihn aufmerksam an. Was sollte Legrand darauf antworten. Dass er sich die Tour bei Amandine nicht vermasseln wollte? Dass er der wunderbarsten Frau des Universums begegnet war und alles dafür tun würde, in ihrer Nähe zu sein, auch in einem Mordfall ermitteln, der keiner war?

»Ich werde es dir sagen. Madame Ferreira ist der Grund!«

»*Hein?*« Legrand blickte sie verständnislos an.

»Das ist dir natürlich nicht bewusst«, erläuterte Aurélie, »aber weil Madame Ferreira an einen Mord glaubt, kannst du die Akte nicht schließen, denn im tiefsten Innern glaubst du dieser Frau alles.«

Legrand schnappte nach Luft. Glücklicherweise kam in diesem Moment sein Kaffee, in einer perfekt geformten kleinen, weißen Tasse, was der Crema sehr zuträglich war. »Du brauchst dich jetzt gar nicht weiter aufzublasen«, dozierte Aurélie, »und ich weiß, dass dir das peinlich ist.« Legrand fühlte, wie seine gerade gewonnene Zuneigung zu Aurélie sich bereits merklich abkühlte. »Madame Chavignier hat übrigens für den Tatzeitpunkt wirklich ein Alibi. Das habe ich geprüft. Lambert hat ziemlich eins auf den Deckel bekommen wegen der Verhaftung. Das Innenministerium muss ihn heute Morgen aus dem Bett geklingelt haben. Die Verbindungen dieser Frau sind nicht zu unterschätzen.«

Und Aurélies waren es auch nicht, dachte Legrand, der sich fragte, woher sie das schon wieder wusste. Er trank seinen Kaffee mit einem Schluck leer und fühlte sich augenblicklich besser. »Was hast du vorhin in der Konferenz mit dem Nachlassgericht gemeint?«

Aurélie stützte beide Ellenbogen auf den Tresen, faltete ihre

Hände und legte ihr Kinn darauf. »Ganz einfach. Wenn ihn jeder gestoßen haben kann und wir nicht wissen, ob das Ganze nicht doch ein dummer Unfall war, müssen wir die Frage umkehren.«

»Welche Frage?« Legrand warf einen Euro auf den Tresen.

»Fangen wir anders herum an: Was würde uns die Sicherheit geben, dass es kein Fremdverschulden gab?«

Legrand zuckte die Achseln.

»Na, wenn keiner von seinem Tode profitieren würde. Natürlich könnte es sich immer noch um eine Tat im Affekt handeln, aber es gab dort ja kein familiäres Umfeld, keine aufgeheizte Stimmung, Alkohol war nicht im Spiel und so weiter. Also habe ich die Nachlassgerichte abgeklappert und versucht, seine Exfrau zu erreichen, die gerade eine ausgedehnte Reise durch die USA unternimmt.«

»Nett, wenn man sich so etwas leisten kann«, bemerkte Legrand.

»Du sagst es, und deshalb müssen wir jetzt an die Oper«, schloss Aurélie und ging zur Tür.

»Weshalb jetzt?« Legrand trottete hinterher. Zur Oper zu gehen war ein hervorragender Gedanke. Dort würde er hoffentlich Amandine begegnen. Und das in Begleitung seiner jungen attraktiven Kollegin. Vielleicht würde das Amandine eifersüchtig machen und ihr Interesse an ihm anstacheln. Eine sehr gute Idee, an die Oper zu gehen.

»Weil wir Anne Gilbert befragen müssen, natürlich!« Aurélie klang ungeduldig.

Anne Gilbert, war das nicht diese junge Tänzerin, die beim Anblick Guillaumes so aus der Fassung geraten war? Da war es sicher doppelt hilfreich, Aurélie dabeizuhaben. Eine hysterische Frau ließ sich sicher von einer anderen eher beruhigen als von ihm. Zufrieden mit der Welt, und vor allem mit Aurélie, ging

Legrand an ihrer Seite zur Metrostation. Hätte ihm jemand vor einem Jahr diese wohlwollenden Gedanken gegenüber seiner jungen Kollegin prophezeit, er hätte es nicht für möglich gehalten.

Lucie hörte Schritte auf der kleinen Treppe. Der Holzfußboden vor Bernadettes Büro knarrte besonders laut. Sie überlegte, ob sie sich verstecken musste, doch entschied im Bruchteil einer Sekunde, dass sie ja zum offiziellen Putztrupp gehörte und daher das Recht, nein die Pflicht hatte, hier zu sein. Den anonymen Brief stopfte sie schnell zu den anderen Papierschnipseln in die Mülltüte und zückte ihr Putztuch.

»Was willst du damit sagen?«, hörte sie eine Frauenstimme, die sich näherte.

»Es ist noch nicht entschieden.« Eine Männerstimme, die Lucie sehr bekannt vorkam. »Und wenn die Frage im Raum steht, wer von Guillaumes Tod profitiert …« Plötzlich wusste Lucie, dass Pierre Bourgeois sprach. »… bekommt das, was ich gesehen habe, eine ganz andere Bedeutung.« Lucie hielt den Atem an. »Du standest oben im vierten Stock am Geländer, als ich Guillaume auf der Treppe gefunden habe. Statt zu kommen und zu helfen, bist du weggerannt. Warum?« Mit dieser Frage betrat der Arzt hinter Bernadette das Büro.

Lucie hielt die Augen auf die Tischplatte gesenkt, die sie hingebungsvoll polierte.

»Was machen Sie da?«, fauchte Bernadette. »Der Putztrupp müsste längst fertig sein!«

Pierre Bourgeois sah Lucie mit großen Augen an. Lucie wurde rot. Wenn er jetzt etwas sagte, war sie geliefert.

»*Excusez-moi!*« Lucie wandte sich zum Gehen.

»Sie haben nach neun Uhr hier im Gebäude nichts verloren«,

echauffierte sich Bernadette. »Erst wird gestreikt und dann gebummelt …«

»Ich begleite *Madame* hinaus«, bot Dr. Bourgeois an.

»Bitte bis auf die Straße.« Bernadette stellte ihre Handtasche neben den Schreibtisch und zog ihren Mantel aus.

Lucie stieg mit Putztuch in der einen und Müllbeutel in der anderen Hand hinter dem Arzt schweigend die kleine Treppe hinauf. Sie war dankbar, dass er sie aus der Höhle des Löwen gerettet hatte. Gleichzeitig schämte sie sich. Er hatte sie ertappt.

»Ich glaube, ich muss Sie nicht bis auf die Straße bringen?« Er lächelte.

»Den Weg finde ich auch alleine.« Sie erreichten den Putzwagen.

»Das ist gut, ich muss mich nämlich um meine Patienten hier kümmern.«

»Danke, Docteur Bourgeois.«

»Ich werde Sie nicht fragen, was Sie in Madame Colasantes Büro gesucht haben …«

»Nein, besser nicht.« Lucie legte das Putztuch zu den anderen Tüchern auf den Wagen.

»Sie sollten sich nur in Acht nehmen. Bernadette Colasante kann sehr unangenehm werden.« Damit verabschiedete sich Pierre und verschwand im Gang links um die Ecke.

Lucie zog den Brief aus der Tüte und steckte ihn in ihre Handtasche. Den Rest des Mülls warf sie in den großen blauen Beutel. Dann schob sie den Putzwagen zum Fahrstuhl.

»Die Polizei ist im Haus«, kündigte Madame Lagarde, die Portiersfrau am Künstlereingang, Legrand und Aurélie an.

»Sie möchten Anne sprechen … Gut, das werde ich ihnen sagen.«

Madame Lagarde legte auf, und Legrand fragte sich, mit wem sie gesprochen hatte, wenn nicht mit der Tänzerin selbst. In Momenten wie diesem bedauerte er, nicht zu einer Sondereinheit zu gehören und einfach das Gebäude stürmen zu können.

»Sie werden gleich abgeholt«, sagte Madame Lagarde. »Wenn Sie sich so lange setzen möchten?« Sie deutete auf eine schlichte Holzbank an der Wand. Und hier sollten sie nun dazu verdammt sein, darauf zu warten, dass man ihnen Einlass gewährte, in Begleitung, damit sie ja nichts anfassen und kaputt machen konnten? Er war Kriminalkommissar. Wie sollte er vernünftig ermitteln, wenn der Überraschungseffekt aus der Welt geschafft wurde von einem System der Zugangskontrollen, die den Mitarbeitern des Hauses – und potenziellen Mördern – mehr Rechte gab als dem Arm des Gesetzes?

»Wer wird denn so gnädig sein, uns zu eskortieren?«, fragte er gerade, als Amandine erschien. Jede ihrer Bewegungen so hinreißend, dass Legrand die Farbe aus dem Gesicht wich und er sich auf die Theke stützte. Das System schlug zurück und schickte seine gefährlichste Waffe. Es hatte den Spieß umgedreht und ihn überrascht.

»Ah, *Monsieur le Commissaire,* wir kennen uns ja bereits«, sagte Amandine freundlich und reichte ihm die Hand. Er wagte kaum, sie zu nehmen, wo seine Hände doch so viel größer und gröber waren und vielleicht auch schwitzten, ja, bestimmt taten sie das inzwischen, und doch berührte er ihre Hände, hingerissen davon, wie weich ihre Haut war, und da er ihre Hand nicht zerdrücken wollte, kam er auf den Gedanken, vielleicht sei ein Handkuss am Ballett passender, den er gerade andeuten wollte, als sie ihm die Hand wieder entzog, die durch seine Geste einen Schwung nach oben bekam, den sie erstaunt zur Kenntnis nahm. Legrand war dieser missglückte Handkuss nun wiederum so peinlich, dass er kein Wort herausbrachte und Aurélies erstaunten Blick auf sich spürte. Die beiden Frauen machten sich freundlich miteinander bekannt. Aurélie war es dann auch, die Amandine sagte, dass sie gekommen seien, um mit Anne zu sprechen.

»Sie hat gerade das morgendliche Tanztraining beendet, und wir werden sie wohl in ihrer Garderobe finden«, sagte Amandine und ging in Richtung des vorderen Treppenhauses, das Legrand inzwischen schon gut kannte. Wie er sie so vor sich dahinschweben sah, kam Legrand sich noch größer und schwerfälliger vor.

»Alles in Ordnung bei dir?«, fragte Aurélie leise. So eine blöde Frage, doch zurechtweisen konnte er sie nicht, denn er hatte die Fähigkeit zu sprechen verloren, und so nickte er nur.

»Ist das nicht diese berühmte Tänzerin, über die ich alles zusammenstellen sollte? Deine erste Tatverdächtige? Diese Schwerverbrecherin?« Aurélie grinste, und Legrand hoffte, Amandine hatte sie nicht gehört. Wenn Aurélie so weitermachte, würde er vor Entrüstung seine Sprache bald wiedergefunden haben.

Amandine klopfte an die Tür von Annes Garderobe. Sie bedeutete den beiden, draußen zu warten, betrat den Raum und schloss die Tür hinter sich.

»Léon, so kenne ich dich ja gar nicht. Was haben sie dir denn in den Kaffee getan?« Aurélie schüttelte den Kopf. »Du siehst gar nicht gut aus. Man könnte meinen, dir fehlt die professionelle Distanz zum Fall: Erst trinkst du dich besinnungslos und fantasierst, dann verbringst du die Nacht vor dem Fernseher und verschläfst …« Plötzlich tippte sie sich an die Stirn und grinste von einem Ohr zum anderen. »Du hast dich verliebt«, verkündete sie triumphierend und drehte sich zu ihm. »Wie süß! Unseren Möchtegern-Casanova hat es voll erwischt!« Die Tür hinter ihr ging auf, und Aurélie sah es nicht. »Du bist verliebt in diese Amandine Maurel.« Aurélie war immer noch so entzückt von der Erkenntnis, dass sie nicht bemerkte, dass Amandine hinter ihr stand, Legrand direkt in die Augen schaute und jedes Wort gehört hatte. »Ich meine, die ist ja schon wunderschön«, sprach Aurélie weiter, und Legrand konnte sie nicht bremsen, da er zur Salzsäule erstarrt war, während er gleichzeitig in diesen wunderschönen blauen Augen ertrank. »Aber ist sie nicht zu alt für dich?«

Doch Amandine schaute nicht böse, sondern ihre Augen lachten Legrand an, so als teilten sie nun ein Geheimnis miteinander. Legrand fühlte sich in den Himmel erhoben, höher als alle sechs Wolken, er lag auf der siebten, die Steinzeit ging dem Ende entgegen, er wurde von dem Zauber der bösen Hexe erlöst durch den Blick der geliebten Frau und würde auch bald Worte finden, die seine Gefühle ausdrückten. Aurélie hingegen bemerkte nun doch die Veränderung in seinem Gesicht, drehte sich um und erstarrte ihrerseits, doch Amandine sagte freundlich: »Da möchte ich Ihnen nicht widersprechen, Mademoiselle Petit. Übrigens erwartet Mademoiselle Gilbert Sie.« Und sie bat beide in die kleine Garderobe.

Anne saß in Trainingskleidung in einem Sessel und bot Legrand und Aurélie an, auf dem Sofa Platz zu nehmen, während sich Amandine auf den Holzstuhl setzte, der vor dem Schminkspiegel stand, sodass Legrand sie von vorne und von hinten gleichzeitig sehen konnte, wie er erfreut feststellte. Annes Füße steckten in riesengroßen Wärmeschuhen, die ein wenig an die Stiefel der Astronauten bei der Mondexpedition erinnerten. Legrand dachte kurz daran, dass er vor zwei Tagen schon einmal diesen Raum betreten hatte, allerdings ungebeten. Da alle ihn ansahen, räusperte er sich und begann:

»Mademoiselle Gilbert, wir sind uns vor zwei Tagen ja schon einmal begegnet …« Legrand hatte seine Stimme wiedergefunden. Er frohlockte. Und solange er die junge Tänzerin anblickte, und nicht Amandine, konnte er flüssig weitersprechen. »… und hatten dort nicht die Möglichkeit, miteinander über Guillaume Bernard zu sprechen, der ja auch nicht gerade in Form war.« Die drei Frauen gaben ihm, ohne etwas zu sagen zu verstehen, dass dies nicht die Art von Befragung war, die sie sich vorgestellt hatten. Legrand begann zu schwitzen. Frauen waren einfach eine zu komplizierte Spezies. Magische Wesen, die sich miteinander verständigten, ohne dabei ein Wort von sich zu geben.

»Jedenfalls«, Legrand räusperte sich, »finden wir es seltsam, dass Monsieur Bernard auf diesem Wege das darunterliegende Stockwerk erreichte. Er war zwar alt, aber noch kein Greis.« Legrand bemerkte, dass Anne kurz zuckte. »Aber doch so alt, dass sich ein hübsches Vermögen auf seinen Konten gesammelt hat, von dem eine junge Frau wie Sie sicher eine ganze Weile gut leben kann.«

»*Monsieur le Commissaire,* wie genau lautet nun Ihre Frage an Mademoiselle Gilbert?« Amandine sah Legrand warnend an.

»Da Monsieur Bernard in seinem Testament Sie als alleinige Erbin eingesetzt hat, was für viele eine große Überraschung sein wird, möchten wir gerne von Ihnen wissen, was genau Sie am Dienstag zwischen 9 und 11 Uhr gemacht haben und wo Sie sich aufhielten.«

Anne blickte zu Amandine, die ihr freundlich zu nickte.

»Ich hatte Tanztraining, wie jeden Morgen«, sagte Anne leise.

»Und dafür gibt es Zeugen?«

»Philippe, Bruno, Fabrice … Die anderen Tänzer.« Anne zog die Knie zu sich heran und schlang beide Arme darum.

»Sicher auch Jean-Marc Clément, der das Training leitet«, ergänzte Amandine. Der Name kam Legrand bekannt vor. War das nicht der Tänzer, den er immer an Amandines Seite auf all den DVDs gesehen hatte?

»Nein, der ist an dem Morgen nicht gekommen.« Anne schüttelte den Kopf.

Wie hinreißend sie miteinander Liebespaare in allen Variationen getanzt hatten! Und hatte Aurélie in ihrer Mappe nicht geschrieben, dass Jean-Marc und Amandine auch privat ein Paar gewesen waren? Wie stand es heute um die beiden? Legrand konnte nicht anders, er musste es wissen!

»In welcher Beziehung stehen Sie zu Monsieur Clément?« Er blickte Amandine an, doch Anne antwortete. »Er ist mein Tanzlehrer.«

»Und Sie, Madame Maurel? Ich meine, aktuell?«

Sie hielt seinem Blick stand. »Er ist ein sehr geschätzter Kollege.«

»Sonst nichts?«, bohrte er weiter. Aurélie puffte ihn unauffällig, doch davon ließ er sich nicht abhalten.

»Worauf wollen Sie hinaus, *Monsieur le Commissaire?* Und was hat das mit Monsieur Bernards tragischem Tod zu tun?«

Legrand war hellwach. Der Tanzlehrer hatte kein Alibi, wie sie gerade erfahren hatten. »Trauen Sie ihm einen Mord zu?«

»Ich traue keinem meiner Kollegen einen Mord zu.« Ihre blauen Augen ruhten auf ihm. Legrand musste aus ihrem Mund hören, dass alles aus und vorbei war und er eine Chance hatte, sie zu erobern. Er würde alle anderen Männer hinter Schloss und Riegel bringen, zumindest diejenigen, die ihr gefährlich werden konnten.

»Was hätte er für einen Grund gehabt, Guillaume zu ermorden?«, hörte er sich weiter bohren. Er wollte mehr über sie erfahren und musste diese Chance nutzen. Ach, dieser Mord und diese Anne waren doch unwichtig, wenn er nur Worte hören durfte, die aus ihrem Munde kamen.

»Es kann keinen Grund geben, der rechtfertigt, einen Menschen zu ermorden«, antwortete Amandine ruhig und sehr ernsthaft, und Legrand hatte das Gefühl, auf einer guten Spur zu sein. Das Gespräch entwickelte sich in eine Richtung, wo er mehr über ihre Gedanken und Gefühle erfahren würde. Kostbare Perlen.

»Kann es Gründe geben, sich von einem Menschen zu trennen?« Er konnte den Blick nicht von ihr wenden.

»Ja.«

»Warum haben Sie sich von ihm getrennt?«

Aurélie rutschte unruhig auf ihrem Sofa hin und her. Anne betrachtete die Situation gebannt.

Amandine zögerte einen Moment und wandte sich dann an Aurélie. »Können Sie einen Zusammenhang zum Tode Guillaumes erkennen?«, fragte sie.

»Nein«, sagte Aurélie bestimmt, »und diese Frage müssen Sie auch nicht beantworten.«

Kurze Zeit später begleitete Amandine Commissaire Legrand über den Flur bis zur Garderobe von Jean-Marc Clément. Der Kommissar wollte auch mit ihm sprechen. Amandine war sehr überrascht gewesen, dass der Tanzlehrer am Tage von Guillaumes Tod nicht beim Training gewesen war. Er war zuverlässig, das wusste sie. Jean-Marc musste einen guten Grund gehabt haben, nicht zu unterrichten. Sie wusste auch, dass dieser Grund nichts mit Guillaumes Unfall zu tun hatte. Womit dann? Amandine durfte sich keine Gedanken mehr um ihn machen. Sie musste sich zwingen, Abstand zu ihm zu halten, weil es sie sonst zu sehr schmerzte, nicht mehr Teil seines Lebens sein zu dürfen. Um Anne hingegen machte sie sich berechtigte Sorgen. Sichtlich mitgenommen von den Ereignissen der letzten Tage, hatte sie das normale Training wiederaufgenommen und würde sehr bald auf der Bühne Höchstleistungen bringen und ihr Innerstes nach außen kehren müssen. Commissaire Legrand hatte seine Kollegin zu den anderen Tänzern geschickt, um Annes Alibi zu überprüfen.

»*Monsieur le Commissaire,* sagen Sie mir, was macht Sie so sicher, dass es sich um einen Mord handelt? Ist ein Unfall nicht viel wahrscheinlicher?« Amandine verlangsamte ihren Schritt, denn Jean-Marcs Garderobe befand sich nur zwei Flure weiter.

»Das Testament.« Der Kommissar räusperte sich. Es schien ihm unheimlich, mit ihr allein zu sein. »Anne profitiert von seinem Tod.«

»Glauben Sie das wirklich? Dass sie *profitiert?*« Amandine blieb stehen. »Sehen Sie, Beziehungen mit einer Tänzerin sind keine einfache Sache. Die Arbeitszeiten, das, was wir lieben, das können wir nicht mit jemandem teilen, der ein normales Leben da draußen führt.« Sie zeigte mit der Hand in eine unbestimmte Richtung.

»Aber das kommt doch nur darauf an, ob die Liebe groß genug ist«, protestierte er und schien dann erstaunt über seine eigene Courage. »Und natürlich müsste der Mann tolerant sein.«

»Ach, *Monsieur le Commissaire,* die Liebe.« Amandine seufzte »Das ist so eine Sache … Aber im Zusammenleben entscheiden doch oft die Kleinigkeiten darüber, ob es funktioniert. Bei so unterschiedlicher Ausrichtung des Tagesablaufs ist das mit Nichttänzern sehr schwierig.«

»Also, ich hätte damit sicher überhaupt gar kein Problem!«, brach es aus ihm hervor, und er wurde rot.

»Ich weiß nicht, ob das Annes Überzeugung ändern würde, dass Guillaume ihr Traummann war.« Amandine lächelte. »Abgesehen von den ganzen Äußerlichkeiten, die nicht entscheidend sind, haben beide in der gleichen Welt gelebt, nur dass er ihr dabei noch ein Gefühl von Stabilität und Orientierung geben konnte.

Anne ist noch sehr jung. Das Leben als Tänzerin oft einsam. Die Beziehung zu Guillaume hat ihr etwas gegeben, was mit Geld niemals aufzuwiegen wäre. Tänzerinnen haben an Geld kein großes Interesse, sonst dürften sie diesen Job nicht machen. Sie kann seinen Tod nicht gewollt, nicht einmal in Kauf genommen haben, wie wir alle nicht. Guillaume war ihre große Liebe!« Amandine ging weiter, und Legrand folgte ihr.

»Und wenn es umgekehrt nicht so war?«, hörte sie ihn fragen. »Dieser Typ hatte doch immer mehrere Eisen im Feuer. Der wusste doch nicht, wie es ist …«

Sie blieb stehen und drehte sich zu ihm um. Dieses Mal schaute er zu Boden.

»Wäre das ein Grund ihn umzubringen, Monsieur Legrand?« Sie hatte nicht beabsichtigt, ihn ohne seinen Titel anzusprechen, da genau der ihn auf professionellem Abstand hielt. »Wäre das ein Grund, einem Menschen nachhaltig Schaden zuzufügen? Nur weil er die Gefühle nicht in gleicher Form erwiderte?« Sie hatte oft genug diese schmerzvolle Erfahrung machen müssen.

»Nein«, sagte er, und sein Blick schien ein Versprechen.

»Ich freue mich, dass Sie das auch so sehen«, sagte sie leise und ging weiter. »Und lässt sein Testament nicht den Schluss zu, dass auch sie seine große Liebe war?«

»Warten Sie«, der Kommissar holte mit wenigen Schritten auf. »Glauben Sie an die große Liebe?« Er traute sich nicht, ihr dabei in die Augen zu sehen, und auch sie konzentrierte sich auf den Weg.

»Da ist es.« Sie deutete auf die Tür zu Jean-Marcs Garderobe. Sein Name stand auf dem Schild daneben. Amandine klopfte. *»Oui«,* hörte sie von innen. »Das würde ich gerne, *Monsieur le Commissaire*«, sagte Amandine, bevor sie die Tür öffnete.

Lucie hatte zügig mit dem Putzwagen den Fahrstuhl bestiegen, um den vierten Stock zu verlassen. Die Ballettdirektorin und der Arzt mussten davon ausgehen, dass die Gardienne nicht mehr im Gebäude weilte. Wenn Bernadette meinte, dass Lucie sich von ein paar harschen Worten abhalten ließ, Annes Garderobe aufzusuchen, dann hatte sie sich getäuscht. Ganz sicher hatte Lucie diesen Aufwand nicht umsonst betrieben. Jetzt ging es darum, die Spur von Guillaumes Geliebter weiterzuverfolgen. Zwar hatte sich Bernadette Colasante durch ihr Verhalten verdächtig gemacht, doch der anonyme Brief löste in Lucie eher Mitgefühl als Argwohn aus, vermutlich weil sie selbst auch einen erhalten hatte. Pierre Bourgeois gegenüber hatte Lucie ein schlechtes Gewissen, als sie im ersten Stock ausstieg. Doch auch ihm war an der Aufklärung von Guillaumes Todesumständen gelegen, und Lucie würde aufpassen, dass Madame Colasante sie nicht noch mal hier erblickte. Die Gardienne hatte den Putzwagen in Richtung von Annes Garderobe geschoben, bis sie gesehen hatte, wie Legrand und Amandine um die Ecke gekommen waren. Blitzschnell war sie in Deckung gegangen. Sie hätte beiden nicht erklären wollen, was sie hier machte.

Vom Gespräch zwischen Legrand und Amandine hatte Lucie mitbekommen, dass Guillaumes Testament rechtskräftig geworden war. Dass Legrand bis über beide Ohren in Amandine verliebt war, hatte sie sich ja selbst schon gedacht. Als beide weitergegangen waren, richtete Lucie sich wieder auf und hielt sich das Kreuz. Teil der Oper zu sein war gar nicht so einfach, wenn andere hier sie als Teil von etwas ganz anderem kannten. Immerhin hatte Legrand also Fährte aufgenommen und war auf der Spur von Anne. Die Indizien gaben ihm recht: das Testament, die SMS. Anne konnte Guillaume aus Rache oder aus Habgier ermordet haben. Vielleicht war ihr Zusammenbruch beim Anblick seiner

Leiche nur gespielt gewesen. Als Profi musste sie solche tiefen Gefühle jederzeit abrufen können. Lucie wurde bei diesem Gedanken ganz kalt. Gerade weil Legrand die Tänzerin ins Visier nahm, war sie selbst von deren Unschuld überzeugt. Lucie hatte Mitgefühl. Sie mochte all diesen Schein, den Trug, die Täuschung und die Illusionen nicht. So schön ihr alles noch vor wenigen Tagen erschienen war, jetzt fühlte sie sich wie im klebrigen Netz einer Spinne, nicht wissend, was sie glauben konnte und was nicht. Sie sah nicht, was sie hätte sehen sollen. Da war sie inzwischen ganz sicher. Lucie fühlte sich wie ein Fisch an Land, sie war ihrer natürlichen Umgebung beraubt, in der sie sich auskannte. Worauf konnte sie sich hier verlassen? In dieser Umgebung war man vielleicht den Göttern nah, aber nicht Gott. Warum nur wollte Gott sie dann hier haben? Warum sollte sie ermitteln? Welche ihrer Gaben, die andere nicht hatten, sollte sie hier einbringen? Anne brauchte jetzt ihr Mitgefühl. Das war momentan viel wichtiger als die Frage nach Guillaumes Mörder. Und vielleicht war genau das der Auftrag Gottes. Lucie schob den Putzwagen bis zur Garderobentür. »Anne Gilbert« stand auf dem Schild daneben. Lucie klopfte und öffnete die Tür. Die Tänzerin saß reglos in einem Sessel, die Arme um die Knie geschlungen, die Füße in dicken Warmhalteschuhen. Anne sah aus, als würde sie frieren. Lucie hatte das Staubtuch gezückt. »Darf ich hier sauber machen?«, fragte Lucie und sah mit einem Blick, dass der Mülleimer schon geleert worden war. Die blonde Matrone hatte gründlich geputzt. Anne zuckte mit den Achseln. Lucie wischte flüchtig über die Tischplatte vor dem Frisierspiegel. Anne beachtete sie nicht. Lucie griff nach der Wolldecke, die auf dem Sofa danebenlag.

»Sie frieren ja!«, sagte sie und legte Anne die Decke um. Am anderen Ende des kleinen Raumes entdeckte Lucie einen Wasserkocher auf einem kleinen Tisch, daneben eine kleine Schachtel mit Teebeuteln und einer Kanne. Sie ging zum Wasserhahn, füllte den Kocher und schaltete ihn an. »Die Teebeutel sind ja hübsch«, sagte Lucie. Sie hatten die Form einer Pyramide. »Möchten Sie Earl Grey?«

Anne nickte. Das Wasser kochte, Lucie hängte einen Beutel Earl Grey in die Kanne und füllte sie mit dem heißen Wasser auf. Sie blickte auf ihre Uhr. »Vier Minuten?«

»Gerne«, sagte Anne. Sie hatte sich umgedreht und Lucie bei ihren Handgriffen zugesehen. »Ich kenne Sie …«

»Ich habe Sie am Dienstag in Ihre Garderobe begleitet«, sagte Lucie freundlich. Anne wirkte gedankenverloren, und Lucie erschrak. Die Tänzerin hatte recht, nur Lucie hatte dieses Detail übersehen, selbst als sie Anne die Decke um die Schultern gelegt hatte. Anne Gilbert trug ein graues Kapuzenshirt. Und war Lucie am Dienstagabend in Guillaumes Wohnung begegnet. Im Dunkeln.

Legrand jubilierte. So viele Worte hatte er mit Amandine gewechselt, und sie gefiel ihm immer besser. Normalerweise war es mit den Frauen so, dass sich hinter dem attraktiven Äußeren meist ein unansehnliches Inneres verbarg – oder gar keines. Sobald Frauen den Mund aufmachten, verloren sie für Legrand ihre Anziehungskraft, und oft war es so, als hätte man den Magneten umgedreht. Bei Amandine jedoch war Legrands Zuneigung mit jedem Wort aus ihrem Mund gewachsen, und Legrand war erstaunt gewesen, dass das überhaupt möglich war. Amandine war nicht nur äußerlich wunderschön, nein, eigentlich war es so, dass ihre innere Schönheit nach außen strahlte.

Jetzt war er mit seinem Nebenbuhler allein in dessen Garderobe. Dass Monsieur Clément sich für die schöne Tänzerin interessierte, hatte Legrand mit einem Blick gesehen. Daran, wie erfreut er war, als Amandine in seine Garderobe trat und wie enttäuscht, dass sie von Legrand begleitet wurde. Anders als die Garderobe der Tänzerin Anne war der Raum von Jean-Marc Clément nüchtern und zweckmäßig eingerichtet. Es gab keine klassische schwarze Ledercouch, sondern nur ein dunkelbraunes Stoffsofa, auf dem man sich niederlegen konnte. Dieses Zimmer war nicht auf Besuch eingestellt. Wie wohl Amandines Garderobe aussah, fragte sich Legrand. Ob sie hier als Gastchoreografin auch einen Raum hatte? Der Gedanke schmerzte ihn, denn er machte deutlich, dass sie wieder gehen würde. Wann? Ob er mitgehen sollte und sich nach Kanada versetzen lassen? Aber er liebte Paris. Gab es eine Möglichkeit, dass sie blieb? Aber dann musste dieser Clément weg. Legrand musste überprüfen, wie ernst seine Gefühle waren.

Amandine hatte die beiden Männer einander vorgestellt und gesagt, Legrand untersuche als Kommissar, ob Guillaumes Unfall einen anderen Hintergrund habe. Dann war sie gegangen. Monsieur Clément hatte ihm einen Platz auf dem Sofa angeboten und sich selbst gegen den Heizkörper an der Wand gelehnt. Legrand blieb lieber stehen, um auf gleicher Höhe mit ihm zu sein.

»Wir sprechen von Mord, Monsieur Clément«, begann er, um dem Tanzlehrer gleich klarzumachen, dass er besser kooperiere. »Ich habe übrigens viele beeindruckende Tänze mit Ihnen gesehen.«

»Danke. Das muss schon eine Weile her sein.« Jean-Marc Clément strich sich eine dunkle Haarsträhne aus dem Gesicht. Es sah lässig und elegant aus, was Legrand ärgerte.

»Es war heute Nacht. Ich habe mir die DVDs besorgt. Ihre größten Erfolge feierten Sie mit Madame Maurel.« Und seine Blütezeit war vorüber, dachte Legrand schon zufriedener.

»Das ist richtig.«

»Man sagt, dass Sie auch privat ein Paar waren«, fuhr Legrand fort.

»Sagt man das?« Clément sah aus wie der junge Jean-Jacques Goldmann, dachte Legrand. Ein paar Jahre älter, aber er hatte immer noch volles Haar. »Waren Sie mit ihr zusammen?«, fragte er laut.

»Ja.«

In diesem Moment klopfte es an der Tür, und die Ballettdirektorin betrat den Raum mit Aurélie im Schlepptau. Sie hätten sich keinen schlechteren Moment für diese Unterbrechung aussuchen können, dachte Legrand äußerst verärgert.

»Was möchten Sie von Monsieur Clément?«, legte die Xanthippe schon wieder los, genau wie am Dienstag.

»Sie bleiben draußen, während ich mich mit ihm unterhalte«, knurrte der Kommissar.

»*Ich* habe hier das Hausrecht!«, patzte sie zurück.

»Wir können die Unterhaltung auch gerne auf dem *Commissariat* fortsetzen.« Legrand wandte sich an Clément. »Bitte packen Sie Ihre Sachen und kommen Sie mit.«

»Vielleicht setzen wir uns erst mal, und der Kommissar fährt mit seiner Befragung fort«, schlug Aurélie beschwichtigend vor und schaffte Tatsachen, indem sie sich auf dem Sofa niederließ. Die Colasante zögerte kurz, tat es ihr dann aber gleich.

»Also, wie kam es damals zu der Trennung?« Legrand versuchte, die beiden Frauen zu ignorieren.

»Was meinen Sie?« Clément hatte sich bisher die Hände am Heizkörper gewärmt und verschränkte nun die Arme vor der Brust.

»Sie sagten, sie seien mit Madame Maurel zusammen gewesen. Ich gehe davon aus, dass Sie das heute nicht mehr sind.«

»Das ist richtig.« Der Tanzlehrer nickte.

»Wie kam es also zu der Trennung?« Legrand bemerkte, dass

Aurélie etwas sagen wollte, warf ihr jedoch einen bösen Blick zu, sodass sie schwieg.

»Amandine Maurel hatte einen Unfall und hat danach die Oper verlassen.«

»So einfach war das für Sie? Aus dem Auge, aus dem Sinn?« Legrand war fassungslos.

»Madame Maurel hat die Compagnie im Stich gelassen. Das war egoistisch!« Die Stimme der Ballettdirektorin klang seltsam tonlos. Clément strich sich wieder eine Strähne aus der Stirn. »Nein, so einfach war es nicht. Ich habe jeden Tag versucht, sie anzurufen.« Der Tänzer wirkte nervös. Legrand hingegen spürte Wut in sich aufsteigen. Einer Tänzerin, die nach einem schweren Verkehrsunfall nicht mehr auftreten konnte, Egoismus vorzuwerfen, war der Xanthippe würdig, dass aber ihr Lebensgefährte Amandine nicht aufgesucht hatte, war schamlos.

»Wie lange haben Sie den verzagten Liebhaber gespielt?« Legrand spürte nun Aurélies bösen Blick, den er ignorierte. »Kein Wunder, dass sie Sie abserviert hat!«

»Das geht zu weit«, sagte Aurélie. »Wir wollen uns doch mit Monsieur Bernard beschäftigen.«

»Ich weiß sehr genau, was ich hier tue!«, fuhr Legrand sie an. »Also, Clément: Lieben Sie sie noch immer?«

»Monsieur Clément«, sagte Aurélie ruhig. »Wir können den Zeitpunkt des Sturzes auf Dienstag gegen zehn Uhr festlegen. Normalerweise leiten Sie um diese Zeit das Training der Tänzer. Diesen Dienstag waren Sie nicht dabei, Anne Gilbert aber schon. Können Sie mir sagen, was Sie gemacht haben?«

Legrand war zunächst verärgert gewesen, dass Aurélie in die Befragung eingriff und so vereitelte, dass er mehr über den Status der Beziehung zwischen dem Tänzer und Amandine erfuhr. Clément des Mordes zu überführen und ihn so aus dem Verkehr zu ziehen, war allerdings eine verlockende Alternative. Vielleicht sollte er Aurélie weitermachen lassen.

»Wir haben in meinem Büro über die Inhalte des Programms der neuen Saison gesprochen«, antwortete Madame Colasante für den Tanzlehrer, der mit verschränkten Armen an der Heizung lehnte, als ginge ihn das alles gar nichts an. »Guillaume hätte auch anwesend sein sollen, ist aber nicht gekommen, sodass wir schon mal alleine die wichtigsten Punkte durchgegangen sind«, fügte sie dann hinzu.

»Monsieur Clément, was sagen Sie dazu?«, lauerte Legrand.

»Das kann ich so bestätigen.« Jean-Marc wirkte gelassen.

»Sie haben eine Besprechung, während der Sie eigentlich Unterricht geben sollten? Was war denn da so dringend?«, bohrte Legrand weiter.

»Es sind immer mehrere Tanzlehrer da, die füreinander einspringen können ...« Clément stieß sich von der Heizung ab. »Ich habe bei dem Training daher nicht wirklich gefehlt.« Er blickte Bernadette Colasante an.

»Wohingegen wir die Expertise von Monsieur Clément bezüglich der Zusammenstellung des Programms dringend brauchten«, ergänzte sie.

»Was werden Sie nächste Saison denn geben?« Legrand bemerkte, dass Clément zuletzt vollkommen entspannt geantwortet hatte, wohingegen ihn die Frage nach seiner Vergangenheit mit Amandine und ihrem Unfall beunruhigt zu haben schien.

»Wir werden *Dornröschen* wiederaufnehmen«, sagte der Tanzlehrer, »und sind noch unschlüssig, welchen zeitgenössischen Choreografen wir einladen werden.«

Legrand widerstand dem Impuls zu fragen, ob das auch Amandine sein könnte. So wie die Colasante und Clément einander die Bälle zuspielten, wirkten sie wie ein gut eingespieltes Team. Oder noch besser, wie ein gut miteinander eingetanztes Paar, dachte Legrand. Ihr Alibi zum Todeszeitpunkt war wasserdicht, bei ihnen würde er keine Lücke in der Abwehr finden.

»Monsieur Bernard hatte einige Tage zuvor einen Unfall in den Kulissen, über den wir uns bereits unterhalten haben, Madame Colasante. Sie wissen doch bestimmt, was er dort oben gemacht hat …«

»Selbstverständlich«, parierte sie routiniert, »wir arbeiten an einem Format mit Videoinstallationen für Großveranstaltungen wie zum Beispiel in Stadien. Bevor wir die genaue Position der Kamera von oben festlegen, wollte Monsieur Bernard selbst einen Eindruck gewinnen. Dort oben hat man eine ganz andere Perspektive auf die Bühne und den Tanz als von den Zuschauerrängen. Wir wollen bewusst machen, dass Perspektive ein wichtiger Aspekt von Kunst ist. Multiperspektivisch zu arbeiten ermöglicht ganz neue Zugänge zum Tanz, und das auch neuen Bevölkerungsschichten. Guillaume ist dort gestolpert, vermutlich weil er das Funkgerät in der Hand hielt und sich daher nicht am Treppengeländer festgehalten hatte.«

Madame Colasante schien sich für unbesiegbar zu halten.

»*Madame le Directeur*«, mischte sich Aurélie unerwartet ein. »Wird Madame Maurel als zeitgenössische Choreografin in der nächsten Saison in Paris dabei sein?«

Legrand betrachtete sie neugierig. Erst lenkte sie das Gespräch weg von Amandine, und jetzt führte sie es dorthin zurück.

»Das wird davon abhängen, wie gut ihr aktuelles Stück beim Pariser Publikum ankommt«, antwortete Bernadette Colasante. »Wir sind ja doch etwas anspruchsvoller als die Amerikaner.«

Ihre überhebliche Art reizte Legrand. Bevor er etwas sagen konnte, bedankte sich Aurélie höflich, zog ihn auf den Flur und schloss die Tür.

»Léon, du wirst nicht gegen jeden Mann ermitteln können, der mit Amandine Maurel zusammen gewesen ist! Nur weil er ein schlechtes Gewissen ihr gegenüber hat, ist er nicht tatverdächtig«, flüsterte sie und ging weiter, um mit ihm außer Hörweite zu kommen. Genau das war es. Der Tänzer war unruhig geworden, als es um die Vergangenheit ging. Guillaumes Tod hingegen juckte ihn gar nicht.

»Und warum hast du dann Madame Colasante nach Amandine gefragt?«

Sie bogen um eine Ecke.

»Ich wollte nur eine Vermutung überprüfen«, Aurélie grinste, »… die sich bestätigt hat.«

»Aber Madame Colasante hat doch gar nichts Konkretes zur nächsten Saison gesagt.«

»Die nächste Saison hat mich ja auch gar nicht interessiert …«

»Sondern?«, fragte er genervt. Dass Frauen es immer so kompliziert machen mussten!

»Madame Colasante hat uns eben ihre persönliche Archillesferse anvertraut.«

Als der Kommissar und seine junge Assistentin gegangen waren, blieb Bernadette auf dem Sofa sitzen. Jean-Marc kam zu ihr und setzte sich neben sie. »Danke«, sagte er.

»Ich habe dich gerne weiter an meiner Seite.« Sie lächelte, strich über seine Wange und hatte das Gefühl, dass er dabei kurz zusammenzuckte. Bernadette drehte den Kopf zur Seite, damit er nicht sah, wie sie um ihre Fassung rang.

»Die multiperspektivischen Aspekte von Kunst fand ich besonders beeindruckend …« Schalk schwang in seiner Stimme. »Was wollte Guillaume denn wirklich dort oben?«

»Ich glaube nicht, dass er ein Tête-à-tête dort hatte«, Bernadette bemühte sich, Jean-Marc unbefangen anzusehen. »Er wollte die Scheinwerfer begutachten, um bessere Argumente für einen höheren Etat bei der technischen Ausstattung zu finden. Es gab in letzter Zeit Spannungen mit Olivier Renaud.«

»Warum hast du das nicht gesagt?«

»Es geht die Polizei nichts an, und vielleicht wollte ich dir ja zeigen, dass auch ich etwas von modernem Tanz verstehe.« Sie wünschte sich, dass Jean-Marc etwas darauf sagen würde, doch er schwieg. Bernadette stand auf.

»Die Programme für heute Abend müssen noch geändert werden.« Bernadette ging zur Tür und hoffte, er würde sie bitten zu bleiben. Oder ihr zu sagen, dass er sie gern an seiner Seite hatte. Er tat nichts von beidem. Bernadette verließ die Loge und trat auf den Flur.

Jean-Marc hatte dem Kommissar die wichtigste Frage nicht beantwortet, und Bernadette hatte sich nicht getraut, sie noch einmal zu stellen, weil sie ebenso viel Angst vor der Wahrheit hatte, wie davor belogen zu werden. Die Frage, ob er Amandine noch liebte.

Lucie reichte Anne eine Tasse dampfenden Tees.

»Essen Sie nichts zu Mittag?«

Die Tänzerin schüttelte den Kopf: »Ich habe keinen Hunger.«

»Aber Sie arbeiten doch körperlich hart! Gutes Essen hält Körper und Seele beisammen …« Lucie wischte die Schranktür.

»Sind Sie jetzt Putzfrau hier oder Gardienne an der Place des Vosges?« Anne blickte in die Tasse und pustete vorsichtig über die heiße Oberfläche.

»Ich helfe hier nur aus.« Lucie wedelte über das Fensterbrett.

Dann stellte sie sich hinter das Sofa. »Sind wir uns an der Place des Vosges schon begegnet?« Anne errötete und versteckte ihr Gesicht hinter dem Porzellanbecher.

»Ich habe Sie als Sylphide gesehen«, sagte Lucie. »Sie haben ganz wunderbar getanzt und ihm damit eine große Freude gemacht.«

Tränen schossen der Tänzerin in die Augen. Lucie holte ein frisches Taschentuch aus ihrer Kittelschürze und reichte es ihr. »Entschuldigen Sie bitte. Habe ich etwas Falsches gesagt?«

»Es kann ihm keine Freude gemacht haben!«, schluchzte die junge Frau. »Ich war nicht gut genug.«

Lucie war völlig verblüfft. Wie konnte man so hervorragend tanzen und dann an sich zweifeln? »Aber wie kommen Sie denn darauf?«

Anne schnäuzte sich. »Er hat mich öffentlich gedemütigt.«

»Wann?«

»Nach der Vorstellung.« Die Tänzerin putzte sich die Nase und steckte das Taschentuch in den Ärmel ihres Kapuzenpullovers.

»Im Theater?«, wollte Lucie wissen. Sie hatte davon nichts mitbekommen.

»Er hatte bestimmt vorgehabt, mich zum *Étoile* zu ernennen«, erklärte Anne. »Und dann muss ich irgendeinen Fehler gemacht haben, sodass er kurzfristig Émilie vorgeschlagen hat.« Sie seufzte. »Verstehen Sie, so etwas gibt es nicht, dass die Nebenrolle ernannt wird. Jedem im Saal war klar, dass ich völlig versagt haben muss.«

»Mir nicht«, widersprach Lucie vehement. »Sie waren hinreißend!«

»Entschuldigen Sie, aber dann verstehen Sie nichts von Ballett.«

»Das würde ich so nicht sagen. Ich war Amandines Kindermädchen.«

»Sie ist ein wunderbarer Mensch.« Anne lächelte. »Und eine sehr gute Lehrerin.«

»Ja, das ist sie«, bestätigte Lucie.

»Sie weiß, wie es ist zu lieben und zu verlieren.« Anne blickte gedankenverloren in die Teetasse und nahm endlich den ersten Schluck.

»Wie geht es Ihnen denn heute?«, fragte Lucie vorsichtig.

Wieder flossen Tränen. Statt zu antworten, beichtete Anne: »Ich habe Sie an der Place des Vosges gesehen. Als ich in Guillaumes Wohnung gegangen bin, um das Testament zu suchen.«

»Sie sind in die Wohnung eingebrochen?«

Anne lächelte zaghaft. Nach einem weiteren Schluck Tee fragte sie: »Was haben Sie eigentlich in der Wohnung gemacht?«

»Die Katze gefüttert.«

»Wer kümmert sich jetzt um sie?«

»Im Moment füttere ich sie.« Lucie fiel ein, dass sie Jolie heute Morgen schon wieder kein frisches Futter hingestellt hatte. So ging es mit dem armen Tier nicht weiter! Sie hatte zwar gestern nach dem Fisch noch Trockenfutter für die Nacht bekommen und war nicht gefräßig, aber … »Aber sie ist sehr einsam und würde sich bestimmt über Besuch freuen. Wenn Sie alles geerbt haben, dann gehört Ihnen doch auch die Wohnung und Jolie. Dann könnten Sie dort einziehen und ihr Gesellschaft leisten.«

»Woher wissen Sie davon?«, fragte Anne.

»Als Gardienne weiß man so manches …«

»Ich kann das Erbe nicht annehmen!«, sagte Anne bestimmt.

»Warum das denn nicht?« Lucie legte das Putztuch auf den Tisch und setzte sich auf das Sofa.

»Der Kommissar glaubt doch jetzt schon, dass ich nur aus Berechnung mit Guillaume zusammen war. Ja sogar, dass ich ihn umgebracht hätte!« Weitere Tränen bahnten sich den Weg über die Wangen und tropften auf den Sessel. Lucie hätte ihr gern das Gesicht getrocknet. »Ich würde alles, was ich habe und bin, dafür hergeben, wenn er dafür wieder lebendig würde«, sagte Anne mit tränenerstickter Stimme.

Lucie glaubte ihr und wusste, dass diese Gedanken ihr nicht weiterhalfen. »Kann Monsieur Legrand seine Vermutungen denn belegen?«, fragte sie deshalb.

»Ich hatte Ballettraining. Ich hätte ihn die Treppe gar nicht runterstoßen können.« Die Stimme der jungen Frau klang trotzig.

»Dann ist doch alles gut.«

»Nein!«, seufzte Anne. »Das Testament ist ein Problem! Und die SMS, die ich ihm geschrieben habe.«

»SMS?« Lucie war gespannt, wie Anne das erklären würde.

»Guillaume wollte mit mir ein neues Leben anfangen«, erklärte die junge Tänzerin. »In Santiago de Chile. Und Amandine sollte seine Nachfolgerin werden. Nachdem er mich öffentlich so gedemütigt hatte, war ich erst so wütend, dass ich ihm schrieb, dass Santiago für mich gestorben sei und er auch.«

Amandine sollte Guillaumes Nachfolgerin werden? Ob sie davon wusste? Wer noch? Wer hatte es verhindern wollen?

»Wissen Sie, was Guillaume auf der *Grand Escalier* gemacht hat?«

»Nein.« Anne schüttelte den Kopf. »Ich habe ihn nach der Gala nicht mehr gesprochen. Aber ich weiß, dass er an dem Morgen um neun Uhr dreißig einen Termin im Zuschauerraum hatte.«

Eine halbe Stunde vor seinem Tod! »Mit wem?«

»Bernadette.« Anne blickte finster. »Jean-Marc und Amandine. Es ging um die abschließende Beurteilung des Bühnenbildes zu *Autumn Moves*. Guillaume war nur dabei, weil Bernadette alles ablehnte, was Amandine sich vorstellte.«

Anne hatte ein Alibi. Bernadette keines. Wie war es mit Amandine und Jean-Marc? Lucie würde später darüber nachdenken. Jetzt musste sie sich erst mal um die Tänzerin kümmern.

»Lassen Sie uns über Guillaumes Handy sprechen …«

»Ich habe nach seinem iPhone gesucht.« Anne stellte die Tasse ab. »Überall. In seinem Büro und in der Wohnung, konnte es aber nicht finden, das heißt, die Polizei hat es. Verstehen Sie, das alles macht mich verdächtig.«

Lucie lächelte. Sie stand auf. »Einen Moment«, sagte sie und ging hinaus zu ihrem Putzwagen, um ihre Handtasche zu holen. In ihrer freudigen Erregung vergaß sie, die Tür wieder hinter sich zu schließen.

»Die Sorge kann ich Ihnen nehmen, Anne«, frohlockte Lucie. »Schauen Sie mal, was ich hier habe.« Lucie öffnete ihre schwarze Handtasche und entnahm ihr Guillaumes Smartphone. Annes Blick verriet, dass sie es sofort erkannte.

»Ich habe das Handy gefunden und an mich genommen, bevor es in falsche Hände gerät. Laut Testament gehört es ja jetzt Ihnen«, erklärte sie feierlich.

»Und ist hiermit von der Polizei beschlagnahmt«, knurrte Legrand, der hinter ihr das Zimmer betreten hatte.

Amandine wählte *salade au chèvre chaud*, Marianne Lagarde ein *entrecôte*. Die Kantine des *Palais Garnier* servierte nur Kleinigkeiten und war ein beliebter Treffpunkt aller Mitarbeiter vom Beleuchter über die Modistinnen, die Musiker und Techniker bis zu den Tänzern. Fast jeder Tisch war um die Mittagszeit besetzt. Marianne hatte noch ein Plätzchen in der hintersten Ecke entdeckt und eilte voraus. Amandine schlängelte sich mit dem Tablett hinterher, geschickt umrundete sie Hindernisse in Form von besetzten Stühlen. Sie hatte für Marianne noch ein *Perrier* besorgt und sich selbst eine Flasche *Badoit*. Die wäre fast umgefallen, als einer der Techniker aufstand und sein Stuhl sie unvorbereitet in der Seite traf.

Endlich erreichte sie den kleinen runden Tisch und stellte das Tablett ab:

»Voilà, Madame.«

»Vielen Dank.«

Sie stellten gemeinsam die Teller auf den Tisch, verteilten Besteck und Servietten, lehnten das Tablett hochkant an die Wand und gossen sich etwas zu trinken ein. Der Lärmpegel war beeindruckend. Aus den Boxen tönte Rap, der ganz im Gegensatz zu dem stand, was die Tänzer und Musiker sonst akustisch umgab. Doch man konnte die Musik nur mehr ahnen, denn die Mitarbeiter schnatterten wild gestikulierend durcheinander. Das Klappern von Geschirr und Besteck rundete die Geräuschkulisse ab. Amandine ließ ihren Blick über den Raum gleiten. Die Damen aus dem Nähatelier am Nachbartisch kannte sie noch, auch einen Techniker, der zwei Tische weiter saß. Viele Gesichter waren ihr aber auch fremd. Zehn Jahre waren eben selbst in einem geschlossenen System wie dem *Palais Garnier* eine lange Zeit. Marianne Lagarde hatte ihr *entrecôte* angeschnitten und äußerte sich zufrieden: innen noch rot, nur außen scharf angebraten. *Bien cuit* hatte sie es bestellt. Eigentlich gut durch, dachte Amandine. Doch in Paris bedeutete das nur, dass es innen nicht mehr ganz roh war. Pariser mochten rotes Steak, dazu Fritten und grüne Bohnen. Liebten sie sonst die Raffinesse, so waren ihre Grundnahrungsmittel sehr einfach und wenig abwechslungsreich.

Sie freute sich, heute mit Marianne zu Mittag zu essen. Als Portiersfrau am Künstlereingang war Marianne Lagarde für sie damals eine geschätzte Vertraute geworden in den fünfzehn Jahren, die sie beide gemeinsam am *Palais Garnier* verbracht hatten. Marianne freute sich sehr, dass Amandine wieder da war. Sie saßen dicht beieinander, um sich trotz der Lautstärke unterhalten zu können. Die Geräuschkulisse hatte etwas Schützendes, ein Versprechen, dass die Wände keine Ohren bekommen würden. So empfand es auch Marianne, die nun fragte:

»Was ist mit Jean-Marc?«

Amandine zerteilte ein Salatblatt mit dem Messer und schob es dann auf die Gabel. »Er ist jetzt mit Bernadette zusammen.«

»Aber noch nicht lange!« Marianne trank einen Schluck Wasser. Amandine zog die Augenbrauen hoch.

»Okay.« Marianne setzte das Glas ab. »Vielleicht fünf Jahre. Sie hat aber viel länger um ihn gekämpft. Eigentlich doch damals schon, als ihr noch zusammen wart.«

Der Ziegenkäse war auf kleinen getoasteten Brotscheiben überbacken worden. In der Mitte noch ganz weiß, zum Rand hin gelblich. Amandine mochte die Kombination aus trockenem Brot, dem Käse und grünem Salat. Nur die Vinaigrette war etwas zu scharf.

»Jean-Marc hat jahrelang keine andere Frau angesehen«, erklärte Marianne, während sie ein Stück Fleisch kaute. »Zumindest nicht hier an der Oper. Ich verstehe bis heute nicht …« Im letzten Moment fiel ihr auf, dass die Vollendung des Satzes für Amandine hätte verletzend werden können. Oder einfach nur indiskret.

Es konnte auch keiner verstehen, dem das entscheidende Puzzlestück fehlte. Jean-Marc und sie waren das Traumpaar der Pariser Medien, und sie waren überglücklich miteinander. Doch dann geschah der Unfall. Der Bruch. Alles aus und vorbei. Jetzt wusste nur noch Amandine, wie es dazu gekommen war, und sie würde dieses entscheidende Mosaikteilchen weiter für sich behalten. Irgendwann war es zu spät, sich zu erklären oder sich zu entschuldigen. Dann musste man die Dinge hinnehmen, wie sie geworden waren.

»Wir waren noch zu jung.« Amandine nippte am Wasserglas. »Da wird man viel leichter zum Opfer der Umstände.« Oder der Willkür eines besitzergreifenden Ballettdirektors.

»Ihr wart über dreißig.« Marianne wollte diese Aussage nicht so stehen lassen. »Anne ist jung. Viel zu jung für Guillaume. Er wurde älter, die Frauen jünger …« Marianne schüttelte missbilligend den Kopf.

»Waren sie offiziell zusammen?«, wollte Amandine wissen.

»Hier kann man doch nichts geheim halten«, stellte Marianne fest. Früher konnte man das schon, dachte Amandine.

»Weißt du, wie lange die Beziehung ging?«

»Vermutlich mehrere Monate.« Marianne schob zwei Bohnen auf die Gabel. »Anfang des Jahres war Anne noch mit einem Geschäftsmann zusammen. Halb so alt wie Guillaume. Aber in dubiose Geldgeschäfte verwickelt. Ein Blender. Man munkelt, dass sie seinetwegen einiges an Schulden angehäuft hat.«

Das klang nicht gut. Amandine hoffte, Legrand würde nicht auf die Idee kommen, Annes Konten zu prüfen. »Marianne, wenn dich die Polizei mal dazu befragen sollte, …«

»… dann weiß ich natürlich von nichts«, beendete die Portiersfrau den Satz. »Selbstverständlich!«

Eilig verließ Lucie das Gebäude durch den Künstlereingang. Der Empfang war nicht besetzt. Vielleicht hatte Madame Lagarde Mittagspause. Sie ärgerte sich über Legrand. Der Kommissar war wirklich im ungünstigsten aller Momente aufgetaucht. Dafür schien er eine echte Begabung zu besitzen, dachte sie erbost. Eigentlich ärgerte sie sich vor allem über sich selbst. Wieso hatte sie die Tür nicht hinter sich geschlossen? Warum hatte sie das Handy nicht einfach behalten und Anne versichert, die Polizei habe es nicht? Was war in dem Moment nur über sie gekommen? Überschwengliche Freude darüber, hilfreich sein zu können? Das Gegenteil war der Fall. Nun hatte sie Anne erst recht hineingeritten. *Was ihr einem dieser geringsten unter meinen Brüdern getan habt* … Dabei hatte sie es wirklich gut gemeint. Lucie sah Pierre Bourgeois bei den Motorrädern im Hof stehen. Wie absurd von Legrand zu glauben, Anne habe Guillaume aus Geldgier oder Rachegelüsten umgebracht. Was war denn mit dieser anderen Frau? Mit Kora Chavignier? Deren Nachricht war doch genau so aussagekräftig gewesen. Aber eben, in Annes Garderobe, war sie im Eifer des Gefechtes nicht darauf gekommen, Legrand nach ihr zu fragen.

Lucie sah, wie Pierre seinen Helm aufsetzte und den Motor anschaltete. Bernadette hatte Pierre beauftragt, Lucie hinauszuwerfen. Die Gardienne wollte nicht, dass der Arzt bemerkte, dass sie immer noch im Gebäude war und somit sein Vertrauen missbraucht hatte. Er klappte sein Revier zu und rollte im Schritttempo über den Parkplatz.

Dass Guillaume Paris verlassen wollte, wie Anne gesagt hatte, konnte Lucie sich nicht vorstellen. Guillaume war durch und durch Franzose gewesen und hatte seine Stellung in der Pariser Gesellschaft geliebt. All das hätte er aufgeben und in Santiago de Chile neu anfangen und sich diesen Status erst wieder erarbeiten müssen. Guillaume wäre dazu nicht der Typ gewesen. Ob er Anne etwas vorgemacht hatte? Oder hatte sie geflunkert? Wohl kaum, denn sie hatte Santiago in der verräterischen SMS erwähnt gehabt. Wenn jemand wusste, ob etwas an dieser Geschichte dran war, dann sein bester Freund. Lucie musste sich sputen. »Halt!«, rief sie und rannte los. Der Doktor sah und hörte sie nicht, bis sie sich in seine Fahrbahn warf. Er bremste abrupt. Der Roller kam vor ihr zum Stehen.

»Lucie, was machen Sie denn noch hier?«, schimpfte er, riss sich den Helm vom Kopf und schaltete den Motor aus. »Das ist grob fahrlässig!«

»Aber ich muss Sie unbedingt sprechen!«, keuchte Lucie außer Atem.

»Wenn Sie so weitermachen, sprechen wir uns das nächste Mal im Krankenhaus …« Er schüttelte den Kopf, und Lucie fühlte sich an David erinnert. Waren alle Ärzte so besorgt um ihre Mitmenschen? Lucie fiel ein, dass sie ihrem Sohn dringend den Kopf waschen musste.

»Was ist denn nun?«, fragte Dr. Bourgeois nicht mehr ganz so streng.

»Stimmt es, dass Monsieur Bernard Paris verlassen wollte, um in Santiago de Chile ein neues Leben anzufangen?«

Dr. Bourgeois zog die Augenbrauen hoch. »Vor Ihnen sollte man besser keine Geheimnisse haben, Lucie. Guillaume *wollte* nicht nach Santiago, sondern er *musste* Paris verlassen. Also das hohe Haus hier …«

Lucie starrte ihn entgeistert an. »Aber er war doch der Direktor!«

»Ja, der Direktor der Compagnie. Und dem Direktor der Oper, Olivier Renaud, unterstellt, der den Ballettdirektor ernennt und entlässt, wenn er möchte.«

Was hätte es für einen Grund geben sollen, Guillaume Bernard zu entlassen, fragte sich Lucie. Er war zwar sechzig Jahre alt geworden, aber beruflich noch lange nicht im Rentnerdasein angelangt. »Woher wissen Sie das?«

»Er hat es mir am Abend vor seinem Geburtstag erzählt.« Pierre drückte den Helm gegen seinen Bauch. »Als wir schon einiges getrunken hatten.«

»Aber warum nur?« Lucie erinnerte sich an den nächtlichen

Auftritt der beiden Herren im Hof. Hatte Guillaume deshalb von Abschied gesprochen und sie zu einem Glas Champagner einladen wollen?

»Er hat wohl ein paar Fehler zu viel gemacht.« Pierre sah traurig aus.

»Am Ballett?«

»Wie man es sieht«, antwortete Pierre. »Er hat etwas mit Kora Chavignier angefangen und sie dann abserviert. Sie werden die Dame nicht kennen, aber sie hat beste Verbindungen in die höchsten Kreise. Und sie war davor mit Olivier Renaud liiert. Was aus meiner Sicht auch der Grund war, weshalb Guillaume etwas mit ihr angefangen hat. Nach dem Motto: Du bist zwar mein Chef, aber bei den Frauen steche ich dich dennoch aus. Männerpsychologie«, meinte er seufzend. »Die Chavignier hat danach nicht nur Renaud auf Guillaume angesetzt. Aber auch ihn. Und weil Guillaume gute Beziehungen an die Oper in Santiago de Chile hat, wurde ihm dort eine ähnliche Position angeboten. Renaud hat von ihm verlangt, dafür zu sorgen, dass Amandine seine Nachfolge antritt. Bis Ende der Woche sollte das Meisterwerk gelungen sein: Guillaume wird eine Woche lang anlässlich seines Geburtstags gefeiert, dann kündigt er Amandine als Nachfolgerin an und zieht sich dezent zurück. Wenn nicht, sollte er öffentlich gefeuert werden. Keine Ahnung, was Renaud gegen ihn in der Schublade hatte, aber es wäre ein Abgang in Schande gewesen. Für Guillaume tödlicher als der Sturz am Mittwoch – zumindest für sein Ego …«

Lucie war niedergeschlagen. Was Pierre da sagte, ergab einen Sinn. Deshalb also hatte Guillaume Amandine nach Paris geholt.

»Weiß Amandine, dass sie Direktorin werden sollte?«

»Sie meinen, ob Guillaume noch dazu gekommen ist, mit ihr darüber zu sprechen?«

Lucie nickte.

»Das entzieht sich meiner Kenntnis.«

»*Monsieur le Docteur,* glauben Sie immer noch an einen Unfall?«

Er wirkte sehr ernst. Das ist ungewöhnlich für ihn, durchfuhr es Lucie.

»Als Fachmann kann ich nur sagen, dass er wirklich dumm gefallen und an den Folgen dieses Sturzes gestorben ist. Ob ihn jemand die Treppe hinuntergestoßen hat, lässt sich anhand der Verletzungen nicht mit Sicherheit sagen. Weil der Verlust mich besonders schmerzt, wäre es natürlich leichter, einen Schuldigen zu haben, als hilflos davorzustehen …« Er seufzte. »Wenn man weiß, dass Ende der Woche Amandine Direktorin gewesen wäre – und nun ist es Bernadette … Allerdings kenne ich mich mit der weiblichen Psyche nicht so aus wie Sie, Lucie. Mit den Frauen und mir, das hat immer nicht so gepasst.«

»Anne Gilbert war es jedenfalls nicht«, erklärte Lucie. »Sie erbt zwar Guillaumes Vermögen, kann ihn aber gar nicht geschubst haben, denn sie hatte Balletttraining. Außerdem hat sie ihn wirklich geliebt.«

Pierre setzte seinen Helm auf, schaltete den Motor an und hob zum Abschied die Hand.

Bernadette Colasante also, dachte Lucie. Sie hatte ein Motiv, sie war vor Ort gewesen, und Lucie traute ihr genug kriminelle Energie zu. Aber sie war die dritte Person, die Lucie innerhalb kurzer Zeit verdächtigt hatte, und das machte sie vorsichtig. »Warten Sie, Docteur Bourgeois«, schrie sie gegen das Knattern an: »*Sie* müssen mit der Polizei sprechen!« Pierre war objektiv, vorsichtiger in seinen Anschuldigungen und hatte mehr Hintergrundwissen als Lucie. Außerdem würde Legrand ihm mehr Glauben schenken als ihr – unabhängig davon, was er sagte.

»Mit diesem Commissaire Legrand?« Pierre machte eine wegwerfende Handbewegung. »Den können Sie vergessen …«

Er gab Gas, der Roller fuhr durch den Torbogen, und im nächsten Moment war er verschwunden.

Früher als sonst betrat Amandine den Probensaal und war erstaunt, Jean-Marc dort zu finden. Er saß im Männerspagat auf dem Boden und dehnte sich.

»Es funktioniert noch mit der Gedankenübertragung«, lächelte er spitzbübisch. »Ich hatte gehofft, dass du früher kommst.« Er blickte sie so liebevoll an, dass sie errötete.

»Hast du Lust auf ein Experiment?«, fragte er.

»Warum nicht?« Amandine spürte seine Begeisterung und freute sich. Er wirkte auf sie wie ein kleiner Junge, der eine Überraschung vorbereitet hatte und es nicht aushalten konnte, diese der Welt zu präsentieren. Sie lächelte.

»Ich möchte gerne mit dir tanzen«, verkündete er. »*Romeo et Juliette. Pas de deux*. Die Balkonszene.«

Amandine wurde blass. »Das geht nicht«, sagte sie.

»Bitte, es würde mir alles bedeuten.« An seinem Blick sah sie, dass er die Wahrheit sagte. Sie kämpfte mit sich. Es handelte sich um genau den *Pas de deux,* bei dem sie gestürzt war und mit dem ihr Leben geendet hatte, zumindest das auf der Bühne. Kurz danach der Autounfall. Die Kurve war zu schmal gewesen und ihr Wagen zu schnell. Sie hatte sich mehrere Wirbel gebrochen. Eine Operation zur Versteifung der Wirbelsäule war unausweichlich gewesen. Amandine konnte froh sein, dass sie sich überhaupt noch bewegen konnte. Aber an *Cambrés* oder Pirouetten auf ganzer Spitze war nicht zu denken.

»Du lässt die Pirouetten aus. Der Rest geht auf halber Spitze, wenn ich dich unterstütze«, sagte Jean-Marc. »Vertraust du mir?«

Sie blickten einander lange an, bis Amandine bewusst wurde, dass ihre Seelen sowieso schon miteinander tanzten. »Ich vertraue dir«, sagte sie, bereit, sich in seine Hände zu begeben.

»Der Balkon ist dort, unter dem Fenster. Du kommst die Treppe herunter. Ich verstecke mich hinter den Säulen, das ist hier.«

Unbändige Freude durchströmte Amandine. Sie eilte die »Stufen« hinunter, den Geliebten suchend. Plötzlich fühlte sie sich so jung, so glücklich. In freudiger Erregung. Romeo kam hinter der Säule hervor und ergriff ihre Hand. Sie führte seine Hand vorsichtig an ihr Herz. Dann wollte sie wieder zurück auf den Balkon, doch er versperrte ihr den Weg. Er ließ sie nicht mehr gehen. Danach war ihr Part leichter als seiner. Er hatte viele Sprünge und Drehungen zu bewältigen. Rudolf Nurejew hatte in seiner Choreografie die Rolle der Männer aufgewertet, sie sollten mehr tun, als nur die Ballerina in den verschiedenen Positionen zu präsentieren. So zeigte Romeo all sein Können, bis sie wieder auf ihn zueilte, und dann wäre der Teil der Pirouetten auf ganzer Spitze gekommen. Sie ging auf halbe Spitze und drehte vorsichtig. Er unterstützte dabei. Sie ließ sich nach hinten fallen, überrascht, dass sie keinerlei Furcht verspürte. Er fing sie auf, und alles war so leicht, so selbstverständlich, so wie früher. Die vollkommene Vertrautheit, der Fluss ihrer Bewegungen, ein Rausch. Er kniete vor ihr, dann trug er sie durch den ganzen Saal bis zur imaginären Treppe. Die folgenden Drehungen auf halber Spitze gemeinsam mit ihm gelangen ihr schon viel besser. Es folgte der innige Blick, mehrere Hebefiguren, Drehungen. Amandine fühlte sich in Zeit und Raum zurückversetzt. Jean-Marc war da und hielt sie. Eilte hinter ihr her. Begleitete sie. Hob sie nach oben, und sie konnte sich einfach fallen lassen. Dann kam der kritische

Moment. Er kniete vor ihr. Sie eilte davon, kam wieder zurück, spannte den ganzen Körper an, und Romeo hielt sie mit ausgestreckten Armen über seinen Kopf nach oben. Hier hatte sie das Gleichgewicht verloren, vor mehr als zehn Jahren – das innere bereits zuvor. Sylvain hatte falsch reagiert und sie nicht halten können. Jetzt schwebte sie in der Luft, spürte Jean-Marcs Hände sicher an ihrem Bauch. Mit ihm war alles immer so selbstverständlich gewesen. Behutsam ließ er sie hinab. Wieder durchflutete sie eine Welle des Glücks und der Dankbarkeit. Julia eilte zur Treppe, konnte aber doch nicht von ihrem Romeo lassen. Sie umtanzte ihn, ließ sich an ihm hinabgleiten. Das war schwierig mit den steifen Wirbeln, aber es war möglich. Amandine strahlte. Er richtete sie wieder auf, einmal, zweimal, dann stand auch er wieder auf den Beinen und lief davon, um sie erneut zu empfangen, und sie warf sich mit halber Drehung rückwärts in seine Arme – das war der zweite kritische Moment gewesen, und ihr Fuß hatte es nicht verkraftet. Jean-Marc fing sie so sicher, als habe er sein Leben lang nichts anderes getan. Nein, sie waren füreinander geschaffen, auf so tiefer Ebene waren ihre Seelen miteinander verwoben, dass sie diese Routine gar nicht gebraucht hätten, keine vorgegebene Schrittfolge, um zu wissen, wo der Partner sich befand. Dann hielten sich Romeo und Julia wieder an den Händen, der intensive Blick, der Moment vor dem Kuss. Amandine trat auf ihn zu, und die Tür ging auf. Im Augenwinkel sah Amandine die Tänzer eintreten, die sie aufmerksam beobachteten.

»Jetzt müsste ich davonlaufen, die Treppe zum Balkon hinauf«, flüsterte sie.

»Du weißt doch, wo das enden würde«, antwortete er leise. »Weil Julia sich tot stellte, hat Romeo sich das Leben genommen. Sie hätte bei ihm bleiben müssen.« Jean-Marc hielt ihre Hand.

»Und er bei ihr.« Amandine stand ganz still.

»Er hätte bei ihr bleiben müssen«, bestätigte er flüsternd.

»Aber es gab noch seine Familie«, wisperte sie.

»Nein.« Jean-Marc führte ihre Hände an seine Brust. »Es hätte seine Familie geben können.«

Amandine wurde blass.

Legrand hatte Aurélie mit Guillaumes Handy zurück an den Quai des Orfèvres geschickt. Sie sollte die Daten nutzbar machen lassen. Nachdem er ohne Erfolg nach Amandine gesucht hatte, war er allein in das Restaurant der Oper gegangen, um sich ein *Menu du Marché* und zwei Gläser Rotwein zu gönnen. Nun saß er auf einem knallroten Sessel, der auf einem knallroten Teppich an einem sehr modernen weißen Tisch stand. Er blickte durch die Glaswand zwischen den alten Säulen auf den schmiedeeisernen Zaun draußen und sah dahinter den Verkehr durch die Stadt fließen. Der Ober hatte bereits die Rechnung gebracht, und Legrand war erst danach der Gedanke gekommen, einen weiteren Kaffee zu bestellen. Normalerweise hätten das ansprechende Ambiente und das gute Essen ihn zufrieden gestimmt, doch Amandine fehlte ihm. Abgesehen von diesem deutlich empfundenen Mangel war seine Empörung über Lucie nicht kleiner geworden, nein, sie schien immer weiter zu wachsen, je mehr er darüber nachdachte. Lucie hatte ihm wichtige Beweismittel vorenthalten. Das bestätigte seine Skepsis gegenüber ihrer Kooperationsbereitschaft, die er von Anfang an hatte, besonders aber als sie ihn so bereitwillig in die Wohnung von Monsieur Bernard gelassen hatte. Ob sie von seiner Katzenallergie gewusst hatte? Hatte sie ihn extra in die Falle gelockt, damit er dort erstickte und keine weiteren Ermittlungen anstellen konnte? War sie es nicht gewesen, die ihn auf die Fährte dieser Kora Chavignier gebracht hatte? Wenn Aurélie ihm nicht so beigestanden hätte, dann wäre er geliefert gewesen. Wollte sie durch all das vielleicht geschickt von Anne ablenken? Legrand trank den Kaffee in einem Zug leer und verschluckte sich fast, als ihm ein Gedanke kam: Steckte Lucie mit Anne unter einer Decke? Lucie brachte Guillaume zum Stolpern, Anne kassierte das Erbe, und dann machten beide Frauen halbe-halbe? Als Gardienne verdiente sie bestimmt nicht viel, und wer wollte schon sein Dasein in so einem kleinen dunklen Loch im Erdgeschoss fristen? Mit nur der Hälfte von Guillaumes Geld könnte Lucie ein neues Leben anfangen. Legrand fiel ein, dass Lucie unter dem besonderen Protektorat von Monsieur de la Roche, dem obersten Leiter der *Crim,* stand, sozusagen seinem höchsten Chef, der ebenfalls an der Place des Vosges Nummer 3 lebte und die Gardienne über alles schätzte. Befand Legrand sich mitten in einem Thriller, wo die Polizei durchsetzt war von V-Männern der Mafia? Hatte Lambert nicht irgendetwas von einem Verbrechersyndikat gesagt und einer Hausmeisterin? Aurélie hatte ihm dazu den Tipp gegeben, einen Blick in *Le Figaro* von heute zu werfen. Leider war er immer noch nicht dazu gekommen, und das noble Restaurant hier hatte keine Zeitungen. Legrand warf noch ein paar Euromünzen zu der Rechnung und verließ das Restaurant der Oper. Zu seiner Rechten befanden sich die Treppenstufen, die zum Souvenirladen der Oper führten. Ob es dort noch etwas über Amandine gab, was er nicht kannte? Vielleicht einen Bildband. Er stieg die Stufen hoch und betrat das Geschäft, durchquerte den Bereich mit Kleidungsstücken, Schlüsselanhängern und anderen Kleinigkeiten, die keiner brauchte, um zu den Büchern und DVDs zu gelangen. Dort standen einträchtig vor der Ladentheke Minerve Albisson, die

Leiterin der Boutique, und Daniel Bouché, der Mann vom Wachdienst, dessen Bekanntschaft er auch am Tag von Bernards Tod gemacht hatte und: Lucie! *»Bonjour, Messieurs dames«*, dröhnte Legrand. Die drei schienen ebenso begeistert, Legrand zu erblicken wie umgekehrt.

»Ich gehe dann mal besser«, sagte Lucie.

»Ich wüsste nicht, warum Sie sich nicht noch in Ruhe hier umschauen sollten, meine liebe Madame Ferreira«, flötete Minerve und ging hinter die Kasse.

Legrand griff nach einem Buch. »Sagen Sie, Monsieur Bouché, ist es Hausmeisterinnen anderer Stadtteile eigentlich erlaubt, in den Garderoben der Tänzerinnen rumzuturnen?«

Daniel Bouché trat unbehaglich von einem Bein auf das andere. »Sofern sie einen Besucherausweis und die Einladung der Tänzerin haben.«

»Commissaire Legrand, Sie können froh sein, dass ich dort war, denn Sie verdächtigen die falsche Frau!«, schaltete Lucie sich ein. »Anne Gilbert erbt zwar, aber sie kann nicht schuld sein an Guillaume Bernards Tod, denn sie hatte Tanztraining! Egal, was die Untersuchung des Handys ergibt. Es gibt aber andere, die von seinem Tod profitieren, die kein Alibi haben.«

Legrand ignorierte ihre Worte und tat so, als sei er mit Daniel und Minerve allein. »Ich rate Ihnen dringend, hier in der Boutique die Augen offen zu halten.« Er sprach viel lauter als nötig. »Madame Ferreira hat in diesem Gebäude bereits ein wertvolles Smartphone entwendet. Und hier gibt es ja auch viele andere schöne Dinge zu holen.«

Lucie wurde knallrot. Daniel wusste nicht, was er darauf erwidern sollte. Nur Minerve Albisson funkelte Legrand böse an.

»Ich glaube kaum, dass Madame Ferreira jemals auf den Gedanken käme, auch nur *eine* DVD zu klauen. Sie hingegen haben hier noch eine Rechnung offen von … Lassen Sie mich schauen …«, Madame Albisson griff nach einem Zettel, der an der Kasse klebte, »… 365,43 Euro!«

Legrand hatte das Buch auf die Ladentheke gepfeffert und ohne ein weiteres Wort das Geschäft verlassen. Im Hintergrund lief Tschaikowskys *Tanz der Zuckerfee.*

Minerve und Daniel sahen sich an und prusteten los. »Es stimmt doch«, sagte die Leiterin der Boutique. »Der nimmt hier zwanzig Filme mit und missbraucht die Staatsgewalt. Wenn man sich so verhält, muss man auch mit der Wahrheit leben können!«

Mit der Wahrheit ist es keine leichte Sache, dachte Lucie. Legrand war gerade vor ihr davongelaufen. Und sie selbst? Nur weil sie zweimal dort geputzt hatte und sich mit einer *première danseuse* unterhielt, war sie noch kein Teil der Oper geworden. Mit ihrem Repertoire war sie bisher nicht wirklich weitergekommen. Bernadette Colasante konnte die Täterin sein, doch dieser Verdacht erschien ihr allzu offensichtlich. Es passte zwar vieles zusammen, aber wie waren dann die anonymen Briefe zu erklären? Lucie wusste, dass sie nun genauer hinschauen musste und hatte daher die Nähe der zwei Urgesteine des *Palais Garnier* gesucht. Leider war Legrand aufgetaucht, bevor Lucie etwas von dem Sicherheitsbeauftragten und der Boutiqueleiterin zum Dreigestirn Bernadette, Jean-Marc und Amandine in Erfahrung gebracht hatte. Wenn der Kommissar sie nicht ständig behindern würde, wäre sie der Wahrheit schon viel näher! *Glaube denen, die die Wahrheit suchen, und zweifle an denen, die sie gefunden haben,* hatte André Gide geschrieben. Von Legrand als Diebin hingestellt worden zu sein hatte sie peinlich berührt. Vielleicht sollte man Schriftstellern mehr Glauben schenken als Polizisten.

»Ich räume das Buch des Kommissars wieder weg.« Lucie nahm es in die Hand und las: *Das Phantom der Oper*. Von Gaston Leroux. Davon hatte Dr. Bourgeois am Morgen vor Guillaumes Tod erzählt. Der Fluch der Oper fiel ihr wieder ein, der in dem unsäglichen Zeitungsartikel in *Le Figaro* erwähnt worden war.

»Hat das Phantom der Oper etwas mit dem Fluch zu tun?« Lucie hielt das Buch hoch. Oft lag in der Geschichte und den Geschichten viel mehr Weisheit verborgen als in den sogenannten Fakten.

»Was für ein Fluch?«, wollte Minerve wissen.

»Heute Morgen stand in *Le Figaro,* dass die Mitarbeiter der Oper glauben, Guillaume sei einem Fluch zum Opfer gefallen, wie schon ein anderer Tänzer vor ihm«, erklärte Lucie.

Minerve runzelte die Stirn. »Wie man es nimmt.«

»Quatsch ist beides«, schaltete Daniel sich ein. Lucie war erstaunt. Hatte er nicht erst am Abend der Gala von dem wahren Leben geschwärmt und damit die Welt der schönen Künste gemeint? Seit wann verteidigte er die Sachlichkeit?

»In beiden Fällen ist es so, dass bestimmte Phänomene die Fantasie der Menschen beflügelt haben. Das Phantom der Oper ist eine wunderschöne Geschichte«, meinte Daniel.

»Eine ertragreiche für die Vermarktung allemal«, sagte Minerve.

Auch Jesus hatte Einsichten vermittelt, indem er Geschichten erzählte. Lucie wollte mehr erfahren, und Daniel ließ sich nicht lange bitten. »Die Geschichte spielt Ende des 18. Jahrhunderts. Hauptfigur ist ein von Geburt an entstellter Mann namens Erik. Er hat gelbliche Haut, tief eingesunkene Augen, eingefallene Wangen, nur wenig Haarbüschel auf dem Kopf.«

»Keine Schönheit also«, ergänzte Minerve, »weshalb er eine Maske trägt.«

Eine japanische Touristin betrat den Raum und sah sich die

Bildbände an. Daniel ließ sich davon nicht ablenken. »So wird er von verschiedenen Angestellten der Oper beschrieben, die ihm begegnet sind. Dieser geheimnisvolle Mann im Frack, der es versteht, plötzlich aufzutauchen und genauso unerwartet wieder zu verschwinden, wird von den verängstigten Ballettmädchen als »Phantom der Oper« bezeichnet. Er hat sich in den Kellern des *Palais Garnier* wohnlich eingerichtet, beansprucht ein monatliches Gehalt von 20 000 Francs und Loge Nummer 5. Was niemand weiß: Erik war am Bau des Operngebäudes beteiligt und konnte sich so Geheimgänge bauen. Er ist ein architektonisches und musikalisches Genie, das auch Zauberkunststücke beherrscht, wegen seiner Hässlichkeit aber die Verachtung der Menschen fürchtet.« Die Japanerin schlenderte weiter zu den Biografien. »So weit, so gut. Zum Wechsel der Direktoren findet eine Gala statt, bei der die junge Sängerin Christine brilliert. Kurz darauf wird die Leiche eines Bühnenarbeiters gefunden. Die Ballettmädchen glauben, das sei die Tat des Phantoms der Oper gewesen.«

Lucie bekam Gänsehaut. Guillaume wurde auch am Morgen nach seiner Gala tot gefunden, bei der Anne brilliert hatte. Welche Forderungen hatte er nicht erfüllt? Wer war dann heute der Mörder, das Phantom? Der Operndirektor hatte von ihm gefordert zurückzutreten. Er hätte Guillaume Bernard nicht umbringen müssen, denn er selbst war der Chef gewesen. Oder doch? Hatte auch Guillaume etwas gegen Direktor Renaud in der Hand gehabt? Was konnten das für Forderungen sein, und wer konnte sie gestellt haben? Hatte Bernadette Colasante auf der Position der Direktorin bestanden? Lucie musste ihre Überlegungen unterbrechen, denn Daniel Bouché fuhr fort: »Die neuen Direktoren kommen den Forderungen des Phantoms nicht nach und vermieten Loge 5. Während einer Vorstellung stürzt daraufhin der Kronleuchter von der Decke und erschlägt eine Concierge.«

Daniel räusperte sich. Hatte Nathalie nicht gesagt, das sei tatsächlich einer Gardienne passiert, die auf Platz Nummer 13 gesessen habe? Was war Dichtung, was Wahrheit. Lucie lief ein Schauer über den Rücken. Stand sie als Nächste auf der Liste des Phantoms, weil sie Hausmeisterin war?

»Das Phantom der Oper hat sich damit gerächt«, erklärte Daniel. »Nun kommt die Liebe ins Spiel, denn ohne Liebe gibt es keine großen Geschichten. Bei Erik ist es die junge Sängerin Christine. Tief unten in den Katakomben der Oper bildet er sie gesanglich aus, denn unser Phantom ist ein musikalisches Genie. Eines Tages nimmt Christine ihm die Maske ab und erschrickt zutiefst ob seiner Hässlichkeit.« Daniel machte eine Pause, in der die Japanerin zur Kasse ging, um ein Buch zu bezahlen. Hatte sich das Phantom, das jetzt dort unten hauste, in Anne verliebt und deshalb Guillaume aus dem Weg geräumt? Lucie war ratlos. Ging es bei der Geschichte um Anne oder eigentlich um jemand ganz anderes? Daniel wartete, bis auch Minerve sich wieder zu ihnen gesellen konnte und die Kundin mit der Ware verschwunden war.

»Angereichert wird diese Geschichte durch eine weitere Liebesbeziehung«, spöttisch verzog Daniel die Mundwinkel. »Die von Raoul, einem jungen Adligen – wie sollte es anders sein –, der sich ebenfalls in Christine verliebt hat, und sie in ihn. Erik versucht alles, um diese Verbindung zu sabotieren. Er foltert Raoul und zwingt Christine, sich zu entscheiden. Am Ende kommen die Liebenden frei, und das Phantom stirbt an gebrochenem Herzen«, schloss Daniel.

»Und was hat das mit dem Fluch der Oper zu tun?«, fragte Lucie.

»Damals gab es Dinge, die Gaston Leroux zu dieser Geschichte inspirierten. Zum Beispiel der unterirdische See. Dort befindet sich tatsächlich ein Grundwassersammelbecken, das von der

Feuerwehr als Wasserspeicher genutzt wird. Angeblich wurde dieser See von dem Phantom mit einem Boot befahren. Den Unfall mit dem Kronleuchter gab es wirklich, und man hörte damals auch seltsame Geräusche aus der Tiefe. Genauso ist es mit dem Fluch. Der Artikel heute Morgen beschäftigt sich mit dem Tode des Direktors, der zufällig mit dem Todestag eines anderen Tänzers zusammenfällt.«

»Was ist da passiert?«, wollte Lucie wissen.

»Sylvain Denis wurde eines Morgens tot aufgefunden. Seine Verletzungen ließen darauf schließen, dass er vom Dach der Oper gestürzt war. Die Tänzer verbrachten früher gern ihre Pausen dort oben, wo man einen herrlichen Blick über die ganze Stadt hat. Während die Medien von einem Unfall berichteten, ging hier im Hause das Gerücht um, er habe Selbstmord begangen.« Daniel blickte Minerve an.

»Dazu muss man wissen, dass Sylvain einige schwierige Monate hinter sich hatte«, ergänzte Minerve, »in denen er vom Pariser Publikum ausgebuht wurde. Nicht etwa, weil er nicht gut getanzt hätte, sondern weil er am Abend von Amandines Unfall ihr Tanzpartner gewesen war und die Menschen ihm die Schuld für das Ende ihrer Karriere gaben.«

Lucie erinnerte sich nur dunkel daran. Viel entscheidender war ihr damals gewesen, dass Amandine den Autounfall überlebt hatte und dass sie ohne Querschnittslähmung davongekommen war. Sie hatte es als großes Geschenk erlebt, dass sich Amandine nach Operationen und Reha wieder normal bewegen konnte. Dass sie an der Oper gestürzt war und warum, damit hatte sie sich damals gar nicht näher beschäftigt.

»Die Presse heizte das noch kräftig an.« Daniel verschränkte die Arme vor der Brust. »Deshalb war in den Zeitungen natürlich kein Wort von Selbstmord zu lesen, denn sonst hätten die

Journalisten mit ihrer Hetzjagd ja eine Teilschuld eingestehen müssen.«

»War er denn schuld an ihrem Unfall?« Lucie hatte nie mitbekommen, dass Amandine jemand die Verantwortung dafür gegeben oder auch nur negativ über einen ihrer Partner gesprochen hätte.

»So leicht lässt sich das nicht feststellen.« Minerve wiegte mit dem Kopf hin und her, als wollte sie sagen: »Teils ja, teils nein.« »Zum Tanz gehören immer zwei. Sie waren wohl nicht gut genug aufeinander eingespielt.«

»Und was hat das mit dem Fluch zu tun?«, fragte Lucie.

»Phantome und Flüche verkaufen sich gut. Selbst bei Menschen, die sonst nichts mit dem Ballett und der Oper am Hut haben.« Minerve begann einen Stapel Bücher zu ordnen. Das Thema war damit wohl für sie beendet.

Lucie hatte das Gefühl, etwas Wichtiges erfahren zu haben. In dieser Geschichte lag der Schlüssel verborgen. Es musste einen Zusammenhang geben, den sie nur noch nicht klar erkennen konnte.

»Seit diesem Unfall ist jedenfalls oben alles verriegelt, sodass kein Mensch mehr auf das Dach kommt«, versicherte Daniel, und es klang so, als habe er persönlich dafür Sorge getragen.

Eine ungute Vorahnung beschlich Lucie. Amandine war schon als Kind überall herumgeturnt und hatte sich von geschlossenen Fenstern oder Türen noch nie aufhalten lassen. Die Oper ist kein sicherer Ort mehr für Amandine, dachte Lucie. Minerve und Daniel hatten das zwar alles als Produkte der Fantasie abgetan, aber was, wenn es damals gar kein Selbstmord gewesen war und auch kein Unfall, sondern ein Mord? Und wenn der Mörder jetzt ein zweites Mal zugeschlagen hatte?

Die Wolkendecke war aufgerissen, und Flecken blauen Himmels zeigten sich über der Stadt. In rotgoldenem Oktobernachmittagssonnenschein schimmerte die Fassade von *La Samaritaine*, als Legrand auf dem Weg zum Quai des Orfèvres aus der Metro kam. Das denkmalgeschützte Gebäude hatte bis 2005 ein Nobelkaufhaus beherbergt und im obersten Stock war eine Aussichtsplattform gewesen, darunter ein wunderbares Dachcafé. Ein lohnenswerter Geheimtipp für Touristen, denn zum *café au lait* gab es nicht nur den zauberhaften Blick über Paris, sondern auf der runden umlaufenden Brüstung wurden alle wichtigen Gebäude und Sehenswürdigkeiten erläutert. Das alles war vor seiner Zeit als echter Pariser Bürger gewesen. Ob Amandine schon wusste, dass es *La Samar* nicht mehr gab? Legrand betrat die *Pont Neuf*. Es war wohl Ironie des Schicksals, dass die sogenannte *neue Brücke* die älteste im Originalzustand erhaltene war. War ja auch mal hübsch verpackt worden von Christo. Auch vor einer halben Ewigkeit. 1985? Jedenfalls zu einer Zeit, als er noch mit Bauklötzen spielte. Ob Amandine damals schon getanzt hatte? Waren die Tänzerinnen und Tänzer von klein auf eine fest eingeschworene Gemeinschaft, oder brauchte es einige Jahre, bis die Gruppe so weit war? Nach außen hielten sie jedenfalls zusammen wie Pech und Schwefel. Legrand wusste nicht, ob er den Alibis trauen durfte. Noch mehr ärgerte ihn, dass selbst der Sicherheitsdienst gemeinsame Sache mit der Boutiqueleiterin und Lucie zu machen schien. Dabei hatte die Gardienne ihm doch diesen ganzen Mist eingebrockt! Sonst könnte er jetzt gemütlich im *Soleil d'Or* sitzen und über Synergien philosophieren. Jetzt musste er morgen Lambert irgendetwas vorlegen, was ihn mehr erfreuen würde, als die Verhaftung von Kora Chavignier. Die feine Dame sollte sich bloß nicht so anstellen. Immerhin hatte Legrand ihr zu einer netten Anekdote verholfen, die sie bestimmt gern im

Kreise ihrer Gleichgesinnten – oder vielleicht sollte man besser denken, im Kreise ihrer Gleichgestellten, denn Gesinnung schien sie ja gar keine zu besitzen – zum Besten gab. Was konnte Legrand vorweisen? Zwei Tatverdächtige mit fragwürdigen Alibis, denn alles, was im Haus passiert war, musste angezweifelt werden. Eine Unruhe stiftende Diebin, die abwechselnd Beweismaterial entwendete und Tatortsäuberungen vornahm, sich als Gardienne tarnte und deren eigentliche Bestimmung es war, ihm auf die Nerven zu gehen. Insofern wäre die Ausnüchterungszelle auch ein sehr wertvoller Aufenthaltsort für Madame Ferreira, denn dort konnte sie keinen Unfug anstellen.

An der Place du Pont Neuf überquerte Legrand die Straße und ging auf die Hausfassade zu, die hier, wie an der Place des Vosges, aus rauem Stein bestand. Er konnte tun, was er wollte. Lucie begegnete ihm überall. Zudem würde es dann richtig Ärger geben. Der Chef der Kriminalpolizei, de la Roche, würde toben, wenn die Gardienne in einer Zelle saß und seine Wohnung nicht putzen konnte.

Legrand rief Aurélie an. »Gibt es schon etwas Neues aus dem Handy von Bernard?«, fragte er statt einer Begrüßung.

»Die Techniker sind noch dran«, war die ebenso knappe Antwort.

»Ich bräuchte mal eine Telefonnummer«, meinte Legrand.

»Lass die Finger von der Frau«, warnte Aurélie.

»Du weißt doch noch gar nicht …«

»Doch, Léon, die Handynummer steht auf der Akte, die ich auf deinen Schreibtisch gelegt habe. Du musst nur ins Büro kommen.«

Legrand konnte doch nicht im Beisein der Kollegen Amandine anrufen, um sie zum Essen einzuladen. Er würde sich bis auf die Knochen blamieren.

»Es muss ja nicht gleich Gott und die Welt mitbekommen.«

»Leon, du säufst dich besinnungslos, schlägst dir die Nächte um die Ohren, verpasst die Morgensitzung, machst Menschen zu Tatverdächtigen, die das gar nicht sind. Diese Frau tut dir nicht gut!«

»Sie ist ein Engel!« Legrand verlangsamte seinen Schritt, denn er war nun kurz vor dem Kommissariat angelangt.

»Der dich in die Hölle stürzt«, seufzte Aurélie und legte auf. Dreißig Sekunden später hatte sie ihm eine SMS mit Amandines Handynummer geschickt. Legrand trat ans Ufer der Seine und schaute auf das bewegte Wasser. Goldene Lichtreflexe spiegelten sich und spielten ein lustiges Spiel, gleich seinem Herzen, das schneller schlug bei dem tollkühnen Gedanken, sie einfach um ein Rendezvous zu bitten. Er zählte auf drei, dann musste er entweder anrufen oder sich ins Wasser stürzen. Ob es kalt war? Tuten in der Leitung.

»*Oui?*« Die engelsgleiche Stimme. Er brachte keinen Ton heraus.

»*Allô?*«, fragte sie etwas lauter. Legrand räusperte sich.

»Wer ist denn da?«, fragte Amandine jetzt ungeduldig.

»Léon Legrand«, krächzte er.

»Monsieur Legrand?« Ihr Stimme entsprach ihrem lichtvollen Wesen in wunderbarer Weise, fuhr es Legrand durch den Kopf. »Der Kommissar?« Der Nachsatz versetzte ihm einen Dämpfer. Nur in solchen Kategorien dachte sie von ihm. Das würde er ändern!

»Ja. Ich dachte, da wir beide ja neu sind in der Stadt …« Legrand fiel ein, dass deutlich mehr als ein Jahr in Paris zwar immer noch neu war, doch Amandine war hier geboren und hatte einen großen Teil ihres Lebens in der *capitale* verbracht. »Ich meine«, korrigierte sich Legrand, »da wir beide ja allein sind in der

Stadt …« Oh, wie peinlich! Amandine kannte doch die ganzen Tänzer, hatte Freunde hier aus fast drei Jahrzehnten, an jedem Finger bestimmt zwei Verehrer, und er hatte sich nun die Blöße gegeben. Nein, Legrand war allein in der Stadt! »Also, ich meine, ich habe ja meine Kollegen!«, setzte er schnell nach. Womit er schon wieder den Fokus auf die Arbeit bei der *Crim* gelegt hatte. »Natürlich nicht nur die Kollegen, also es begegnen mir ja täglich noch ganz andere Menschen.« Legrand war am Ende. Feuerrot im Gesicht versagte ihm die Stimme.

»Monsieur Legrand, gibt es irgendetwas, was ich für Sie tun kann?«, fragte Amandine mitfühlend.

»Gehen Sie heute Abend mit mir essen!«, krächzte er.

»Ich habe heute Abend leider schon einen Termin«, sagte sie.

»Oh, ach so.« Legrand fühlte sich wie ein Ballon, aus dem jede Luft entwichen war. Er schaffte es nicht mehr, sich vernünftig zu verabschieden, sondern legte einfach nur auf.

Plötzlich erschien das Büro wie ein verlockender Ort der Geborgenheit, die Beschäftigung mit Akten wie ein Heilsversprechen. Man konnte sich hinter Papierstapeln verstecken, in den Schoß der Bürokratie zurückkehren. Ein sorgfältig formulierter Abschlussbericht, und die Akte Bernard konnte geschlossen werden. Leider würde Aurélie das nicht so stehen lassen und Lambert, nach allem was inzwischen geschehen war, sicherlich auch nicht. Legrand würde weiter ermitteln müssen. Oder darum bitten, dass jemand anderes sich der Sache annahm. Keinem seiner Kollegen gönnte er Zeit mit Amandine. Legrand selbst würde Anne in die Zange nehmen, und das hatte den Vorteil, dass Amandine wieder da sein würde, um ihre Hand wie eine Glucke über ihr Küken zu halten. Beim Gedanken an Amandine wurde ihm warm ums Herz. Von einem Termin hatte sie gesprochen und nicht von einer Verabredung. Ob sie da einen feinen Unterschied machte? Er könnte sie beschatten lassen, um es herauszufinden. Doch dann würde Lambert ihn zu Kleinholz verarbeiten. Was nach diesem peinlichen Telefonat gerade auch nichts mehr machte.

Das kalte Wasser der Seine wäre die bessere Wahl gewesen.

Als Lucie sich zu Hause auf ihr Sofa fallen ließ, hatte sie Kopfschmerzen. Welchen Zusammenhang gab es zwischen Sylvain und Guillaume? Aus welchem Grund würde jemand beide umbringen? War die Oper kein sicherer Ort mehr *für* Amandine oder *wegen* Amandine? Maria hatte Lucie angerufen mit dem Hinweis, es hätten sich schon so viele Leute nach ihr erkundigt, dass sie fürchten müsse, der Hausverwalter würde von ihrer langen Abwesenheit erfahren. Als Lucie nun in ihrer Wohnung saß, wurde ihr bewusst, dass sie dem ganzen Arbeitstag als Gardienne, also ihrer gesamten Anwesenheitspflicht, nicht nachgekommen war. Madame Richard wartete auf ihre Bügelwäsche, bei Monsieur de la Roche hätte sie heute putzen müssen. Das Treppenhaus wäre wieder dran gewesen. Und neben der Tür hatte sie die Tasche mit dem Stapel Post gefunden – noch nicht verteilt. Was besonders die Firmen im Haus bestimmt nicht lustig fanden. Außerdem war ihr schwindelig, sie zitterte, und ihr Magen knurrte erbärmlich. Sie hatte mal wieder das Mittagessen ausfallen lassen und keine Idee, was sie heute Abend für Antonio kochen sollte. Da fiel ihr ein, dass sie noch nicht mal gefrühstückt hatte. Und auch nicht das Mittel gegen Bluthochdruck genommen. Lucie überlegte, ob sie erst die Post verteilen, die Wäsche bügeln, putzen oder etwas essen sollte. Sie wankte in die Küche und fand den Brotkorb leer. Im Kühlschrank noch zwei Becher Joghurt, die Lucie gleich im Stehen – an die Küchenzeile gelehnt – aß. Einkaufen musste sie auch noch. Dann öffnete sie die Tasche mit den Briefen und begann am Esstisch zu sortieren. Die wenigen Briefe für die Unternehmen würde sie sofort verteilen. Monsieur de la Roches Wohnung konnte noch einen Tag warten, da der Leiter der *Brigade criminelle* bis morgen Abend verreist war. Madame Richards Blusen würden auch morgen noch da sein. Lucie rief Antonio an und bat ihn, auf dem Weg nach Hause gegrilltes Hähnchen und Baguette vom Metzger in der Rue St. Antoine und dem Bäcker direkt daneben mitzubringen. Antonio klang enttäuscht, versprach aber, dass er sich darum kümmern würde. So wusste sie auch, dass er den heutigen Abend zu Hause verbringen wollte. Nachdem sie wankend die Briefe ins Hinterhaus gebracht hatte, fiel ihr ein, was eigentlich die wichtigste Aufgabe für den Tag gewesen war: ihren Sohn auf den Pfad der Tugend zurückzuführen. Wie hatte sie sich so davon ablenken lassen können? Hier zu Hause in den eigenen vier Wänden erschien all das, was sie heute an der Oper gesehen, gehört und erlebt hatte, seltsam unwirklich. Welche Geschichten, welches Drama. Lucie zündete eine Kerze vor der Statue der Heiligen Mutter Gottes an und bat sie um die Weisheit, das Wahre vom Unwahren zu unterscheiden. Sie war froh um diesen Rückzugsort und beschloss, erst am nächsten Tag einkaufen zu gehen. Doch was sollte mit David und Nathalie geschehen? Sie musste sich ihren Sohn zur Brust nehmen. Allein und hier, zu Hause. Am besten sofort. David war aber noch im Krankenhaus bei der Arbeit. Und abends würde er bei seiner Familie sein wollen. Oder bei dieser Assistenzärztin. Hier bei ihr wäre Antonio, und sie brauchte dringend ein Gespräch unter vier Augen mit David. Lucie war immer noch schwindelig, sodass sie sich wieder auf das Sofa setzte und die Beine hochlegte. Woran das wohl lag? Das bisschen Putzen an der Oper und der Verzicht auf zwei Mahlzeiten waren doch nicht so dramatisch, dass ihr Körper gleich so überreagieren musste. Ob sie doch alt wurde? David würde mit ihr schimpfen und sagen, dass sie ihm versprochen habe, sich zu schonen und gut für sich zu sorgen. Lucie lächelte. Sie angelte nach dem Telefon und rief ihn an.

»David, mein Schatz«, flüsterte sie in den Hörer. »Mir geht es gar nicht gut.«

»Hast du zu viel Insulin gespritzt?«, fragte er sofort. Im Hintergrund hörte sie die typischen Krankenhausgeräusche.

»Ich habe heute noch gar nichts gespritzt.« Für die zwei Joghurtbecher lohnte sich der Aufwand bestimmt nicht.

»*Maman!* So geht das nicht! Hast du Blutdruck gemessen?«

Lucie dachte daran, dass sie vergessen hatte, die Tropfen gegen ihren Bluthochdruck zu nehmen. »Ich glaube, das schaffe ich nicht mehr«, hauchte Lucie und legte auf.

Dann legte sie sich hin und wartete. Bald ging ihr Atem flach, und sie zitterte. Sie hatte das Gefühl, das Bewusstsein könne ihr jeden Moment entgleiten, und dämmerte dahin, nicht mehr in der Lage, wieder aufzustehen. Deshalb hatte sie auch kein schlechtes Gewissen ihrem Sohn gegenüber. Was sie hier tat, tat sie für ihn.

Die Rechnung ging auf, und dreizehn Minuten später klingelte David draußen an der Tür. Da war Lucie wirklich nicht mehr in der Lage zu öffnen. Sie hoffte gerade, David würde nicht auf den Gedanken kommen, die Tür einzutreten, als sie das Geräusch von splitterndem Glas hörte. Einem Einbrecher würde das also nicht standhalten, schoss es Lucie durch den Kopf. Verschwommen sah sie ihren Sohn neben sich auftauchen, der seiner Arzttasche sogleich ein Blutdruckmessgerät entnahm. Lucie spürte die Manschette um ihren Arm.

David hielt ihr dabei die Hand und strich ihr so liebevoll über die Stirn, dass ihr spontan Tränen über die Wangen kullerten.

»240 zu 130«, sagte er kopfschüttelnd, ging in die Küche und kam mit einem Teelöffel zurück. Während er die Tropfen abzählte, erklärte er: »Ich gebe dir Niledipin. Damit wird es dir gleich besser gehen.«

Wenig später fühlte sich Lucie tatsächlich ruhiger. David saß neben ihr auf dem Sofa und hielt ihre Hand.

»Du musst besser auf dich achten, *Maman!*«, tadelte er.

Lucie liefen wieder Tränen über die Wange, und sie wusste gar nicht, warum. Vielleicht war es tatsächlich alles ein bisschen viel gewesen.

»Ich habe nicht gefrühstückt.«

»Und was gab es zum Mittag?« Er blickte streng.

»Das habe ich vergessen.«

»Du hast vergessen, was du vor ein paar Stunden gegessen hast?« Bevor er sich Gedanken machte, ob sie unter Alzheimer litt, erklärte sie: »Ich habe vergessen zu essen …«

Er schnaubte. »Das kann ja wohl nicht wahr sein! Hast du wieder den ganzen Tag gebügelt?«

Lucie musste schon wieder weinen. Ob der hohe Blutdruck ihr aufs Gemüt schlug und seine strenge Stimme sie daher so traf?

»Nein«, sie schnäuzte sich. »Ich habe mir Sorgen gemacht.«

»Aber warum denn, *Maman?*« David war sichtlich betroffen.

»Was soll denn aus den beiden Mädchen werden, wenn sie ohne Vater aufwachsen? Ich weiß, wie das ist ohne Eltern«, schluchzte Lucie. »Und wer weiß, ob ich die beiden überhaupt noch sehen kann, wenn sich Nathalie von dir trennt …«

»Wie kommst du denn auf den Gedanken?«, fragte er verblüfft.

»Siehst du denn nicht, wie unglücklich deine Frau ist, David?«

»Unglücklich?«, echote er.

»Jetzt tu doch nicht so«, empörte sich Lucie. »Du machst dauernd Überstunden wegen dieser Assistenzärztin und lässt deine

Frau mit den Kindern alleine. Sie hat schließlich auch einen anstrengenden Job!« Vor allem in diesem seltsamen Umfeld an der Oper, dachte Lucie.

»Ich mache Überstunden, weil unsere Wohnung so teuer ist und wir beide beschlossen haben, daran zu arbeiten, sie so schnell wie möglich abzuzahlen«, sagte David ruhig. »Es gibt für dich überhaupt gar keinen Grund zur Sorge. Bitte glaub mir das. Nathalie ist leider manchmal übertrieben eifersüchtig.« Er drückte ihre Hand.

Lucie war unschlüssig. Die Tropfen wirkten, und es ging ihr schon deutlich besser. Ob Nathalie sich etwas vormachte, weil sie durch ihren Job an der Oper in eine Atmosphäre geraten war, wo das sogenannte wahre Leben herrschte, das in Wirklichkeit von dem eigentlichen Leben aber so weit entfernt war wie der Nord- vom Südpol? Hatte sie selbst dort nicht auch völlig abstruse Gedanken gehabt?

»Du sollst nicht wegen des Geldes so lange arbeiten, David. Die Zeit mit den Kindern ist kostbar und geht so schnell vorbei. Schau mal, wir haben ein Leben lang gespart, und ich habe immer gutes Geld mit dem Bügeln und dem Putzen verdient. Ich weiß ja nicht, was eure Wohnung gekostet hat, aber eigentlich müsste unser Erspartes dafür reichen.«

»Das ist ganz lieb von dir, *Maman,* aber jetzt komm du erst mal wieder zu Kräften. Wir kriegen das schon hin. Und wenn nicht abwechselnd Papa und du mich zu sich rufen würdet«, zwinkerte David, »dann könnte ich auch mal einen Abend mit meiner Familie verbringen … Ich gehe hier noch kurz auf die Toilette, dann muss ich aber schnell wieder los. Meine Kollegen halten mich eh schon für bekloppt, weil ich sofort weg bin, wenn meine Mutter anruft.« Er stand auf und durchquerte den Raum. Im Türrahmen drehte er sich um. »Eins noch: Du gehst bitte nächste Woche zum EKG. Ich kenne einen guten Kardiologen und werde für dich einen Termin vereinbaren.«

Als David im Bad war, dachte Lucie glücklich, dass sie eine wunderbare Familie hatte. Wie wohlgeraten ihre Kinder doch waren. Sie hörte ein Geräusch aus Davids Tasche. Erst wollte sie ihn rufen. Vielleicht war es ja ein Notfall. Doch es hatte nur einmal geklingelt. Lucie griff in seine Tasche und holte sein Smartphone heraus. Ob es wichtig war? Sie blickte auf das Display.

»Ich vermisse dich!«, las Lucie. Absender war ein P. Wer auch immer das war, es war nicht N für Nathalie! Lucie starrte auf das Telefon. Das gab es doch gar nicht! In diesem Moment erschien David wieder im Türrahmen.

»So, jetzt muss ich aber wirklich los«, sagte er. »Was machst du mit meinem Handy?«

»Ein Notfall!«, erwiderte Lucie eisig. »Du wirst vermisst!« Sie hielt ihm das Handy hin, und er wurde rot. »Ob es sich um Pauline, Paulette, Patricia oder wen auch immer handelt – das steckt also dahinter, wenn du sagst, Nathalie sei krankhaft eifersüchtig. Ich muss dir nicht sagen, was ich in so einem Fall mit deinem Vater machen würde.«

David steckte das Telefon in seine Tasche. »Man wird ja wohl noch flirten dürfen …«

»Nur weil du in Frankreich aufgewachsen bist, brauchst du noch lange nicht zu glauben, dass für dich die gleichen Regeln gelten wie am Hofe von Louis XIV. Mätressen mögen zum französischen Lebensstil gehören, aber nicht zu unserem! Du sollst nicht ehebrechen! Das haben wir dir beigebracht. Und vorgelebt. Nathalie ist eine anständige und gute Frau. Es gibt nichts an ihr auszusetzen!«

»Aber nach so vielen Jahren Ehe wird man doch mal …«, erwiderte er schwach.

»Nein, man wird nicht!«, empörte sich Lucie. »Du beantwortest keine SMS dieser Frau mehr, verstanden? Dann werden dein Vater und ich gerne die Kosten eurer Wohnung übernehmen. Solltest du dich aber weiter von dieser Dame anschmachten lassen wollen, dann wird der Geldsegen allein auf den Acker deines Bruders fallen, wenn du weißt, was ich damit meine. Und heute Abend gehst du zu deiner Frau und sagst ihr kein Wort von dem, was wir miteinander gesprochen haben. Ich erwarte, dass du sie glücklich machst!«

David packte schweigend seine Sachen zusammen. Lucie schwieg ebenfalls. Sie war immer noch fassungslos.

Als David zur Tür ging, sagte er: »Du weißt schon, dass sich das kein anderer Sohn in meinem Alter von seiner Mutter gefallen lassen würde.«

»Du bist ja auch einer der wenigen ehrwürdigen jungen Männer«, entgegnete seine Mutter und lächelte dann. »Und ich bin sehr stolz auf dich!«

David seufzte.

Es war schon eine Weile dunkel geworden, als Amandine die Champs-Élysées entlangflanierte in Richtung *Étoile*. Sie hatte die stark befahrene Hauptstraße wie immer in mehreren Ampelphasen überquert. Wenn man als Fußgänger auf der Verkehrsinsel in der Mitte stehen blieb, hatte man den schönsten Blick auf den *Arc de Triomphe*, den großen Torbogen an der Place Charles de Gaulle-Étoile. Hier konnte man wunderbar den Sonnenuntergang beobachten. Im Sommer ging sie fast direkt hinter dem *Arc de Triomphe* unter. Wenn man sich nur auf das bezaubernde Naturspiel konzentrierte, gelang es, die vorbeibrausenden Autos zu vergessen. Amandine hatte gehört, die Bürgermeisterin versuche sich daran, all das hier zur verkehrsberuhigten Zone zu machen, um die Feinstaubbelastung zu senken. Eine vielversprechende Idee. Ob man so etwas in Paris wirklich durchsetzen konnte, wagte Amandine zu bezweifeln. Und schon gar nicht mit dem Argument des Umweltschutzes oder der Gesundheit. Es müsste schon *chic* sein, *en vogue*, dann vielleicht.

Amandine erinnerte sich, dass sie in ihrem ersten Sommer mit Jean-Marc genau an diesem Ort Fotos gemacht hatte. Er hatte sie hier platziert, sozusagen auf der Mittelspur, mit dem Monument im Hintergrund vor der untergehenden Sonne. Aus heutiger Sicht hätte man das als prophetisches Zeichen deuten können …

Olivier Renaud hatte sie ins *68 Guy Martin* eingeladen. Der Operndirekter war ein geschickter Stratege. Die Champs-Élysées waren zwar heute mehr von Touristen bevölkert als von Einheimischen, aber immer noch der Inbegriff der Pariser Flaniermeile. Das *Maison Guerlain* war das Traditionshaus der Pariser Parfümerie, und seit diesem Jahr gab es dort eine neue Kollektion mit dem Namen: *Un Soir à l'Opéra* – ein Abend in der Oper. Und nun hatte Guy Martin im Untergeschoss ein nobles Restaurant eröffnet, dass die Guerlain'schen Düfte in Gaumengenüsse umzusetzen versuchte. Da Amandine eine ziemlich genaue Vorstellung davon hatte, was der Operndirektor mit ihr besprechen wollte, konnte sie nur denken: Chapeau für die Wahl dieses symbolträchtigen Ortes.

Es war eine große Versuchung, wenn man plötzlich alles haben konnte. An den früheren Platz zurückkehren. Wäre das nicht eigentlich gerecht? Nachdem Guillaume ihr Leben vor zehn Jahren zerstört hatte? Wäre es nicht nur fair vom Schicksal, wenn sie jetzt wieder dort anknüpfen könnte, wo er sie abgeschnitten hatte? Doch es war nicht möglich. Vergangenes ließ sich nicht nachholen. Verlorenes nicht wieder zurückgewinnen.

Zudem machte Legrand Anne wirklich Schwierigkeiten, und Amandine wusste, was das bedeutete. Besonders, wenn er erst von ihrer finanziellen Situation erfuhr und sie in Verbindung mit dem Erbe brachte. Dann würde sie nicht länger schweigen können.

Nein, sie musste heute Abend wieder einmal Verzicht üben. War das nicht zu ihrer Bestimmung geworden? Zu verzichten und weiterzuziehen, immer auf der Flucht, die Zelte dann abzubrechen, wenn sie anfing, sich heimisch zu fühlen. Warum, fragte sie sich. Warum war es so weit gekommen? Und was war der Lohn für die Entbehrungen? Sie wusste es nicht. Es hatte etwas damit zu tun, was sich richtig und was falsch anfühlte. Selbst wenn ihre eigenen Bedürfnisse dabei zu kurz kamen. Sie konnte nicht anders. Sie würde der Strafe nicht entgehen, sie würde sie bestenfalls noch etwas hinauszögern können. Wenigstens noch ein paar Tage. Bis sie die Choreografie auf die Bühne gebracht hatte und ein Kreis sich schließen würde. So wie heute, als Jean-Marc den Fluch ihrer Verletzung durchbrochen hatte. Und genau auf ihn musste sie wiederum verzichten. Deshalb würde sie Olivier Renaud auch keine andere Antwort geben als Guillaume, dem sie dieses Nomadendasein verdankte. Amandine straffte die Schultern und trat auf die Glasschiebetüren zu, die sich vor ihr öffneten.

Antonio hatte Glück, dass der Durchgang durch den Garten des *Hôtel de Sully* noch offen war. Das Baguette unter dem Arm und das Hühnchen in einer weißen Plastiktüte in der Hand, freute er sich auf zu Hause. Heute Abend würde er Lucie von dem Haus in Meudon berichten. Der Notartermin stand, und es konnte nichts mehr schiefgehen. Antonio freute sich. Was für eine dumme

Idee, gestern so zu tun, als würde er mit Kollegen um die Häuser ziehen. Das mochte bei den jungen Leuten eine gute Idee sein, um die Ehe wiederzubeleben. Bei ihm hatte es nur dazu geführt, dass eine Katze seinen Fisch gegessen hatte. Außerdem hatte keiner seiner Kollegen Lust auf eine Kneipentour gehabt, denn die, mit denen sich Antonio gut verstand, waren ebenso familienorientiert wie er. Und zur Strafe musst er heute Abend Hühnchen essen. Wo er doch gar nicht gern an den Knochen rumnagte. Das war ein Essen für mittags auf der Baustelle, aber doch nicht für den gemütlichen Abend zu Hause bei Lucie. Ob sie keine Zeit gehabt hatte zu kochen? Wer hatte sie heute wieder über Gebühr beschäftigt?

Antonio öffnete das große Holzportal und betrat den Hof. Er wollte gerade seinen Schlüssel aus der Tasche ziehen, da bemerkte er, dass die Glasscheibe zersplittert war. O Gott, hatte hier jemand eingebrochen? Was war mit Lucie? Hatte er nicht schon seit Monaten moniert, dass die Brutalität und Kriminalität in der Innenstadt zunahm? Wer brach denn bei ihnen ein, wo doch nichts zu holen war! Schnell öffnete Antonio die Tür und eilte ins Zimmer. Er fand Lucie auf der Couch sitzend.

»Lucie! Gott sei Dank! Bist du verletzt? Wie geht es dir?« Allein, dass sie auf der Couch saß und nicht in der Küche stand, war ein schlechtes Zeichen. Aber sie blutete nicht und sah fast aus wie immer. Nur blasser.

»Mir geht es gut. Danke. Ich habe nur Hunger.«

»Was ist passiert?«, fragte Antonio.

»Da konnte jemand nicht warten, bis ich an der Tür war.«

»Das ist jetzt nicht dein Ernst, oder?« Antonio legte die Tüte mit dem Hühnchen und das Baguette auf den Tisch, nahm sich einen Stuhl und setzte sich ihr gegenüber. »Wer war das? Er wird uns den Schaden ersetzen müssen!«

»Mir war etwas schwindelig, und deshalb konnte ich nicht an die Tür gehen …« Lucies Wangen waren nun schon etwas rosiger.

»Und wer meint dann, Rambo spielen zu müssen? Das ist mutwillige Sachbeschädigung. Ich sage ja seit Monaten, dass die Innenstadt nicht mehr sicher ist. Lucie, es ist Zeit, dass wir uns nach etwas anderem umsehen!« Antonio nahm ihre Hand.

»Es war David.« Sie blickte ihn mit ihren klaren blauen Augen an.

»David wer?« Er runzelte die Stirn.

»Dein Sohn.«

»Das glaube ich nicht.« Vehement schüttelte er den Kopf.

»Frag ihn«, sagte Lucie.

»Der würde niemals mutwillig eine Scheibe zerstören, es sei denn … Was hast du heute gemacht, Lucie?« Antonio kam ein schlimmer Verdacht.

»Geputzt.« Sie sah aus wie ein Unschuldslamm.

»Wo? Du hast heute Morgen vor mir das Haus verlassen. Was ist hier los?«

»Ich habe an der Oper ausgeholfen«, sagte Lucie, als sei es das Selbstverständlichste der Welt.

»Du weißt genau, dass du dich schonen sollst!« Antonio war so erregt, dass er nicht sitzen bleiben konnte, sondern aufstand und ein paar Schritte um den Tisch ging. »Wir machen uns alle Sorgen um dich, es ist gerade ein Jahr her, dass du zusammengebrochen bist, und jetzt gehst du die Oper putzen? Warum?«, fragte er und blickte sie prüfend an.

»Weil ich dort gebraucht werde.«

»Du wirst hier gebraucht! Von mir! Von deinen Kindern und Enkeln. Alle anderen können dir doch egal sein.« Antonio setzte sich wieder.

»Was ist denn das für eine egoistische Lebenseinstellung? Immer wieder!«, empörte sich nun Lucie. »Gott hat uns in die Welt gesandt, damit wir füreinander da sind. Licht der Welt sollen wir sein, Salz der Erde!«, dozierte sie.

»Weshalb wir den Fisch in Salzkruste auch lieber mit der Katze teilen, als ihn für den Gatten warm zu halten?«, fragte Antonio sarkastisch.

»Darum geht es dir also. Nur weil du heute an Hühnerbeinen rumknabbern musst, da ich nicht zum Kochen gekommen bin.« Lucie verschränkte die Arme vor der Brust. Das sah im Sitzen so anrührend aus, dass Antonio sofort versöhnlicher gestimmt war.

»Für mich zu kochen ist ja wohl wichtiger als die Oper zu putzen«, maulte er. Wenn David die Tür aufgebrochen hatte, dann musste es schlimm um Lucie gestanden haben. Das Putzen allein konnte es kaum gewesen sein. Ob sie wieder etwas mit der Spritzerei durcheinandergebracht hatte?

»Was hast du heute gegessen?«, wollte er wissen.

»Dass du immer nur ans Essen denkst!« Lucie schüttelte missbilligend den Kopf. »Lass uns lieber überlegen, wie wir die Scheibe in der Tür ersetzen, ohne dass der Hausverwalter etwas davon mitkriegt.«

So leicht wollte Antonio sie nicht davonkommen lassen. »Weil du dich nicht schonst, muss David alles stehen und liegen lassen, und ich darf die Wohnung reparieren. Deine Hilfsbereitschaft geht eindeutig zu Lasten deiner Familie …«

»Ist es nicht schön, dass wir füreinander da sein können und dadurch zeigen, dass wir einander lieben?«, lächelte sie ihn an. »Ich finde es ganz lieb von dir, dass du uns heute das Essen mitgebracht hast und habe jetzt auch wirklich Hunger.« Lucie wollte aufstehen, wurde jedoch gleich wieder weiß wie eine Wand. Antonio seufzte: »Lass mal, mein Schatz, ich mache das schon.«

Die kühle Abendluft tat gut nach dem Essen. Lucie schlenderte an Antonios Seite die Rue de Sicile in Richtung *BHV* entlang. Im Untergeschoss des Kaufhauses, das heute bis 21 Uhr geöffnet war, konnten Heimwerker alles finden, was sie zur Verschönerung ihres Zuhauses brauchten. Es gab sogar einen Bereich, wo sie eine Glasscheibe in der richtigen Größe zuschneiden lassen wollten. Wie gut, dass sie einen handwerklich geschickten Mann hatte. Bevor sie losgegangen waren, hatte Lucie noch Guillaumes Katze gefüttert, die den ganzen Tag gehungert hatte wie sie selbst. So konnte es nicht weitergehen mit dem armen Tier. Anne soll einziehen und sich kümmern, dachte Lucie. Lucie würde sie nochmals darauf hinweisen und hoffte, dafür, nach Legrands unsäglichem Eingreifen heute, überhaupt noch eine Gelegenheit zu bekommen.

Sie kamen an beleuchteten Schaufenstern unterschiedlichster Läden vorbei. Diese Parallelstraße zur Rue de Rivoli war viel weniger befahren. Eigentlich war es eine Gasse, eine kleine Einbahnstraße, nur schwach beleuchtet von den wenigen alten Straßenlaternen, die oben an den Häusern hingen. Lucie betrachtete ein Lokal an der Ecke.

»Schau mal, da vorne war doch ein Italiener, oder? Jetzt ist es ein Libanese. Hier ist immer alles im Wandel.«

»Ich finde, es ist immer alles gleich.« Antonio hatte den Arm um sie gelegt. »Wir haben Oktober, und ich höre nur Autos. Im Sommer wie im Winter. Ich erinnere mich so gerne an den Klang des Herbstes in meiner Kindheit in Portugal. Die Grillen waren noch zu hören, summende Bienen, das leise Rascheln der fallenden Blätter. Und das alles in diesem goldenen Herbstlicht. Hier bekommt man den Wechsel der Jahreszeiten kaum mit. Das wäre mit einem Garten ganz anders.«

»Gott sei Dank bekommen wir den Wechsel nicht mit. Ich

würde den Winter sonst nicht überleben!« Winter auf dem Land war trostlos. Hier in der Stadt gingen die Menschen auch auf die Straße, wenn es draußen kalt und grau war, und ließen sich im Freien an den Tischen vor den Cafés nieder – unter Heizstrahlern und in Decken gehüllt. Auch in der kalten Jahreszeit pulsierte Leben in der Stadt.

»Lucie, wir stehen im Herbst unseres Daseins …«, sagte Antonio ernst.

Das wollte Lucie nicht hören. Spätsommer vielleicht. Aber nach dem Herbst kam der Winter und die Erstarrung. Grießsuppe im Altersheim.

»Ich gehe in zwei Monaten in Pension.« Antonios Stimme klang belegt.

»O Gott!« Was sollte sie mit Antonio zu Hause? Der saß ihr doch nur im Weg rum. Selbst das Bügelbrett konnte sie dann nicht mehr richtig aufstellen. Lucie wusste nicht, was sie dazu sagen sollte.

»Du willst das zwar nicht sehen«, fuhr Antonio fort, »aber das Verhalten des neuen Hausverwalters Fabrice Platel deutet darauf hin, dass er dich nicht mehr weiterbeschäftigen will. Wir werden eine neue Bleibe brauchen.«

Lucie war sicher, dass das, was sie für die Hausgemeinschaft tat, nicht von einem automatischen Türöffner und von Briefkästen ersetzt werden konnte. Auch von keiner Reinigungsfirma. Dahinter würde auch Monsieur Platel noch kommen.

»Aber wir haben großes Glück!« Antonio wirkte nun sehr engagiert. »Das Haus in Meudon ist noch zu haben. Der Besitzer ist sogar etwas mit dem Preis runtergegangen. Ich habe einen Notartermin vereinbart, um es zu kaufen und kann in zwei Monaten mit der Renovierung loslegen. Ich hoffe nur, dass Monsieur Platel uns nicht auf die Straße setzt, bevor ich fertig bin.«

Welch glückliche Fügung des Schicksals, dachte Lucie. Antonio würde beschäftigt sein. Ein altes Haus zu renovieren dauerte Jahre, vor allem, wenn er das alles in Eigenleistung machen wollte. Ob sie jemals dort einziehen würden, stand also auf einem ganz anderen Blatt. Doch dann fiel ihr ein, dass sie am Nachmittag David versprochen hatte, ihm finanziell unter die Arme zu greifen und sie fragte:

»Von welchem Geld willst du das Haus eigentlich kaufen, Antonio?«

In der Pause nach dem ersten Akt war Bernadette gegangen, um etwas früher nach Hause zu kommen. Sie konnte zufrieden mit sich sein. Die Schweigeminute für Guillaume war sehr feierlich gewesen, die Aufführung von *Der Nussknacker* ein Erfolg. Émilie Curtain hatte als Ersatz für Anne ihre Sache gut gemacht, Bernadette selbst ein paar warme Worte für Guillaume gefunden, und im Publikum war die eine oder andere Träne verdrückt worden. Jetzt kann es nur noch leichter werden, dachte Bernadette, und ein großer Druck fiel von ihr ab. Ihr war danach, mit Jean-Marc zu feiern. Zu Hause. Eine Flasche Champagner. Vielleicht hatte er ja für sie gekocht? Er war heute nicht dabei gewesen. Sie fand das schade, konnte es aber verstehen, denn seine Anwesenheit war nicht nötig gewesen.

»Ich bin da«, rief sie in die dunkle Wohnung und machte Licht. Ob er schon schlafen gegangen war? Oder wieder im Wohnzimmer auf dem Fußboden einen Perspektivwechsel probte? Sie zog Schuhe und Mantel aus, stellte ihre Tasche ab und ging danach durch alle Räume. »Jean-Marc?«, rief sie. Keine Antwort. Das Bett war unberührt. Im Bad war er auch nicht. Sie öffnete die Kühlschranktür und sah eine Flasche *Nicolas Feuillatte* kalt liegen, doch ohne Jean-Marc hatte Bernadette keine Lust, sie zu öffnen. Ihre Feierlaune war verschwunden. Ob er sich mit Amandine traf? Was konnte es sonst sein, das ihn nachts aus der Wohnung trieb? Sie schaltete ihr Handy ein, das seit 18 Uhr im Flugmodus gewesen war. Wenn er meinte, dass er die Nacht lieber mit einer anderen Frau verbrachte, dann sollte er es ihr sagen. So sah also die Dankbarkeit dafür aus, dass sie dem Kommissar erzählt hatte, sie hätten miteinander am Programm gearbeitet. Als sie gerade seine Nummer wählen wollte, empfing sie eine Nachricht, die um kurz nach 20 Uhr gesendet worden war. »Ich brauche ein paar Tage Auszeit«, hatte Jean-Marc geschrieben. »Suche ein paar Sachen zusammen und bin dann im Hotel.«

Bernadette ging ins Schlafzimmer und öffnete seinen Schrank. Seine Sporttasche war weg, sowie der Koffer, der sonst oben lag. Wie lange wohl ein paar Tage waren? Ob er gleich zu Amandine gezogen war? Für wie blöd hielt er sie eigentlich. Sie wählte seine Nummer, doch er hatte sein Handy ausgeschaltet. »Findest du es wirklich klug, jetzt wegzugehen?«, sprach sie auf seine Mailbox. Sie überließ es ihm, aus dieser Frage seine Schlüsse zu ziehen.

Oh, diese verzogene Göre, die Amandine immer schon gewesen war. Ein Arzttöchterchen, dem die Eltern jeden Wunsch von den Augen abgelesen hatten. Dem immer schon alles mühelos zugeflogen war. Bernadette hatte sie so satt, diesen blauäugigen Engel, der durch sein Leben schwebte, ohne dass er jemals für etwas hatte kämpfen müssen.

Bernadette ging in die Küche und öffnete die Flasche Champagner. Sie würde sich ihren Erfolg von niemandem mehr streitig machen lassen, egal ob mit oder ohne Jean-Marc. Und mit Amandine würde sie auch noch fertigwerden. Bernadette wählte einen schlichten Kelch, goss sich ein Glas ein und trank. Freude spürte sie nicht mehr. Warum war Amandine eigentlich genau jetzt wieder aufgetaucht? Und was hatte sie die letzten zehn Jahre in Kanada gemacht? Ihre Arbeit als Choreografin war im Internet gut dokumentiert. Aber mit wem hatte sie sich privat umgeben? Bernadette konnte sich nicht vorstellen, dass Amandine, die es darauf abgesehen zu haben schien, den Beschützerinstinkt in jedem Mann zu wecken, der ihr begegnete, keine feste Beziehung eingegangen war. Wurde sie dort nicht vermisst? Was musste passieren, das sie zu einer sofortigen Abreise zwingen würde? Bernadette goss sich ein weiteres Glas ein und beobachtete die *Perlage*. Winzige Bläschen, die in Ketten aneinandergereiht nach oben stiegen. Und wenn Bernadette den Kommissar davon überzeugen würde, dass Amandine es gewesen war? Das wäre perfekt. Ein wohlig warmes Gefühl breitete sich in ihr aus. War es nicht offensichtlich? Kaum dass seine »verlorene Tochter« wieder an der Oper war, schon stürzte der Ballettdirektor zwei Mal hintereinander. Und das Motiv? Rache? Gab Amandine Guillaume die Schuld an ihrem Unfall damals? War das zu weit hergeholt? Wie konnte sie das belegen? Bernadette nahm einen weiteren Schluck, und jetzt schmeckte ihr der Champagner vorzüglich. Sie musste nur sehr geschickt vorgehen. Wenn der Schuss nach hinten losging, würde der Kommissar mitbekommen, was wirklich auf der Treppe passiert war, und das durfte auf keinen Fall geschehen!

Lucie und Antonio hatten sich für den Weg nach Hause ein Taxi gegönnt. Die neue Glasscheibe durch die Stadt zu tragen wäre zu schwer geworden.

»Wie konntest du mit David über das Ersparte sprechen«, schimpfte Antonio, »ohne mich vorher zu fragen?«

»Ich hätte gar nicht ihm sprechen müssen, wenn du dich von ihm nicht so hättest blenden lassen. Außerdem kann ich dir die

Frage genauso stellen, was das Haus in Meudon betrifft. Meine Meinung dazu wolltest du gar nicht hören.«

Das Taxi hielt, und sie hievten die Scheibe vorsichtig mithilfe des Fahrers auf die Straße. Dann öffnete Lucie das Portal und arretierte es so, dass sie das gute Stück leicht bis zur Logentür tragen konnten.

Lucie holte den Schlüssel aus ihrer Handtasche. »Eigentlich bräuchten wir ihn gar nicht«, sagte sie. »Man könnte jetzt auch einfach so einsteigen.«

Sie betrat das Wohnzimmer, machte Licht und stieß einen Schrei aus. Genau das schien jemand getan zu haben. Ihre gute Stube glich einem Schlachtfeld. Die Schränke und Regale waren leer gefegt, und deren Inhalt verteilte sich auf dem Boden. Fotoalben, Ordner, Bücher, Blöcke, Zettel, Bilder, Kataloge. Das alles lag wild durcheinander vor ihr. Lucie japste nach Luft. Antonio, der ihr nachgeeilt kam, war sprachlos.

»Ich glaube, ich muss mich erst mal setzen«, sagte sie. Das war gar nicht so einfach, denn die Stühle waren von dem ganzen Kram umzingelt. Antonio räumte den Platz frei, und Lucie ließ sich nieder. Sie seufzte.

»Wer macht denn so etwas? Bei uns ist doch nichts zu holen! Was soll das denn?« Antonio schüttelte den Kopf, als verstünde er die Welt nicht mehr.

»Also gut. Du kümmerst dich um die Tür, und ich räume hier auf …«

Lucies Handy klingelte, und Antonio stand auf.

Als sie abnahm, hörte sie ein Keuchen.

»Wer ist denn da?«

»Sieh dir deine Wohnung genau an und überlege dann, ob du weiterschnüffeln willst.« Die Stimme klang verzerrt, und Lucie wurde kalt. »Nächstes Mal trifft es den Menschen, den du liebst …«

Freitag, 6. Oktober

Kaum war Bernadette am Vormittag ins Büro gekommen, bat sie ihre Sekretärin, den nächsten freien Termin mit dem Operndirektor Olivier Renaud zu vereinbaren. Jetzt ging es nicht mehr nur darum, wie mit der akuten Situation aufgrund von Guillaumes Tod und den damit verbundenen Anfragen der Presse umzugehen war, sondern sie wollte sich die Nachfolge sichern. Durch ihr professionelles Interimsmanagement, die jahrelange Erfahrung und ihre hervorragenden Kenntnisse des Balletts war es eigentlich selbstverständlich, dass sie Guillaumes Nachfolgerin wurde, doch wer wusste, was Olivier Renaud vorhatte? Sie musste ihn sehen, um das herauszufinden.

Bernadette setzte sich gerade an den Schreibtisch, als das Telefon klingelte. Sie freute sich, dass die Verbindung so schnell geklappt hatte, nahm ab und sagte: »Vielen Dank. Du kannst mich gleich durchstellen.«

»Er hat erst in zwei Wochen einen freien Termin für dich«, sagte Cécile, ihre Sekretärin.

»Das ist doch nicht möglich!«, empörte sich Bernadette. »Ist ihm denn völlig egal, wie der Laden hier jetzt läuft? Dann verbinde mich bitte mit seiner Sekretärin.«

Kurze Zeit später sprach sie mit Madame Sabouret.

»Es ist leider momentan gar nichts zu machen«, bedauerte Renauds Sekretärin. »Aber soweit ich weiß, hat er sich gestern mit Amandine Maurel getroffen, um über das Ballett und die nächsten Projekte zu sprechen. Wenn es so eilt, dann sprechen Sie doch bitte Madame Maurel an. Sie müsste auf dem Laufenden sein.«

Bernadette wäre fast der Hörer aus der Hand gefallen. »*Merci.*« Sie legte auf und atmete erst einmal tief aus. »Unfassbar«, murmelte sie. Wie war Amandine das denn wieder so schnell gelungen. Sie musste weg, koste es, was es wolle. Und da Guillaume den Weg schon frei gemacht hatte, durfte das ja wohl nicht mehr so schwer sein. Bernadette überlegte. Ihr gestriger Plan war hervorragend, um Jean-Marc zu zwingen, sich zu entscheiden. Nun jedoch war Olivier Renaud aufgetaucht. Sollte Jean-Marc die falsche Entscheidung treffen, bedeutete das nach Kenntnis der Lage, dass Bernadette nicht nur ihn, sondern auch ihren Job los war. Das Risiko wollte sie nicht eingehen. Bernadette brauchte eine neue Strategie, und zwar schnell. Vielleicht musste die Idee gar nicht neu sein. Der Sturz in den Tod an einer Stelle, die vielen zugänglich war, hatte sich bewährt. Wenn Amandine ähnlich verstarb, könnte man meinen, es wäre Selbstmord gewesen, weil sie mit der Schuld, Guillaume umgebracht zu haben, nicht leben konnte. Um aber wirklich sichergehen zu können, musste der Sturz aus etlicher Höhe erfolgen. So wie bei Sylvain Denis. Das Dach!

Bernadette bekam vor Aufregung feuchte Hände. War Amandine nicht auch früher schon auf dem Dach herumgeturnt? Mit ihr würde es nicht so leicht werden wie mit Guillaume, weil die Choreografin im Vollbesitz ihrer Kräfte war. Die musste sie ihr zuerst nehmen. Bernadette lehnte sich in ihrem Schreibtischsessel zurück und schloss die Augen. Und dann hatte sie eine Idee.

Heute würde er Amandine für sich gewinnen! Mit der Kraft dieser Klarheit schritt Léon Legrand zur Tat. Er hatte Aurélie gebeten, ihn im Morgenkreis zu vertreten. Zunächst hatte sie sich geweigert, doch er hatte gesagt, er werde nicht kommen, da er an die Oper müsse. Ob sie in der Bürorunde etwas zum Fall sage oder nicht, überlasse er ihr. Sie hatte ihn gewarnt, sein Verhalten bringe ihn um Kopf und Kragen, doch das interessierte ihn nicht. Er hatte keine Lust auf noch einen schlechten Kaffee nach einer Nacht mit *Romeo et Juliette* vor dem DVD-Player. Was hatte er mit Romeo gelitten, als Julia-Amandine gestorben war. Hingerissen hatte er dreimal hintereinander die Balkonszene angesehen und sich gefragt, ob er Tanzunterricht nehmen sollte. Doch dann wurde ihm bewusst, dass die Zeit des Schmachtens vorbei sein musste und es jetzt darum ging, Erfolge zu verbuchen. Dafür brauchte es ein Parkett, auf dem er glänzen konnte. Er musste sich sicher fühlen. Der Verhörraum am Quai des Orfèvres war so ein Ort. Doch wenn er Amandine dorthin bestellte, würde sie gewiss keine romantischen Gefühle für ihn entwickeln. Zumal er sie dort in die Defensive brachte und zwang, eine Gegenposition aufzubauen. Eine ungünstige Rollenverteilung. Es war besser, sie nicht direkt anzugreifen, sondern den Gedanken von gestern weiterzuverfolgen: Er würde die Tänzerin Anne befragen und darauf warten, dass Amandine dazukam. Mit den Auswertungen von Guillaumes Handy hatte er sich daraufhin auf den Weg zur Oper gemacht und der Portiersfrau erklärt, er wolle Anne sprechen und sie könne auch gleich Amandine darüber informieren. Legrand hatte die Tänzerin zum *Avant-Foyer* geführt, nachdem er gehört hatte, dass der öffentliche Bereich heute für den Publikumsverkehr geschlossen war. Von dort aus hatten sie einen hervorragenden Blick auf die *Grand Escalier* und damit den Tatort, wenn man so wollte. In jedem Fall hatte man dort Guillaume

Bernards Leiche gefunden, was den hysterischen Ausbruch von Anne Gilbert zur Folge gehabt hatte. Die Stelle war demzufolge prädestiniert dafür, die junge Tänzerin in die Zange zu nehmen, während er selbst als der souveräne und starke Mann auftrat, der er so gern in Amandines Gegenwart sein wollte. Leider war Amandine aber nicht da. Legrand überlegte, ob Anne Gilbert ihm vielleicht etwas zu den kunstvollen Mosaiken sagen konnte, die den Boden und die Decke schmückten. Sie standen auf einer stilisierten Blume, die von einem Kreis umgeben war, vor den Steinstufen zum kleinen Balkon. Vielleicht fünf Meter über ihnen wölbte sich die Decke, verziert mit Ornamenten, die den Rahmen für verschiedene Gemälde bildeten. Legrand erkannte darin Liebespaare in verschiedenen Posen. Amandine ließ sich noch immer nicht blicken.

»Wissen Sie, wer das ist?« Legrand deutete nach oben.

Anne blickte misstrauisch auf den Stapel Papiere, den er mitgebracht hatte, und schüttelte dann den Kopf.

»Mademoiselle Gilbert, ich habe hier die Untersuchungsergebnisse von der Auswertung von Monsieur Bernards Handy.«

Die junge Tänzerin schien noch blasser zu werden.

»Möchten Sie dazu etwas sagen?«, fragte er.

Anne sah über die große Freitreppe hinweg in Richtung des Gangs, der zu den Räumen der Verwaltung führte. Legrand folgte ihrem Blick. Keine Spur von Amandine.

»Sie schreiben, Monsieur Bernard sei für Sie gestorben. Wie genau haben Sie dafür gesorgt?«

»Das habe ich nicht!«, empörte sie sich.

»Dass er Ihnen, und niemand anderem, ein hübsches Vermögen hinterlassen hat, legt den Schluss nahe, dass er *für Sie* gestorben ist.«

»So war das nicht!« Sie ging ein paar Schritte weiter, um besser an den Säulen vorbei in den Gang sehen zu können. Legrand blieb stehen. Er freute sich, dass Bewegung in die Sache kam, wollte ihr aber nicht die Möglichkeit geben, sich dem Anblick der todbringenden Treppe zu entziehen. »Wie war es dann?«, rief er so laut, dass sie wieder zu ihm zurückkam.

»Ich war wütend, dass er Émilie zum *Étoile* ernannt hat und nicht mich.« Anne lehnte sich an eine Säule und verschränkte die Arme wie ein trotziges kleines Mädchen.

»Das heißt, das Ziel Ihrer Verbindung war, zum *Étoile* ernannt zu werden?«, bohrte Legrand nach.

»Nein, natürlich nicht!« Ihre Stimme wurde ärgerlich.

»Da haben Sie recht, denn in Ihrer finanziellen Lage ist sein Vermögen viel interessanter!«, fügte Legrand sarkastisch hinzu. »Um nicht zu sagen notwendig!«

Anne schwieg und kaute auf der Unterlippe. Legrand war zufrieden. Jetzt musste er nur dranbleiben, und sie würde ihm alles sagen. »Wie genau haben Sie es gemacht? Haben Sie etwas in seinen morgendlichen Kaffee getan?« Legrand machte eine Pause, so als dächte er nach. »Dann hätten Sie aber nicht bestimmen können, wann genau ihm schwindelig wird. Der Sturz von der Treppe wäre so nicht zu planen gewesen.« Legrand deutete auf die *Grand Escalier*. »Hätten Sie die Treppe im vorhinein präpariert, dann hätten Sie dafür sorgen müssen, dass er diesen Weg nimmt.« Legrand baute sich vor der Tänzerin auf. »Sie werden einwenden, dass Ihre Kollegen Ihr Alibi bestätigt haben. Für mich zählt das jedoch nicht, denn hier stecken sowieso alle unter einer Decke.« Legrand war gut zwei Köpfe größer als Anne Gilbert, die, während er sprach, weiter zu schrumpfen schien. »Nehmen wir aber mal an, Sie seien wirklich im Tanztraining gewesen, dann hätten Sie Monsieur Bernard nur mit einem Komplizen die Treppe hinunterstürzen können.« Legrand bemerkte, dass Anne kurz verblüfft aussah. Er wandte sich von ihr ab und entfernte sich wenige Schritte. »Wer hätte das sein können? Vielleicht eine kleine, rüstige, alte Dame, die so aussieht, als könnte sie keiner Fliege etwas zuleide tun. Die unter einem Vorwand den Boden nass wischt«, Legrand näherte sich Anne von der anderen Seite, »sodass Ihr Guillaume dort ausrutschen muss. Nehmen wir an, dass diese alte Dame auf seine Wohnung genauso scharf ist wie Sie auf sein Geld. Denn für sie gibt es nichts Wertvolleres, als an der Place des Vosges wohnen zu dürfen.« Legrand stand nun wieder vor Anne, die nicht eingeschüchtert, sondern fassungslos wirkte. »Und diese alte Dame sorgt dann dafür, dass jemand anderes ins Kreuzfeuer gerät«, jetzt sprach er mehr zu sich selbst, »und ruft mich an den Tatort, damit sie später sagen kann, sie hätte alles getan, um zu helfen, den Fall aufzuklären …« Deshalb hatte Lucie sich Legrand ausgesucht. Ihre Wahl war auf ihn gefallen, weil sie ihn für zu dumm hielt, um ihr auf die Schliche zu kommen.

In diesem Moment bog Amandine um eine Säule. Legrand war so verblüfft über seine plötzliche Erkenntnis, dass er Amandines Kommen gar nicht bemerkt hatte.

»Entschuldige bitte«, wandte sie sich atemlos Anne zu. »Es war gestern Abend etwas spät.«

Legrand dachte nicht daran, sich so ignorieren zu lassen. »Hatten Sie gestern Abend einen Termin oder eine Verabredung?«, fragte er.

»*Bonjour, Monsieur le Commissaire*. Ich wollte nicht unterbrechen. Wo waren Sie gerade?«

Noch eine Frau, die ihn offensichtlich für dumm hielt. Legrand war erbost. Laut sagte er: »Bei Mademoiselle Gilbert und ihrer Komplizin.«

»Aha«, meinte Amandine. »Wer sollte das sein?«

»Madame Ferreira«, erwiderte Legrand bestimmt. Wer das

war, musste er Amandine ja nicht erklären, da sie einander offiziell von der Gardienne vorgestellt worden waren.

»Madame Ferreira?«, echote Amandine. »*Monsieur le Commissaire,* ich bitte Sie!«

Wollte sie sich über ihn lustig machen? Sie nahm ihn nicht ernst.

»Vielleicht sollten wir uns erst mal einen anderen Rahmen für dieses Gespräch suchen«, schlug sie vor. »Hier in der Öffentlichkeit haben wir ja keine Ruhe.«

Legrand wollte sich seine Verhandlungsposition nicht nehmen lassen.

»Nein, wir bleiben hier«, entschied er. »Das passt ganz hervorragend! Außerdem ist heute geschlossen.«

Amandine lenkte die Aufmerksamkeit der beiden weg von der Treppe und deutete nach oben. »Der Raum hier wird auch das *Foyer des Mosaïques* genannt.« Sie ging einige Schritte. Legrand und Anne folgten. »Die Bilder an der Decke sind Gemälden von Alfred de Curzon nachempfunden.«

»Und wer sind diese Paare?«, fragte Legrand interessiert.

»Diana und Endymion – hier wacht sie über seinen Schlaf«, erklärte Amandine. »Aurora und Cephalus, der seiner Frau treu bleiben möchte, was der Göttin gar nicht gefällt.« Amandine ging weiter. »Orpheus und Eurydice, sowie Psyche und Hermes, nachdem sie von der eifersüchtigen Venus getötet wurde.«

Inzwischen waren sie in einem kleinen runden Raum voller Spiegel angelangt. »*Le salon du soleil.*« Amandine deutete nach oben. »Der Sonnensalon«. Auf schwarzem Untergrund war hier mit Blattgold eine mächtige Sonne aufgetragen worden, deren viele Strahlen sich bis zu den Wänden hin ausbreiteten. In ihrem Zentrum sah Legrand zwei schwarze Schlangen. Ein goldener Leuchter hing von der Decke herab.

»Garnier wollte diesen Raum eigentlich auf der anderen Seite haben, wo sich der *Salon de la lune* befindet, der in Silber gehalten deutlich kühler wirkt. Direkt neben dem Raum des Mondes war das Raucherzimmer für die Herren, die eigentlich durch die Wärme des Feuers eintreten sollten. Zu Garniers Ärger gelangten die Besucher durch die Kälte zum Rauchen und durch die Hitze zu den Desserts …«

Legrand hing an Amandines Lippen. Ihre Stimme war so wunderbar melodisch. Er konnte sich im Moment nichts Schöneres vorstellen, als von ihr die Welt erklärt zu bekommen.

»Haben Sie den Sonnenuntergang entdeckt?«, fragte sie gerade.

Legrand sah sich um. Die Wände waren olivgrün gestrichen, dazwischen goldene Borten. Der Raum hatte vier Ein- und Ausgänge. Sonst bestand er nur aus Spiegeln. Er schüttelte den Kopf.

»Aber Sie haben eine Verbindung zwischen Lucie Ferreira und dem Unfall von Monsieur Bernard entdeckt?« Um ihren Mund meinte Legrand einen belustigten Zug zu erkennen. Er fühlte sich, als wäre er auf einem herrlichen Frühlingsspaziergang in einen plötzlichen Regenguss geraten.

»Ja!«, knurrte er.

»Was sind denn Ihre Anhaltspunkte?«, fragte Amandine freundlich.

»Wir haben Guillaume Bernards Handy ausgewertet. Das Madame Ferreira übrigens entwendet hatte! Der gute Mann hatte Beziehungen zu diversen Frauen, weshalb wir uns schon fragen, warum gerade Mademoiselle Gilbert sein Vermögen erbt …«

Anne war blass, und ihre Unterlippe zitterte. Amandine legte schützend ihren Arm um die junge Tänzerin. »Ganz einfach«, entgegnete sie. »Er hat sie geliebt!«

»Der wusste doch gar nicht, was Liebe ist!« Legrand machte eine wegwerfende Handbewegung.

»Meinen Sie wirklich, das beurteilen zu können?« Ihre blauen Augen ruhten auf ihm, und Legrand rang um Fassung. Als er endlich wieder in der Lage war zu antworten, hatte er das Gefühl, sich verteidigen zu müssen. »Jedenfalls hat es eine Morddrohung von Mademoiselle Gilbert gegen Monsieur Bernard und einen Santiago gegeben.«

Amandine ließ Anne los und verschränkte die Arme vor der Brust. »Wer ist Santiago?«

Anne Gilbert blickte verblüfft.

»Ein Tänzer?«, fragte Legrand. »Ein Hund? Das wird uns Mademoiselle Gilbert beantworten müssen. Denn sie hat geschrieben, dass Santiago genauso für sie gestorben sei wie Guillaume Bernard.«

Die junge Frau fing an zu lachen und schien sich gar nicht mehr zu beruhigen.

»Ich freue mich, zu Ihrer Belustigung beitragen zu können«, sagte Legrand eisig. Er hatte es satt, an der Nase herumgeführt zu werden. Die beiden Frauen glaubten wohl, nur weil er diesen ominösen Sonnenuntergang nicht sah, dass er auch sonst auf beiden Augen blind war. »Unter den gegebenen Umständen werden Sie einsehen, dass wir Sie mitnehmen müssen, um einen weiteren Mord zu verhindern.«

Lucie stand im Innenhof und säuberte die Mülleimer mit dem Wasserschlauch. Der späte Vormittag war diesig und die Sonne hinter einer milchigen Luftschicht nicht zu erkennen. Antonio hatte die halbe Nacht gebraucht, um die Glasscheibe wieder einzubauen. In der Wohnung war es daher empfindlich kalt, sodass Lucie eine Strickjacke unter ihrer Kittelschürze trug. Sie selbst hatte versucht, dem Chaos Herr zu werden und aufgeräumt, bis sie nicht mehr konnte. Das war um vier Uhr morgens gewesen. Nun sah es besser aus. Lucie hatte die Gelegenheit auch gleich zum Ausmisten genutzt. Fertig war sie immer noch nicht. Und das war bei Weitem nicht ihre einzige Baustelle. Wenigstens hatte sie heute Morgen daran gedacht, Jolie zu füttern.

Das Geld war ein echtes Problem! David gegenüber konnte sie nun keinen Rückzieher mehr machen. Es sei denn, er würde Nathalie und die Kinder weiter im Stich lassen, was auch nicht wünschenswert war. Manchmal ist das Leben etwas kompliziert, dachte Lucie. War es kompliziert oder machte sie es dazu? Leidtun konnte sie sich beim besten Willen nicht, denn sie hatte das alles selbst verbockt. Lucie seufzte. Vielleicht wäre es besser gewesen, sich rauszuhalten. Nein, das wäre es nicht, denn die Ehe ihrer Kinder war zu kostbar, um danebenzustehen und zuzusehen, wie sie kaputt ging. Stand das nicht schon in der Bibel? Ihr fiel die Stelle mit dem Splitter und dem Balken ein. Dieser Vers war so wichtig, dass sowohl Matthäus als auch Lukas darüber berichteten. Er lautete: *Wie kannst du deinem Bruder sagen: Bruder, lass mich den Splitter aus deinem Auge herausnehmen, während du selbst den Balken in deinem Auge nicht siehst?* Das sollte ihr vermutlich sagen, dass sie selbst mehr Dreck am Stecken hatte als David, wenn er Nathalie hinterging. Tat sie das Gleiche mit Antonio, wenn sie ihm nicht die Wahrheit über ihr Tun an der Oper erzählte? Ihm nicht sagte, dass sie selbst am Ermitteln war und deshalb jemand ihre Wohnung verwüstet hatte? Als junge Klosterschülerin hatte sie den Text anders interpretiert: Ein Akt der Nächstenliebe, sich um die kleine Verletzung des anderen (durch den Splitter) zu kümmern, während man selbst doch offensichtlich viel mehr litt (an dem Balken) und darum kein Aufhebens machte.

Warum sollte sie nicht »schnüffeln«? Der Anruf gestern Abend hatte ihr Angst gemacht, und sie hatte Antonio vorschwindeln müssen, dass sich da jemand verwählt hatte. Doch von Drohungen ließ sie sich nicht abhalten. Ganz im Gegenteil.

Wer aber fühlte sich von ihr bedroht? Wer sollte geschützt werden? Wer bekam überhaupt mit, dass sie ermittelte – außer Commissaire Legrand.

»*Bonjour,* Lucie.« Madame Richard hatte den Hof betreten und war auf sie zugekommen, ohne dass Lucie es bemerkt hatte. Lucie grüßte noch etwas abwesend, so sehr steckte sie in ihren Gedanken fest.

»Was macht denn unser Mädchen?«, fragte Madame Richard. Lucie wusste erst nicht, wen sie meinte, doch dann fiel ihr Amandine ein, die heute Morgen nicht zum Frühstück gekommen war.

»Wie geht es ihr denn jetzt am Ballett?« Madame Richard hatte den Dackel dabei, der schon wieder an der Leine zerrte, weil er zum Trinknapf neben Lucies Tür wollte.

»Ich weiß es nicht.« Lucie drehte den Wasserhahn ab. »Sie ist heute nicht zum Frühstück gekommen.«

Madame Richard schien diese Nachricht zu beunruhigen. Lucie fiel ein, wie sehr sich die alte Dame über Guillaumes Tod gefreut hatte, und stutzte. War Madame Richard das Phantom? Lucie versuchte, möglichst unbeteiligt den Schlauch aufzuwickeln. »Was haben Sie eigentlich gegen Monsieur Bernard? Hat er Ihnen etwas getan?«

»Mir nicht.« Madame Richard zuckte mit den Achseln. »Was hätte dieser Kerl mir schon tun sollen?«

»Aber Amandine …« Lucie richtete sich auf.

Madame Richards Mund zuckte schmerzlich. »Ich mache mir Sorgen um sie.«

»Weil sie die Mörderin sein könnte?«

Das Entsetzen stand der alten Dame ins Gesicht geschrieben.

Dann würde alles einen Sinn ergeben. Madame Richard müsste Lucie vom Ermitteln abhalten, um ihren Stern – Amandine – zu schützen. Zum ersten Mal durchflutete Lucie eine Welle der Zuneigung für sie. Auch wenn Madame Richard mit dem Verwüsten ihrer Loge zu weit gegangen war.

»Nein«, sagte die alte Dame, »weil Bernadette eine Gefahr für Amandine darstellt.«

Ein Gedanke war ihr durch den Kopf geschossen. Ein aufregender Gedanke. Nicht freundlich. Gefährlich. Aber sehr befriedigend. Befreiend. Eine funktionierende Strategie. Sie hörte es klopfen und öffnete ihre Augen. In der Tür stand Jean-Marc.

»Darf ich?«, fragte er und lächelte dieses Lausbubenlächeln, in das sie sich schon lange verliebt hatte, bevor er überhaupt wusste, wie sie hieß. Lange bevor er mit Amandine zusammen gewesen war. Sie nickte. Er kam herein, schloss die Tür hinter sich und setzte sich auf den Besucherstuhl.

»Ich konnte dich gestern Abend nicht erreichen.« Das war alles, was er sagte. Keine Entschuldigung, keine Erklärung. Er fragte nicht, wie ihre Nacht gewesen war.

»Interessant«, sagte Bernadette, »denn ich habe das Gefühl, dass ich dich nicht mehr erreiche.«

Er schwieg. Sie nahm einen Kugelschreiber in die Hand und wartete.

»Darf ich dich fragen, wie lange dieses Spiel gehen soll?«, fragte sie schließlich.

»Das ist kein Spiel.«

»Was ist es dann?« Bernadette warf den Stift auf die Schreibtischplatte.

»Ich brauche einfach Abstand, um mir über einiges klar zu

werden«, antwortete er ruhig mit einer Selbstverständlichkeit, die sie ärgerte.

»Sicher. Und du wohnst jetzt im *Hotel?*« Bernadette glaubte ihm nicht. »In welchem denn?«

»Willst du mich kontrollieren?« Jean-Marc runzelte die Stirn.

»Ich bin nur etwas erstaunt, denn bei deinem Gehalt wirst du dir nicht ewig ein Hotelzimmer leisten können«, sagte Bernadette bissig. »Zumal du auch in unserer Wohnung genug Zeit und Ruhe alleine haben kannst.«

Er seufzte. »Mach es mir doch nicht noch schwerer …«

»Was genau?« Bernadette hörte, wie schnippisch ihre Stimme klang. Viel mehr, als sie es beabsichtigte. »Das Zerstören unserer Beziehung, nur weil wir eine Gastchoreografin hier haben, die in einer Woche spätestens wieder weg sein wird? Für diese Woche musst du dich nicht in Unkosten stürzen. Bei ihr wird doch sicher noch ein warmes Plätzchen für dich frei sein.«

Statt einer Antwort stand Jean-Marc auf und wandte sich zur Tür.

»Ich habe dich am Dienstag auf der *Grand Escalier* gesehen, Jean-Marc.« Alles in Bernadette fühlte sich kalt an, als sie weitersprach. »Hatte das auch mit ihr zu tun?«

Er ging hinaus, ohne sie eines weiteren Blickes zu würdigen.

»Sie ist die Einzige, die von seinem Tod profitiert!« Legrand ließ nicht locker. »Haben Sie diesen Eindruck wirklich?« Amandine hatte Legrand um ein Gespräch zu zweit gebeten, als er Anstalten gemacht hatte, Anne zu verhaften. Diesen Fehler dürfe er nicht machen, hatte Amandine gesagt und die junge Tänzerin weggeschickt. Amandine werde Legrand erklären, warum. Das könne sie aber nur unter vier Augen. Legrands Herz pochte, als er mit ihr allein war. Viel lieber als über Anne hätte er über Amandine gesprochen.

»Haben Sie wirklich den Eindruck, dass Anne von Guillaumes Tod *profitiert?*«, insistierte Amandine. »Schauen Sie sie doch mal an. Dass sie sich so hält, ist reine Disziplin. Jahrelang antrainiert.« Legrand betrachtete stattdessen Amandine. In diesem kleinen Raum voller Spiegel konnte er sie von allen Seiten sehen. Es war herrlich: Solange er sich auf Anne versteifte, konnte er in Amandines Gegenwart sein. Den sanften Schwung ihrer Lippen bewundern.

»*Monsieur le Commissaire?*«, sprach dieser Mund. Legrand wurde rot.

»Sie ist die Mörderin«, sagte er mechanisch. Eigentlich wollte er gar nicht reden müssen, sondern nur in ihrer Nähe sein und gemeinsam mit ihr den Sonnenuntergang betrachten.

»Es war kein Mord. Es war ein Unfall«, sagte sie müde. Wenn sie recht hätte, dürfte er aber nicht mehr bei ihr bleiben. Also ignorierte er das Gesagte einfach und rührte sich nicht vom Fleck.

»Glauben Sie mir?«

Legrand versank in ihren blauen Augen und nickte. »Zeigen Sie mir den Sonnenuntergang«, bat er. Sie schien nicht gleich zu verstehen, doch dann lächelte sie wissend. Und Legrand war, als ginge sie in diesem Moment auf, nicht unter, die Sonne.

»Betrachten Sie das Licht des Leuchters in dem Spiegel.« Amandine deutete nach vorne.

Legrand blickte auf die strahlende Kugel und dann sah er es. Das Spiegelbild des Spiegelbildes des Spiegelbildes. Tausendfach schien es sich gold-orange zu wiederholen, und tatsächlich sah es so aus, als ginge am Horizont der Feuerball unter. Es war magisch.

»Dann kann Anne sich nun endlich wieder auf ihre Arbeit

konzentrieren?«, fragte Amandine und machte eine abschließende Handbewegung, dass Legrand fürchtete, gleich hinausgeworfen zu werden.

»Nein«, sagte er. »Ich bleibe.«

»*Monsieur le Commissaire,* so wird das aber nichts!« Sie wirkte seltsam verzweifelt. »Müssen Sie nicht so etwas wie einen Bericht schreiben?«

»Erst wenn alle Unstimmigkeiten geklärt sind.«

»Was ist denn jetzt noch unstimmig?« Amandine klang zunehmend ungeduldig.

Das mit ihnen beiden war unstimmig. Legrand wurde darüber sehr traurig. In diesem Moment spürte er seine ganze Chancenlosigkeit. Im Gegensatz zu ihm hatte Amandine keinerlei Interesse an seiner Anwesenheit. Im Gegenteil. Sie wollte ihn loswerden. Ihr einziges Interesse bestand darin, die junge Tänzerin zu schützen.

»Tanzt sie in Ihrer Choreografie?« Er fühlte sich, als wäre er plötzlich aus einem schönen Traum aufgewacht und in der harten Realität gelandet.

»Sie meinen Anne Gilbert?«

Er nickte.

»Ja, sie tanzt eine wichtige Rolle in *Autumn Moves.*«

»Und das ist der Grund, weshalb ich Mademoiselle Gilbert in Ruhe lassen soll«, sagte Legrand kalt. »Damit Ihr Stück erfolgreich aufgeführt werden kann.« Er stand vor ihr und blickte auf sie hinab. Immer noch das gleiche wunderschöne Wesen, die leuchtenden Augen. Sie führte eine Hand an die Stirn, und diese Geste wirkte bei ihr wie eine Offenbarung. Und gleichzeitig erfüllte ihn das alles mit Traurigkeit und einer tiefen Enttäuschung. Es ging ihr nicht um den Menschen, sondern nur um ihre Choreografie.

»Nein, Monsieur Legrand«, sagte Amandine. »Sie sollen Mademoiselle Gilbert in Ruhe lassen, weil die Wahrheit schlimmer ist als das. Und wenn Anne sie kennen würde, dann würde sie mich dafür hassen.«

Lucie rollte die Mülleimer in den kleinen weiß gekachelten Raum in der Ecke des Hofes. »Warum glauben Sie, dass Bernadette gefährlich für Amandine ist?«

»Es ist doch ganz einfach«, bemerkte Madame Richard und gab ihrem Hund mehr Leine, die er sofort nutzte. »Amandine kommt zurück, und die alte Liebe zu Jean-Marc entflammt wieder.« Lucie erinnerte sich an den Tänzer, mit dem Amandine ihre größten Erfolge gefeiert hatte. Ein hübscher junger Mann war das damals gewesen. Aber Lucie hatte ihn am Tag des Mordes mit Bernadette Colasante gesehen. »Alle werden von Amandines Arbeit und von ihrem Wesen in irgendeiner Weise angetan sein. Und ohne dass Amandine es beabsichtigt, drängt sie Bernadette wieder in die Ecke zurück, in der sie früher schon stand. Dabei kam Bernadette Amandines Unfall damals so gelegen, dass ich mich frage, ob sie nicht doch irgendwie daran beteiligt war. Bevor es also so weit kommt, dass Amandine Bernadettes Platz vollständig einnimmt, stürzt Guillaume in den Tod und Bernadette wird Leiterin – zunächst kommissarisch. In dieser Funktion kann sie Amandine rausekeln, wenn nötig, und wenn diese nicht wieder verschwindet. Sollte das aber nicht gelingen, müsste Bernadette für den nächsten Unfall sorgen, und zwar ziemlich schnell.« Madame Richard runzelte die Stirn. »Sie sollten also ein Auge auf Amandine haben. Bernadette geht für diesen Job über Leichen.«

»Woher wissen Sie das alles?«, fragte Lucie.

»Ich habe vierzig Jahre dort gearbeitet.« Madame Richard

schlug ihren Mantelkragen hoch. »Und stehe in Kontakt mit der einen oder anderen aktiven Kollegin.«

Lucie war vor Sorge ganz schlecht. »Sie müssen mir helfen, Amandine zu finden, Madame Richard«, sagte sie.

»Nein, Lucie, das ist was für Sie«, lehnte diese entschieden ab. »Dafür bin ich zu alt.«

Lucie spürte sehr deutlich, dass es sinnlos war, zu versuchen, die alte Dame von etwas anderem zu überzeugen. Daher eilte sie zu Hausnummer 9 und fragte bei Maria, der Gardienne, nach.

»Hast du Amandine heute Morgen gesehen?«

Maria verneinte. Lucie erklärte kurz die Situation, und beide Frauen suchten Florines Wohnung auf, in der Amandine jetzt für ein paar Wochen lebte. Auf ihr Klingeln hin öffnete niemand. Maria hatte den Schlüssel mitgenommen. In der Wohnung fanden sie Amandine nicht, und Lucie meinte, sie müsse gleich zur Oper fahren.

»Warum verfällst du denn genau jetzt so in Panik?«, fragte Maria. »Lass uns doch einfach warten, bis sie heute Abend nach Hause kommt.«

Lucie aber spürte, dass Amandine ihre Hilfe brauchte. Sie kannte dieses Gefühl sehr gut von früher, wenn sie das Mädchen zu lange aus den Augen gelassen hatte und es still wurde im Kinderzimmer. Dann konnte sie sicher sein, dass Amandine etwas anstellte, so wie damals, als sie auf den Kleiderschrank gekrabbelt war. Weil man von dem »Turm« besser hinabblicken konnte.

»Ruf sie doch an«, schlug Maria vor.

Das probierte Lucie, als sie wieder in ihrer Loge war, doch ihr Anruf landete auf der Mailbox. Was sollte sie daraufsprechen? Halte dich von Bernadette fern? Sie will dir etwas antun.

»Liebe Amandine, bitte rufe mich sofort zurück, wenn du diese Nachricht hörst«, sagte sie und legte auf.

Wen konnte sie bitten, nach Amandine zu sehen? Wen kannte sie noch an der Oper? Minerve fiel ihr ein, doch im Souvenirshop würde Amandine nicht zu finden sein. Daniels Nummer hatte sie nicht. Pierre! Lucie rief den Ballettarzt an.

»Dr. Bourgeois, sind Sie sich gerade in der Oper?«

»Ja, Lucie, warum fragen Sie?«

»Haben Sie Amandine heute schon gesehen? Ich mache mir Gedanken …«

»Nein, Amandine habe ich heute noch nicht gesehen«, bedauerte Pierre. »Ich war bei Madame Colasante und dann bei drei Tänzern. Aber ich habe gerade ganz andere Sorgen, denn ich habe festgestellt, dass mir ein Fläschchen eines Medikamentes fehlt, das in hohen Dosen sehr gefährlich ist. Ich bin mir ganz sicher, dass es heute Morgen noch in meinem Arztkoffer war.«

Lucie wurde ganz schlecht. »Was ist das für ein Medikament?«

»Gamma-Hydroxybuttersäure«, erläuterte Pierre. »Bekannt als Partydroge. Ich verabreiche das manchmal in ganz geringen Dosen den Tänzern, die kraftlos und schwermütig sind, um sie in die Lage zu versetzen, eine gute Leistung auf der Bühne zu erbringen.«

Der Arzt gab den Tänzern Drogen? War das Ballett ein Dopingsündenpfuhl wie die *Tour de France?*

»Man braucht aber ein sehr gutes Gespür für die Dosierung. In hohen Dosen ist GHB total gefährlich.«

Ein furchtbarer Gedanke schoss ihr durch den Kopf. Bernadette hatte Motiv und Möglichkeit gehabt, und Lucie hatte das nicht wahrhaben wollen, weil sie nichts von Vorverurteilungen hielt. Doch wenn sie ehrlich war, gab es nichts, das diesen Verdacht entkräftete. Madame Richard hatte angedeutet, dass Bernadette in Amandines Unfall damals verwickelt war. Vielleicht war der Tänzer Sylvain Denis damals zum Mitwisser geworden, und den hatte die ehrgeizige Konkurrentin dann entsorgt. Und jetzt ging es ihr um die Macht, den Ruhm, die Direktorenposition.

»Pierre, wenn Madame Colasante Monsieur Bernard umgebracht hat, weil sie Direktorin werden wollte und das Gleiche mit Amandine vorhat, könnte sie das mit diesem Zeug probieren?«

»O Gott«, stammelte der Arzt, »das müssen wir verhindern.«

»Ich komme so schnell ich kann«, verkündete Lucie, warf sich einen Mantel über, schnappte ihre Handtasche und machte sich auf den Weg.

Sie durchquerten gemeinsam das *Grand Foyer*, das an Pracht kaum zu überbieten war, und betraten den großen Balkon zur Place de l'Opéra. Selbst hier draußen war der Boden mit Marmorplatten ausgelegt. Legrand hörte eine Sirene und hupende Autos. Der allgegenwärtige Pariser Straßenlärm wirkte wie ein Grundrauschen. Amandine ging weiter und blieb erst stehen, als sie die Mitte der großen überdachten Freifläche erreicht hatten. Dort lehnte sie sich an die Brüstung und blickte hinab. Der Flughafenbus fuhr über den Platz. Auf den Treppenstufen saßen Menschen in Grüppchen zusammen. Es war früher Nachmittag und der Himmel immer noch grau.

»Es war ein Unfall …«, Amandine sprach leise, »… was nicht heißt, dass niemand daran Schuld trägt …«

Legrand wusste nicht genau einzuordnen, ob sie von Guillaumes Sturz oder von ihrem eigenen damals sprach. Vermutlich von beiden.

»Er hat mein ›Nein‹ nicht akzeptiert. Das hat er nie. Er hat sich immer schon über Grenzen hinweggesetzt und gemeint, dass für ihn keine Regeln gelten.« Amandines sonst so leuchtendes

Antlitz wirkte, als lege sich ein Schatten darüber. Als verdeckten Wolken die Sonne. »Wir haben uns deshalb gestritten. Er warf mir mangelnde Professionalität vor. Und mangelnde Selbstbeherrschung.« Sie wirkte ganz in die Erinnerung versunken, als sie den Kopf schüttelte. »Da habe ich ihm die Krücken weggenommen …«

Legrand wollte nichts weiter hören. Am liebsten hätte er sich die Ohren zugehalten oder ihr gesagt, sie dürfe jetzt nicht weiterreden. Nur von einem hypothetischen Fall sprechen, sonst würde sie das Kopf und Kragen kosten. Doch da Amandine ihn in diesem Moment ansah, war er nicht in der Lage, irgendwie einzugreifen.

»Verstehen Sie, Monsieur Legrand. Ich wollte ihn von dem hohen Ross runterholen, auf dem er saß. Er meinte, er könne uns wie Schachfiguren hin und her schieben …« Amandine machte eine Pause, und Legrand schwieg.

»Dann bin ich die Treppe runtergelaufen und habe die Krücken unten hingeworfen. Er rief mir nach, ich solle sofort zurückkommen, doch ich bin durch die Boutique nach draußen gerannt.« Amandine wirkte in diesem Moment so schutzbedürftig auf Legrand, dass er sie am liebsten in den Arm genommen hätte.

»Ich war so empört, dass er nach all diesen Jahren nichts dazugelernt hatte. Und nach all den schlimmen Dingen, die geschehen waren.«

Legrand wagte nicht zu fragen, was diese schlimmen Dinge waren.

»Durch den Künstlereingang bin ich dann wieder ins Gebäude gegangen und hoch auf das Dach, weil ich frische Luft brauchte. Das ist mein Ort, dorthin ziehe ich mich zurück und sortiere meine Gedanken.« Sie lächelte kurz, und ihm schien, als brächen die Sonnenstrahlen nun doch durch die Wolkendecke.

»Dass er die Treppe runtergefallen ist, habe ich erst Stunden später erfahren«, schloss sie ihren Bericht.

Legrand sah sie aufrecht an der Brüstung stehen, wie eine Angeklagte, die ihr Urteil erwartete. Ihre sonst helle und heitere Grundausstrahlung war in den Hintergrund getreten. Auf ihn wirkte sie im Augenblick nur unendlich zart und verletzbar, und Legrand spürte, dass dies ein heiliger Moment war und er dem nicht gewachsen mit seiner gröberen Art, die nur geeignet war, um sie nach außen zu verteidigen.

»Weiß irgendjemand davon?«

Amandine schüttelte den Kopf.

Legrand räusperte sich: »Es kann immer noch sein, dass der Boden zu glatt war oder dass ihn jemand runtergestoßen hat!«

»Es war ein furchtbarer Unfall. Ich würde sehr gerne die Zeit zurückdrehen können und meinen Fehler wiedergutmachen«, sagte Amandine leise. »Ganz ehrlich tut es mir um Guillaume dabei nicht so leid wie um Anne, auch wenn ich das nicht sagen sollte.«

Die Staatsanwaltschaft würde darin Nötigung mit Todesfolge sehen. Die Untersuchungen würden sich lange hinziehen. Amandine würde Paris nicht verlassen dürfen, doch der Gedanke freute Legrand nicht, denn was das für ihre Engagements bei den großen Bühnen dieser Welt bedeutete, wagte er sich gar nicht auszumalen. Aber noch war es nicht zu spät. Sie hatte ihre Aussage nicht unter Zeugen gemacht.

»Entscheiden Sie, was Sie mit diesem Wissen jetzt tun wollen und müssen. Ich bitte Sie aber, lassen Sie Anne in Ruhe. Glauben Sie mir, ich kenne den Schmerz, den sie empfindet und ich wünsche mir sehr, dass sie darüber hinaus nicht unnötig belastet wird. Versprechen Sie mir das?« Ihre blauen Augen blickten ihn so eindrücklich an, dass sein Herz schneller schlug, als er nickte.

Sie lächelte, und das innere Leuchten schien langsam wieder zurückzukehren. »Ich hätte noch eine kleine Bitte«, sagte Amandine. »Lassen Sie mich noch Abschied nehmen, bevor sie mich mitnehmen. Ich verspreche auch, Ihnen nicht davonzulaufen.«

Bernadette stand oben im dritten Stock und blickte hinab auf die *Grand Escalier*. Heute war alles verwaist. Wie gut, dass sie die Schließung verlängert hatte. Normalerweise wäre um diese Zeit alles mit Touristen bevölkert. Viele Asiaten, früher waren es meist Japaner gewesen, heute auch Chinesen. In der kommenden Saison hatte sie eine Tournee des Balletts nach China geplant. Shanghai, Beijing. Sie freute sich darauf, Inspirationen für die Tänzer in einem fremden Kulturkreis zu sammeln. Diese Reise hatte sie vollkommen allein organisiert, Guillaume hatte nur Pate gestanden, wie immer.

Er hatte Bernadette vor einigen Jahren zu seiner Assistenz und Stellvertreterin gemacht, weil keine andere da gewesen war, mit einem so umfassenden Repertoire wie sie. Amandine arbeitete in Kanada und stand nicht mehr zur Verfügung.

Bernadette sah ihn noch genau vor sich, den entrückten Gesichtsausdruck von Guillaume, wenn er früher Amandine beim Tanzen betrachtete. Bei Bernadette hingegen sagte er stets nur »nett« oder »technisch gut« oder vielleicht »ganz hübsch«. Amandine kritisierte er viel härter, doch in Wahrheit war er von ihr hingerissen. So wie alle Menschen, und vor allem wichtige Entscheidungsträger. Sollte Bernadette es wirklich tun?

Sie stieg die Treppen hinunter und betrat den Zuschauerraum. Der Vorhang auf der Bühne war geschlossen. Bernadette setzte sich auf Platz 139. Dies war der Platz des Operndirektors. Sie dachte daran, mit wie viel Liebe sie die Gala für Guillaume vorbereitet hatte. Und als besonderes Highlight hatte sie Goldregen auf ihn herabrieseln lassen. Doch wen hatte er als Erstes auf die Bühne gebeten? Amandine. Bernadette hingegen hatte einen Statistenstrauß bekommen. Die Verlegenheitsgeste, weil man sie nicht vollkommen ignorieren durfte. Und für diesen Dank hatte sie sich zehn Jahre lang Tag und Nacht für ihren Job und für Guillaume krummgelegt? Selbst den Höhepunkt des Abends hatte er zerstört, indem er Émilie zum *Étoile* ernannt hatte, ohne es vorher mit ihr abzustimmen. Émilie war noch lange nicht so weit. Hatte er diese Entscheidung mit Amandine besprochen? Bernadette schien ja die Einzige zu sein, die nichts vorher gewusst hatte. Sie erinnerte sich daran, wie Guillaume ihr vor fünf Wochen gesagt hatte, Amandine werde kommen. Bernadette hatte vehement widersprochen, doch das hatte Guillaume nicht interessiert. Sie sei eine Choreografin internationalen Ranges und die Arbeit mit ihr eine gute Inspiration für das Ensemble. All diese Erschütterungen hätte Guillaume ihnen ersparen können. Seinen Tod hatte er sich selbst zuzuschreiben. Bernadette hatte schon so viel für diese Position getan, dass sie den Weg auch bis zum Ende gehen würde. Auf Jean-Marc konnte sie sich nicht mehr verlassen. Sie musste es selbst in die Hand nehmen. Pierre wusste gar nicht, wie hilfreich er ihr dabei war.

Bernadette stand auf und ging durch den kurzen Verbindungsweg zum nicht öffentlichen Bereich des Gebäudes. Sie nahm den Fahrstuhl in den obersten Stock. Dort sah sie von Weitem, wie Amandine die Tür zum Dach öffnete und hinaustrat. Das Schicksal will es so, dachte Bernadette. Jean-Marc gab Unterricht. Ein guter Zeitpunkt für ein Vieraugengespräch unter Frauen. Am besten mit einem Becher Kaffee, den sie unten in der Kantine holen würde. Das Fläschchen GHB hatte sie schon bei sich.

Legrand saß vor seiner zweiten Tasse *Express* in der Kantine der Oper. Da er dieses Mal Madame Lagarde am Eingang um einen Besucherausweis gebeten hatte, konnte er sich hier verköstigen lassen. Das Croissant lag noch unberührt auf dem Teller. Von seinem Platz aus blickte er auf den Hof vor dem Künstlereingang. Nicht nur das. Durch den verglasten Eingangsbereich konnte er sehen, wie Anne im Inneren des Gebäudes an der Portiersfrau vorbeikam, kurz mit ihr sprach, dann durch den Windfang in seine Richtung lief, bevor sie sich nach links wandte, das Haus verließ und den Hof überquerte. Normalerweise hätte Legrand sich über diesen strategisch günstigen Platz gefreut, auf dem man speisen konnte und nebenbei mitbekam, wer im Haus ein und aus ging. Vielleicht sollte er sich auch Gedanken darüber machen, warum Anne jetzt das Gebäude verließ. Doch er beobachtete nur zwei Tauben, die im Hof Krümel aufpickten. Der Himmel hing tief über der Stadt. Sein Telefon hatte er ausgeschaltet, um in Ruhe nachdenken zu können. Kurz kam ihm der Gedanke, dass er von diesem Platz hier auch sehen würde, wenn Amandine das Haus verließ, doch sie würde nicht fliehen. Das hatte sie zugesagt. Eher würde sie sich selbst opfern, um Schaden von anderen abzuwenden. Das warf die Frage auf, ob ihr Geständnis nicht eine Lüge gewesen war, um Anne aus der Schusslinie zu nehmen. Kannte Amandine die junge Tänzerin nicht erst seit wenigen Wochen? Woher rührte dann diese Opferbereitschaft? Gab es noch eine andere Verbindung zwischen den beiden Frauen?

Legrand sah Bernadette Colasante die Kantine betreten. Zügig ging sie an die Bar, bestellte etwas und zahlte sofort. Sie schien es eilig zu haben. Er erinnerte sich an Lucies Anruf – war das wirklich erst drei Tage her? –, mit dem die Gardienne sein Leben auf den Kopf gestellt hatte. Sie hatte ihn in die Oper gelotst und darauf bestanden, dass es sich um einen Mord handelte. Wie war

Amandines Verbindung zu Lucie Ferreira? Warum war sie an der Place des Vosges in ihrer Loge gewesen? Amandine hatte vehement widergesprochen, dass die Gardienne etwas mit der Sache zu tun haben könnte. Wenn Lucie aber die Mörderin war und ihn deshalb gerufen hatte, weil sie glaubte, er würde ihr nicht auf die Schliche kommen, warum hatte sie überhaupt die Polizei gerufen? Legrand biss nun doch vom Croissant ab, um besser denken zu können, denn er hatte das Gefühl, dass er sich seit Tagen im Kreis drehte. Die Polizei des 9. Arrondissements war doch schon da gewesen, als er an jenem Tag kam. Die Polizei musste in so einem Fall immer gerufen werden. Vielleicht hatte Lucie Legrand erst kontaktiert, als die Schutzpolizei zu dem Schluss gekommen war, die Kripo müsse her. Wieso insistierte die Gardienne dann aber, dass Guillaume Bernard ermordet worden war?

Legrand sah Bernadette Colasante mit zwei Kaffeebechern die Kantine wieder verlassen. Ob diese Frau auch mal an etwas anderes dachte als an ihre Arbeit?

Seine Gedanken zu den Verdächtigen waren ihm zu kompliziert, sodass Legrand noch mehr Croissant brauchte und Aurélie gern ein paar Fragen gestellt hätte, denn von weiblicher Psychologie verstand sie eindeutig mehr als er. Wenn aber nun Anne und Kora Chavignier nichts mit dem Mord zu tun hatten und es tatsächlich so geschehen war, wie Amandine es ihm erzählt hatte, dann hatte Lucie sehr dumm gehandelt. Eigentlich konnte Legrand gar nicht anders als Amandine glauben. Das war ja das Problem! Hätte diese Gardienne den Vorfall doch einfach auf sich beruhen lassen! Ob sie wusste, dass sie Amandine Maurel in die Hände der Justiz trieb?

Um den eitlen Ballettdirektor war es nicht schade, um Amandine schon! Was konnte sie dafür, dass er mit seinen Krücken nicht vernünftig umgehen konnte. Überhaupt, hätte er nicht besser aufpassen können? Dann wäre es nicht zu dem Unfall in den Kulissen gekommen, und er hätte die Krücken gar nicht gebraucht. Ob man den ersten Sturz nicht gründlicher untersuchen sollte? Wenn Legrand jemanden fand, der an dem ersten Sturz schuld war, könnte er ihm fahrlässige Körperverletzung mit Tötungsabsicht unterstellen.

Amandines Beteiligung war bisher nicht nachzuweisen. Man würde aber ihre Fingerabdrücke auf den Krücken finden. Er hatte sie dem Bestatter mitgegeben. Die Krücken mussten verschwinden. Bei der Aufmerksamkeit, die der Fall inzwischen auf sich gezogen hatte, konnte Legrand die Ermittlungen nicht mehr im Sande verlaufen lassen. Wenn er jetzt den Abschlussbericht schrieb und Fremdverschulden ausschloss, wäre das zu auffällig. Wie dumm von ihm, heute Morgen nicht am Quai des Orfèvres zu erscheinen. Dort hätte er eingreifen, die Erwartungen des Chefs und der Kollegen lenken müssen. Doch da hatte er die Hintergründe noch nicht gekannt. Legrand aß den Rest des Croissants. Es gab nur noch einen Weg: die Flucht nach vorne. Er würde die Spurensicherung informieren und sie bitten, die *Grand Escalier* zu untersuchen, sowie den Bereich oberhalb der Bühne, wo der erste Sturz passiert war. Die Rechtsmedizinerin Dr. Pistre sollte die Leiche obduzieren. Vielleicht konnte sie ja doch irgendeine Fremdeinwirkung nachweisen. Drogenkonsum. Alkohol. Was eine Erklärung für den Sturz abgeben würde. Amandine würde nicht schweigen, also musste er sie vor sich selbst schützen. Und wirklich ermitteln.

Legrand schaltete sein Handy an und erreichte Hugo von der Spurensicherung. In aller Kürze trug er sein Anliegen vor. Hugo erwiderte, sie seien schon auf dem Weg zum *Palais Garnier*. Legrand atmete auf. Dann stutzte er. »Woher wusstet ihr, dass ich euch brauche?«

»Das wussten wir nicht. Aurélie Petit hat uns gerufen.«

»Ein kluges Mädchen!« Legrand lächelte. Wie schön, sich auf seine Assistentin verlassen zu können.

»Eine intelligente junge Dame«, bestätigte Hugo. »Deshalb leitet sie im Fall Guillaume Bernard seit heute Morgen die Ermittlungen.«

Als Lucie durch das große Portal geeilt war und gerade links in den Garten des *Hôtel de Sully* abbiegen wollte, schoss ihr durch den Kopf, dass die Metrolinie 1 nicht die schnellste Verbindung zur Oper war, denn sie würde in *Châtelet* umsteigen müssen, was lange unterirdische Wege bedeutete und sie viel Zeit kosten würde. Der Bus wäre besser, dann könnte sie während der Fahrt auch Legrand anrufen. Lucie überlegte. Die Nummer 29 fuhr direkt an der Oper vorbei, alle neun Minuten. Die Haltestelle in der Rue St. Gilles war die nächstgelegene in Richtung *Opéra*. Lucie machte kehrt, rannte über die Straße und wollte gerade den Park an der Place des Vosges durchqueren, als ihr einfiel, dass der Bus deutlich öfter hielt als die Metro, was auch Zeit kostete. Sie blieb stehen und zog ihren »Plan 2« aus der Tasche. Sechzehnmal würde der Bus halten, zählte sie. O Gott, so kam sie nicht weiter. Aber wenn sie nicht bei *St. Paul,* sondern an der *Bastille* in die Metro einstieg, konnte sie die Linie 8 nehmen, die direkt bis *Opéra* fuhr. Dann aber würde sie an der falschen Seite der Oper rauskommen und die Straße zu überqueren brauchte auch wieder Zeit. Zudem konnte sie in der Metro nicht telefonieren. Es half nichts, Lucie brauchte ein Taxi. Sie wählte die Nummer der *Taxis Bleus,* die sie auswendig konnte, weil sie immer wieder Taxis für die Bewohner bestellte. Die Stimme am Telefon versprach, das Taxi werde sofort da sein. Was immer auch sofort hieß. Lucie ging zurück und wartete unter den Arkaden vor dem Portal von Hausnummer 3. Sie versuchte, Legrand auf dem Handy zu erreichen, doch ihr Anruf ging sofort auf die Mailbox. »Monsieur Legrand, Amandine ist in Lebensgefahr. Bernadette Colasante will sie umbringen! Rufen Sie mich bitte schnell an. Ich komme jetzt gleich zur Oper.« Als Nächstes musste sie Daniel Bouché vom Sicherheitsdienst erreichen. Doch sie hatte seine Nummer nicht.

Das Taxi kam, ein dunkelhäutiger Mann öffnete ihr die Tür, und Lucie setzte sich auf die Rückbank. »Bitte so schnell wie möglich zur Oper. Über die *Grands Boulevards!*« Sie überlegte, ob sie den Mann schon irgendwo einmal gesehen hatte. Er kam ihr bekannt vor. War das nicht dieser Fitnesstrainer, in dessen Kurs sie damals einen Kreislaufkollaps erlitten hatte? Wie hieß er noch mal? Said Kahla. Waren Taxifahrten einträglicher als Sportstunden? Sie war froh, dass er sie wohl nicht erkannte und beließ es dabei. Das Taxi bog nach links ab auf den Boulevard Beaumarchais. Said Kahla gab kräftig Gas. Unter normalen Umständen hätte sie ihn dafür gerügt. Jetzt musste sie das Unwohlsein in der Magengrube erdulden. Sie erreichten die neu gestaltete Place de la République, und Lucie war froh, dass der Verkehr sich nach den Baumaßnahmen hier nicht mehr so staute wie früher.

Said Kahla musterte sie im Rückspiegel. Er musste sich an sie erinnern, wo er doch in Haus Nummer 3 täglich ein und aus gegangen war. Lucie dachte kurz an Nathalie, die sie damals zu dieser albernen Zumbastunde überredet hatte.

Nathalie könnte Daniel auftreiben!

Nach dreimal Klingeln war ihre Schwiegertochter dran. »Salut, Lucie. Sag mal, was hast du denn mit David gemacht? Der ist ja wie verwandelt«, schwärmte sie.

»Das freut mich, Nathalie. Hast du Bernadette Colasante heute schon gesehen oder Amandine oder Daniel vielleicht?«

»Nein, warum?«

»Ich habe keine Zeit, das alles zu erklären, aber kannst du bitte Daniel informieren, dass er unbedingt Bernadette im Auge behalten muss. Oder noch wichtiger: Er muss Amandine finden.«

Der Wagen raste über die Boulevards St. Martin, St. Denis und Bonne Nouvelle.

»Also, was genau soll Daniel machen?«

»Du, ich bin gleich da. Er soll bitte mit dem Ballettarzt am Künstlereingang auf mich warten. Dr. Bourgeois wird ihm alles erklären.«

Obwohl der Himmel heute tief über der Stadt hing und die goldene Skulptur der *Harmonie* nicht in der Sonne leuchtete, genoss Amandine ein letztes Mal die Sicht über die Dächer von Paris. Sie sah die bunten kleinen Autos auf der Avenue de l'Opéra aufgeregt durch die Stadt flitzen, das *Grand Hotel* und daneben das *Hôtel Scribe* mit den schönen und so typischen Zinkblechdächern, und ihr fiel ein, dass sie noch gar nicht im *Café de la Paix* gewesen war, um dort den hervorragenden Kaffee zu genießen. Aber sie hatte einige Tage goldenen Oktobers in Paris erlebt, das besondere Licht und die Farben genießen können. Sie war auf Guillaumes Wunsch gekommen, weil sie seine Einladung als Wiedergutmachung verstanden hatte für das, was damals passiert war. Sie hatte gedacht, dass er mit sechzig Jahren Reue verspürte. Amandine wollte sich dem Frieden nicht in den Weg stellen und selbst Ruhe finden. Sie wollte, dass sie sich beide wieder in die Augen schauen konnten. Doch sie hatte sich etwas vorgemacht. Guillaume verdrängte noch immer, was er ihr angetan hatte. Amandine war gekommen, um endlich loszulassen und heil zu werden. Dafür gab es keinen schöneren Monat als den Oktober. Doch die Zeit der

Sonne war nun vorbei. Jetzt kamen die Tage, an denen der Wind stärker an den Blättern zerrte, um sie von den Bäumen zu reißen. Manchmal geschah dies auch ganz von selbst in windstillen Stunden, wenn die Blätter bereit waren und losließen. Dann schwebten sie leicht der Erde entgegen, gleichsam getragen, manchmal noch tanzend, bis sie am Boden Ruhe fanden. Und wenn sie selbst sich jetzt vom Dach wehen lassen würde? So wie Sylvain Denis? War sie bereit dazu? War sie bereit, dieses ganze Leben hinter sich zu lassen? War sie nicht schon einmal im Leben gestorben, vor zehn Jahren, und hatte alles hinter sich gelassen, was ihr lieb und teuer gewesen war? Es müsste ihr jetzt ganz leicht fallen. *Wer jetzt kein Haus hat, baut sich keines mehr, wer jetzt allein ist, wird es lange bleiben …* Keiner konnte das besser ausdrücken als Rilke. Und doch hatte sie das tiefe Gefühl, dass dies noch nicht alles gewesen sein konnte. Dass es noch so vieles zu tun gab. Und dass nach dem Herbst und dem Winter irgendwann ein neuer Frühling kommen würde. Für den sie nur bereit sein konnte, wenn sie mit Paris wirklich abschloss. Wie gut, dass sie mit Jean-Marc ihren Frieden gefunden hatte. Und er auch mit ihr. Oh, was hätte aus ihnen beiden werden können, wenn Guillaume nicht damals … Und heute stand Bernadette zwischen ihnen. Vermutlich sollte das ihr Schicksal sein. Wie bei Romeo und Julia. Amandine war dankbar, im Leben ihrer großen Liebe begegnet zu sein. Vermutlich war das eben so, dass die große Liebe nicht für die Ewigkeit taugte und auch nicht für den Familienalltag. Wobei sie den Alltag mit Jean-Marc geteilt hatte, und je länger sie zusammen gewesen waren, desto tiefer war die tägliche Freude aneinander geworden.

Amandine blickte über die Dächer des *Hôtel Scribe* hinweg in Richtung Eiffelturm. Was für ein kühnes Projekt und wie wurde damals dagegen protestiert. War Paris nicht immer schon die

Stadt gewesen, in der große Ideen geboren wurden, die auf ebenso großen Widerstand stießen? In der Architektur waren es Haussmanns Schneisen durch Paris und Garniers Operngebäude gewesen, in der Politik die Revolution 1789. Heute jedoch lebte die Stadt von ihrem historischen Glanz und wirkte so vergangenheitsverliebt, dass frisches Denken, ein neuer Geist hier nicht zu finden waren. Und auch die Oper, gerade sie, diente dieser Form der Konservierung. War die Oper nicht geradezu sinnbildlich für Amandines Leben? Unsicher, was die Zukunft brachte, aber auf eine erfolgreiche Vergangenheit zurückblickend. Und blieben die großen Themen der Menschheit und damit auch ihre Geschichte und ihre Geschichten nicht immer die gleichen und nur die Art, wie sie erzählt wurden, wandelte sich mit der Zeit?

In diesem Moment bemerkte Amandine Bernadette, die auf sie zukam und zwei Becher Kaffee in der Hand balancierte.

»Nanu, welch seltener Gast«, sagte Amandine. Sie konnte sich nicht daran erinnern, Bernadette jemals hier oben gesehen zu haben. Auch damals nicht, als die Zugänge auf das Dach noch nicht verriegelt worden waren. Ob Bernadette die Stelle kannte, wo Jean-Marc vor zwölf Jahren ihre beiden Initialen in den Stein geritzt hatte?

»Ich dachte mir, dass ich dich hier finden würde.« Bernadette reichte Amandine einen Becher und setzte sich neben sie. »Ganz schön hoch hier oben«, meinte sie, und bevor eine peinliche Pause entstehen konnte: »Ich wollte mich mit dir in Ruhe über die künftige Ausrichtung des Balletts unterhalten.«

»Warum das?« Amandine zog die Augenbrauen hoch.

»Guillaume hat immer großen Wert auf dich gelegt, Olivier Renaud tut das auch …« Bernadette hielt ihren Becher hoch, prostete Amandine zu und sagte: »Auf das Ballett.«

Bernadette legte bestimmt keinen Wert auf sie. Amandine

prostete Bernadette zögernd zu, trank aber nicht, sondern sagte: »Guillaume hat uns zu seinen Marionetten gemacht, Bernadette. Immer schon. Und uns erfolgreich gegeneinander ausgespielt.«

Bernadettes Mund bekam einen schmerzlichen Zug. »Er hat dich angebetet. Mich hat er nicht einmal gesehen.«

Ach, wenn sie doch nur wüsste, dachte Amandine. Und plötzlich hatte sie das Verlangen, mit Bernadette über die Wahrheit zu sprechen. Bernadettes unerwartete Offenheit verdiente einen Vertrauensbeweis. Die Wahrheit konnte sie frei machen, sie würden neu aufeinander zugehen können. Vielleicht war in Paris ja doch etwas wirklich Neues möglich?

»Guillaume hat mich behandelt wie eine Leibeigene. Als ich meinen Anspruch auf ein eigenes Leben geltend machen wollte, hat er es zerstört«, sagte Amandine und umschloss ihren Kaffeebecher mit beiden Händen. »Ich war damals schwanger, was noch niemand wusste, doch das passte nicht in seine Tourneepläne …« Der Becher war angenehm warm. Wärme spendete Geborgenheit. »Und dann hat er mich gezwungen abzutreiben.«

»Das konnte er nicht!«

»Nein, aber er konnte meinen Dienstplan so kurzfristig ändern, dass ich am Abend mit Denis tanzen musste und Jean-Marc alleine zum Geburtstag seiner Mutter fuhr …« Sie hatte versprochen nachzukommen. Doch diesen Plan hatte Guillaume vereitelt. »Denis und ich hatten keine Zeit mehr, gemeinsam zu proben, und Guillaume hat ihm absichtlich falsche Anweisungen gegeben. Ich war wegen unserer Auseinandersetzung zu unkonzentriert, um das zu merken.« Hätte sie Jean-Marc doch schon vor diesem Abend von dem Kind erzählt. Sie hatte es auf der Fahrt in die Bretagne tun wollen, direkt vor der Familienfeier. »Guillaumes Plan ging auf. Ich stürzte und verlor das Kind.«

Ein Raum der Betroffenheit war entstanden, der Amandine

guttat. Es war wohltuend zu benennen, was wirklich geschehen war, und das vor einer Frau, die ihr ein Leben lang alles geneidet hatte, ohne zu wissen, dass es gar keinen Grund für Neid gab – ganz im Gegenteil.

»Das tut mir leid«, Bernadette konnte sie nicht ansehen, sondern blickte in die Tiefe. »Das wusste ich nicht. Uns hat Guillaume damals erzählt, du seist gerade auf dem Egotrip, als du am nächsten Morgen nicht gekommen bist …«

»Nach dem Tag im Krankenhaus habe ich mich zu meiner Tante in den Süden zurückgezogen.« Jean-Marc war bei seiner kranken Mutter geblieben und hatte andere Sorgen gehabt. Er hatte versucht, sie bei Tante Odile zu erreichen, doch Amandine hatte sich nicht in der Lage gefühlt zu reden. Ihre Trauer hatte ihr die Kehle zugeschnürt. Sie hatte ihn nie zurückgerufen.

»Nach drei Tagen rief Guillaume mich an und warf mir meine Unkonzentriertheit vor. Ich konfrontierte ihn mit seiner Schuld. Er sagte, ich solle mich nicht überschätzen. Es gäbe andere Tänzerinnen, die mich hervorragend ersetzen könnten. Du, Bernadette, würdest das bereits nicht nur auf der Bühne tun. Wenn mir meine Karriere und meine Beziehung etwas bedeuteten, solle ich noch am Abend wieder in Paris sein. Sonst würde er mir kündigen.«

Bernadette schwieg und blickte auf den Boden.

»Ich hatte einen Termin beim Arzt und war schon spät dran wegen des Telefonats mit Guillaume. Ich stieg ins Auto und raste los, verletzt und wütend gleichzeitig. Dann kam diese Kurve … Ich war einfach zu schnell …«

Ihr Auto hatte sich mehrfach überschlagen. Dass sie überlebt hatte, war ein Wunder gewesen. Sie war erst in Frankreich behandelt worden, dann in der Schweiz, später in Kanada. Und nie wieder nach Paris zurückgekehrt.

»Aber nun ist doch alles gut, du bist eine berühmte Choreografin und wirst deine Karriere als Ballettdirektorin krönen können.« Bernadette erhob erneut ihren Becher. »Auf die Ballettdirektorin.«

»Wie kommst du denn darauf?« Amandine sah Bernadette erstaunt an, die ihrem Blick auswich.

»Gestern Abend hattest du doch einen Termin mit Olivier Renaud …«

»Dem ich gesagt habe, dass er keine bessere Ballettdirektorin finden kann als dich.«

»Danke.« Jetzt sah Bernadette Amandine offen in die Augen.

»Das ist die Wahrheit. Du bist verantwortungsvoll und gerecht und würdest keinen Tänzer persönlichem Machtstreben opfern. Das hast du diese Woche Anne gegenüber bewiesen.« Amandine erhob ihren Becher und prostete der neuen Ballettdirektorin zu. »Auf dich, Bernadette, und den Platz, den du verdient hast.«

Said Kahla hatte sie nicht wie erwartet einfach am Boulevard Haussmann aus dem Taxi geworfen, sondern eine sehr riskante Linkskurve Richtung Rue Scribe hingelegt und sie schließlich direkt bei dem schmiedeeisernen Tor vor dem Künstlereingang aussteigen lassen. Lucies Magen war flau, und ihre Knie zitterten. Sie gab ihm ein fürstliches Trinkgeld und empfahl ihm eine Karriere als Stuntman.

»Den Expressservice biete ich nur alten Bekannten«, grinste er und verabschiedete sich, indem er an seine Baseballcap tippte. Lucie sah erst jetzt, wie viele Beulen sein Renault hatte. Dann eilte sie durch das Tor in den Hof und sah Pierre Bourgeois und Daniel Bouché am Eingang warten. Die beiden waren wild gestikulierend ins Gespräch vertieft. Und dann sah Lucie noch etwas, was sie als Gottes Fügung interpretierte. Im Nebenflügel, wo die

Künstlerkantine untergebracht war, saß Legrand am Tisch und starrte in seine Kaffeetasse. Das war ja klar, dass sie ihn dort finden würde, wo es etwas zu essen gab.

Lucie klopfte heftig an die Glasscheibe. Er sah hoch, und sie winkte ihm, er solle das Fenster öffnen. Dann pochte sie noch einmal, nur um ihm deutlich zu machen, dass sie sich hier nicht ignorieren lassen würde. Legrand stand langsam auf, so als wollte er ihr zeigen, dass sie nicht über ihn zu befehlen habe. Lucie klopfte ein drittes Mal, und Legrand legte einen Zacken zu.

»Was wollen Sie?«, fragte er mürrisch, als er das Fenster öffnete.

»Amandine ist in Gefahr!«, rief Lucie.

»Ich weiß«, seufzte Legrand. »Glauben Sie mir, ich bin schon dran …«

»Und dann sitzen Sie hier rum?« Lucie blickte ihn vorwurfsvoll an.

»Was soll ich denn sonst tun?« Er zuckte mit den Achseln.

»Sie suchen! Wir müssen sie dringend retten!«, donnerte Lucie. »Haben Sie sie heute schon gesehen?«

»Ja.« Legrand nickte.

»Gott sei Dank! Wann und wo?«

»Vor einer Stunde vielleicht.«

»Wo ist sie jetzt?« Musste sie ihm denn alles aus der Nase ziehen?

»Sie wollte sich verabschieden …«

Vielleicht von Jean-Marc? »Wieso verabschieden?«

»Das unterliegt der Schweigepflicht.«

»Monsieur Legrand, ich versuche Ihnen die ganzen Zeit zu erklären, dass Madame Colasante versuchen wird, Amandine zu vergiften, und sie sprechen von Schweigepflicht?«

»Die Direktorin? Die habe ich hier zwei Becher Kaffee holen sehen …«

»O mein Gott! Kann es sein, dass sie auf das Dach gestiegen ist?«

Legrand überlegte kurz: »Ja!«

»Dann los!«, rief Lucie.

Der Kommissar kletterte aus dem Fenster und ignorierte die junge Frau am Tresen, die ihm hinterherrief. Sie trafen auf Dr. Bourgeois und Daniel und dirigierten beide ins Treppenhaus. Als sie dort auf den Fahrstuhl warteten, bat Lucie Daniel, sie dorthin zu bringen, wo Amandine das Dach betreten haben könnte. Der Fahrstuhl kam, und Daniel drückte auf den obersten Knopf.

»Dr. Bourgeois hat Madame Colasante am Dienstag am Tatort gesehen«, erklärte Lucie dem Kommissar, während die Kabine langsam nach oben ruckelte.

»Wir halten es für möglich, dass sie es war, die Guillaume die Treppe hinuntergestoßen hat«, ergänzte der Arzt.

»Und statt zu helfen, ist sie weggerannt«, empörte sich Lucie.

»Heute Morgen muss Bernadette aus meinem Arztkoffer GHB entwendet haben.«

Legrand pfiff durch die Zähne. Das Mittel schien ihm bekannt zu sein.

Sie verließen den Fahrstuhl im fünften Stock, und Daniel eilte durch die Gänge voraus. Als sie links um die Ecke in einen verglasten Gang bogen, von dem aus man auf das Dach blicken konnte, hätten sie fast Jean-Marc Clément umgerannt. Daniel öffnete die Tür, und sie stiegen die Metallstufen hinab. Jetzt erst erkannte Lucie, was für ein mutiges Unterfangen es war, Amandine hier finden zu wollen. Dieses Dach war nicht einfach ein Dach, es war eine Landschaft aus Zinkblechbergen und -tälern, dazwischen Kasten aus Glas, durch die Licht in die daruntergelegenen Räume drang. Links neben Lucie erhob sich eine gewaltige Rundsteinmauer, Teil eines Zylinders, auf dem eine grüne Bronzekuppel thronte. Neben der Mauer war ein schmaler Weg, auf dem sie hintereinander entlangbalancierten. Legrand führte die Gruppe an. Jean-Marc hatte sich ihnen schweigend angeschlossen und bildete das Schlusslicht.

Daniel hatte wohl Lucies staunenden Blick gesehen, denn er sagte: »Wir befinden uns hier über dem Zuschauerraum auf Höhe der Stelle, wo der große Kronleuchter verankert ist. Und sehen Sie, da oben ist ein runder Ballettsaal, in dem die Tänzer proben.« Hinter ihnen ragte das Dach noch mehrere Stockwerke in die Höhe. »Das ist der Raum über der Bühne.«

»Kann Amandine auch da oben sein?«, fragte Lucie. Dann hätten sie den falschen Ausgang genommen. Daniel blieb stehen, Legrand ebenfalls.

»Amandine ist immer da vorn!«, sagte Jean-Marc hinter ihnen. »Bei der goldenen Skulptur. Sie müssen hier runter.« Jean-Marc bot Lucie den Arm, denn jetzt mussten sie gut zwei Meter über das Zinkblechdach hinabklettern. Auf der anderen Seite war eine rot-weiße Kette gespannt. Spätestens hier durfte niemand mehr weiter. Doch der Tänzer bewegte sich so leichtfüßig, als sei dies sein täglicher Morgenspaziergang. »Seien Sie froh, dass es nicht nass ist«, sagte er. »Bei Regen wird das die reinste Rutschpartie.« Legrand, Pierre und Daniel hatten ihre Mühe mitzuhalten.

Unten angekommen, eilten sie in einer Art Regenrinne weiter. Hier fühlte Lucie sich sicher, denn sie bewegte sich wie im Tal zwischen den Hügeln vorwärts. Zu ihrer Linken lag vermutlich der Raum über der *Grand Escalier,* zu ihrer Rechten stieg eine Zinkblechebene nach oben an, an deren höchstem Punkt sich ein Mauerabsatz über die ganze Länge des vorderen Opernhauses zog. Lucie war froh, hier unten zu laufen und nicht dort oben entlangbalancieren zu müssen, wo es zur anderen Seite steil abfiel. Ein falscher Schritt, und man lief Gefahr, vom Dach zu stürzen.

Lucie konzentrierte sich auf den Weg vor sich und sah, dass die Mauer vorn einen Knick machte und im rechten Winkel weiter nach links verlief. Und genau dort sah sie Amandine und Bernadette auf der Mauer sitzen, vielleicht noch zwanzig Meter von ihnen entfernt.

»*Allez!*«, rief sie den Männern zu und beeilte sich selbst, so gut sie konnte, vorwärtszukommen, ohne die Frauen aus den Augen zu lassen. Plötzlich sprang Bernadette auf und warf sich auf Amandine. Lucie schickte ein Stoßgebet zum Himmel. Etwas flog durch die Luft. Es sah so aus, als hätte Bernadette es Amandine aus der Hand geschlagen. Von der Wucht der Bewegung wurde Amandine mitgerissen, sie taumelte. »Amandine!«, schrie Lucie, doch es war zu spät. Amandine schien Lucie noch ein letztes Mal erstaunt anzusehen. Dann stürzte ihr kleines Mädchen in die Tiefe.

Monsieur Abram Rosenberg war zufrieden. »Komm, Fifi«, rief er. Du bekommst jetzt erst mal ein Leckerli. Und dann machen wir unsere Abendrunde.« Er würde sich heute Abend ein gutes Gläschen Merlot genehmigen. Verdientermaßen, denn gerade eben hatte er die Arbeit an seiner neuesten Komposition fertiggestellt. Den ganzen Tag hatte sein Kopf aus Tönen bestanden. Sanfte Flöte, jazziges Klavier, eine Harfe, die herrliche Übergänge zauberte von der Flöte zu den Geigen und dann im Dreiklang mit Percussions, imposante Bläser, mehr Trompete als Posaune und zwischendurch der Chor, der seinem Stück mal die Höhen und mal die Basis gab. Herrlich. Beschwingt griff er nach seinem Mantel und warf einen Blick hinaus. Würde er einen Schirm brauchen? Der Tag war grau und trist gewesen, was ihn nicht gestört hatte, denn das waren die optimalen Bedingungen, um drinnen kreativ zu sein. Der Hof sah trocken aus. Vor Lucies Loge bemerkte Monsieur Rosenberg einen Mann, der sich mit Madame Richard unterhielt. War das nicht der Hausverwalter, der vor zwei Tagen schon mal da gewesen war? Hatte Lucie etwa wieder einen Termin verpasst? Monsieur Platel in den Händen von Madame Richard – das konnte nichts Gutes für seine Gardienne bedeuten. Schnell griff er nach der Hundeleine, legte sie Fifi an und machte sich auf den Weg durch das Treppenhaus.

»Ah, *Messieurs dames*«, begrüßte er die beiden freundlich, als er auf den Hof hinaustrat. »Ist Lucie noch nicht wieder zurück?« Er blickte auf die Uhr. »Ihre Zeit ist ja nun überschritten. Ich hatte sie gebeten, mir nach Ende ihrer Anwesenheitspflicht neue Zigarren vom Einkaufen mitzubringen. Ich habe nämlich heute Abend etwas zu feiern, müssen Sie wissen …«

»*Bonsoir*, Monsieur Rosenberg!« Fabrice Platel begrüßte ihn überschwenglich. »Eine neue Komposition?«

Monsieur Rosenberg nickte. »Sie sagen es. Daher hatte ich keine Zeit, selbst einzukaufen …«

»Ich bedaure ja wirklich, das sagen zu müssen«, der Hausverwalter hob entschuldigend beide Hände in die Luft, »aber individuelle Besorgungen gehören eigentlich nicht in das Leistungsspektrum, das eine Gardienne bietet. Madame Richard hat mir erzählt, dass Lucie gerade ihren Hund zum Tierarzt bringt …«

»Ach, so ist das …« Rosenberg betrachtete Madame Richard mit neuer Hochachtung. »Ja, dann hoffe ich mal, dass sie auf dem Rückweg die Zigarren nicht vergisst«, sagte er streng.

»Ich kann Madame Ferreira ja nicht vorschreiben, was sie in ihrer privaten Zeit macht«, Platel verschränkte die Arme, »aber ich habe den Eindruck, dass sie die Bewohner hier zu sehr verwöhnt. Und sich das vermutlich gut bezahlen lässt.«

»Nein«, Madame Richard und Monsieur Rosenberg waren in

ihrer Empörung vereint. »Das tut sie aus reiner Gefälligkeit«, ergänzte der Komponist.

Monsieur Platel räusperte sich. »Wissen Sie, wir müssen heute wirtschaftlich denken. In größeren Zusammenhängen. Und bei vielen Objekten, die wir betreuen, verzichten wir inzwischen ganz auf Hausmeister. Es gibt einen Pool von Reinigungs- und technischen Supportkräften, und dadurch sind für die Bewohner deutliche Einsparpotenziale vorhanden ...«

»Kommen Sie nur nicht auf die Idee, uns Lucie zu nehmen und durch Briefkästen zu ersetzen!« Madame Richard hob drohend den Zeigefinger. »Sie ist unbezahlbar.«

»Ach, wir werden darüber auf der nächsten Eigentümerversammlung abstimmen«, sagte Monsieur Rosenberg vergnügt. »Und uns die Kosten der Verwaltung mal ganz genau ansehen. Mein Agent beispielsweise hat mir neulich erzählt, dass Sie durch einen Wechsel des Verwalters zwanzig Prozent der Umlagen einsparen konnten.«

Legrand wusste nicht, wie er die letzten Meter hoch auf den Mauerabsatz gekommen war. Auf der linken Seite, in zehn Metern Entfernung gab es Stufen, die zum Mauerabsatz hinaufführten, doch er war fast so schnell wie Jean-Marc Clément über die Zinkblechfläche geklettert und hatte oben auf der Mauer gesehen, dass es dahinter wieder steil bergab ging. Amandine war die abschüssige Stelle hinuntergerollt und gegen die Mauer geprallt, die den Abschluss zur Frontfassade bildete. Diese gut ein Meter hohe Mauer hatte ihr hoffentlich das Leben gerettet. Bernadette war Amandine gefolgt und hielt sie im Arm.

»Das wollte ich nicht«, schluchzte Bernadette.

»Amandine, wie geht es Ihnen?«, fragte Legrand, während er

ihren Puls fühlte. Jean-Marc Clément stand daneben. Inzwischen tauchte auch Dr. Bourgeois oben auf der Mauer auf. »Kommen Sie schnell«, rief Legrand ihm zu.

Da öffnete Amandine ihre Augen, doch ihr erster Blick galt nicht Legrand, sondern dem Tänzer. Die beiden sahen einander an, als nähmen sie den Trubel um sie herum gar nicht wahr. Es war, als gäben sie sich stillschweigend ein großes Versprechen.

»Sie lebt«, rief Dr. Bourgeois, als Lucie mithilfe von Daniel auf der Mauer erschien. Die Gardienne setzte sich kurzerhand auf den Hosenboden und rutschte das Dach hinab. Als sie bei den anderen angekommen war, sah Legrand, dass sie unter Tränen lachte. »Mein Mädchen, was machst du nur für Sachen«, sagte sie und streichelte Amandine über die Wange. Bernadette Colasante warf sich, immer noch heftig schluchzend, dem Tänzer in die Arme. Jean-Marc Clément hielt sie fest, doch er ließ Amandine zu keinem Zeitpunkt aus den Augen.

»Amandine, kannst du dich bewegen? Tut dir irgendetwas weh?«, fragte Dr. Bourgeois.

Da lachte Amandine, und Legrand wurde bewusst, dass er Amandine noch nie hatte lachen hören. Es war ein glockenhelles Lachen. Und Jean-Marc stimmte in dieses Lachen ein, während sich alle anderen verdutzt ansahen.

»Wir sind hier doch schon als Kinder runtergekullert«, erklärte sie schließlich, als sie sich wieder beruhigt hatte. »Ich gebe zu, der Start war dieses Mal etwas ungewöhnlich, aber kullern verlernt man nicht. Das ist wie Fahrrad fahren.« Sie muss ein entzückendes Mädchen gewesen sein, dachte Legrand.

»Das ist nicht lustig«, tadelte Lucie. »Madame Colasante wollte dich umbringen, wie sie auch schon Guillaume umgebracht hat. Dir hätte sonst was passieren können, wenn wir nicht rechtzeitig gekommen wären!«

Amandine wurde wieder ernst. »Nein, liebe *Nounou*, es tut mir leid, dich enttäuschen zu müssen, aber für Guillaumes Tod muss leider ich die Verantwortung übernehmen.« Sie nahm die Gardienne in den Arm und gab ihr einen Kuss auf die Stirn. Dann wandte sie sich an Legrand und sagte: »Kommen Sie, Monsieur Legrand. Jetzt bin ich bereit zu gehen.« Sie lächelte. »Ich wusste gar nicht mehr, wie schön es ist, zu kullern. Das macht Lust auf Frühling.«

Am Freitagabend hatte Antonio früher Schluss auf der Baustelle. Nur noch wenige Wochen würde er in den Gemäuern anderer Menschen arbeiten, dann konnte er seine ganze Arbeitskraft dem eigenen Heim widmen. Lucie hatte David versprochen, dass sie ihr Erspartes den Kindern zur Verfügung stellen würde für deren Wohnung. Doch hatten sowohl David als auch Arthur noch ein Berufsleben lang Zeit, ihre Schulden abzuzahlen. Zumal beide deutlich besser verdienten, als es ihre Eltern jemals getan hatten. Und es war doch die freie Entscheidung von David und Nathalie gewesen, diese teure Wohnung zu kaufen. Man konnte auch mit weniger auskommen, wie sie als Kinder gelernt hatten. Mehr Bescheidenheit würde ihnen gut zu Gesicht stehen, fand Antonio. Den ganzen Tag lang hatten ihn diese Gedanken begleitet. Nächste Woche sollte der Kaufvertrag beim Notar unterschrieben werden. Es konnte nicht angehen, dass er seinen Lebenstraum für seine erwachsenen Söhne aufgab, die mit über dreißig auf eigenen Beinen standen. Antonio und Lucie hatten ein Leben lang gespart und ihren Kindern das Studium finanziert. Nein, jetzt waren sie selbst an der Reihe. Zudem Lucie bald nicht mehr als Gardienne arbeiten konnte, und wo sollten sie beide dann hin? Von der geringen Rente würden sie sich eine Mietwohnung in

Paris gar nicht leisten können. Außerdem hatte David am Dienstagabend beim Pizzaessen nicht den Wunsch geäußert, dass seine Eltern ihm finanziell helfen mögen. Man sollte die Kinder nicht klein halten, indem man ihre Probleme für sie löste. Das wollten sie bestimmt gar nicht.

Antonio hatte bei dem trüben Wetter heute keine Lust zu laufen und stieg in den Bus. Er ergatterte einen Sitzplatz am Fenster. Eine bunt gekleidete dunkelhäutige Frau setzte sich neben ihn und nahm ihr Kleinkind auf den Schoß. Die Kleine hatte schwarze Kulleraugen, süße Ringellocken und weiße Zähne. Antonio war fasziniert von der Schönheit des Mädchens. Das Kind sprach ihn an, und er erzählte, dass er zwei Enkelinnen in ihrem Alter habe. Ihr Opa sei schon tot, sagte die Kleine.

Antonio fiel ein, dass heute ja Familienabend war. Er freute sich darauf, dass Lucie wieder mal richtig gut kochen würde. Und dann kam ihm ein hervorragender Gedanke.

Tränen rannen ihr über die Wangen. Sie wusste gar nicht, warum sie weinte. Vermutlich war es etwas viel Aufregung gewesen, und vielleicht hatte sie doch kein so starkes Nervenkostüm mehr wie noch vor einigen Jahren. Lucie war auf dem Dach zurückgeblieben. Alle anderen hatten bereits den Rückweg angetreten. Nur Dr. Bourgeois war bei ihr geblieben und fühlte ihren Puls.

»Sobald wir unten sind, kann ich Ihnen ein Beruhigungsmittel aus meiner Arzttasche geben«, sagte er. Doch Lucie brauchte kein Beruhigungsmittel, besonders nicht, nachdem sie erfahren hatte, was der Arzt den Tänzern so alles verabreichte. Sie saß auf den Stufen vor der Mauer, hinter der es steil die Fassade hinabging, neben dem goldenen Engel mit der Leier. Hatte sich das Phantom der Oper nicht auch als Engel der Musik bezeichnet? Lucie holte ein Taschentuch aus ihrer Tasche und schnäuzte sich. Letztendlich gab es für alles immer eine ganz natürliche Erklärung. Unheil bringende Worte waren ebensolcher Unsinn wie die Geschichte mit dem Fluch. Doch Amandine konnte definitiv nicht schuld an Guillaumes Tod sein. Obwohl Lucie immer noch sehr aufgewühlt war, spürte sie genau, dass hier etwas nicht stimmte. Ein guter Baum brachte gute Früchte und ein schlechter Baum schlechte, das stand schon in der Bibel. Amandine war ein guter Baum. Das wusste niemand so gut wie Lucie. Sie kannte Amandine von klein auf. Damals, als junge Frau, die sie kaum jemanden in Frankreich kannte, war das kleine Mädchen ihr Lichtblick gewesen, wenn in Paris alles fremd erschien. Vielleicht war Amandine im Leben manchmal an sich selbst gescheitert, aber sie war in jedem Fall ein guter Baum. Guillaume hingegen schien kein guter Baum gewesen zu sein.

Lucie seufzte.

»Dann war es doch Amandine«, sagte Dr. Bourgeois und schüttelte den Kopf.

»Nein, ganz bestimmt nicht!« Weitere Tränen kullerten über Lucies Wange. Sie brauchte ein neues Taschentuch.

»Ach Lucie, ich weiß, wie es ist, wenn man einen Menschen jahrelang falsch eingeschätzt hat. Und man erkennen muss, dass man die Augen vor der Wahrheit verschlossen hat …« Seine Stimme klang mitfühlend. Lucie spürte, dass es richtig war, was er sagte. Aber so viel anderes stimmte für sie plötzlich nicht mehr.

»Glauben Sie als Arzt wirklich, dass ein Sturz ausgereicht hat, einen so durchtrainierten Mann wie Monsieur Bernard zu töten? Ich meine, schauen Sie mal, wie Amandine hier gerade gefallen ist. Danach ist sie aufgestanden, als sei nichts gewesen. Obwohl sie seit dem Unfall nicht mehr so beweglich ist wie früher.«

»Amandine hatte auch keinen Gips«, erwiderte der Arzt. »Und hat selbst gesagt, dass sie das hier schon jahrelang gemacht hat.«

Dennoch, irgendetwas passte nicht zusammen. Die Bibelworte kamen ihr in den Sinn: *Was ihr getan habt einem der geringsten unter diesen meinen Brüdern, das habt ihr mir getan.* Sie dachte zu sehen, doch sie hatte nicht erkannt, sie dachte zu hören, doch sie hatte nicht verstanden. Um welche Brüder ging es denn genau? O Gott, betete sie, bitte gib mir doch die Erkenntnis der Wahrheit.

Gerade eben war sie noch stolz gewesen, Amandine gerettet zu haben. Jetzt wurde ihr bewusst, dass es ihrer gar nicht bedurft hätte. Musste sie wirklich durch die ganze Stadt fahren, um die Polizei aufs Dach zu führen? Sie hatte sich selbst überschätzt und geglaubt, Gott brauche sie, um den Fall zu lösen. Dabei wollte er ihr mit dieser Bibelstelle nur vor Augen führen, wie wenig sie gesehen hatte. Lucie bereute ihre Eitelkeit. Nicht einen Moment lang hatte sie sich gefragt, warum Dr. Bourgeois ihr von den Fehlbeständen des Medikamentes erzählt und auf sie im Eingang gewartet hatte. Er hätte sie nicht gebraucht, um Amandine zu retten. Das hätte er mit Daniel und Legrand viel schneller allein gekonnt.

Wozu also diese Mühe? Wozu sie in das Geschehen einbinden? Plötzlich wusste Lucie, dass Pierre den Schlüssel zur Lösung des Falles kannte, doch ihn aus irgendeinem Grund nicht herausgeben wollte. Sie musste klug vorgehen.

»Bernadette war es nicht, und Amandine war es auch nicht«, sagte sie bestimmt.

»Ich wäre auch nicht auf Amandine gekommen.« Pierre kratzte sich am Hinterkopf. »Aber als ich Guillaume am Fuß der Treppe gefunden habe, hat er ihren Namen genannt.«

Legrand lehnte sich auf die schmiedeeiserne Brüstung im dritten Stock und blickte auf die *Grand Escalier* hinab. Er hatte Amandine in ihre Loge geschickt und sie gebeten, dort zu warten, bis ein Polizist sie abholen würde. Hier oben waren die Decken niedriger, und alles wirkte weniger imposant. Der Fußboden war nicht so kunstvoll gestaltet wie in den unteren Etagen. Wenn Ovid davon sprach, dass die Frauen ins Theater gingen, um zu sehen und gesehen zu werden, so galt für dieses Stockwerk vermutlich Ersteres. Legrand hatte hier oben einen guten Überblick, konnte aber von seinen Kollegen der Spurensicherung unten nicht bemerkt werden. Er zählte fünf Männer in weißen Schutzanzügen, die Stufen und Geländer untersuchten. Aurélie war er bisher nicht begegnet und froh darüber, denn er hätte es unerträglich gefunden, von seiner ehemaligen Praktikantin Arbeitsanweisungen zu bekommen.

Legrand konnte zwei Meter vor und über sich die steinernen aufwendig gearbeiteten Bögen sehen, die den Abschluss der beeindruckenden Säulen der *Grand Escalier* bildeten. Hier wollte er ausharren und beobachten, wie die Spurensicherung vorankam. Er würde die Hoffnung nicht aufgeben, dass es doch noch etwas geben konnte, was Amandine entlastete.

»Monsieur Legrand?«

Er schreckte hoch und sah Jean-Marc Clément neben sich stehen. Amandines große Liebe. Leider musste Legrand zugeben, dass der Tänzer gut aussah und sympathisch wirkte. Aber immerhin war Clément einen halben Kopf kleiner als er selbst.

»Hätten Sie einen Moment Zeit?«

Legrand nickte und stieß sich von der Brüstung ab. Schweigend gingen sie zusammen den Gang entlang auf die Türen der Logen des Zuschauerraumes zu. Davor bogen sie links ab, und Clément nahm auf einer mit rotem Samt bezogenen Bank Platz.

Legrand konnte sich denken, was der Tänzer vorhatte: Amandine zu schützen. Er setzte sich neben ihn.

»Was ich Ihnen sagen wollte«, begann Clément.

»Darf ich raten?«, unterbrach ihn der Kommissar. »Sie haben Guillaume Bernard die Treppe hinuntergestoßen …?«

Lucie stockte der Atem. Guillaume hatte noch gelebt, als Pierre nach dem Sturz neben ihm gekniet hatte? Warum hatte er das nicht längst gesagt? Aus Guillaumes letzten Worten hätte man doch Rückschlüsse ziehen können. War er an Hirnblutungen gestorben? Ach, wäre sie doch nicht gestolpert, dann wäre sie rechtzeitig da gewesen und hätte ihm beim Sterben die Hand halten können. Lucie sah hinter Pierre die europäische Flagge auf dem Dach der Oper und dahinter die französische. Sie blickte hinab auf die Place de l'Opéra. Einem Impuls folgend fragte sie: »Ist der Tänzer damals hier heruntergefallen?«

Pierres Gesicht verdunkelte sich. Das erschreckte Lucie, doch gleichzeitig wusste sie, dass sie genau so weitermachen musste. Sich von ihrem Gefühl leiten lassen und ihn zum Reden bringen.

»Mein Bruder.« Pierre blickte über die Häuser in die Ferne. *Was ihr getan habt einem der geringsten unter diesen meinen Brüdern, das habt ihr mir getan.* Lucie hatte diesen Hinweis doch schon so früh bekommen. Es begann zu nieseln, doch Lucie wusste, dass sie jetzt nicht unterbrechen durfte.

»Sylvain Denis war Ihr Bruder?«

»Sylvain Denis Bourgeois …«

Pierres Bruder, dem das Publikum die Schuld an Amandines Karriereende gegeben hatte. Dem Fluch der Oper konnte Sylvain nicht zum Opfer gefallen sein. Und da wusste sie plötzlich, dass

Pierre gerade eben von seinem alten Freund gesprochen hatte. Er hatte den Ballettdirektor falsch eingeschätzt.

»Was hat Guillaume getan?«, fragte sie.

Clément wirkte verblüfft. »Woher wissen Sie das?«

»Ich bin Kommissar«, erklärte Legrand. Wenn der Tänzer sich für Amandine opfern wollte, konnte es ihm nur recht sein. Er würde ihm den Gefallen tun und mitspielen. »Na, dann erzählen Sie mal.«

»Wir hatten eine Besprechung wegen der Kulissen unten im Parkett«, begann Jean-Marc. »Guillaume war dabei, Amandine, denn es ging ja um ihr Stück, Bernadette, die alles organisieren sollte, und ich, weil ich Amandine bei den Proben unterstütze.« Clément saß direkt unter dem Wandlicht, einem dreiarmigen Leuchter. Legrand fragte sich, ob die Lichter eigentlich immer brannten.

»Am Ende der Besprechung bat Amandine Guillaume um ein Gespräch unter vier Augen. Wir verließen gemeinsam den Zuschauerraum in Richtung der *Grand Escalier*. Bernadette ging nach links zurück in ihr Büro das kleine Treppenhaus hoch. Das dachte ich zumindest. Ich ging nach rechts den Gang entlang bis zu der Stelle, wo der Übergang zu den Büros ist.«

Legrand überlegte, ob er die Aussage aufzeichnen sollte. Nicht dass Clément später einen Rückzieher machte und Legrand keine Zeugen für das Gespräch hatte. Er holte sein Smartphone aus der Tasche und schaltete die Diktierfunktion an. »Ist es für Sie in Ordnung, wenn ich Ihre Aussage zu Protokoll nehme?«

Clément nickte. »Wenn Sie es für nötig halten.«

Legrand sprach Datum und Uhrzeit auf sowie den Namen des Zeugen – oder Verdächtigen?

»Muss ich alles Bisherige wiederholen?«

Legrand schüttelte den Kopf.

»Also, dann mache ich mal weiter. Guillaume und Amandine blieben im Flur stehen. Da ich gespürt hatte, dass sie sehr erregt war, wollte ich wissen, worum es ging. Ich ging also nicht durch den Verbindungsraum, wo ich zum Training mit meinen Tänzern gelangt wäre, sondern nahm die kleine Spindeltreppe, die mich einen Stock höher führte, und schlich dann wieder zurück, um dort das Gespräch der beiden zu belauschen.« Clément blickte auf seine Schuhspitzen. Lederschuhe, wie Legrand feststellte. Der Besprechungstermin zur nächsten Saison mit Bernadette Colasante, die Clément ein Alibi verschafft hatte, war also wohl eine Lüge gewesen.

»Erst sprachen sie noch leise, doch dann wurden ihre Stimmen immer lauter. Amandine war empört, wie Guillaume sie bei der Gala eingeführt hatte. Sie habe ihm klar gesagt, dass sie nach der Premiere wieder nach Kanada zurückkehren werde. Beide standen inzwischen auf dem mittleren Plateau der *Grand Escalier*. Ich habe mich hinter einer Säule versteckt und gesehen, wie sie sich umdrehte und auf die Haupttreppe nach unten zu ging. Guillaume folgte ihr auf seinen Krücken.«

»Sie werden mir jetzt die Säule zeigen, dann können wir das nachstellen.« Legrand stand auf.

»Natürlich, *Monsieur le Commissaire,* aber es ging weiter.« Jean-Marc machte eine Handbewegung, die ihn aufforderte, sich wieder zu setzen. Legrand folgte dem Wunsch, und Clément fuhr fort. »Guillaume rief, Amandine gehöre nach Paris, doch sie ignorierte ihn. ›Willst du etwa, dass Bernadette meine Nachfolgerin wird?‹, fragte er. Sie war inzwischen die ersten Stufen hinuntergegangen, und er folgte ihr. ›Hör auf damit, Guillaume!‹ Ich habe ihre Stimme selten so wütend gehört. ›Hör auf, uns gegeneinander auszuspielen. Wir machen das nicht mehr mit!‹ Inzwischen war er auf gleicher Höhe wie sie. Er hatte erreicht, dass sie ihm zuhörte, und legte nach. ›Du bist dem Pariser Ballett etwas schuldig! Es hat dich zu dem gemacht, was du bist!‹, zischte er. ›Dafür erwarte ich etwas mehr Dankbarkeit!‹«

Clément schüttelte den Kopf. Legrand bemerkte, dass der Atem des Tänzers schneller ging. Jean-Marc schilderte den Tathergang mit so viel Emotion, dass der Kommissar unsicher wurde, ob Clément das tatsächlich alles erfinden konnte. Vielleicht stimmten ja Teile davon. Bisher widersprach nichts der Aussage von Amandine. Clément sprang auf und ging ein paar Schritte vor. Von dort aus blickte er hinunter auf die Arbeit der Spurensicherung.

»Die können Sie nach Hause schicken«, sagte er müde.

»Machen Sie weiter«, forderte der Kommissar. »Es wäre besser, Sie würden hier beim Aufnahmegerät bleiben.«

Doch der Tänzer blieb, wo er war, und sprach leise, so als sei das, was er jetzt sagte, nicht für die Nachwelt bestimmt: »Amandine muss rot gesehen haben. Ich habe sie noch nie so erlebt und glauben Sie mir, ich kenne sie gut …«

Das wollte Legrand nicht hören. »Wie ging es weiter?«

Der Tänzer blickte wieder nach unten. »Amandine schrie, dass er sie zum Krüppel gemacht, ihr ungeborenes Kind getötet und ihr Leben zerstört habe …« Clément brach ab und drehte sich von Legrand weg. Dem Kommissar stockte der Atem. Für einen Moment bedauerte er, dass der Ballettdirektor schon tot gewesen war, als er an den Tatort kam. Was genau hatte dieser anmaßende Zwerg getan? Er hätte es aus ihm herausgeprügelt.

»*Monsieur le Commissaire*«, unterbrach Jean-Marc die Rachefantasien des Kommissars. »Soll ich weiterreden?« Legrand war sich nicht sicher, riss sich aber zusammen.

»Ich hätte schreien mögen hinter der Säule. Jahrelang diese Funkstille. Hier war die Antwort auf das Warum.«

Legrand verstand nichts von dem, was er sagte.

»Mir wurde klar, dass Guillaume auch mein Leben zerstört hatte – und auch mein Kind umgebracht.«

Das hingegen traf Legrand nicht wirklich.

»›Wofür genau soll ich dir also dankbar sein, Guillaume?‹ Sie stand da, verloren auf der Treppe, als richte sie diese Frage an ihn, den Raum, die Götter und auch an mich. Und ich verstand, warum sie damals Paris ohne eine Nachricht für mich verlassen hatte. Ihr hatten die Worte gefehlt, um mir all das zu erklären. Ich wusste ja noch nicht mal, dass sie schwanger gewesen war. An dem Abend, als sie mir vermutlich von der Schwangerschaft erzählen wollte, war ich zu meiner Mutter in die Bretagne gefahren. Wir hatten beide schon lange geplant, das verlängerte Wochenende des 60. Geburtstages meiner Mutter dort mit ihr in der Bretagne zu verbringen. Doch kurz vor der Abfahrt besetzte Guillaume Amandine spontan für die Abendvorstellung. Sie bat mich zu bleiben und mit ihr zu tanzen, doch das konnte ich meiner Mutter nicht antun. Außerdem bestand Guillaume auf Denis. Erst vor drei Tagen, als ich mich hinter dieser Säule verbarg, habe ich das Kalkül, das hinter dieser Besetzung stand, verstanden.«

Legrand blickte ihn fragend an.

»Guillaume hat Amandines Unfall auf der Bühne provoziert … Meine Mutter bat mich, noch eine Woche bei ihr zu bleiben, weil sie schwer erkrankt war. Amandine kam nicht wie besprochen nach, sondern fuhr nach dem Unfall zu ihrer Tante. Ich konnte das nicht verstehen, und Bernadette redete mir ein, dass Amandine sehr egoistisch gehandelt habe. Doch später kamen mir Zweifel, und ich machte mir Vorwürfe, nicht für sie da gewesen zu sein. Vor allem, nach diesem schlimmen Autounfall …« Zu Recht, dachte Legrand. Laut fragte er:

»Was passierte dann auf der Treppe?«

»Guillaume unterstellte Amandine mangelnde Professionalität. ›Du bist schon immer an deiner Emotionalität gescheitert!‹, rief er. Können Sie sich das vorstellen?« Clément schüttelte empört den Kopf. »›Ein echter *Étoile* muss immer strahlen, nicht nur, wenn es gerade genehm ist. Ein echter *Étoile* verliert nie die Beherrschung!‹ Spätestens jetzt konnte ich es hinter meiner Säule kaum noch aushalten. Was für eine Ungeheuerlichkeit. Doch sie glauben gar nicht, was Amandine dann machte!« Jean-Marc lachte, und es wirkte, als müsste er sich dadurch von der Anspannung lösen.

»Sie hat ihm die Krücken weggenommen?«

Clément schaute kurz erstaunt. »Ach ja, richtig, das wissen Sie ja schon. Sie hat die Krücken an den Fuß der Treppe geworfen und gesagt: »›Dann übe du dich jetzt mal in Selbstbeherrschung‹, und ist gegangen.« Clément grinste zufrieden und setzte sich wieder neben Legrand. »Da stand der Krüppel nun mitten auf der Treppe und brüllte, sie solle sofort zurückkommen.«

»Und dann fiel er die Treppe runter?«, fragte Legrand.

»Nein.« Clément schüttelte den Kopf. »Dann bin ich hinter der Säule hervorgekommen, die Treppe zu ihm hinuntergestürmt und habe ihn gefragt, was er damals mit Amandine gemacht habe.«

Legrand wartete gespannt.

»Sie können sich nicht vorstellen, was er darauf sagte!«

Legrand überlegte. Entschuldigt hatte er sich vermutlich nicht.

»Er hat sie als undankbare Egoistin bezeichnet und gesagt, dass an der Oper einiges besser laufen würde, wenn ich meine Frauengeschichten im Griff hätte.«

Legrand ballte die Faust.

»Da habe ich ihn gestoßen, und er stürzte die Treppe hinab.«

»Und dann?«, fragte Legrand.

»Dann bin ich losgerannt, um Amandine zu suchen«, beendete der Tänzer seinen Bericht.

Der Abend senkte sich über die Stadt, und Lucie fröstelte.

»Wir waren zusammen auf der Ballettschule, bis ich rausgeworfen wurde, weil ich nicht gut genug war. Guillaume hingegen machte dort seinen Abschluss und wurde direkt danach ins Ensemble aufgenommen. Ich dachte damals, das hätte er seinen Eltern zu verdanken, die Freimaurer waren. So studierte ich Medizin, und Guillaume verschaffte mir später den Job als Ballettarzt. Wir waren lose im Kontakt geblieben.« Pierre stand auf und blickte über Lucie hinweg auf die Avenue de l'Opéra. Es begann zu regnen.

»Meinem kleinen Bruder aber gelang nicht nur der erfolgreiche Abschluss der Ballettschule, sondern auch die Aufnahme ins Ensemble. Meine Mutter war überglücklich. Wir alle waren das, denn Sylvain war das Nesthäkchen und gesundheitlich immer etwas angeschlagen.«

Lucie konnte sich nicht vorstellen, dass man professioneller Tänzer werden konnte, wenn man nicht über eine hervorragende Konstitution verfügte. Ob Dr. Bourgeois damit sagen wollte, dass sein Bruder eine labile Psyche hatte? Konnte man sich dann dem Konkurrenzkampf stellen?

»Als Sylvain gestorben war, hat Guillaume unsere Familie häufig besucht, um uns zu helfen, über den Schmerz hinwegzukommen, wie er uns glauben machte. Wir dachten, Sylvains Tod sei ein tragischer Unfall gewesen. Die Polizei konnte keine Fremdeinwirkung feststellen. Allerdings munkelte man, er habe sich vom Dach gestürzt, weil er die Feindseligkeiten des Publikums und der Presse nicht mehr ertrug, die nach Amandines Unfall fast eine Hetzjagd auf ihn veranstalteten. Sie können sich vorstellen, dass unsere ganze Familie nicht gut auf Amandine zu sprechen war, während sich die Freundschaft zwischen Guillaume und mir intensivierte. Ich vertraute ihm nun, was ich zu Schulzeiten nicht getan hatte.«

»Doch es war ein Fehler, Guillaume zu vertrauen?«

Dr. Bourgeois verschränkte die Arme. »Was wir nicht wussten war, dass Sylvain Guillaume inbrünstig geliebt hatte und alles für ihn getan hätte. Offiziell hatte Guillaume in eine einflussreiche Familie eingeheiratet, doch er lebte schon lange von seiner Frau getrennt. Guillaume hatte meinem Bruder wohl Hoffnungen gemacht.«

Inzwischen prasselte der Regen schon in größeren Tropfen auf das Dach. Lucies Bild von Guillaume hatte schon einige Risse im Laufe der letzten Tage bekommen. Aber dass er mit den Gefühlen anderer Menschen spielte, machte ihn für sie noch unsympathischer.

»Doch dann war Sylvain wie gesagt in Ungnade gefallen, und Guillaume entschied, dass er so nicht mehr tragbar sei für das Pariser Ballett. Guillaume besorgte Sylvain eine Stelle in New York und trennte sich von ihm.«

»Und dann?«

»Sylvain schrieb einen Abschiedsbrief und stürzte sich vom Dach der Oper.« Pierre blickte hinab und schüttelte den Kopf. »Als ob das dieser Kerl wert gewesen wäre.«

»Wurde dieser Brief denn nie gefunden?«, fragte Lucie.

»Guillaume hat ihn unterschlagen. Als ich am Abend der Gala seinen Smoking holen ging und sein Handy gesucht habe, fand ich ihn offen auf seinem Schreibtisch liegen …«

»Aber der Brief war doch von seiner Frau Danielle.« Lucie erinnerte sich, ihn mit D unterschrieben gesehen zu haben.

»Nein, D steht für Denis. Der Zweitname meines Bruders, mit dem er an der Oper gerufen wurde«, widersprach Pierre, ohne sich zu wundern, woher Lucie von dem Brief wusste. »Außerdem kenne ich seine Schrift.«

»Haben Sie mit Guillaume gesprochen?«, fragte Lucie. Wenn sie nur davon gewusst hätte, sie hätte ihm ordentlich ins Gewissen geredet!

»Ja, sobald ich an der Oper war, um ihm den Smoking zu geben.«

»Und was hat er gesagt?«

»Er sagte, ich solle mich da jetzt nicht so hineinsteigern, wie Denis das immer getan habe. Und dann ließ er mich stehen und hat sich feiern lassen.«

Das gab es doch gar nicht! Lucie stieß einen Laut der Empörung aus.

»Am nächsten Morgen sah ich ihn dann reglos auf der Treppe liegen«, fuhr Pierre fort. Er schien beinahe froh zu sein, sich das alles von der Seele reden zu können. »Es fühlte sich so gerecht an, am zehnten Todestag meines Bruders – den Guillaume auf dem Gewissen hatte. Nun war der große Direktor selbst gestürzt und lag vor mir, mit dem Gesicht zum Boden. Endlich hatte das Schicksal ein Einsehen.«

»Doch er lebte noch, und dann mussten Sie selbst für Gerechtigkeit sorgen …«, fabulierte Lucie ins Blaue hinein. Pierre hatte ja gesagt, dass Guillaume noch gesprochen habe.

Sein Gesicht verdunkelte sich erneut, als er weitersprach. »Plötzlich bewegte sich Guillaume und sagte nur ein Wort: ›Amandine‹. Da nahm ich den Metallständer und schlug damit auf seinen Hinterkopf. Eine stumpfe Verletzung …«

»Die auch die Folge eines Treppensturzes hätte sein können …«, ergänzte Lucie.

Und dann war sie gekommen und hatte gedacht, Pierre trauere um Guillaume. Doch wahrscheinlich hatte er den Tod seines Bruders beweint. Oder den Tod ihrer Freundschaft?

Und Lucie hatte Legrand gerufen, der sie verdächtigt hatte. Die Tatwaffe war nicht aufgefallen. Sie stand dort, wo sie immer stand. Und Pierre hatte sich selbst ein Alibi verschafft, indem er vorgegeben hatte, das für Lucie zu tun.

Die Spurensicherung hatte die *Grand Escalier* mit Absperrbändern geschlossen. Legrand nahm mit Jean-Marc eines der seitlich liegenden Treppenhäuser, um nach unten zu gehen. Fluchtgefahr bestand keine. Der Tänzer schien direkt heiß darauf zu sein, abgeführt zu werden, denn er wollte vermeiden, dass Amandine in Untersuchungshaft kam. Eigentlich hätte Legrand froh sein müssen. Der Nebenbuhler kam ins Gefängnis, seine Angebetete in Freiheit. Doch er konnte kein Unrechtsempfinden für das entwickeln, was Clément getan hatte. Im Gegenteil. Eigentlich hätte er noch mal nachtreten sollen, und das Einzige, was nicht gut gelaufen war, war doch, dass der Ballettdirektor noch einen vergleichsweise schönen Tod gehabt hatte. Hätte Legrand ihn in die Finger bekommen, wäre das nicht so glimpflich für Bernard abgegangen. Als Polizist durfte er das natürlich nicht sagen. Eigentlich auch nicht denken. Und die Gardienne hatte diesen Übeltäter noch so liebevoll gehalten, als wiege sie ihn in den Schlaf. Das hieß, auch ihr hatte Amandine sich damals nicht anvertraut, und Lucie wusste von nichts. Sie würde davon erfahren. Dafür wollte Legrand persönlich sorgen. Wo war sie eigentlich? Seit der Rettungsaktion von Amandine hatte Legrand sie nicht mehr gesehen. Richtig, sie war auf dem Dach zurückgeblieben in der Obhut des Doktors. Amandines Geständnis hatte sie vermutlich schwer getroffen. Nun würde sie sich doppelt freuen können.

Unten angekommen übergab Legrand Clément einem Beamten von der Schutzpolizei mit der Bitte, ihn zum *Commissariat* zu begleiten. Er brauche dort noch die Unterschrift unter dem Geständnis. Dann blickte er dem Tänzer nach, der hoch erhobenen Hauptes durch das Portal schritt, ja er schien mehr zu schweben, begleitet von dem Beamten, der neben ihm wirkte wie ein Nilpferd. Er selbst würde bei Amandine nie eine Chance haben, dachte Legrand traurig.

»Na, Täter dingfest?«, fragte Aurélie neben ihm.

Legrand winkte ab.

»Ich will dir was zeigen«, sagte sie und zog ihn mit zum Fuße der großen Treppe. »Unsere Jungs haben ganze Arbeit geleistet. Du hättest sie gleich an den Tatort rufen sollen.«

Intensiver Dauerregen hatte eingesetzt und rann über Lucies Gesicht und ihre Haare und tropfte in ihren Nacken. Viel schlimmer als diese äußeren Unannehmlichkeiten war das Gefühl, benutzt worden zu sein.

»Sie haben mich missbraucht, um Bernadette Colasante als Verdächtige hinzustellen!«

»Wenn Sie nicht angefangen hätten, Staub aufzuwirbeln, wäre das gar nicht nötig gewesen«, entgegnete Pierre böse. »Jeder ist mit der Unfallversion zufrieden gewesen. Der Kommissar und alle Beteiligten. Die Leichenschau lief perfekt. Ich habe Ihnen sogar ein Alibi gegeben.«

»Doch nur um selbst eines zu haben«, empörte sich Lucie. Es war dunkel, und die Lichter der Stadt waren angegangen. Die Oper wurde mit großen Scheinwerfern angestrahlt, und ein Teil des Rundbaus über dem Zuschauerraum leuchtete hell.

Hätte es nicht so geregnet, hätte man in der Ferne sogar Montmartre und Sacré-Cœur leuchten sehen.

»Wenn Sie nicht so penetrant gewesen wären!« Pierre schüttelte den Kopf. »Der Kommissar wollte noch am gleichen Abend seinen Abschlussbericht schreiben. Guillaume hätte sein gerechtes Schicksal bekommen und fertig.« Die Regentropfen sprangen von Pierres Glatze ab. Unter anderen Umständen hätte Lucie das vermutlich amüsant gefunden.

»Und dann wollten Sie mich abhalten, Ihnen auf die Spur zu kommen mit diesen Drohnachrichten«, schnaubte Lucie.

»Ich habe Ihnen gar nicht gedroht.« Pierre nahm seine nasse Brille ab und putzte sie. »Sie hatten Sylvains Abschiedsbrief mitgenommen, der mich verriet.«

Dann war das doch Madame Richard gewesen, die glaubte, Amandine schützen zu müssen und die Lucie deshalb den anonymen Brief geschrieben hatte. Madame Richard hatte jederzeit die Gelegenheit gehabt, ihn vor ihrer Tür zu deponieren.

»Den Brief musste ich wieder haben!«

Bourgeois hatte ihre Wohnung verwüstet!

»Ihretwegen musste ich die ganze Nacht aufräumen!«, donnerte Lucie jetzt. Wie konnte man so mit den Dingen anderer Menschen umgehen und wie erst mit den Menschen selbst? Der Doktor fühlte sich offensichtlich allen überlegen. »Wenn Sie klüger wären, hätten Sie gewusst, wo Sie suchen müssen«, sagte sie, um seinem Hochmut einen Dämpfer zu versetzen.

»Der dusslige Kommissar lässt sich von Ihnen beeindrucken. Das mag für Sie schmeichelhaft sein.« Der Doktor setzte seine Brille wieder auf. »Für mich war daher klar, dass Sie ihm eine Verdächtige präsentieren mussten. Diese Verdächtige brauchte nur ein gutes Motiv und durfte zum Tatzeitpunkt kein Alibi haben – wie Bernadette … Sie wussten, dass ich sie am Tatort gesehen hatte.« Er grinste. »Dass Bernadette Amandine hasst, wissen hier alle. Ich musste nicht viel schüren, um das Feuer zum Lodern zu bringen.« Pierre lachte ein unsympathisches Lachen. »Nur weil ich mich freundlich mit einer Hausmeisterin unterhalte, heißt das nicht, dass ich ihr nicht überlegen wäre …« Pierre schien kurz nachzudenken und fuhr dann fort. »Heute Morgen habe ich Bernadette ein Fläschchen GHB gegeben – offiziell für Anne – und sie auf die Wichtigkeit der Dosierung hingewiesen. Ich musste also nur abwarten und beobachten. Wenn Bernadette bei ihrer nächsten Tat ertappt wurde, dann würde selbst der dämliche Kommissar in der Lage sein, ihr auch den ersten Todesfall zuzuordnen …« Das Phantom nahm seine Maske ab, und Lucie erschrak über seine Hässlichkeit.

»Sie hätten Amandines Tod billigend in Kauf genommen!« Lucie wurde blass.

»Amandine kam das Schicksal zu Hilfe in Form Ihres Anrufs. Es reichte, dass Sie Bernadette für verdächtig hielten und alle davon überzeugen konnten.«

Deshalb hatte sie durch die Stadt rasen müssen. Als Belastungszeugin gegen Bernadette. Damit sie die Polizei darauf aufmerksam machte und Pierre im Hintergrund bleiben konnte.

Lucie hätte auf den Doktor wütend sein können, doch stattdessen schämte sie sich zutiefst. Sie hatte gedacht, sie allein habe den Durchblick, sei von Gott beauftragt worden, Legrand unter die Arme zu greifen. Sie sei dem Kommissar voraus und könne ihn in die richtige Richtung lenken, um den Fall zu lösen. Dabei war sie selbst zum Spielball eines viel gewiefteren Spielers geworden.

Gesehen und nicht erkannt, gehört und nicht verstanden …

Sie konnte nur darauf hoffen, dass der Moment tiefer Reue der Beginn ihrer Umkehr werden würde. Die Tränen der Reue, die sie jetzt weinte, wurden vom Regen davongespült. War es nicht das, worauf sie hoffen durfte? Dass Gott immer wieder bereit war, das Alte abzuwaschen und einen Neuanfang zu ermöglichen?

»Dr. Bourgeois«, sagte Lucie. »Ich gebe Ihnen jetzt die Möglichkeit, sich selbst zu stellen. Sonst werde ich den Kommissar informieren müssen.«

Pierre lachte laut. »Sie verkennen mal wieder völlig die Lage, Lucie.« Er baute sich bedrohlich vor ihr auf. »Der Kommissar hat seine Täterin, Amandine. Eine sehr interessante Wendung übrigens. Das hätte ich dem schönen Jahrhunderttalent gar nicht zugetraut. Und er ist Zeuge geworden, wie sie sich bei ihrer alten *Nounou* entschuldigt hat, sie so enttäuscht zu haben. Was ist da naheliegender, als dass sich die Kinderfrau aus Gram vom Dach stürzt?«

Ein Kriminaltechniker im weißen Overall hob den schweren Messingständer hoch, der rechts neben der *Grand Escalier* stand. Auf der linken Seite stand auch so einer, ebenso noch einige mehr auf der gegenüberliegenden Seite. Zwischen den Ständern wurden die samtbeschichteten Kordeln gespannt, die zur Absperrung dienten.

Aurélie deutete auf die Unterseite. Auch sie trug Einweggummihandschuhe.

»Wir haben hier zwei Haare gefunden und sichern die DNA-Spuren. Ich halte dieses gute Stück für die Tatwaffe. Dr. Pistre prüft gerade, ob die Schädelverletzungen durch den harten, dumpfen Stoß zugefügt wurden oder Folgen des Sturzes sind.«

Legrand überlegte. Konnte das bedeuten, dass weder Amandine noch Clément für die Tat infrage kamen? Er drückte Aurélie an sich und gab ihr einen Kuss auf den Kopf, mitten auf den Ansatz ihrer blonden Haare. Sie dufteten nach Vanille. Vorboten von Weihnachten, dachte er glücklich.

»Was haben sie dir denn in den Kaffee getan?«, fragte sie verblüfft, als er sie wieder losgelassen hatte. »Du weißt schon, dass ich von Anfang an gesagt habe, dass wir die Spurensicherung brauchen?«

»Und wie recht du hattest«, strahlte Legrand, froh darüber, dass nicht der Mann ins Gefängnis wanderte, der so gehandelt hatte, wie Legrand das für absolut richtig befand.

Nun stellte sich die Frage, wer dann für den Tod von Bernard verantwortlich war. Legrand musste nochmals Lucie befragen, oder noch besser den Arzt, der die Leiche gefunden hatte. Inzwischen sollten die beiden doch vom Dach heruntergekommen sein. Draußen war es schon stockfinster.

Legrand hielt inne und stieß einen Schreckensschrei aus.

Der Arzt hatte Guillaume nur wenige Augenblicke nach dem Sturz gefunden, aber genug Zeit gehabt zuzustoßen, bis Lucie da gewesen war. Und jetzt befand er sich mit der einzigen Zeugin allein auf dem Dach.

»Was ist denn jetzt los?«, Aurélie verdrehte die Augen.

»Hast du deine Waffe dabei?«, fragte Legrand.

Sie nickte.

»Dann komm mit!« Er rannte durch die Absperrung der Kollegen die Treppe hoch. Sie schimpften, doch er störte sich nicht daran. Aurélie folgte ihm.

»Ich denke gar nicht daran«, sagte Lucie. Sie war Christin. Da sprang man nicht vom Dach und nahm sich das Leben. Das war eine Sünde.

Pierre packte sie und drehte ihr den Arm auf den Rücken.

»Au, das tut weh!«

Er stieß sie vor sich her über den nassen Boden, an dem Sockel vorbei, auf dem die große goldene Skulptur stand. Eine Welle der Angst erfasste sie.

»So geht man nicht mit einer Dame meines Alters um«, protestierte sie, doch ihre Stimme zitterte.

»Sie werden von der Seite springen«, befahl der Arzt. »Die Front gehört meinem Bruder.« Sie erreichten den Vorsprung, doch Lucie stemmte sich mit ihren Füßen gegen die Mauer. Pierre trat ihr von hinten in die Kniekehlen. Tränen schossen ihr in die Augen, so empört war sie über diese Behandlung. Und diesem Menschen hatte sie vertraut! Was fiel ihm ein? Ein weiterer Stoß von hinten, und sie knallte gegen die nasse Mauer. Zum ersten Mal in ihrem Leben schrie Lucie um Hilfe.

Auf dem Dach angekommen rannte Legrand vor, mit der Waffe in der Hand. Er rutschte über das nasse Zinkblech in die Regenrinne und lief durch zwanzig Zentimeter hohes Wasser, das nach allen Seiten spritzte. Im dichten Regen konnte er die Umgebung nur schemenhaft erkennen. Immerhin waren die Scheinwerfer an, die das Gebäude nachts beleuchteten, sodass es nicht ganz so dunkel war. Er meinte, jemand um Hilfe rufen zu hören, dann rutschte er aus und knallte hin. Dabei fiel ihm die Pistole aus der Hand. Legrand fluchte, tastete nach der Waffe im Wasser, fand sie wieder, wusste nicht, was sie jetzt noch taugte, und rannte weiter, dicht gefolgt von Aurélie. Dieses Mal musste er die Stufen hoch auf die Mauer nehmen, denn die Zinkblechfläche war so glatt, dass er dort nicht weiterkam.

Oben angekommen sah er den Ballettarzt, wie er die Gardienne auf den seitlichen Mauervorsprung schob. Direkt dahinter ging es in die Tiefe.

»Hände hoch!«, brüllte Legrand und lief, so schnell er konnte, auf der oberen Mauer entlang. Die Sichtverhältnisse machten es unmöglich, aus dieser Entfernung zu schießen. Aurélie hinter ihm gab einen Warnschuss ab. Doch das schien Pierre Bourgeois nicht abzuhalten. Im Gegenteil. Statt von seinem Opfer abzulassen, schob er es gewaltsam weiter vor.

Legrand war inzwischen oben an der Stelle angekommen, wo die obere Mauer einen scharfen Knick nach rechts machte. »Geben Sie auf«, schrie er. »Wir haben die Tatwaffe gefunden.« Lucie war nun nur noch wenige Zentimeter vom Abgrund entfernt. Legrand schoss. Er traf den Arzt ins Bein. Der schrie auf und ließ von seinem Opfer ab. Legrand rutschte das Zinkblech hinab, landete hinter dem Sockel mit der goldenen Skulptur und war mit wenigen Schritten bei Lucie.

Dr. Bourgeois humpelte zur vorderen Fassade der Oper.

»Alles in Ordnung bei Ihnen, Lucie?«, fragte Legrand und half ihr von der Mauer. Die kleine Dame war völlig durchnässt. Ihre sonst so akkurat sitzende Hochsteckfrisur hatte sich schon aufgelöst. Sie nickte. Dann rief sie: »Vorsicht!«, und deutete auf den Arzt, der wohl vorhatte, sich vom Dach zu stürzen. Aurélie war mit wenigen schnellen Schritten bei ihm und nahm ihn in den Polizeigriff. Als sie ihn an Lucie vorbei abführte, sprach die Gardienne ihn an:

»Unsere Zeit steht in Gottes Händen! Und nicht in Ihren, *Docteur!*«, sagte sie trotzig.

Wo steckte sie nur? Als Antonio nach Hause kam, war Lucie nicht da gewesen. Das letzte Regalfach, das Lucie heute Nacht nicht mehr eingeräumt hatte, war noch immer leer, und die Ordner lagen im

Wäschekorb, in den Lucie sie morgens um vier Uhr gelegt hatte, um den Boden saugen zu können. Antonio wunderte sich, bis ihm einfiel, dass Lucie vielleicht aufgrund des Familienabends den Tag in der Küche verbracht hatte, um ein leckeres Menü vorzubereiten. Dort hatte er sie auch nicht gefunden. Ob sie bei *Monoprix* war, weil sie eine Kleinigkeit vergessen hatte? Antonio sah keine Töpfe auf dem Herd stehen. Auch im Backofen schmorte kein Abendessen. Der Blick in den Kühlschrank gab ihm Gewissheit: Das Familienmahl war nicht vorbereitet worden. Antonios Magen knurrte. Er war sauer. Diese Woche war kulinarisch äußerst zweifelhaft gewesen. Außerdem wollte er seine geniale Idee erst mit Lucie allein besprechen. Unter der Dusche fing er dann an, sich zu sorgen. Es war doch nicht normal, dass sie die Familie vergaß. Ob Lucie im Krankenhaus lag? Hätte David ihn dann nicht angerufen?

Nachdem er sich etwas Frisches angezogen hatte, versuchte er, sie auf dem Handy zu erreichen. Ergebnislos. Dann standen auch schon mit großem Hallo die Zwillinge vor der Tür, gefolgt von David und Nathalie.

»Die Süßigkeiten gibt es erst zum Nachtisch, Lina!« Nathalie war hinter dem großen Blumenstrauß kaum zu sehen. »Clara, erst sagst du *Pépé* guten Tag! Vasen in der Küche im obersten Schrank, oder?« Ohne auf die Antwort von Antonio zu warten, ging sie in die Küche. »David ist heute mal pünktlich zu Hause gewesen, sodass wir rechtzeitig losgekommen sind. Wo ist Lucie? Und wie sieht es hier überhaupt aus?«, fragte sie im Türrahmen.

»Schau mal, *Pépé,* ich habe ein neues Kleid an!«, rief Lina.

»Ich doch auch!«, brüllte Clara.

»Keine Ahnung«, sagte Antonio.

Nathalie zog die Augenbrauen hoch. »Das ist nicht gut …« Ihr Blick wanderte zu den Kindern. »Clara, Lina, ihr dürft zehn

Minuten einen Film auf meinem iPad sehen. Aber im Schlafzimmer.«

Zwei Minuten später saßen die Erwachsenen am Esstisch, und Nathalie erzählte. »Lucie war heute Nachmittag außer sich vor Sorge um Amandine. Sie hat mich nach Daniel gefragt, dem Leiter unseres Sicherheitsdienstes. Und sie wollte Dr. Bourgeois treffen. In der Oper. Ich müsste mich sehr täuschen, wenn das nicht alles Nachwirkungen sind …«

»Was für Nachwirkungen?«

»Du kennst doch deine Frau. Guillaume Bernard hat hier im Haus gewohnt. Sie hat ihn tot aufgefunden. Sie wird sogar in der Zeitung im Zusammenhang mit den Mordermittlungen erwähnt.«

»Mordermittlungen?«, echote Antonio. Das erklärte alles. Ihren Schwächeanfall, die verwüstete Wohnung, das kulinarische Desaster. »Und ich dachte, sie hilft dir, indem sie diese Woche in der Oper putzt!«

»Die Putzaktion ist seit Dienstag beendet.« Nathalie schüttelte den Kopf. »Ich glaube, ich rufe besser mal den Nachtdienst an der Oper an und frage, was da los ist.«

Antonio wurde kreidebleich. Lucie würde sich doch nicht wieder in Lebensgefahr gebracht haben! Er schwor sich, ein Leben lang gern an Hühnerknochen zu nagen, wenn sie nur wieder lebendig und gesund nach Hause kommen würde.

David griff nach seinem Arm. »Dr. Bourgeois ist doch da. Solange ein Arzt bei ihr ist, ist alles gut.«

Commissaire Legrand hatte Lucie persönlich in einen Streifenwagen gesetzt und bedauert, dass er sie nicht nach Hause begleiten konnte. Da saß sie nun, durchnässt bis auf die Knochen und fror, während die Häuserfassaden der *Grands Boulevards* im Dunkeln an ihr vorbeiglitten. Die Zeit der langen Nächte stand unmittelbar bevor. Lucie weinte. Sie wusste nicht, ob aus Erleichterung oder Erschöpfung. Oder aus Trauer darüber, was sie alles von Pierre erfahren hatte. Über ihn, über Guillaume. Warum gab es so viel Ungutes auf der Welt? Am meisten schmerzte sie, was Amandine erlebt hatte. Ihr kleines Mädchen, das sie nicht hatte bewahren können und das sich ihr nicht anvertraut hatte. Amandine war kein Mädchen mehr gewesen, sondern eine junge Frau, mit dem Recht, ihre eigenen Entscheidungen zu treffen. Wie auch ihre Kinder, dachte Lucie. Das Schlimme am Älterwerden waren nicht die Falten und der Verfall der Jugend, sondern die drohende Bedeutungslosigkeit. Wenn es keinen Unterschied mehr machte, ob man da war oder auch nicht, weil man nicht mehr gebraucht wurde. Lucie holte ein Taschentuch aus ihrer Handtasche und schnäuzte sich. Antonio schien damit besser klarzukommen.

Plötzlich fiel ihr ein, dass heute die Familie kam. Sie hätte kochen müssen! Um Gottes willen. Ob sie noch …? Doch der Streifenwagen hielt schon an der Place des Vosges vor Nummer 3. Jetzt war alles zu spät.

Die Beamten begleiteten sie bis vor die Tür, die aufgerissen wurde. Antonios, Davids und Nathalies Redeschwall brach über sie herein. Sie zogen Lucie ins Wohnzimmer und bestürmten sie mit Fragen.

»Entschuldigung, ihr Lieben, ich habe noch gar nicht überlegt, was ich kochen kann.« Lucie zitterte vor Kälte, Aufregung oder Erschöpfung. Sie wusste es nicht. »Habt ihr irgendeinen Wunsch?«

Da wurde es still. »Du nimmst jetzt erst mal eine warme Dusche«, entschied Nathalie. »Ich kümmere mich um das Essen und die Männer um die Kinder. Und nach der Dusche legst du dich hin.«

Lucie war ihr unendlich dankbar. Das warme Wasser wirkte Wunder. Es war, als könnte sie damit alles Erlebte fortspülen, als fließe der ganze Schmutz erst in die Duschwanne und dann in den Abfluss. Lucie stand viel länger als nötig in der Dusche und ließ das heiße Wasser laufen, bis das ganze Zimmer einem Dampfbad glich. Dann steckte sie ihre nassen Haare hoch und nahm sich Zeit beim Anziehen. Ins Bett legen wollte sie sich nicht. Lieber auf die Couch im Wohn-Esszimmer, umringt von ihren Lieben.

Nathalie hatte etwas vom *Traiteur Chinois* geholt. Für Lucie gab es karamellisiertes Hühnchen. *Poulet caramélisé* hält Leib und Seele zusammen, dachte sie selig, als sie satt war.

Die Kinder lagen im Ehebett, als Lucie begann, über die vergangenen Tage zu berichten, wobei sie darauf achtete, all das auszusparen, was die Familie im Nachhinein hätte beunruhigen können. Von den anonymen Drohungen erzählte sie nichts. Antonio hätte sonst mit Madame Richard kein Wort mehr gesprochen. Was zwischen Guillaume und Amandine gewesen war, behielt sie für sich. Das ging niemanden etwas an.

Als Lucie geendet hatte, sah Antonio sehr ernst aus.

»Ich bin sehr froh, dass alles gut ausgegangen ist und wir alle einander haben. Es gibt nichts auf der Welt, was die eigene Familie ersetzen könnte.« Alle stimmten ihm zu. »Deshalb möchten wir einander unterstützen und füreinander da sein.« Ob er eingesehen hatte, dass sie den Kindern das Geld für deren Wohnung geben sollten? »Unser Haus in Meudon soll genau das ermöglichen.« Possessivpronomen im Plural, dachte Lucie. Ihr schwante nichts Gutes. »Ich habe mir den Kopf zerbrochen, wie wir das Dilemma mit eurer Wohnung lösen können, und jetzt weiß ich es.« Antonio wirkte plötzlich sehr feierlich. »Das Haus ist groß genug, um für die ganze Familie Platz zu bieten. Was haltet ihr von einem Mehrgenerationenhaus? Wir ziehen alle gemeinsam ein.

Die Mädchen können im Garten spielen, wir sind da, um auf sie aufzupassen, ihr seid da, wenn wir mal nicht mehr können, und dann hätten wir sogar einen Arzt im Haus. Und wenn ich mal nicht da sein kann, hättet ihr beide ein Auge auf Lucie – natürlich nur, wenn in der Gegend ein Unfall passiert oder ein Mensch auf andere Weise zu Tode kommt.« Antonios Augen leuchteten. David war blass geworden. Nathalie suchte seinen Blick. Beide schwiegen. »Was für eine charmante Idee«, Lucie lächelte. »Aber erst mal muss es ja renoviert werden.« Wenn Antonio es allein für die Großfamilie herrichten wollte, würde er mindestens zehn Jahre brauchen. Und dann waren die Zwillinge mitten in der Pubertät, und ihr Großvater würde es sich dreimal überlegen, ob er sich täglichen Streit ins Haus holen wollte.

Samstag, 7. Oktober

Monsieur de la Roche, der Chef der *Brigade criminelle,* war nach Hause in seine Wohnung an der Place des Vosges gekommen, ohne dass Lucie vorher geputzt hatte. Gegen zehn Uhr stand sie mit Staubtuch und Wischeimer vor seiner Tür und klingelte. Es dauerte einen Moment, bis er öffnete.

»*Bonjour,* Lucie.« Seine braunen Knopfaugen blickten sie freundlich an. Monsieur de la Roche war von kleinem Wuchs, und er überragte Lucie gerade mal um ein paar Zentimeter.

»Schön, dass Sie wieder da sind, Monsieur de la Roche. Ich bin leider die ganze Woche nicht dazu gekommen, Ihre Wohnung zu reinigen, was ich sehr bedaure. Wäre es Ihnen jetzt recht?«

»Habe ich denn eine Wahl?« Er lächelte und trat einen Schritt zur Seite, um sie hereinzulassen. »Aber bitte nicht saugen. Ich würde gerne in Ruhe meine Zeitung lesen.«

Lucie begann im Bad. Sehr lange hielt es sie dort jedoch nicht, denn eigentlich wollte sie noch ihre offenen Fragen beantwortet haben.

Im Wohnzimmer saß Monsieur de la Roche auf der Ledercouch mit einem Stapel Zeitungen vor sich auf dem Glastisch. *Le Figaro, Le Parisien, Libération, L'Équipe.*

»Antonio sagt immer, nichts sei so alt wie die Tageszeitung von gestern«, Lucie begann, das Sideboard abzustauben.

»Da hat er recht.« Monsieur de la Roche blätterte um. »Alt und aufschlussreich … Ich wusste zum Beispiel gar nicht, dass es an der Oper spukt …«

Lucie wurde rot. Er hatte also den Artikel von Madame Gaillard schon gelesen. Was er wohl davon hielt, dass Lucie Legrand angeblich beruflich die Haut gerettet hatte?

»Sie hatten den Eindruck, Commissaire Legrand unter die Arme greifen zu müssen?« Sein Gesicht war hinter der Zeitung versteckt und sein Tonfall völlig neutral.

»Nun ja, das ist so nicht ganz richtig.« Sie räusperte sich.

»Sondern?«

»Ich habe nur an der Oper ausgeholfen.« Lucie begann, die Lederstühle am Esstisch abzuwaschen.

Monsieur de la Roche faltete die Zeitung zusammen. »Wie kommt es Lucie, dass Sie schon von Anfang an wussten, dass Monsieur Bernards Tod fremdverschuldet war, meine Mitarbeiter aber keine Anzeichen erkennen konnten, die sie dazu veranlassten, die nötigen Schritte zur Aufklärung einzuleiten?«

»Das wusste ich nicht.«

»Aber Sie haben doch gleich Commissaire Legrand an den Tatort gerufen.«

»Sie waren ja nicht da.« Lucie tauchte ihr Tuch ins Wasser, um es dann auszuwringen.

»Und dann haben Sie gleich von Mord gesprochen.«

Lucie konzentrierte sich auf den nächsten Stuhl, um Monsieur de la Roche nicht ansehen zu müssen. Sie konnte ihm ja nicht sagen, dass sie das nur behauptet hatte, damit Maria und Nathalie nicht verdächtigt wurden. »Weibliche Intuition.«

»Aha. Ich sollte also mehr Frauen einstellen?«

Sie blickte auf und sah, dass er schmunzelte.

»Vielleicht«, sagte Lucie. »Erfahrung und Menschenkenntnis können natürlich auch nicht schaden.«

»Gewiss nicht.« De la Roche nickte. »Wie sind Sie eigentlich an den verräterischen Abschiedsbrief gekommen?«

»Ich musste die Katze füttern.«

»Da kann ich ja froh sein, dass ich keine habe.«

Lucie kam kurz der Gedanke, ob Monsieur de la Roche Jolie nicht übernehmen könnte. Eine hervorragende Idee, wie sie fand. »Sagen Sie das nicht. Von so einem süßen Tier empfangen zu werden, wenn man abends nach Hause kommt, ist sehr wohltuend. Und Jolie ist eine sehr pflegeleichte Katze.« Beim nächsten Gespräch würde sie weiterbohren.

»Und wo haben Sie die Dokumente versteckt? Dr. Bourgeois hat Ihre ganze Wohnung auf der Suche danach durchkämmt.« Der anonyme Anrufer war er aber nicht gewesen. Madame Richard musste die verwüstete Wohnung gesehen und das dann genutzt haben, um Lucie daran zu hindern, Amandine weiter in Verdacht zu bringen.

»Bei meinen Kochrezepten.« Lucie war mit den Stühlen fertig und richtete sich auf. Ihr Kreuz schmerzte.

»Er war eben ein Anfänger …«, meinte Monsieur de la Roche verschmitzt. »Wenn Sie die vollständige Zeugenaussage zu Protokoll geben, dann bringen Sie doch bitte die Dokumente mit.« De la Roche griff nach *L'Équipe.*

»Selbstverständlich.« Lucie würde der Polizei den Brief geben und den Rest erst mal behalten. Sie sprühte Glasreiniger auf den Tisch und hörte ihn die Zeitung umblättern.

»Von wem war eigentlich der anonyme Brief an Bernadette Colasante?« Lucie griff nach dem Mikrofasertuch und polierte die Glasplatte.

»Ich weiß von keinem Brief.«

Lucie errötete erneut. Sie würde Anne danach fragen. Eigentlich konnte nur die junge Tänzerin ihn geschrieben haben. Sie wusste als Einzige von der Besprechung, die davor stattgefunden hatte, und hätte weder Amandine noch Jean-Marc die Tat zugetraut, hasste aber Bernadette. »Hat Madame Colasante wirklich vorgehabt, Amandine zu ermorden?«

»Wenn ich hier störe, kann ich auch gerne ins Café gehen.« Monsieur de la Roche faltete die Zeitung wieder zusammen.

»Um Gottes willen, nein!« Lucie ließ das Tuch in den Eimer fallen. »Wir können nicht sagen, ob Madame Colasante Madame Maurel ermorden wollte. Sie hat gestanden, GHB in Amandines Kaffee gegeben zu haben. Amandine wäre wehrlos gewesen, wenn Bernadette sie vom Dach hätte stürzen wollen. Im letzten Moment wollte Bernadette das wohl aber nicht mehr. Sie schlug Amandine den Kaffeebecher aus der Hand, worauf Amandine das Gleichgewicht verlor. Den Rest kennen Sie.«

Monsieur de la Roche stand auf. »Möchten Sie auch einen Kaffee?«

Sie nickte. In der Küche hörte sie ihn an der Maschine hantieren. Neid war eine der sieben Todsünden. Und wie nannte man das, was Guillaume mit Amandine verbunden hatte?

De la Roche war zurückgekommen und reichte ihr eine Tasse. »Danke.« Lucie trank. Er bedeutete ihr, auf dem Sofa Platz zu nehmen. Das Vorhaben, in Ruhe Zeitung zu lesen, solange sie da war, hatte er wohl aufgegeben.

»Ich verstehe das nicht, Monsieur de la Roche«, sagte Lucie. »Als Guillaume Bernard die junge Amandine unter seine Fittiche nahm, war Madame Maurel – ihre Mutter – stolz über alle Maßen. Sie glaubte, etwas Besseres habe ihrer Tochter nicht passieren können …«

Der Leiter der *Crim* rührte in seiner Kaffeetasse. »Schönheit ist nicht nur ein Segen«, erwiderte er schließlich. »Monsieur Bernard wollte Amandine für sich alleine haben, sie sollte ihre gesamte Zeit und Energie dem Pariser Ballett widmen. Er spürte, dass ihre Schwangerschaft sie ihm entzogen hätte.«

»Aber sie war doch mit diesem jungen Tänzer zusammen. Da scheint er doch auch nichts dagegen gehabt zu haben.«

»Wissen wir das?« De la Roche nahm einen Schluck. »Außerdem ist ein Tänzer Teil der Familie. Nichts, was man außerhalb für sich alleine hätte.«

Aber Guillaume durfte Beziehungen mit Menschen innerhalb und außerhalb der Compagnie pflegen? Wie konnte es sein, dass sie als seine Gardienne davon nie etwas mitbekommen hatte?

»Er hat nie eine Frau mit nach Hause gebracht – zumindest weiß ich von keiner …«

»Vermutlich hat er sich nicht getraut. Sie führen ja ein strenges Regiment, Lucie.«

Die Gardienne wusste nicht, ob er das ernst meinte.

»Ich traue mich auch nicht …« Monsieur de la Roches dichter, grauer Schnauzer zuckte belustigt.

»Das liegt aber nicht an mir«, widersprach Lucie vehement. »Sondern an Ihrer …« Lucie brach ab und wurde rot. Es stand ihr nicht zu, Monsieur de la Roche als Muttersöhnchen zu bezeichnen.

Er ging darüber hinweg. »Sagen Sie, Lucie, stimmt es eigentlich, dass Sie ein Handy entwendet haben? Ich kann das kaum glauben.«

»Nein«, Lucie schüttelte den Kopf. »Ich habe nur Monsieur Bernards Handy an mich genommen, als ich es auf seinem Schreibtisch liegen sah.«

»Davon spreche ich nicht.« Monsieur de la Roches Schnauzer zuckte erneut. »Mein Mitarbeiter erzählte mir, dass Sie im *Apple*-Laden … Sind diese Dinger das denn wert?«

»Haben Sie schon mal versucht, dort eine Beratung zu bekommen?«, fragte Lucie. »Außergewöhnliche Fälle erfordern außergewöhnliche Methoden.«

Montag, 9. Oktober

Sie hatte noch etwa zehn Minuten Zeit bis zum Boarding. Amandine besorgte sich einen *café au lait* in der Kaffeebar. Während der junge Mann das Getränk zubereitete, blickte sie sich in der Halle um. Das neue Terminal 2E war nach dem tragischen Einsturz 2004 erst 2008 wiedereröffnet worden. Ein schöner Bau, sehr hell und freundlich. Bei dem runden Dach hatte man viel Glas und helles Holz verwendet, und den Boden bedeckte ein roter Teppich. Amandine zahlte und setzte sich dann an einen Tisch, wo sie ihr Gate im Blick hatte. Weiter vorn sah sie Kinder an der Playstation sitzen. Ihre eigene Kindheit war ganz anders gewesen als das, was sie hier mitbekam. Ob es möglich war, auch heute noch Kinder so zu erziehen, dass sie reale Erfahrungen machten und ihren Körper als wertvolles Instrument verstanden, mit dem so viel Wunderbares möglich war? Oder griff die digitale Welt auch nach denen, deren Eltern ein Gegengewicht schaffen wollten? Sie selbst würde das nicht mehr erfahren, und vielleicht war das ja auch gut so.

Autumn Moves war am Vorabend vom Pariser Publikum gut aufgenommen worden. Die Menschen im Saal hatten zwanzig Minuten lang stehend applaudiert. Olivier Renaud hatte danach einen Presseempfang organisiert und sie als Botschafterin der französischen Schule in der Welt bezeichnet. Sie konnten es wohl alle nicht lassen, die Männer, die an den Knoten der Macht saßen. Amandine schmunzelte über den Versuch, sie zu instrumentalisieren.

Der Abschied von Lucie heute Morgen war tränenreich gewesen. Amandine hatte ihrer alten *Nounou* versprechen müssen, spätestens im nächsten Jahr wiederzukommen.

Von Jean-Marc hatte sie sich nicht verabschiedet. Sie hätte es nicht geschafft, noch einmal zu gehen. Ob er sie hätte gehen lassen? Sie mussten jetzt vernünftig sein. Es gab schließlich Wichtigeres als ihre eigenen Wünsche. Als Tänzerin war sie dazu berufen, etwas Höherem zu dienen. Der Schönheit zum Beispiel, der Tradition ebenso wie der Kreativität. Die Seelen der Menschen zu nähren und dazu beizutragen, dass sie sich über das reine Dasein als *Homo oeconomicus* erhoben. Was für ein Quatsch, dachte sie bei sich. Vermutlich hatte sie einfach nur Angst gehabt. Wovor, wusste sie selbst nicht genau.

Ihr Flug wurde aufgerufen. Einen Moment wollte sie hier noch verweilen. Ein letztes bisschen Paris genießen. Sie trank den Kaffee aus und stand auf.

»Amandine!« War das nicht seine Stimme? Das konnte nicht sein, denn sie hatte die Kontrollen bereits passiert. Amandine drehte sich um und sah Jean-Marc auf sie zulaufen. »Amandine, warte!«

Als er sie erreichte, war er außer Puste. »Tu mir das nicht noch einmal an!«, keuchte er.

Sie lächelte. »Du bist mir nachgelaufen?«

»Das hätte ich damals schon tun sollen!«, sagte er. »Für unsere kleine Familie.«

»Wie bist du hier durchgekommen?«, fragte sie.

»Glücklicherweise haben wir einen Fan an der Ticketkontrolle …« Er strahlte sie an.

Amandine hörte, wie ihr Flug noch einmal aufgerufen wurde. »Mein Flieger geht. Ich muss los.«

Er nahm ihr Gesicht in seine Hände und blickte ihr tief in die Augen. »Und wenn ich dich bitte zu bleiben?«

Amandine schluckte. »Und wenn ich nicht bleiben kann?«

»Dann komme ich mit«, verkündete er.

»Und Bernadette?«

»Sie wird darüber hinwegkommen.« Jean-Marc nahm Amandines Handgepäck. »*Madame le Directeur*. Ihr Lebenstraum. Für einen Mann bleibt da doch gar keine Zeit …«

Amandine nickte.

»Aber der Kommissar …«, warf Jean-Marc ein.

Amandine lächelte. »Er wird darüber hinwegkommen. Er hat doch seine Assistentin und meine liebe Lucie. Da bleibt für eine weitere Frau doch gar keine Zeit.«

Jean-Marc lachte, und Amandine stimmte mit ein. Dann nahm er sie in den Arm und hielt sie ganz fest. So soll es immer sein, dachte Amandine, und lehnte ihren Kopf an seine Brust.

Lucie kehrte die letzten Blätter zusammen. Endlich schien die Sonne wieder, doch der Hof lag im Schatten und der Ahorn wirkte nun kahl und trostlos. Alles hat seine Zeit, stand im Buch Prediger. Jetzt würde die Zeit der Kälte kommen. Der Einkehr. Des Rückzugs in die eigenen vier Wände. Sie würde Monsieur Rosenbergs Klaviermusik nicht lauschen können, da er im Winter die Fenster geschlossen hielt.

Lucie hörte das große Holzportal gehen. Ein Mann betrat den Hof und ging auf die Tür ihrer Loge zu.

»Monsieur Legrand, ich bin hier.« Lucie schnappte den Eimer mit den Blättern, Besen und Handkehrer und ging ihm entgegen. Seine Schultern hingen herab und seine ganze Erscheinung wirkte, als habe er jede Energie verloren, ja als sei er der Pfahl, an dem die Fahnen auf Halbmast hingen.

»Ich vermisse sie ja auch.« Lucie seufzte.

Legrand nahm ihr den Besen und den Eimer ab und half ihr, alles im Müllraum zu verstauen. Als sie wieder draußen waren, sagte Lucie:

»Mein lieber Legrand. Es ist gut so, glauben Sie mir. Sie haben doch auch *La Sylphide* gesehen. Um sie zu halten, müssten Sie ihr das verhexte Tuch umlegen – das wollen Sie nicht … Sie würde verkümmern. Nein, freuen wir uns lieber an der Schönheit dieser Wesen. Festhalten können wir sie nicht.«

»Und dieser Clément?« Legrand blickte missmutig.

»Der ist Tänzer«, erwiderte Lucie. Das war etwas ganz anderes. »Wir hingegen müssen lernen loszulassen …«

»Wie macht man das?«, fragte Legrand.

»So wie der Herbst es uns lehrt. Wie dieser Baum hier, …« Lucie sah, dass genau in diesem Moment wieder ein Blatt herabsegelte. Natürlich dahin, wo sie gerade gekehrt hatte. Ihr war bewusst, dass sie nur schlau daherredete, selbst aber noch lange nicht bereit dazu war. Der Vorteil des Alters war, dass die Jungen glaubten, die Älteren hätten das wirklich erfahren, was sie erzählten.

»Und solange wir Normalsterblichen üben«, ergänzte sie, »können wir uns an die leiblichen Genüsse halten. Kommen Sie, Monsieur Legrand, ich koche uns einen Kaffee. Und ein paar *macarons* habe ich auch noch.« Diabetes hin oder her. »Bald beginnt in Paris wieder die Zeit der Maronen. Ist das nicht wunderbar?«

Legrand lächelte.

Dank

Bis ein Buch vollendet ist, gibt es viele Menschen, die seine Entstehung ermöglichen, unterstützen und begleiten.

Herzlichen Dank an meine Familie, die in den letzten Monaten häufig auf mich verzichten musste und mich immer wieder ermutigt hat, so wie auch meine Freunde.

Merci beaucoup à Marie-Pierre. Sie öffnete Türen in Paris, die mir sonst verschlossen geblieben wären. So konnte ich tiefe Einblicke gewinnen.

Dank den hilfreichen Geistern des *Palais Garnier,* dem Team des Diana Verlages und da insbesondere Anna Baubin für die Begleitung, Ermutigung und Unterstützung. Ohne Carola Fischer wäre diese Geschichte nicht das, was sie ist. Vielen Dank für die Klarheit, die Offenheit und das gute Gespür. Mit Rat und Tat in jeder Situation meines Schriftstellerlebens stehen mir Eva Semitzidou und Michael Gaeb zur Seite. Das ist unbezahlbar!

Dieter Dannenmann, Nicola und Ralf Dikow, Laura Lang und viele andere haben meine fachlichen Fragen immer wieder geduldig beantwortet.

Der Austausch mit einer Reihe von MitautorInnen war inspirierend und befruchtend, Verena Kellers Begeisterung und tatkräftige Unterstützung sind mir eine Quelle der Freude.

Viele weitere wunderbare Menschen haben mit ihren Gaben beigetragen und mir einen Teil ihrer Lebenszeit geschenkt. Danke, dass ihr so geholfen habt, Lucies Geschichte zum Leben zu erwecken.

Personen

Lucie Ferreira	Gardienne an der Place des Vosges Nr. 3
Antonio Ferreira	Lucies Ehemann, Installateur von Beruf
Monsieur Rosenberg	Berühmter Komponist und Wohnungsbesitzer an der Place des Vosges Nr. 3
Guillaume Bernard	Direktor des *Corps de ballet* an der Oper von Paris
Dr. Pierre Bourgeois	Ballettarzt
Amandine Maurel	Choreografin und ehemalige Primaballerina *(Étoile)* des Pariser Ensembles
Madame Richard	Hausbewohnerin an der Place des Vosges und Amandines ehemalige Ankleidedame an der Oper
Nathalie Ferreira	Lucies Schwiegertochter, die bei der *AROP,* dem Förderkreis der *Opéra de Paris,* arbeitet
David Ferreira	Lucies Sohn, Arzt, verheiratet mit Nathalie
Daniel Bouché	Leiter des Sicherheitsdiensts an der Pariser Oper

Minerve Albisson	Leiterin der Opernboutique
Émilie Curtain	Balletttänzerin
Anne Gilbert	Balletttänzerin
Olivier Renaud	Operndirektor und Chef von Guillaume Bernard
Maria Da Costa	Gardienne in Nr. 9 an der Place des Vosges, mit Lucie befreundet
Fabrice Platel	neuer Hausverwalter an der Place des Vosges
Marianne Lagarde	Portiersfrau der Oper
Bernadette Colasante	stellvertretende Ballettdirektorin
Léon Legrand	Kommissar der *Brigade criminelle* am Quai des Orfèvres
François Lambert	Legrands Chef
Octavien de la Roche	Leiter der *Brigade criminelle* am Quai des Orfèvres, der privat an der Place des Vosges wohnt
Aurélie Petit	Mitarbeiterin der *Brigade criminelle*
Kora Chavignier	wohlhabende und einflussreiche Dame der Pariser Gesellschaft
Isabelle Gaillard	Journalistin
Silvain Denis	ehemaliger Balletttänzer
Jean-Marc Clément	ehemaliger Solist, inzwischen Tanzlehrer und Repetitor am Pariser Ballett
Christian Moussin	Ober des *L'Ambroisie*, einem Sternerestaurant an der Place des Vosges